翻译家谈翻译丛书
多国语种文学卷
ÜBERSETZER ÜBER DAS
ÜBERSETZEN
(MEHRSPRACHIGE LITERATURREIHE)

从荷马史诗
到《挪威的森林》

撼动心灵的诗篇与气势磅薄的巨制

von den Homerischen Hymnen
zu „Naokos Lächeln“

Starke Epen, Große Werke

石琴娥　主编

西苑出版社
XIYUAN PUBLISHING HOUSE
北京

图书在版编目（CIP）数据

从荷马史诗到《挪威的森林》：撼动心灵的诗篇与气势磅礴的巨制 / 石琴娥主编 . — 北京：西苑出版社，2016.1
（翻译家谈翻译丛书）
ISBN 978-7-5151-0547-5

Ⅰ . ①从… Ⅱ . ①石… Ⅲ . ①文学翻译—文集 ②翻译学—文集 Ⅳ . ① I046-53 ② H059-53

中国版本图书馆 CIP 数据核字（2015）第 284235 号

从荷马史诗到《挪威的森林》
——撼动心灵的诗篇与气势磅礴的巨制

主　　编　石琴娥
责任编辑　刘　荔
出版发行　西苑出版社
通讯地址　北京市朝阳区利泽东二路3号
邮政编码　100102
电　　话　010-64210080
网　　址　www.xiyuanpublishinghouse.com
印　　刷　三河市鑫利来印装有限公司
经　　销　全国新华书店
开　　本　710毫米×1000毫米　1/16
字　　数　300千字
印　　张　21
版　　次　2016年3月第1版
印　　次　2016年3月第1次印刷
书　　号　ISBN 978-7-5151-0547-5
定　　价　60.00元

目　录

目　录

目　录

从荷马史诗到《挪威的森林》

多国语言卷

前　言

——繁花似锦万紫千红

石琴娥

我国的外国文学翻译和研究领域就像是一座繁花似锦、万紫千红的大花园。一个多世纪以来在园丁们辛苦耕耘和不懈努力之下，这座花园里不但有刚直挺立、气势崴嵬的参天大树，也有婀娜多姿、幽香袭人的花朵。

记得二十世纪八十年代初我刚调进中国社会科学院外国文学研究所的时候，看到所内大部分人已经搞了多年甚至几十年文学翻译和研究，有的已是国内国际闻名遐迩的大家，一听到他们的名字就使人肃然起敬。对我这样一个已经到了不惑之年，且又半路出家的人来说，身处在这座外国文学翻译和研究的大花园里感到惶恐不安，暗暗思忖，自己唯有小心翼翼，勤勤恳恳，努力学习，要想在这座缤纷美景的大花园里增添一朵奇花异葩恐怕很难，也无此奢望，如能为这座绿茵遍野的花园里增添一棵小草或是一朵小花就心满意足了。

由于种种原因，在八九十年代期间，我未能在这座花园里耕耘太多，而是在北欧五国——丹麦、芬兰、冰岛、挪威和瑞典的许多地方，包括北极圈内的拉普族聚居区游荡、进修和工作。九十年代末期起，我才“改邪归正”，全身心地投入到文学翻译和研究工作中。当然，那也只是在北欧这个边缘文学的范围内做点事情罢了。

自一九四九年新中国成立以来，党和政府特别重视对小语种人才的培养。不但在国内大学里办起了小语种班，而且还从在校的大学生中挑选优秀学生直接送往所在国学习语言。这些小语种人才学成之后虽然投入到文学翻译和研究的人不多，大部分人奋斗在外交、文化、新闻和语言教学的领域中，其中有些人在职时就利用业余时间开始从事文学翻译，有些人则是在退休后投入到文学翻译工作中。不管是一生在文学翻译研究战线上奋斗的还是后来加入进来的人，他们都为文学翻译做出了很大贡献，不少人获得了国内各种文学奖项，以至国际大奖和外国元首授予的勋章。可是有多少人知道，在这些翻译成果的背后以及荣誉和耀眼的光环之下，他们所付出的劳动是多么艰辛！他们所经历的苦难又是多么大！有的译家，经过辛苦劳累，奋斗一年半载，甚至几年光阴，终于苦苦翻译出一部作品，却久久不能出版，其理由是没有经济效益。

一个多世纪以来，从英、美、法、俄罗斯和西班牙等大语种翻译成中文的世界名著浩如烟海，无法统计。如果翻开图书目录看一看，从上述语种以外的语种翻译成中文的世界经典作品其实也是多得难以统计的，且不谈希腊神话、罗马史诗、阿拉伯文学中的《一千零一夜》，还有德国的歌德和席勒以及日本的村上春树的作品……他们可以说是小语种中的“大语种”了。就以真正小语种如北欧文学来说，其中有不少作品为大家所熟知，并且一代代传承下来，经久不衰。英国的莎士比亚是大国语种中最有名的文学家之一，全世界公演作品最多的戏剧大师，在这座文学大花园中可以称得上是一朵硕大的奇葩。如果拿莎翁同小国语言丹麦语的安徒生相比，阅读过安徒生童话的各国男女老少大概比看过莎翁戏剧的人数要多得多，况且在北欧小语种的文学中还有像挪威的戏剧大师易卜生、瑞典的斯特林堡和拉格拉夫以及冰岛的拉克斯内斯等等，可以列举出不少。

长期以来，在我国外国文学翻译方面，大国语言一直占“中心地位”。这也难怪，因为他们是世界文学的主潮。而小国语言文学往往处于某种边缘文学和弱势文学的地位，对“中心”起着“点缀”作用。我认为不管是大语种的译者还是小语种的译者，他们在介绍异国文化方面都是起着同样的桥梁作用。从某些方面来讲，小语种的译者比大语种的译者往往有更多难处。以我所从事的北欧小语种为例，北欧五国共有六种语言（挪威有挪威语和新挪威语两种），这六种语言至今都没有一本外汉词典，譬如在阅读瑞典语作品时，碰上生词先查瑞英字典，再查英汉字典，个中的甜酸苦辣只有学小语种的人自己知道。

今年四月，资深西班牙语翻译家、学者林一安先生要我负责选编一本包括除了英、美、法、俄罗斯和西班牙语以外的多国语种文学翻译家谈翻译的书，听后实感责任重大。经过一个多星期的认真思考，我想能有一个平台让小语种的翻译家来倾诉自己译事中的艰难、甘苦、辛酸和乐趣是一件大好事，是一次可以尽兴倾诉自己感受的机会。

本书共收集了二十余个语种五十八位作者的作品。在这些作家中，绝大部分是国内，甚至国外都极为著名的学者和翻译家。有的虽然已经到了耄耋之年，却仍老骥伏枥，志在千里；有的年富力强，在其领域里担负着重任的栋梁，他们将是小语种翻译界的未来。我首先要向本书的所有作者致以衷心的感谢，没有他们的热情支持，积极撰稿，这本书是不可能编成出版的。我更要感谢老友林一安先生，他真挚恳切的话语使我有勇气承担这样的重任。我还要向泰语资深学者栾文华先生表示由衷的感谢，他不但自己同意写稿，还帮助我向其他东方小语种学者约稿。在闷热的天气里，他不辞辛劳写了一篇《三国演义扎根泰国的史话》的文章，因为整套丛书谈的是外译中，所以对他这篇很有新意的中翻外的力作只好忍痛割爱，他却毫无怨言，不辞辛劳地再次写作。我要特别感谢学意大利语的朋友们，我与他们素昧平生，从未见过面，当他们知道我在为这本书约稿的时候，他们不但自己爽快地同意写稿，还热情地向我推荐意大利语文学翻译家，并主动打电话帮我联系，他们的古道热肠深深地感动了我，正如阿尔巴尼亚语翻译家郑恩波说的：“只有从事小语种译、研的人彼此才关心、同情。”最后我也要感谢金城出版社西苑出版社为我们小语种的翻译者们提供了畅所欲言、直抒胸臆的平台。

2014 年 6 月于北京

冯至（1905—1993），诗人、学者，河北涿州人。北京大学毕业，留德博士。先后在同济大学、西南联大和北京大学任教授。中科院哲学社会科学部委员、中国社会科学院外国文学研究所所长。中国作家协会副主席。著有诗集《昨日之歌》、《北游及其他》、《十四行集》，散文集《山水》。中篇小说《伍子胥》，论著《论歌德》、《杜甫传》等。

肃然起敬

约在四十五年前，一个外国朋友问我，在中国都是谁翻译过莎士比亚。我不假思索就回答，在二十年代有田汉，三十年代以来是梁实秋和曹未风。我并没有意识到，我忽略了一个比那三人更有成就的莎士比亚译者，这人就是朱生豪。我也曾在书店里看到过朱生豪译的一部三卷本《莎士比亚戏剧集》，但未加重视，拿起来翻一翻便放下了。那时没有重视的原因有二：第一，朱生豪一生不求人知，在文坛和译坛上都默默无闻。第二，这部《戏剧集》是世界书局出版的。世界书局既不如商务印书馆、中华书局那样享有盛名，也不像上海一般的进步书店印行传播新思想、新文化的书籍，所以它出版的书在我的心目中不占有什么地位。

几年过后，渐渐有人提到朱生豪译的莎士比亚戏剧，说是值得一读。我找来阅读，很快就被那熟练而生动的译文所吸引，一口气读完了几部。回想当年的偏见，深感内疚。经过多方询问，才知道译者是一位大学毕业不久的青年，从一九三五年起，计划翻译莎士比亚全部剧本。抗日战争爆发，他先是在“孤岛”的上海，随后在沦陷的家乡，贫病交加，潜心译作，不幸于一九四四年逝世，年仅三十二岁，莎氏全部剧本只剩下六部没有译出。后来作家出版社和人民文学出版社先后印行的《莎士比亚戏剧集》(1954)和《莎士比亚全集》(1978)都是采用经专家校阅过的朱生豪的译本。近年来，在《新文学史料》(一九八九年第一期）读到朱生豪夫人宋清如写的《朱生豪与莎士比亚戏剧》一文，文中详尽地叙述了朱生豪进行译作的艰苦历程，还引用了朱生豪在一九四四年四月为即将出版的《戏剧集》写的《自序》。《自序》里说：“余笃嗜莎剧，常首尾研诵全集至十余遍。于原作精神，自觉颇有会心。二十四年（即一九三五年）春，……始着手为翻译全集之尝试，越年战事发生，历年来辛苦搜集之各种莎剧版本，及诸家注释本、考证批评之书，不下一二百册，悉数毁于炮火，仓猝中惟携出牛津版全集一册，及译稿数本而已。厥后转辗流徙，为生活而奔波，更无暇晷，以酬未竟之志。及三十一年（即一九四二年）春，目睹世变日亟，闭户家居，摈绝外务，始得专心一志，致力译事。虽贫穷疾病，交相煎迫，而埋头伏案握管不辍。凡前后历十年而全稿完成（其后因病重不起，尚余史剧六部未克译出）。夫以译莎工作之艰巨，十年之功，不可云久，然毕生精力，殆已尽注于此矣。”读到这里，我认为朱生豪不仅是有高度热情的认真负责的翻译家，而且近似殉道者了。我对他肃然起敬。

一九六五年，朱光潜根据德文原本译出莱辛的美学名著《拉奥孔》。译稿由我工作的单位介绍给人民文学出版社。不久，出版社编辑部回信同意出版，对译文也提了一些意见。意见相当中肯。问意见是谁提的，回答说是绿原。当时我很惊讶，我只知道绿原是诗人，抗日战争时期在重庆复旦大学专修英语，从来没听说他懂得德语。进一步了解，才知道他从一九五五年至一九六二年因胡风冤案失却人身自由，在监狱中面对四壁自修学会了德语。

十几年后，尤其在八十年代，我和绿原有较多的交往，得知他掌握德语所发挥的作用与日俱增。他研读大量德文著作，撰写论述德语作家和文艺理论的文章，参与中德文化交流活动，尤其是关于中德诗歌的介绍与比较。他翻译出版德语国家现代诗，题名《请向内心走去》。习惯于读十九世纪以前西方诗的，读二十世纪的现代诗往往由于新的意境和新的技巧不容易领会，也就不容易翻译，绿原却深入钻研，精雕细刻，把它们介绍给中国的读者。近来听说他用散文译出了歌德的《浮士德》，我对此怀有惊奇的期待。联想他在失却人身自由的七年内写的唯一的一首诗《又一名哥伦布》和一九七〇年在“牛棚”里写的《重读圣经》，既表达了坚强的意志，也蕴涵着深刻的体会和睿智的情思，我曾反复吟诵，一唱三叹。我对他在困苦中，甚至在灾难中的那种艰苦卓绝的精神肃然起敬。

由于翻译德语诗歌，我还想到钱春绮。远在五十年代，钱春绮就不断翻译德语诗结集出版。他本来是一个医生，在上海某医院工作。为了能有更多的时间学习多种外语，钻研翻译技巧，他放弃了医生的职务，这在当时是很少有的行动。“文化大革命”时期，他的书不能出版，经济来源断绝，只靠他的夫人微薄的工资维持生活，还备受凌辱，但他的意志从未动摇。十一届三中全会后，他的译著得以陆续出版，而且译的不仅是德诗名著，还有法语诗中难度很大的作品，如波德莱尔的《恶之花》及《巴黎的忧郁》，译者还为此撰写了一篇内容相当丰富的序言。我对于这位不管外边的气候如何变化，而几十年如一日的孜孜不息的翻译家肃然起敬。

以上三人，有的与我素不相识，而且早已作古，有的是常常见面的朋友，有的只有一面之缘，他们所处的环境不同，成就各异。我把他们联想在一起表示敬意，是由于钦佩他们对事业的忠诚，以及能担受生活的苦寂和人间的任何磨难。

1992 年 10 月 27 日

此文原载 1992 年 12 月 26 日《济南日报》，后收入《文坛边缘随笔》。此据《文坛边缘随笔》编入。

论现在的文学翻译界

一位朋友写了一篇文章给我看，里边谈到文学的翻译界，有这样两句话："抗战以来中国的翻译界有一个现象，就是大量地介绍欧美的最新的所谓最畅销的作品，这使一些严肃的文学爱好者对它生一种反感。我们觉得那些没有选择地盲目地介绍外国文学，尤其是当前的作品，仍然是我们所不能赞同的，但有辨别地有见识的介绍对于中国文学的生长却也有莫大的助益。"这话说得很恳切，同时也恰中时病。我们若是略微留心一下现在的文学翻译界，便觉得西洋文学中有两种介绍得最多：一种是，正如这位朋友所说的，欧美最畅销的流行一时的作品；另一种就是十九世纪初期浪漫派的文学，尤其是浪漫派的诗。其中自然有例外，在许多的翻译里边，间或也掺杂着一两部托尔斯泰或托斯托以夫斯基，几出莎士比亚的戏曲，一部节本伊利亚特或是在一个杂志里连载的《尼伯龙根之歌》，但这只是疏疏落落，有若晨星。

那些畅销一时的作品，多半与电影相辅而行。作品一合乎时尚，获得广泛的读者，便容易搬上银幕，一搬上银幕，便更为流行。现代的电影对于人类教育的贡献到底是正面的还是反面的，是另一个严重的问题，不是这里所要讨论的事，可是它潜移默化的力量很大，它在现代成为一种最便利的宣传工具。抗战以来，在后方的城市里电影院可以说是市民的唯一的娱乐场所，于是许多流行的作品都随着影片被稗贩到中国来。译者的译序里，书店的广告上都毫无考虑地写着"已于一九 ×× 年拍成电影"作为这部书的价值的证明（这是怎样一个不正确的推论！），至于这些书好处在哪里，介绍到中国来有什么积极的意义，则很少有人过问，更不必说对于中国新文学的生长能有什么裨益了。

至于浪漫派文学作品的介绍，比起前者较为严肃，可是我们不能不以责备贤者的心情对于这个趋势表示一些异议。欧洲十九世纪初期的浪漫主义在一个时代内，曾经显示过奇异的光芒，对于后世也有许多不朽的影响与启示，但就它的成就而论，浪漫派诗人的中间并不曾产生过能够与在他们以前的莎士比亚、他们同时代的歌德、他们以后的托尔斯泰相抗衡的人物。他们多半为了反抗社会而不屑忍耐，为了崇尚情感而不肯沉潜，为了无限制的追求而否认现实；其实，他们所忽略的，恰恰是现代一个文学修养者所应有的条件或道德。像摆伦[1]，像海涅，他们的精神尽可以不朽，他们的意义也将要永在。但他们的作品在现代的欧洲早已失去它们在前世纪所享受的尊荣，就是因为他们的内容与外形很难满足现代人的深切的要求，至于作品中文字草率，良莠杂糅，还是另一回事。

然而在中国，纵的方面从翻译界的初期一直到现代，横的方面从文言的维护者到前进的青年作家，浪漫派的作品总是一再地被翻译，被介绍，使人觉得好像它们代表了整个的西洋文学。这现象的原因并不难推测。中国四五十年来是一个革命的时代，政治需要改革，情感需要解放，而西洋浪漫主义的精神正巧适合了中国这个时代的要求，所以许多青年人读摆伦或海涅会比读歌德或托尔斯泰感到亲切得多。同时浪漫主义的作品里，也不少风花雪月近乎才子佳人气味的感伤主义，这又无形正中一些带有旧文人习气的人们的胸怀。一方面有人崇奉它的反抗精神，一方面有人玩味它的感伤主义，于是它在现在的中国就继续享受起它在现在的欧美已经失却的尊荣的地位。可是我们仔细检讨，浪漫主义的成绩，在西洋文学史里，是解放的精神有余，建设的力量不足，它的内容每每被幻想淹没了真实，它的外表每每被自由泛滥了形式。它过分地被介绍到中国来，多半只是投合而助长中国文人的风尚与习气。

翻译外国文学，不外乎为了两个目的：积极方面是丰富自己，启发自己，消极方面是纠正自己，并且在比较中可以知道自己的文学正处在一个什么地位；在旁人处发现自己相同的地方，是快意的事，但是多发现异点，也许能对我们更有裨益。因为往往是我们所没有的生疏的事物才能打开我们的眼界。至于浪漫派文学的介绍只是投合我们的嗜好，助长我们散漫的缺乏组织与造形能力的习性。青年人读了里边有反抗，老年人读了里边有伤感，却很难由此走上建设的途程。反过来看一看但丁、莎士比亚、歌德，那些文学界里伟大的建筑家，他们的作品如长城，如金字塔，巍然不动，给人一种稳重的固定的力量，永久在教育人类，不管人类是怎样迅速地在转变。相形之下，那些浪漫派

[1] 摆伦（1788—1824），通译拜伦，英国诗人。

的诗人只不过是一阵风雨，一翻波浪，给宇宙一种激动，却显示不出另一方面的永恒的努力与耐力。我们知道但丁诸人的名字也许比摆伦、海涅更早些更普遍些，但他们的面貌与精神在中国人的心目里却总是模糊不清的。或者有人要说，那些古典作品的翻译要求的条件太多，不是短时间内容易办到的事，更何况在这变乱的时期呢。我们姑且承认这话有相当的理由，我们再退一步，看一看我们的时代，其中也并不缺乏这样的作家，他们不是社会的宠儿，他们的作品也从未搬上银幕，然而他们却是严肃的寂寞的工作者，像英国已逝世的劳仑斯，法国的纪德，德国的卡罗萨，他们努力为人类创造新的理想，新的人道——可是这些人也很少被介绍，就是有一两本书被翻译了，也很难获得众多的读者。

这现象显示出一种民族的惰性：只接受轻易的，拒绝艰难的事物。文学工作者，无论翻译或创作，都应该对于这个惰性加以砭针。从前苏东坡说韩愈“文起八代之衰”。姑勿论韩愈是否当得起这句话，可是这六个字实在很有力量：这对于过去是革命，对于将来是开新风气。我们翻译一本书至少要使一般人知道，文学绝不是消遣物，读一部古典的作品并不比读一本康德或一本爱因斯坦较为容易。

中国虽称人多物多，现在却无处不呈露出人力物力的有限，不只有限，简直是缺乏。就是这翻译的力量我们也要爱惜。我们为什么不把它用在介绍能以丰富我们纠正我们的作品上边呢？这类的东西也许不容易得到读者，但如果介绍多了，读者自然会产生的。至于出版方面，书店虽然也是商业，究竟与其他的商店不同，一个倡导新风气的出版家，在历史上的地位有时并不下于一个积极奖励或培养学术的政治组织。

（原载1944年4月30日昆明《中央日报·星期论文》）

鲍世修（1929—　　），江苏东台人。历任中国翻译工作者协会常务理事，中国译协军事科学翻译委员会秘书长，中国军事科学学会高级研究员。主要从事马克思和恩格斯军事著作的翻译、校订和研究工作。主要译著有《马克思恩格斯军事文选》《朱可元帅回忆录》《首先，打破一切常规》等。主编并参加翻译的著作有《论战争与军事科学——国外二十二种百科全书军事条目选编》。学术专著《马克思恩格斯军事理论研究》获第三届“中国人民解放军图书奖”。

《战争论》

——集体智慧的结晶

二十世纪五十年代，抗美援朝战争结束后，建设一支强大的革命化、正规化、现代化国防军的任务提到议事日程。在这种情况下，军队最高领导首先想到的，是抓好中高级干部军事理论修养的提高。为此，一九五九年，中央军委在全军下发的工作指示中，专门规定了一条，要求我军的中高级干部认真学习马克思、恩格斯、列宁、斯大林的军事著作，并批判地抽读德国军事思想家克劳塞维茨所著《战争论》的部分内容。

《战争论》的德文原著，本来是一个未定稿。一场突如其来的疾病提前夺走了作者的生命，使其无法对书稿进行最后审定。加之，克劳塞维茨研究战争的方法比较奇特，分析问题的思路令人难以捉摸，因而，书里许多地方的句段，文字晦涩，意思含混，不易读懂。书本身的这种状况，大大增加了翻译的难度。中华人民共和国成立前我国按日译本、俄译本转译的几个本子，都因为质量问题难以满足二十世纪五十年代末军委提出的保证干部读好书的要求。

为了克服上述难题，军事科学院决定组织强有力的班子重新按德文原文进行翻译和校订。这项工作首先得到北京编译社的支持。为保证质量，经中宣部的帮助，从外交部和新华社借调九名德文干部，从文教科研出版系统聘请十位德语语言和德国哲学问题方面的专家做顾问，加上军科院自身的译校力量，由宋时轮副院长亲自主管，历时三载，终于在一九六五年二月把三卷出齐。这一版的新译本问世后，几十年来一直收到各方面的好评，究其原因，主要得力于当时人们对译校工作科学、缜密的组织和对各方专家、学者聪明才智的充分吸收和发挥。这部译本的出版，应当说，乃二十世纪中叶我国军事经典著作译校领域的一朵奇葩，是军地两方专家、学者协力攻关的典范和集体智慧的结晶。我有幸自始至终参加了这一工作，现在就自己记忆所及，谈谈我们请我国研究德国古典哲学的知名学者、中国社会科学院资深研究员杨一之先生来院指导工作、同院领导结成深厚情谊传为佳话。

二十世纪六十年代初，为了帮助军事科学院译校好《战争论》，杨先生来到了我院，受到了分管这一工作的宋时轮副院长的热情接待。宋将军生性豪爽，杨先生为人坦诚，两人一见如故，交谈十分投机。他俩为了共同搞通克劳塞维茨的某一思想、某段话甚至某一术语，常常议论得忘记了休息。长时间无拘无束的交谈，使他们的友情日增，让别人羡慕不已。

一位是多年驰骋疆场、指挥千马万军的将军，一位是数十载埋头搞科学研究、揭示东西方哲学奥秘的学者，两人尽管认识时间不长，却能在工作配合和学术探研上如此默契投合，其中的确有着较深层次的原因，彼此对对方的心志都有着比较透彻的了解，真说得上是将军与学者两相知。

杨先生深知，将军身为一院之长，日常公务极其繁忙，而今他却能摒弃一切杂事，一心扑在《战争论》一书的审校工作上，与专家学者们夜以继日地一起切磋，做到字斟句酌，实非易事。杨先生还了解，与自己打交道的这位老军人，办事之所以如此认真和执着，内心深处的想法却只有一个：依靠大家的共同努力，搞出一本无愧于中央军委期盼的优质《战争论》中译本来。

而从宋副院长一方来说，对一之先生日常科研任务负担之重，带研究生教学事务之忙，也是早有所闻。今天见他在自己的诚邀下暂时丢开手中原有课题，放下授课准备欣然来到军科，心中的感触也是颇多的。将军从杨先生身上看到了中国老一代知识分子所特有的那种高度责任感和事业心。他知道，一之先生决不能容忍新中国拿不出一本像样的《战争论》中译本供我军干部研读的严酷事实；同时他又相信，以杨先生在翻译审校外文学术著作方面的深厚功力和他在把握德国古典哲学精要方面的高深造诣，一定能帮助军事科学院搞出一个世界一流水平的《战争论》中译本来。

今天，距宋时轮、杨一之二公直接参与审校定稿的那部中文版《战争论》问世（1964—1965）已过去了四十多年，从广大军内外读者对译文质量的一再赞誉看，当年将军与学者之间的这种互敬互信、心志相通的亲密合作，实为建国后这次译校外国军事学术名著取得成功的关键条件之一。

陈九瑛（1934—　　），湖南常德人。保加利亚索菲亚大学保加利亚语言文学系毕业。中国社会科学院外国文学研究所研究员。曾获保加利亚“基里耳·麦托迪”奖。著有《保加利亚爱国诗歌研究》；合著：《东欧文学史》、《东欧当代文学史》、《东欧戏剧史》和《中欧东南欧文学史》以及《欧洲文学史》中的部分东欧章节；论文：关于保加利亚的作家论若干篇和保加利亚当代小说、戏剧发展走向及各类作品赏析文章等数十篇；译著有长篇小说《轭下》（合译）、《夜驰白马》（合译）及《星星在我们顶空》；中篇《两个朋友》、《灵魂的枷锁》；戏剧《警报》、《求职梦》；其他还有《保加利亚民间故事选》、《世界著名机智人物大观》（合译）和《世界短篇小说精品文库》（合编）。

译事琐谈

新中国成立前，我国翻译出版的保加利亚文学作品寥寥无几，且均由英语转译。五十年代开始，少数学保加利亚语言文学的人员学成归国，才有了一些从保文直译的中短篇小说面世。

推介外国文学作品，当然要尽可能选最好的经典名著来翻译。保加利亚文学作品中，在国内外影响最大的首推伊凡·伐佐夫（1850—1921）的长篇小说《轭下》（1894）。《轭下》写的是十九世纪中叶保加利亚人民反抗土耳其奥斯曼帝国统治的“四月起义”，是一部讴歌民族解放斗争的史诗性的不朽之作。六十年代，外国文学研究所、人民文学出版社、上海译文出版社及有关专家组成《外国文学名著丛书》编委会。该委员会将《轭下》列入《丛书》的选题计划。这样，《轭下》的翻译出版便提上了日程，并由人民文学出版社的叶明珍负责有关事宜。

《轭下》原来已由施蛰存先生翻译出版。施先生是著名翻译家。他的译作水平当然很高。但由英译本转译，不但有词意、语句理解上的讹错，而且，内容也做了许多删节。作品主人公的人生经历与爱情故事大体保留，但对保加利亚受异族统治的社会生活、“四月起义”波澜壮阔的场面及众多卷入起义浪潮的各类人物的描写，则所存不多。这就是说，施译并不是一部原著的完整译本，重新加以翻译出版确有必要。在这种情况下，通常的做法是撇开旧译，由懂原著语言并有较好文学与文字功底的人将原著译出。但人民文学出版社可能是考虑到施先生的译作确有老到之处，为了表示对原译者的尊重，或者也是为了确有把握地保证新译作的质量，便另辟蹊径，找了几个人在旧译的基础上加以改译和补译。所谓改译，是将施译与原著逐字逐句加以对照，凡属译的准确、精彩之处一律保留，凡属词意理解和语意表达不准确或有讹错之处一律加以改正。所谓补译，则是将语句脱漏、段落删节甚至大块内容舍弃之处，对照原文重新加以译出，并嵌合入原译之中，使之成为一个浑然的整体。参加这一工作的四人中，除叶明珍外也有我一个。工作开始后，叶明珍抓得很紧，每隔不多时间就碰头聚会一次，各自提出翻译中遇到的种种问题，共同商量出一个较为妥善的译法。集思广益过程中，忠实于原文成为了最重要的准则。这样，使新译作的“信”“达”问题得到了切实可靠的保障。至于“雅”的问题，由于施译的优点均予保留，仍不失原有的艺术风格。例如施译《轭下》第一章的标题《不速之客》原文为《客人》，施译中加了“不速”，更为鲜明地显示出该章故事的突发性和风生水起的事态进展；另一章标题原文为《全套中逮住的是别人》，施译为《瓮中意外人》；《一个风波接着另一个风波》施译为《波澜迭起》……这些语言上的差异都不违背原文的涵义，却彰显了言简意赅、高度概括的汉语艺术特点。当然这不是说原文有什么逊色之处。事实上，伐佐夫在表现解放斗争中民族大觉醒时，笔墨汪洋恣肆，气势雄浑磅礴、动人心魄；而描写人情风俗、人物个性时，又时而幽默，时而生动细腻，笔触抒情而又大气。由于他一生创作的体裁多样和使用的语言丰富，保加利亚还专门出版了一部《伊凡·伐佐夫词典》。《轭下》译本中译文与原文某些词语同中又有细微不同，一方面说明不同语种既有差异又各有特色，另一方面，由此还可体现出译者的翻译技艺的巧拙与水平的高低。《轭下》的重新翻译，弥补了原译的不足，又尽可能保留了原译的优点与艺术风格，并且仍标明“施蛰存译”，参加重译的只是“校订补译”。这种处理方式虽只是特殊情况下的特例，但人民文学出版社严谨的、负责任的态度和参加重译者不掠人之美的谦虚精神还是值得称道的。

一九八二年《轭下》出版后，应《世界文学丛刊》之约，我开始翻译保加利亚当代作家帕维尔·维任诺夫（1914—1983）的长篇小说《夜驰白马》。这部作品多次获奖，在前苏联、东欧一些国家也广为流传。由于出版时间要求紧迫，我邀叶明珍分担了部分书稿的翻译。《轭下》翻译的实践表明，翻译文学作品不能像习字临帖那样照葫芦画瓢，提笔就译，而是应该对作品的主旨、创作意图、人物性格、情节结构乃至作品产生的社会历史背景、民族民俗等有所了解。了解得越深，才越有可能从整体上把握作品的艺术风格与语言运用特点，也才有可能不但译得“形似”，而且译得“神似”。为此，我不但仔细阅读了原著，而且从保文报刊阅读了大量有关介绍与评论维任诺夫及作品的材料。七十年代，维任诺夫把创作视野由道德题材转向了更具现代性的题材。在现代社会，科技创新成为推动人类文明进步的强大动力。《夜驰白马》涉足的正是这一领域。小说的主人公乌鲁莫夫是一位生物学家，一位毕生研究抗癌、抗衰老的老年学院士。作者集中笔墨描写了他孜孜不倦追求真理的科学探索精神和在培养、教育年轻科学工作者时所表现出来的远见卓识和历史使命感。与此同时，小说还描写了乌鲁莫夫的外甥沙绍及其女友克丽斯塔等年轻人的人生追求以及终于肩负重托、完成科研事业世代交替的结局。在小说中，两代人生活的线索平行发展，又时有汇合，交织成现代社会生活色彩斑斓的图画。对于这样一部作品，我在翻译时注意掌握好以下几点：

首先，要做到忠于原文。《夜驰白马》表现的是现代生活，绝大部分字词都是在人们常见的词义范围内使用，但译者必须切实理解原文中字词、语句的正确含义，翻译时要注意中文用词的准确的表现力。现代生活中的新事物层出不穷，作者直接使用了一些外来词语，即使是本国词语，有些词语也增添了新义，照原有的释义翻译，总觉得不甚贴切。在这种情况下，只好勤查多种词典，包括保加利亚出版的外来语词典，甚至直接查英、俄、法等国词典。为遇到个别冷僻、怪异的用词，实在查不到时，便去向外国语大学的保加利亚专家请教。这样，总算把译文准确、符合原译的问题解决了。

其次，在艺术表现上，《夜驰白马》以叙事为主，间用意识流手法。按保加利亚语言文字习惯，在叙事中经常会有多种代词或简形代词频繁出现，翻译时须注意厘清各种代词的所指，以避免动作主题的混淆和头绪的混乱，便于交代清楚事情的来龙去脉，做到行文通顺畅达。保语动词有九种时间、三种体态。在小说的意识流片段中，作者习惯于运用不同时态与体态的动词，准确传神地表现人物在特定情境中思维的跳跃性和非逻辑性。为此，我在翻译这些片段时，注意用恰当的副词或短语对这些动词所指示的时间先后顺序与动作状态加以形容或界定，以便于读者看懂人物的所思所想，理解其复杂细微的心理变化。

第三，在人物形象的塑造上，小说充分运用了对比手法，如乌鲁莫夫追求精神道德完美与“现代黄金青年”精于算计、讲求实利的对比；沙绍的才思敏捷、有抱负、有事业心与他所沾染的“时代病”的对比；老一辈在处理个人问题时的自制与自重与年轻人在两性关系中重实利不重感情的对比；在科研活动中与同事合作产生矛盾时，老年人讲求和谐相处与年轻人动辄充满火药味的人身攻击对比；等等。遇到这种种对比，翻译时要注意词语的褒贬意味和褒贬程度。只有掌握好褒贬的分寸，才能准确表现出与原作相符的人物性格和人物形象。

第四，作品中许多描写具有浓郁的抒情意味。如小说开头写院士在父亲诊室看到半裸少女所引起的心灵激荡，父母去世时的悲伤和此后的孤独、访问异国看到的自然美景，垂暮之年与克丽丝塔寡母的黄昏之恋等，都写得非常抒情。将这些部分的描写转换成中文时，不宜采用过于浓重的笔墨，做违背原意的渲染和夸饰，而应通过优美、含蓄而又动情的语言展现原著所蕴含的内在温婉的意味。

第五，小说中不止一次地出现挽车的白马在青紫色的夜幕中奔驰不息的描写，这是乌鲁莫夫孜孜不倦地追求美好人生的象征。作为体现小说主题思想的鱼龙点睛之笔，作者把书名拟定为“骑白马的夜晚”。如照原文译出，起时间副词作用的“夜晚”成了名词，动词“骑”字也气势不足。而我国文学作品中常有将“夜晚”挪到句首当副词用的惯例，如《夜闯×××》《夜渡×××》等。动词“驰”字也比“骑”字更具动感。于是便将书名译为《夜驰白马》，读来意味更加绵长。

小说译出后，《丛刊》负责人表示满意。后来，我翻译维任诺夫的另一部长篇小说《星星在我们顶空》时，也汲取了此前所积累起来的经验。此外，由于我在译这些作品前搜集了大量有关的学术资料，小说出版后，我将维任诺夫及其作品正式列入我的研究课题，写出了《论帕维尔·维任诺夫的小说创作》的论文。由此看来，翻译和研究齐头并举，也许可以相互促进，相得益彰，不失为提高二者质量的一种取巧办法。

二十世纪八十年代中期，我受《外国文艺理论译丛》以及艺术研究院出版社程代熙先生的委托，翻译保加利亚著名哲学家托多尔·巴甫洛夫的美学论文集。要完成这一任务，首先要解决翻译的“底本”问题。巴甫洛夫写了多部美学著作，但我却只有一本他早期的美学论文集。为此，我托请保加利亚的汉学家买来了两本。其次，巴甫洛夫一九七七年才去世，当时翻译出版他的著作，艺术研究院出版社解决不了应支付的版权费问题。为此，我只好请托我国驻保使馆人员去拜访巴甫洛夫的家人，请求他们免收这笔版权费。几经周折，八个月后，我收到了巴甫洛夫之女捎来的免收版权费证明书。这个看似无解的难题解决之后，我开始着手翻译。巴甫洛夫曾任保科学院院长，前苏联及东欧多数国家科学院的院士。他的美学著作以唯物主义的“反映论”作为立论的根基，对社会主义现实主义的创作方法多有论述。为了译好他的作品，少不了要反复阅读原著及多种流派的美学著作。哲学和美学本就是比较抽象的学问，加以外国人的思维习惯、思维方式与语言表达方式与中国人有所不同，同样的哲学、美学问题中国人论述起来平实简洁，以讲清道理为度；而外国人则往往旁征博引，不厌其繁，不仅引入大量不断翻新的名词术语，而且要从多角度、多层面加以反复论证。这种思维与理论表达方式有利于推动学术理论不断翻新，然而也确有晦涩难懂的一面。这一面不仅增加了理解原文的难度，也增加了翻译的难度，因为外国人所使用的某些概念或词汇中文中压根儿没有。对此左思右想，实在弄不明白时，还须去请教保加利亚的在华专家，才能得到一个差强人意的解决。

这次翻译中的另一个难题是保中语言转换的表达方式问题。一般来说，保加利亚语言文字的主句或主格的后面可由各种不同的关系代词来连接一些或较多的副句，构成一大段话语，甚至占大半页篇幅。在翻译过程中，我就像拆房子的砖墙似的，将原文语句通通拆散，然后根据原有语句的含意与内在逻辑，分清各成分之间的主次与其从属关系，用相应的汉语词汇按汉语的惯用语序，将句子重新加以组合。这样的再加工经历了许多时日，终于得以完稿。我将译稿交到程先生那里，由他再交艺术研究院出版社。时间一天天过去，前后拖了一年多，译稿仍然石沉大海。程先生此时已经病重，他无奈地说：艺术研究院出版社积压未出的理论著作与译作甚多，立足于反映论的美学论文集已不够时髦，出版社怕出版后没有经济效益，只好将译稿存档作资料处理。有鉴于此，他还给外文所为我写信表示过歉意。理论著作的翻译出版拗不过经济效益，对译者来说能有何言？不过，耗费的时间和精力也不算完全白费，多少增长了一些翻译知识与出版见识，也算可聊以自慰吧！

陈瑛（1968—　　），江苏盐城人。博士，教授，北京外国语大学欧洲语言文化学院副院长。本科毕业于北京外国语大学保加利亚语专业，1997 年获保加利亚索菲亚大学保加利亚语言文学硕士学位，2009 年获保加利亚国家最高鉴定委员会授予的保加利亚文学博士学位。长期从事保加利亚语的教学和科研工作，学术方向主要为保加利亚语言文学、比较文学、国情文化、跨文化交流研究等。国内外发表学术论文多篇，参与各类科研项目多项，出版有保加利亚文专著《文化转型期的中国和保加利亚的儿童文学》，2002 年获保加利亚文化部出版项目资助出版《阿凡提》的保加利亚文译本。担任中国非通用语教学研究会理事，保加利亚索菲亚孔子学院中方理事。2013 年获保加利亚议长颁发的“发展保中友好关系突出贡献奖”。

文学翻译中文化再解读的几点思索

“翻译”，作为外语技能培训亦或实际工作，都是一名大学外语教师在教学和科研中必要的能力之一。可是具备了这样的技能和一定的专业外语能力，却未必就能翻译出一部好的文学作品，因为传意和传神之间隔着的不是一个字的距离，而是不同文化的跨越。笔者作为一位初涉文学翻译的译者，发现文化元素的翻译传递是对译者的更高考验，在实际翻译过程中需要不断地权衡、比较和选择。

“文化”一词不仅已经融进当下人们生活的方方面面，而且和经济一样，也是一个国家发展的实力象征，是一个民族文明的载体，也是各国政府优先发展和向其他民族推介的重点内容之一。虽然世界经济向着一体化的趋势发展，而世界文化却是越来越多元化。文化也渗透在现实政治、经济、外交、社会交往之中，文化两个字的内涵不断丰富的同时，其外延也不断地伸展。文学在传承的过程中可以超越国界，但文化的传承却会鲜明其民族的特有属性。

当我们用母语解读其他语言文化的时候，其思维的过程也会受自己本民族思维方式的影响，会不自觉地寻找母语文化的语汇和知识支持，这种支持除了文字的，有时还要考虑母语文化传统标准和社会认知度、接受度等等。而这一切的前提是要尽可能保留原作者的创作个性、原作品的民族个性，这就需要译者个性化的权衡和思索，一定程度上，翻译过程也是一个语言再创作的过程。最接近原作的翻译应该是熟悉原作语言的译者，借助于媒介语言的再次翻译多多少少会容易丢失掉一些原作的民族语言文化特色，媒介语言越多，偏离原创语言的可能性也会增大。有位保加利亚作家的姓“Енев”(埃内夫)，基里尔字母经过拉丁字母的拼写变成了“Enev”，到中文里他的姓已经拼读成了“恩威”，这就是语言文化的差异造成的演绎结果。文学翻译中容易传递的是故事情节，而语言创作风格和民族文化特质的保留却需要译者有相当的各种文化知识积淀，在不同的文化中寻求可以沟通和接受的无偏误的语言桥梁。

一、语言文字的直接和间接忠实性

文字本身也是一个民族的文化元素，是每个民族特有的文化遗产。有时候一个词的本义和引申义的选择会让译者两难，要揣摩是直接点出还是留给读者悟的空间。有时候原作者语言的语法特点，比如谐音、韵律、俗语、成语、修辞语汇、词性表达和复杂句的选择等等一些纯语言的元素，当然还有题材、体裁、风格的差异性等等，翻译时都无法完全忠实，很难保持两种相异语言上的一致性。因为选择忠实原语言，在中国文化的语汇里无法表达其文字背后的文化深意，译者就会考虑母语的用语习惯，转化成译者母语里的对应语汇，否则，也许需要加注。可文学作品的阅读和学术作品不太一样，除非特别必要，正常阅读时如果有很多注释可能会容易分散读者的思绪，打断语言阅读和思维的连贯性和专注度。

二、社会文化内容和意境的忠实性

翻译过程中应当尽量保留原作中社会文化的本相，但也要考虑本民族的文化接受习惯。选择采用翻译加脚注的方式，还是本民族的文化语汇，这样的权衡和取舍也让译者犹豫不定。借用中国文化中的相似语汇让读者容易接受并产生共鸣，保留异域民族文化元素有时也很必要。有时还会碰到一些科学现象和宗教、神话传说出现在外国文学作品中，而这些传说在中国的社会生活中却少有接触和使用，翻译的时候是直译还是引用其所表达的含义就需要译者根据语言的需要、意境的需要、阅读的需要进行选择。笔者翻译一部外文诗集时，诗人引用了“莫比乌斯带”和“西绪福斯”的故事，其想表达的主旨是“永远没有尽头的路”和“永远无法达到的目标”，忠实于原有文字直译，还是忠实于文字背后的含义，需要根据上下诗文意境的需要、韵律的需要等进行变通。而涉及一个民族的审美观念、社会道德和风俗准则时，可能无法忠实于原作的语汇表达和意境。比较日本作家村上春树的小说《挪威的森林》的中文译本（林少华译，上海译文出版社）和保加利亚文译本（柳德米尔·鲁茨卡诺夫译，保加利亚蜂鸟出版社）中关于性描写的文字，东西方文化的差异一目了然，对于身体敏感部位的用词保加利亚文忠实于原作的直白语汇，而中文译本采用的是生活的模糊描述的习惯借语，不可言传但可意会。一些中国社会接受度差、生活中比较私密的语汇最好避免直译，间接语汇的含蓄表达才能体现中国文化传统的想象美，过于直白不符合中国文化的传统审美，也容易落入低俗的理解误区。

三、中国文化元素及世界经典还原的忠实性

中国文化在西方的传播历史悠久，中华民族元素也时不时地会进入到西方作家的创作里，译者在遇到这样内容的时候，最好忠实于其已广泛接受和流传的历史，忠实于中国文化自身，而不是再“返译”，尤其是中国古代哲学经典内容。历史史实中的专有名称和世界哲学经典名家名言等一些在中国已经是脍炙人口家喻户晓的内容，也不适宜再翻译，而是还原，否则就容易出现偏差。保加利亚作家格奥尔基·戈斯堡丁诺夫在他的小说《自然的长篇小说》中有一个章节就是引用的中国古代哲学家庄子的语录，这样的内容只能还原才能达到其最佳的表达。当然，特别情况下，也可以根据内容的性质在语言形式上做一点变通。比如，曾有一本外文书的扉页上引用的是中国的成语“狐死首丘”，翻译的时候可能保留原作家诗意的诠释语言更符合这句话的位置，也才能带给读者想象的诗的思想意境。有时还会发现一些细微的语言或知识偏误，而非刻意情节需要的安排，译者可以选择还原。笔者在翻译一部作品时发现作家将广州和广东的行政身份混淆，翻译时需要选择“纠错”，这样的常识细节更符合

中国读者的需要，不至于分散其注意力，在后面的细节阅读中寻找更正。

文学创作是各民族文化元素传承的形式之一。文学翻译可以说对异族文化的本民族解读，这种再解读的标准，有时无法简单地用“信”“达”“雅”简而框之，还要考虑到译者本民族传统文化思维的其他方面，这也让缺少翻译经验积累的译者时刻面临着对于语言忠实的困惑，翻译中会经常遇到文字难以完全言传的无力感。如何以及怎样保留原作的语言意境、风格特点、文化思想的精髓等等，不仅需要译者对语言文字本身忠实的程度有精确的把握，而且需要解读超越有形文字背后的无形思想。缺少了精神文化传递的文学译作，语言再优美也没有了风骨，难以长久屹立于读者的心头并产生共鸣。

范维信（1940—　　），河北省安平县人。1964 年毕业于北京广播学院外语系葡萄牙语专业。中国国际广播电台译审，澳门特别行政区基本法葡文本定稿人。曾任澳门终审法院院长办公室翻译顾问。主要译作有：《巴济里奥表兄》《失明症漫记》《山村故事》《老船长外传》《死海》《大使先生》《中国与葡萄牙外交关系史》等二十余部。获巴西圣保罗文艺批评家协会 1990 年度“国外最佳翻译奖”；1997 年获葡萄牙总统颁发的“绅士级功绩勋章”；1998 年以若泽·萨拉马戈的小说《修道院纪事》的中文译本获“中国首届鲁迅文学奖·文学翻译彩虹奖”和“第二届外国文学优秀图书奖”。

翻译《修道院纪事》的一些往事

葡萄牙作家若泽·萨拉马戈获一九九八年诺贝尔文学奖，而在作家获奖的五个月之前，他的力作《修道院纪事》的中文译本获得了中国“首届鲁迅文学奖·文学翻译彩虹奖”。在中国报刊对萨拉马戈获奖的大量报道和评论中，不记得是哪家报纸刊登的一篇文章有个醒目的标题：“英雄所见略同”。

作为《修道院纪事》一书的中文译者，我在这里和朋友们谈谈翻译中的一些往事。

在我获得鲁迅文学奖之后的不几天，一九九八年五月一日，一封贺信从若泽·萨拉马戈在西班牙加那利群岛兰萨罗特岛的寓所电传到了北京：

亲爱的范维信教授：得悉你获奖，特表示祝贺和高兴。双重祝贺，双重高兴，这是因为，由于你翻译的《修道院纪事》一书，我得以带着尊敬和友好之情分享你一生这幸福的时刻。我相信，这不是最后一次，更多的幸福时刻等待着你，这实为你杰出的工作使然。

五个月之后，瑞典学院宣布把一九九八年诺贝尔文学奖授予若泽·萨拉马戈，我的一位新闻界的朋友在第一时间打电话告诉我这一消息。我当即写信祝贺：

得悉你获奖，我并不感到意外，因为你当之无愧，你的《修道院纪事》当之无愧，你的全部作品当之无愧。

但是，作家寓所的电话/电传一直发出忙音，第二天还是这样。我想，大概全世界都在往他家打电话，挤不进去，没办法，只好通过邮局了。

不久之后，我收到他委托出版商寄来的一包书：他的作品——此前他曾问过我已经有哪些他的作品，并且让我列了一张单子。

二〇〇一年，我翻译的他的另一部小说《失明症漫记》出版，顺便说一句，香港话剧团与中国话剧院合作，把这部小说改编成话剧《盲流感》，于二〇〇六年九月在香港公演。

我坐在书房的写字台前，往事一幕幕在脑海出现。

一九八七年，我赴葡萄牙里斯本大学文学院进修。应当说，当时对葡萄牙文学几乎一无所知。我翻译过的都是巴西作品，例如亚马多的《死海》《老船长外传》，埃里科·维利希莫的《大使先生》《安塔列斯事件》等。凑巧的是，在我动身去里斯本之前，被称为“百万书翁”的巴西作家亚马多夫妇应我国文化部的邀请来华访问。在香格里拉的一次晚宴上，亚马多问我：“听说你要去葡萄牙，你认识哪些葡萄牙作家？”我坦率地回答：“对于葡萄牙文学及作家，像中国一句俗语所说，我是两眼一抹黑。”他说：“我给你写封介绍信，好吗？”

我当然高兴。

老作家第二天便把“介绍信”交给了我，上面列出了十几位葡萄牙作家和文学评论家的名字、住址和电话号码，还特别在其中的阿尔瓦洛·萨莱马的名字后面注明：“此人中午十二点起床，请勿在此之前打电话。”亚马多在“介绍信”的最后写道：“请你们像接待我一样接待我这位朋友。”

名单中就有一九九八年诺贝尔文学奖得主、《修道院纪事》的作者若泽·萨拉马戈。

到了里斯本，先是请教文学评论家，以了解葡萄牙文学概况。他们当中特别令我感动的是阿尔瓦洛·萨莱马。当时他已经七十多岁，身体不好，走路颤颤巍巍，但我两次向他求教，他都像给学生上课一样，一讲就是两三个小时。记得最后一次结束时，他叮嘱我："请记住，研究葡萄牙现代文学，要死死盯住两个人，一个是米格尔·托尔加，一个是若泽·萨拉马戈！"

这两位作家都曾被提名为诺贝尔文学奖候选人。可惜，德高望重的米格尔·托尔加于一九九七年九十高龄去世。

对葡萄牙文学有个大致了解后，我在若泽·萨拉马戈当时在里斯本的住所拜访了他。

他给我的第一印象是，虽然不乏文学家的幽默，但比较内向，不像亚马多等巴西作家们那样热情奔放。谈到他的文学创作，他问我已经读过哪些书，我说刚刚读完他的《修道院纪事》，非常喜欢。他问我是不是准备翻译，我说想翻译，但现在不能动手，因为我不想"糟蹋"了他这么好的一部小说。为了让我以后翻译起来方便，他送我一本《修道院纪事》的英译本，英译本的书名改成了《布里蒙达和巴尔塔萨尔》。

回到北京，我又把《修道院纪事》看了两遍，但还是顾虑重重，没有动手翻译。六年后的一九九四年，"葡萄牙作家丛书"中的第一本、埃萨·德·盖罗斯的小说《巴济里奥表兄》问世，在澳门的卢廉若花园举行首发式。我作为该书译者讲话之后，中文和葡萄牙文传媒的记者们连珠炮似的提问，其中一个葡文记者问："请问范教授，你准备翻译的下一本书是什么？"至今我还弄不明白，当时我为何不假思索，脱口而出："若泽·萨拉马戈的《修道院纪事》！"

发现听众席上一阵骚动，我接着说："我知道你们为什么议论纷纷，知道《修道院纪事》是块'难啃的骨头'。但是，君子一言，驷马难追，既然说出口，就要竭尽所能，把一本原汁原味的中文《修道院纪事》奉献给读者，绝不'糟蹋'了这本我喜爱的小说！"

译书难，同行们都深有体会。在翻译《修道院纪事》的一年多时间里，头上又增添了几许白发。一九九七年，若泽·萨拉马戈专程来北京参加该书首发式，问及我翻译的感受，我说，遇到特别难译之处，我像笼子里的老虎一样在书房里转了一圈又一圈，嘴里嘟嘟囔囔抱怨你这个作家给译者制造了这么多难解之谜，让译者绞尽脑汁。他几乎笑出声来："两种文化和文字差异太大了。"

确实，翻译《修道院纪事》的过程中最大的困难莫过于文化和文字上的差异。首先，由于历史上的原因，我对宗教方面所知甚少，有时候为了一个神的名字查很多资料仍然一无所获，只得请教外国朋友，再求教中国专家，如果作家再用宗教典故"幽默"一下，还要先弄懂典故，然后设法用恰当的中文表达出来，既要在不加“注释”的情况下让读者看明白，又要不失原文的幽默感。另外就是他的风格。莫说从葡萄牙文变成我们的方块字，而且要“信、达、雅”，就连同样使用葡萄牙文的巴西文学评论家卡洛斯·格拉耶普也说：“了解若泽·萨拉马戈的作品并非易事，他的小说节奏缓慢，一个自然段有时长达数页，在叙述中的对话不用引号，仅用逗号隔开。”但是，这位评论家又说：“一旦克服了这些障碍，适应了作者的风格，会顿觉豁然开朗，得到极大报偿。”对于最后这一点，我作为译者感同身受。

我觉得，翻译，尤其是文学翻译，是个残酷的职业，要想做好，就永远不得停歇。不过，当你克服了重重困难，把你认为满意的译作呈献给读者的时候，那种“得到极大报偿”的心情是难以言传的。

冯植生（1935—　　），广西百色人。毕业于匈牙利罗兰（布达佩斯）大学语言文学系。中国社会科学院外国文学研究所研究员，长期从事匈牙利文学研究与翻译工作，享受国务院政府特殊津贴。中国作家协会会员，国际匈牙利学会会员，获中国翻译协会颁发的“资深翻译家”荣誉证书。著有学术专著：《匈牙利文学史》《裴多菲传》等；译作（含合译）：《米克沙特短篇小说选》《圣彼得的伞》《奇婚记》《亲戚》《金棺》《匈牙利短篇小说选》等，以及多位匈牙利作家诗歌、小说、散文和文学理论作品。主编：《东欧短篇小说选》、《被忘却的歌》（东欧散文翻译选集）、《20 世纪中欧、东南欧文学史》。

漫说“翻译”

一

关于“翻译”一词，我们检阅《现代汉语词典》（第 6 版），它给出的解释是：“把一种语言文字的意思用另一种语言文字表达出来；把代表语言文字的符号或数码用语言文字表达出来：翻译外国小说｜把密码翻译出来。”应当说，迄今为止，这是有关“翻译”一词最正式、准确与权威解析了。

至今为止，我们知道，在茫茫无边际的宇宙太阳系中，地球是唯一人类适宜居住的行星。地球很大，人类数量众多，分别生活在约一百九十多个国家和地区。分属不同国家、民族的人们，操讲着各异的语言，书写着不同符号的文字。我们人类既然共同生活在同一地球上，就有必要彼此了解、沟通与对话，“翻译”自然而然就成为顺理成章、不可缺失的重要工作。

翻译是两种语言文字彼此转换，是我们了解世界各国和民族，也让世界各国和民族了解我们必不可少的最重要手段和工具。要想做到一名合格的翻译工作者，就必须要求掌握两种或两种以上（包括自身母语在内）的语言文字，这是最起码的条件；当然，掌握的语种愈多、愈娴熟、愈精准，无论从事的是中译外，还是外译中，工作中运用起来就愈顺畅，愈有把握，少犯或者不犯错译、误译，称得上合格的翻译工作者。这项工作既重要又光荣，也面临巨大挑战，绝非人们想象的那么容易、轻松呵！

二

在我国历史上，翻译工作一贯受到重要对待，有着悠久的优良传统，是我们中华民族文化的重要组成部分。我们中华民族具有积极进取的开放心态，善于学习，吸取外部世界一切国家与民族的优秀文化成果，以丰富和深化自身的文化思想内涵；我们中华民族从不固步自封，从不拒绝吸取一切外来有益的元素，使得中华民族文化更灿烂。随着时代的脚步前进，中华民族文化必将迈进更加辉煌的殿堂。在对外交往、文化交流的过程中，两种语言文字的转换——“翻译”工作的贡献是必不可少的。“翻译”就如同天空中一道亮丽彩虹，在我们与世界之间架设起一座友谊、和平桥梁。

的确，在中华民族对外交往史上，“翻译”或者说“通译”曾经起过重要作用，写下浓墨重彩的一笔。众所熟知，早在两千多年的汉代，著名的外交使节班超、张骞等就远赴西域、西亚，跟那里的各族人民、各个国家进行友好交往，彼此了解、沟通，互通有无，开创了著名的丝绸之路。“翻译”或者说“通译”就成为重要工具。距今一千多年的大唐盛世，灿烂的中华文化，吸引了各个国家的使节、友好人士、留学生、商人、工匠和手艺人等，齐聚都城长安，彼此学习、交流，呈现一派繁荣太平景象。两种或多种语言文字的转换在人们中间成为彼此交流思想，理解所必须，更为普遍了，也使得人们的关系融洽、和谐了。长安也成为当时世界上最为发达繁华的大都会之一。再者，在中华民族对外文化交往、或者说翻译史上最为人们津津乐道的，恐怕莫过于大唐玄奘法师的辉煌业绩了。当年，玄奘和尚为了宣扬佛法、弘扬法门、普度众生，不辞艰辛、千山万水，如同《西游记》所描写的唐僧师徒四人，过火焰山、渡流沙河，历尽千辛万苦，终于求得真经返回东土大唐。玄奘法师留学印度十多年，求得佛门经卷十余部；返回长安后，奉旨开设译场，悉心翻译佛经，传播佛家文化，付出毕生精力，前无古人，创造了中华民族翻译史上一大奇迹，给世界文明史上中印文化交流留下一段佳话。明朝鼎盛时期，皇帝朱棣下旨，命令郑和作为使臣，率领一支庞大船队先后七次下西洋，途径东南亚，穿越印度洋，到达非洲东海岸，历访沿岸各国，亲切交往，开始创造了海上丝绸之路。在这项伟业中，“翻译”或者说“通译”担负起彼此沟通、了解的重任，是不言自明的。

考察中国近现代史，随着对外交往日益频繁，翻译工作，特别是外译中尤显突出。晚清时期，兴起的“洋务运动”，一度掀起向西方学习的高潮，出现了以严复为代表人物的著名翻译家，一批西方重要的著作，如《天演论》《进化论》等当时进步的思想读物被译成中文，它们的引进曾对我国思想界引起巨大触动，拓展对外开放的眼界。二十世纪以来，外译中的翻译事业面更广，力度更大更深，特别需要指出的是，从二十世纪二三十年代开始，《资本论》、《共产党宣言》以及马克思、恩格斯许多重要经典著作的中文版出现，标志着社会主义思想在我国得到迅速传播，不仅推动我国哲学思想界科学社会主义原理研究工作向更深层次发展，国人也因此在思想上获得更全面、更深刻的启迪，更好地审视世界，促使国人努力加快自身社会朝着更美好的方向发展，由此可见翻译工作的重要性了。毫不夸张地说，“翻译”作为对外交往的必要手段，一种常见的特殊的文化元素，在时空长河中，已经融入我国的文化中，成为其中的有机组成部分。

再进一步观察，新中国成立后，“翻译”工作，无论是外译中，还是中译外，都得到长足全面发展，其内容、范围涵盖文、史、哲、经济、外交、政治、军事、新闻等领域；当今的“翻译”工作基本上都是双向的，既要做好外译中，也要做好中译外，更好更准确地掌握我们在世界论坛上的话语权。“翻译”工作者在工作中一定要严肃、认真，切不可马虎、想当然，随意添加或删略，造成误译或错译，后果不堪设想，甚至铸成大错，为此轻则留下笑柄，重则造成灾难，这样的例子亦不少见。

三

下面，我们将“翻译”工作压缩，限制在外国文学的外译中范围之内。长时期以来，我国翻译界产生“约定俗成”的共识：在从事外国作品翻译时，要求做到“信、达、雅”。文学作品有诗歌、小说、戏剧、散文等体裁之分；但无论是哪一种体裁，都要求做到忠实于原文，优雅地表达；总之，“信、达、雅”应是外国文学“翻译”工作者的最高追求境界。

在我们人类赖以生存的地球上，几千年来，全世界聪明、智慧、勤劳的各国、各民族人民共同创造出了高度的文明、文化，极其辉煌、灿烂。在文学领域，涌现出许多灿若晨星的世界级大师。他们运用各自国家、民族的语言文字，创作出优秀的文学作品；面对如此丰富多彩，艺术性、思想性都极高的外国作品，我们从事外国文学“翻译”工作者，有责任、有义务通过两种语言文字转换，把优秀的外国文学作品转换成汉语（中文），让中国读者共同欣赏、借鉴所有世界级的优秀成果。为了做好这项重要工作，我想谈谈以下几点粗浅的认识：

1. 语言文字问题。从事外国文学“翻译”工作，熟悉掌握、运用语言文字是基础。当今世界上，公认有五大语种（对我们而言），即英、法、俄、德、阿拉伯语，还有许多的所谓小语种和世界语，组成一个极其丰富的语言世界宝库。就从事外国文学“翻译”工作者而言，首先是要熟悉掌握、运用中国语言文字（汉语、中文），这是不言自明的；其次，要熟悉掌握所要从事“翻译”的国家、民族文学作品所使用的语言文字；当然，如能多掌握一、两种大语种更好，这样就便于彼此对照、借鉴，吸取各方长处，动笔“翻译”，更能驾轻就熟。千万不能仅凭一知半解或者想当然就下笔直书；更不能容忍的是，按照自己的想当然随意增删原作的某些部分，这样做不但是对原作的极不尊重，也是对读者不负责任的错误行为，既与译者身份不符，更谈不上符合“信、达、雅”的要求了。

2. 深入、广博的文化知识。一位合格、出色的优秀“翻译”工作者，应该具备广泛的人文文化知识，加强自身的中外文化、文学知识结构；最重要的是，一定要加深求知和了解所要从事“翻译”作品、作家所属国家、民族的文化、文学的情况，了解它们的历史、人文知识，生活习俗，乃至饮食习惯等等，愈是深入、细致愈好；总之，一切都出于“翻译”工作能更好完成为要旨。

文学是人学。各国作家在他们的作品里反映出来的是他们各自国家、民族人民的心声，内容丰富、思想内容深广，涉及历史、现实生活、个人情感，林林总总；每一位作家又各具特性，运用的文学体裁、艺术样式又各异；这些无疑给从事外国作品“翻译”工作者带来巨大挑战，对“翻译”提出更高要求。有责任心的译者，不会随便急于动笔，在开始“翻译”之前，起码要对将要“翻译”的作家及其作品有一定了解；译者语言文学水准愈高，文化知识面愈广，加之对作家作品的理解愈深刻，动起笔来必定顺畅，定会给读者提供一部“翻译”精品。

3. 翻译、创作与研究。外国作家使用各自国家、民族语言文字进行写作，亦称之为进行创作，其产生的作品拥有独立的知识产权，受到国际知识产权法保护。译者通过两种语言文字转换方式，把外国作家作品转换成自己母语文字，其过程就是"翻译"，也就是一种再创作，其产品同样受到知识产权法保护。在我国，文学作品"翻译"有专业与业余译者之分；再细分，又有专门翻译小说、诗歌、戏剧的，或者专门从事某位外国文学大师作品的。最值得称道的翻译家是朱生豪先生，二十世纪三十、四十年代，朱先生在物质条件十分困苦，生活极其窘迫的环境中，呕心沥血，尽毕生之力，"翻译"了《莎士比亚全集》（中文版于二十世纪五十年代问世，其时朱先生已经作古）；自此，翻译大师之名，朱先生实当之无愧。朱先生的《莎士比亚全集》译作亦可称为"再创作"吧。活跃在外国作家作品引进兼作"翻译"的还有许多著名的中国作家，鲁迅、茅盾、郭沫若、冰心、巴金……足够列出一长串赫赫有名的作家名字；他们除了把主要精力投入自身写作，还积极热心从事"业余翻译"的"再创作"；其特点是，或出于时代的需要，例如鲁迅、茅盾在二十世纪三十、四十年代着重翻译俄罗斯、东欧、北欧著名进步作家及其作品。有些作家结合自身的创作，"翻译"了一些对自己创作产生影响的外国作家或流派的作品，他们的这种"业余翻译"可称得上更深层次的"再创作"了。活跃在我国"翻译"领域的，还有一支重要的力量，那就是既搞"翻译"又做研究工作的科研工作者。他们或以研究为主业，兼做"翻译"工作，译作多以跟自己研究项目有关；或者两者兼而有之，相得益彰。他们的"再创作"（译品）会给读者透露出更多信息，有益于读者对于作家作品的理解、欣赏。

当前，我国在外国文学"翻译"工作成绩斐然，经过几代人的努力，取得了长足进步。远至古希腊、古罗马文学，欧洲中世纪的古典文学、文艺复兴、启蒙运动、近现代的等各种主义文学样式文学，乃至当今的各个国家文学，诺贝尔文学获奖文学都有了中译本。我国还有一支从事外国文学翻译、教学和研究的优秀队伍，除了几大语种外，几乎所有小语种都有了专门人才。早年通过其他语种转译的重要外国作品，现在都有了从原文"翻译"过来的中译本。例如郭沫若大文豪"翻译"的德国大文豪歌德的巨著《浮士德》，现在又有了绿原先生从德语原作重译的《浮士德》，当然，郭译依然有它的时代和作家译作的特殊价值。又例如，卞之琳先生在二十世纪六十年代出版了莎士比亚的《四大悲剧》，是从"翻译"和研究着眼的，其价值堪称与《莎士比亚全集》译本同辉。类似的例子还有很多。倘若我们能静下心来，研读不同时期出现的译本，细细品味不同时期、不同译本如何运用语言文字的手法，"翻译"的风格和特点，为译作撰写的前言或序言，定能从中得到启示，推动外国文学作品的

“翻译”与研究工作更好发展，取得更大成绩。

四

匈牙利伟大爱国革命诗人裴多菲·山陀尔，是我国读者熟悉、喜爱的域外重要诗人之一；尤其是他那首哲理短诗《自由与爱情》，更是在我国读者中间流传很广，常常被加以引用、转述或借以形容、表达某种事物的含意。

可是，正是这首得到读者认知的裴多菲短诗，在一次研讨会上，却被人提出是一首译错了的诗作。

事实果真如此吗？这里涉及“翻译”原则，有必要弄清真相，明辨是非。

这首短诗的中译者是二十世纪三十年代我国著名革命作家白莽（殷夫）。为便于说明问题，不妨将原诗（直译）与白莽译文对照如下：

原作（直译）:《自由·爱情》
自由与爱情，
两者我都需要；但是
为了爱情
我愿意牺牲生命；
为了自由；
我愿意牺牲爱情。

白莽译作:《自由与爱情》
生命诚可贵，
爱情价更高；
若为自由故，
两者皆可抛。

这里，我们首先要关注的是，诗人与译者尽管相距了近一个世纪，但都是处于国家、民族陷于危难时期的爱国诗人、革命志士，他们的心灵是相通的；其次，短诗的三个命题：生命、爱情、自由，译者（白莽）心有同感，对待态度、立场一致，故能做出最符合短诗内容的精准“翻译”；第三，中国与匈牙利历史文化背景不同，语言文字各异，表达的方式亦不同；原作是押韵的，而直译却过于直白；白莽的“翻译”在充分领会原诗基本思想内容的基础上，熟练地运用汉语的特色，精准地表达出来，押韵，铿锵有力，朗朗上口；由此可以得出结论，这是一首难得的译作，何来“翻译”有错之说呢？

再举一个例子。匈牙利现代著名小说家莫里兹有一短篇小说，其标题直译是《七枚克罗尔察》（是匈牙利最小辅币的音译），中译者凌山先生译为《七个铜板》，不仅切题，也符合汉语表达方式，显得自然，精确，这只有掌握原作内容，又具备高水准汉语的译者才能做到。

在我国的外国文学翻译界，此类精彩的译作亦当不少，说明我们“翻译”工作者的自信、责任心和成熟。

“翻译”作为一种重要的文化现象，在我们与世界各个国家、民族日益密切的交往进程中起到彼此了解、促进理解、加深友谊的巨大作用。“翻译”作为一种手段与工具，我们能够有效地吸收世界文明、文化优良元素，传播我国优秀文化，与世界一起共同创造美好。

我国的“翻译”工作历史悠久，成绩卓著，是中华民族文化重要组成部分，必将在发展我国文化事业中发挥出更大作用。

高锋（1946—　　），山东沂蒙人。1969年北京语言学院英语本科毕业。自1971年起，先后在瑞典学习并工作16年。曾任中国驻瑞典使馆研究室主任，驻瑞典、塞尔维亚与黑山和巴布亚新几内亚使馆参赞和中国驻哥德堡总领事。1980年起先后在香港和大陆发表60多篇介绍瑞典模式与瑞典社民党的文章。2009年编译并出版了《瑞典社会民主主义模式》，2013年在台湾出版了《瑞典社会民主主义模式评介——实现中国特色社会主义的钥匙？》。主要译著有：《淘气包艾米尔》、《当伊达也想搞恶作剧的时候》、《孤儿、流浪汉与强盗——拉斯米斯历险记》、《埃尔维斯成长系列》和《夜爸爸》以及《电脑大盗》、《飞毯侦探斯文唐》和《马克成长系列》等19本书，共约110万字。

信达雅是检验真假翻译的试金石

记者：你是什么时候开始翻译瑞典文学的？在这方面有什么体会？

高锋：我真正开始翻译瑞典文学是一九八三年秋天，我翻译的第一本书就是安徒生大奖获得者阿斯特丽德·林格伦（Astrid Lindgren）的《淘气包艾米尔》。当时我在中国驻瑞典使馆当三秘。我女儿快六岁了，我就想该给孩子送个生日礼物。这孩子从小就喜爱文学，六岁时已经可以阅读很多故事书。因此我决定把《淘气包艾米尔》三部曲中的第一个故事翻译出来，送给她。我之所以选中这本书，与我的两个好朋友林西文[1]和林西莉[2]（Sven Lindquist 和

[1] 林西文（1932—　　），瑞典著名作家、教授。1967年获《瑞典日报》文学奖，1973年获瑞典促进文学大奖，2008年获瑞典文学院诗歌奖。有30多本著作，其中一些被翻译成英文、法文、德文和意大利文等出版。

[2] 林西莉（1932—　　），瑞典著名作家、汉学家，1989年因其著作《汉字王国》被政府授予教授称号，两次获得瑞典文学大奖——八月奖，2008年获得国王奖章。

Cecilia Lindquist）是分不开的。林西莉当时在一个瑞典中学教中文，需要点中文语言录音，为瑞典学生当听力辅导材料。作为交换，他们把这个艾米尔故事录下来并送给了我们。这样我开始阅读国际儿童文学大师阿·林格伦作品。这个录音开始我听起来很费劲，后来一面查字典，一面看书，一面听录音，这个故事很快使我入了迷。我为作者塑造的艾米尔英雄形象所激动，所感动并折服。艾米尔像许多孩子一样，本质善良、勇敢，只是因为生性好动，无意中搞了不少"恶作剧"，才为村里人所不容。一九八五年五月三十一日笔者有幸到作者家里做客时，林格伦对我介绍说，"这一类孩子虽然不那么讨人喜欢，但富有创造力，往往更能成就大事。我撰写此书就是要为他们正名"。我翻译好把译文寄给孩子时，顺便给中国少年儿童出版社也寄了一份。一九八四年夏天我回国后，出版社建议我翻完全书后再讨论出版的事。很快，我的处女作《淘气包艾米尔》一九八四年十二月正式出版了。

责任编辑徐寒梅当时对我说，"你可能自己也不知道，你的文笔特别适于翻译儿童文学"。她不知道，我翻译此书时所经历的艰难，更不知道我的文笔是怎样练出来的。这本书是世界儿童文学大师林格伦，人称"鸽子女王"的王冠上的一颗明珠，不仅在思想上创造了一个高峰，在语言创作上达到了一个顶点，而且具有深厚的乡土气息。尽管当时我从事翻译工作已经十年，在瑞典模式研究方面也发表了多篇文章，但翻译起这本书时仍然感到十分困难。这种困难就像是攀登一座高山，令人时时感到巨大的压力和艰辛。但我从来没有想到逃避困难，走什么捷径，而是反复探讨作者的意图和作品的含义，竭尽全力，一步一个脚印，硬是把它翻译完了。这时我就像登上高山之巅一样，感觉到、体会到作品之美。这真不愧国际大师的名著。书出版后，我还多次阅读它，欣赏它，就像对一件奇珍异宝，反复观赏并体会它的内在美。翻译时许多情节，我反复考虑过不知多少次，经常读给女儿听，征求这个小读者的意见。那个坏事做绝的管事掉进了艾米尔为捉野狼挖的陷阱里，面对这个人不人、鬼不鬼的东西，艾米尔说他捉到一只似狼似人的动物，"en varulv"，这里该翻译成狼人，还是人狼，我有些拿不准。我女儿深思了一下后说："应该是'人狼'，因为她更像一只凶恶的狼！"我翻译好一页，她就看一页，经常提一些意见与建议。我感到，在翻译过程中经常听取儿童的意见是使译文为少年读者喜欢并且看得懂的好办法。书中描写的斯毛兰山区人民的艰苦环境，使我经常想起我的沂蒙山区老家和我在那里度过的童年，这使我翻译起来不辞劳苦，努力精益求精。当时没有电脑，我改一遍，我爱人就抄一遍，直到筋疲力尽，真正满意为止。这本书出版后被出版社列入安徒生奖获得者作品选，很受读者欢迎，并多次再版。有些读者把它当作传世佳品，儿子看了孙子看，一代一代地往下传。二〇一三年六月瑞典文学院终身院士、诺贝尔文学奖评选委员会委员马悦然教授读过我的译本后也称赞我翻译得好。可惜后来，这本书的版权一九九〇年被出版社卖给了台湾，这本书在大陆慢慢消失了。

接着，我翻译了林格伦的艾米尔故事续篇——《当伊达也想搞恶作剧的时候》。这个短篇一九八六年在《中国少年》发表后，二〇〇一年被广西教育出版社收入《外国儿童文学名作导读本》。编者评论说[1]："在儿童文学作家里，林格伦是一个真正的大师。她对儿童的理解透彻极了。从来不把诸如此类的恶作剧看成是毛病、缺点，而是以非常欣赏的态度去表现它们。她是全世界儿童的知音。我对她崇拜得要命！"一九八五年我还翻译了林格伦的安徒生大奖获奖作：《孤儿、流浪汉与强盗——拉思米斯历险记》，作者为此专门写了前言。翻译好后我马上拿着书稿先去找中国少年儿童出版社，之后又找了世界知识出版社。几经周折，这本林格伦巨著于一九八八年十二月才得到出版。一九八九年林格伦在这本译书上题词说："亲爱的高，感谢你翻译了这本书。"

一九八九年我还翻译出版了一本成人犯罪小说——《电脑大盗》。这本书技术性、前瞻性都很强。当时电脑技术中国仅在个别科研部门使用，还没有人懂得利用电脑行窃犯罪。我们使馆当时也没有电脑。为了弄明白书里所讲的高技术犯罪问题，我不得不反复阅读大量关于电脑的技术资料，结果疲劳过度，在去西藏出差时昏倒在饭店，差点命丧黄泉。后来，我又翻译了瑞典儿童文学最高奖——尼尔斯·霍尔盖松金奖获得者霍姆贝里的名著《飞毯侦探斯文唐》。在当时国内政治气候下，翻译出版外国文学变得非常之难。

在翻译了这五本书之后，我读到了中国大启蒙思想家严复于一八九八年在《天演论·译例言》里所谈到的："译事三难，信、达、雅……"对此，我深有同感。瑞典文学院终身院士、诺贝尔文学奖评选委员会成员、翻译家和汉学家马悦然教授也说："翻译是一门困难的艺术，或者更准确地说，是一门困难的手工艺术[2]"。有时我想，应该补充上一条中国翻译工作者的特殊困难。在相当长的时间里，中国人盲目仇外，对于翻译工作者很不信任，翻译工作因此变成了一种高危产业，这是新中国成立后翻译工作遇到的新困难，是严老先生一百多年前没有想到的。随着改革开放，翻译工作者的地位得到了一定提高。但这时我把主要力量放在了瑞典模式研究上，翻译了瑞典社民党党纲等一批政

[1] 《外国儿童文学名作导读》第 231 页，广西教育出版社，2001 年 6 月版。

[2] 马悦然教授 2014 年 6 月 12 日给笔者来信。

治性书籍和文章，努力为国内改革提供一些参考和借鉴。

退休后我重新开始翻译瑞典儿童文学，先后翻译出版了安徒生大奖获得者——玛丽娅·格里佩（Maria Gripe）的埃尔维斯（Elvis）成长系列和她的《夜爸爸》以及瑞典林格伦儿童文学奖获得者——巴布鲁·林格伦（Barbro Lindgren）的马克（Max）成长系列。连同前面的五本，我共翻译了十九本瑞典文学书，约一百一十万字。

记者：你翻译出版了两位国际大师——林格伦和格里佩的儿童文学名著，两个著名瑞典作家——奥·霍姆贝里和巴·林格伦的著作，还翻译了《电脑大盗》等一类超前的反映高科技犯罪的文学著作，这确实不容易。你刚才说对严老讲的译者三难深有同感，这很好理解。你觉得三难哪个最重要，或者说最难？

高锋：中国著名语言大师季羡林先生一九九四年[1]说过："信、达、雅三个字中，以第一个'信'字为基础，为根本。""评论翻译作品，首先就是看它信不信，也就是看它是否忠于原文。"季老谈话一言中的，我完全同意。做翻译最重要的也是最困难的一条就是忠于原文、忠于作者。信达雅这三条中，信是最重要的，也是最困难的。信是做翻译的根本，也是我们做人之根本，更是判断翻译真假与好坏的试金石。

现在翻译界不少人恰恰忘记了这一点。瑞典文翻译人数虽然不多，有些译者则公开表示，反对把忠于原文、忠于作者作为翻译作品的根本标准。也有人宣称信达雅早就过时了。主张"翻译的最高原则是译出作品的灵魂"。在这些错误思想指导下，许多瑞典文学名著译本与原著大相径庭。笔者认为瑞典语翻译界由此出现了一场严重危机。

记者：翻译最根本是要忠于作者、忠于作者原文，这是个常识问题，应该是人所共知。当前瑞典语翻译中真有人反对信达雅？瑞典文翻译界真的有什么危机？这样说是否太严重了？

高锋：是否存在危机只要看出版的作品讲不讲信就行了。在这里，我以某少年儿童出版社近年来推出的林格伦选集为例，我只选其中最有代表性的几本。

《长袜子皮皮》是林格伦的成名作，其中有一段故事讲：在皮皮接待强盗来访一节中，强盗们在门外听到皮皮正在与一位尼尔松先生（一只猴子）说话，"他们以为，这家的主人是尼尔松先生，**就相互眨下眼并使个眼色，意思是说我们待会儿再来，**但对皮皮，他们说，我们进来只是想问问现在几点了"。（原著第 81 页）"De trodde att det var husets herre som hette Nisson，och de

[1] 《季羡林谈翻译》第 23 页，季羡林研究所编，当代中国出版社，2007 年 6 月出版。

blinkade menande åt varandra.Vi kan komma tillbaka lite senare，menade de med den blickningen，men till Pippi sa de：—Ja，vi gick bara in för att fråga vad klockan är."

该译本把上文中黑体字删掉了，把最后一句由“我们来只是想问问**现在几点了**”，改成“我们进来只是**想看一看钟**”。之后在译文中又擅自增加了下列黑体字：“**这句话有两个意思：一个意思是几点钟，另一个意思是什么是钟。皮皮以为是后一个意思，所以皮皮说：‘堂堂男子汉连钟是什么都不知道？你们到底上过几年学？’**”（译文 79 页）

译者对原译的改编还有不少，在皮皮开始上学一节中，老师想试验一下皮皮的学习与模仿能力。她拿出一张画着刺猬的图片说：“‘皮皮，我给你看一点儿有趣的东西，’她兴致勃勃地说，‘你看这是一只刺——刺——刺猬。刺猬这个字（igelkott）的第一个字母应该念—— ‘i’”（原书第 44 页）“—Nu，Pippi，ska du få nåt roligt，sa hon hurtigt. Du ser här en iiiiigelkott och den här bokenstaven framför igelkorten，den heter”“i”.（sidan 44）。在书上插图里，刺猬旁边也有“i”这个字母，因此这句话本来很容易翻译，但译者改变了原文译为“喂，皮皮，…… 你看到的是一只刺——刺——刺猬。刺猬这两个字当中前边一个字应该念—— ‘刺’。”（译本第 38 页）

老师说上述话本意要皮皮读一下“i”这个瑞典字母，因此在原书中皮皮答话说：“啊，真令人难以置信！在我看来，这不过是苍蝇在一根直直的杠杠上拉了一点屎。但我很想知道这点苍蝇屎与这只刺猬有什么关系。”（原书 45 页）“Å，det kan jag väl aldrig tro，sa Pippi，Jag tycker det ser ut som ett rakt streck med en liten fluglort över. Men jag skulle gärna vilja veta vad igelkotten har med fluglorten att göra."（sidan45）。但该译本却译为：“‘啊，我永远也不会相信，’皮皮说，‘我觉得这个字看起来就像乱糟糟的一堆东西旁边加一把长刀和一把短刀。不过我倒很想知道这个刺字和这样两把刀子有什么关系’。”（译本 38 页）

接着老师又拿出另一张画着蛇（瑞典文：Orm）的图片，想试试皮皮会不会说“O”这个字母。不用说你也知道，当译者把这个瑞典字翻译成“蛇”时，皮皮自然无法知道老师要她模仿什么字母了。

记者：对林格伦的大师名著这样随意增改确实不妥。皮皮利用瑞典词汇中的某些双重含义，来戏弄这两个强盗，对读者来说并不难理解，译者在后面顶多加个注释就行了。对原文自行补充修改，确实有点画蛇添足。

高锋：《淘气包艾米尔》是林格伦另一本名著。故事来源于作者父亲幼年的经历，当写到艾米尔在暴风雪中冒着生命危险抢救病人的英雄壮举时作者都流下了眼泪。尽管村人乡里要赶走艾米尔，但他妈妈坚信艾米尔善良勇敢的本质，坚信他将来一定有出息，会变成一个大人物——**市政区委员会主席**，也就是我们常说的**市长**（Ordförande av Kommunalnämden[1]）。但二〇〇九年某少儿出版社出版的《淘气包埃米尔》中，却把书中十五次提到的这个职务译成“社区委员会主席”。社区委员会，在二次大战之前的瑞典或者其他西方国家没有这个组织。显然译者把艾米尔妈妈心目中对儿子未来职务的期望，变成了一个瑞典政府机构中当时和现在都不存在的机构了。

作者在艾米尔书中提到最多的另一个职务是孤老院的**管事**（Kommandoran）。当时的瑞典还不是什么福利国家，孤老院只是一个条件恶劣的老人收养所，由一个“身体最粗壮、性情最暴躁的女人”担任管事并指挥一切。作者在书中用了近三十页描写这个女魔鬼的罪行和艾米尔惩治她的过程。但《淘气包埃米尔》的译者却将这个恶魔译为“**女领班**”。大家知道领班最基本的条件是要有助手，而这个坏管事却是一个凶恶而专横的女光棍。把这样一个恶棍翻译成“女领班”是背离信达雅原则的。上述两处失误，表面上只是涉及正反两个主角的职务问题，实际上却改变了该书的道德取向和林格伦作品爱憎鲜明的风格。

译者在该书翻译中的众多错误反映了翻译界学者译作原则的根基危机。又如：艾米尔在集市游乐场上玩得非常高兴，感叹自己过去在生活中也曾有过许多好玩的事情，“但**都与之没法相比**”（men aldrig maken）（原著 91 页）。而译者译为艾米尔感觉“从来没有这么开心过，**不过以后再也没有机会了**”。（译本 74 页）艾米尔才刚刚五六岁，为什么“**以后再也没有机会了**”？显然这类集市不仅此一次，艾米尔也不会如此短命。

原著说：“集市结束后，长工阿尔弗雷德和女仆丽娜要去照顾下马尔库斯和珠兰（两匹马的名字），并去吃午饭。他们带的饭盒就放在马车上一个角落里。”（Alfred och Lina skulle nu gå för att se till Markus och Jullan och för att äta sin lilla middag. **De hade matsäck med sig i ett skrin i** vagnen. 原著 155 页）。译者却译为：“阿尔弗雷德和丽娜现在要去看看马尔库斯和珠兰，**它们**也要吃点儿午饭。**它们**的饭包放在马车的箱子里。”（译本 128 页）。按照译者的意思，这两匹马也**要去吃午饭**，而且还自带了饭盒，两个仆人却得挨饿了。

---

[1] 瑞典百科全书解释说，在 1863 至 1971 年间，Komuunaln mden 是瑞典农村乡、镇政府的名称。1971 年实行行政改革后，城、镇和乡等名称全部取消，而统改为市政区。市政委员会主席就是当地政府第一把手。

原著中有这样一段："当艾米尔拿着咖啡篮子从大麦地里回到家时，**酿过酒的樱桃被**放在厨房门旁的一个桶里"。(Körsbären，som vinet var gjort på stod i en hink utanför köksdörren，när Emil och Ida kom hem från rågåkern med sin kaffekorg，sidan 320)。为了方便读者，我引用了英国人翻译的艾米尔故事中这一段落："Cherries used to make the wine were in a basket outside the kitchen when Emil and Ida came home from the rye field. page 73[1]"。显而易见，英文译文与作者原文讲得完全相同。但中译本译为："'**酿过酒的樱桃**'，当艾米尔和伊达带着送咖啡的篮子从田野回来时，看见**厨房门外一个桶上写着这样的字**"。显然，从逻辑上讲，如果桶上写着这些字，艾米尔怎么还会去吃樱桃？

艾米尔在戒酒会上庄严宣誓"永远远离烈性饮料"，"一辈子**不喝任何酒**"(Emil aldrig i sitt liv skulle smaka **någon sprit**，原著 339 页)。而且他说到做到，后来变成了全省为数不多的滴酒不沾的地方领导人之一。但中译本译者将其誓言译为，"今后远离烈性酒"，即"艾米尔终生**不沾烈性酒**"(译本 290 页)。译者把**不喝任何酒**改换成**不喝烈性酒**，一字之差，就把艾米尔庄严的戒酒行动变成了戒烈酒行动了，显然不妥。

为了醉酒的事，那个女仆人还编了小曲讽刺艾米尔，说在戒酒会上"他们把他从醉猪变**成了人**"。"Där blev det folk utav ett fyllesvin，sidan 341"(There they made him a man out of a drunken swine，page 89)。她用的语言虽然不太友好，但大体上尚属事实。但译者说艾米尔"到了那里**由人变成了醉猪**"。

作者说，在艾米尔帮助下那个绰号为"麻雀"的盗贼被抓住后，"斯毛兰省的所有偷盗活动都绝迹了，**事情就是这个样子**。".Det blev slut på allt stjälande i Smålland. Jojo，så kan det gå！(原著 96 页)。作者在这里运用了尝见的夸张手法。但译者在译文中说："从此人们在赫尔特弗雷德或者其他地方再也没有见到过麻雀，斯莫兰的一切偷盗活动也绝迹了。**啊，啊，不能这样说，可能还有。**"作为译者却要纠正原作者的话，这种情况在译界是比较罕见。

记者：看来，"长袜子皮皮"和《淘气包艾米尔》翻译中错误确实不少。

高锋：在这两本书中，错误的确不少。在林格伦另一本名著《狮心兄弟》里，索菲娅是反对邻国暴君的人民运动领导人，深得民众爱戴，原著中说："饭店里的人几乎都向索菲娅投来尊敬的目光，在他们离开之前都对她鞠躬致

[1] 米克·海兰先生，《艾米尔和他的聪明的小猪》，第 73 页，英国波鲁哈普顿出版社，1974 年出版。

意。”（原书 48 页）“Folk i värdshuset tittade nästan vördnadsfullt på Sofia och bugade mot henne innan man lämnade.（sidan 48）”。译者译为：“坐在大厅所有人向索菲娅投以某种问候的目光，而每一位站起来要回家的人，总是首先向我们的这张桌子点一点头。”把“尊敬”改为“问候”，把“鞠躬”换为“点头”，反映的不仅是个语言问题了。当一个十岁的儿童向索菲娅鞠躬致敬时，索菲娅作为一个领导人、长者对他点点头，（“och Sofia nickade”，sidan 34）本来这是十分正常的礼仪。但译者却把“索菲娅点点头”译为“索菲娅行屈膝礼”，让索费娅这个最高领导人向一小男孩行屈膝礼？林格伦要是还活着，恐怕要对中国的礼仪标准产生质疑了。

在《绿林女儿》中，两伙绿林好汉决定进行合作。在决定由谁当老大的决斗中，马堤斯获胜后对其对手大喊道：“别忘了，马堤斯是所有这些山头上最强大的头领，从今往后我的话比你的更重要！你记住了没有！”“Glöm inte att Mattis är den mäktigaste hövdingen i alla berg och skogar，och **mitt ord gäller över ditt** från ochmednu ，detvetdu！”（原著 222 页）但该书译者笔下，却变成另一回事：“但是不要忘记，我马堤斯是天下山林中最强大的首领，从现在起，**你和我的话同样有效**，请记住吧。”（译本 173 页）。就这样，这场关系到谁是最高领导人的生死决斗，被译者变成一场不分输赢的毫无价值的闹剧。斯卡洛 - 帕尔是一个老强盗，他过够了刀头上舔血的日子，因此书里说他经常表示：“一个强盗可能在他最想不到的时候需要自己的棺材，斯卡洛帕尔这样说过。最近一些年他为这件事竟然拖了这么长时间，还时常发出感叹。”

“En rövare kan behöva sin kista när han minst anar det”，så hade hansagt，Skalle Per，och de sista åren hade han förundrat sej över att det dröjde så länge.（原著 232 页）而译者译成：“‘一位绿林能知道他什么时候需要棺材’，斯卡洛 - 帕尔生前这样说过，他在世的最后几年，经常想要多久棺材才能用得上。”作者说强盗最不知道什么时间自己进棺材，而译者译为强盗知道。

在《米奥，我的米奥》这本林格伦童话经典里，米奥在魔法帮助下来到了他父亲领导下的童话王国。但他的父王和朋友们经常受到残暴的卡托骑士的欺辱与威胁。在米奥出发讨伐卡托之前，父王再三向他交代，“你需要一支能刺穿石头的利剑”，因为卡托有一颗石头心。“Du ska säga，att du behöver ett svärd，som kan skära genom sten.”（原著 98，127，128，148 页）。这是关乎到米奥生死胜败的关键。而译者对此坚持译成米奥“要一把削铁如泥的宝剑”，可以削铁的剑并不一定能够刺穿石头，杀死暴君。

在《拉斯米斯流浪记》中，拉斯米斯在一个旧冰窖旁边发现了一个硬币，而某译者把冰窖（isdösen，sidan 12）翻译成"冰堆"。在贫穷的孤儿院院子里大夏天竟然出现了一堆冰，为此译者还特意在书里加了注："在那个年代，瑞典农村储存冰块备夏季用。"（译本第 9 页）。拉斯米斯在院子里找到了一个小贝壳，"一个漂亮的带有棕色斑点的白色贝壳，""en vacker，vit snäcka med små bruna pricka på，sidan 13"，译者译成：贝壳变成了"一块儿美丽的白色的太妃糖，上面布满棕色斑点"

译者在上述译作中还把地球翻成土星，把猪肠子改成猪蹄子，把姥爷译为爷爷，把姑姑译为叔叔，把大松树译成小苍蝇，把小马驹译成小白鸟，把妖精译成仙女，把航模译成积木，把站着译成坐着，把闹剧译成悲剧，把王后译成皇后，把黑的说成红的，把一小会儿译成好半天，把几十米当作几步之外，把巨石译成苹果大小。把林格伦笔下的小英雄变成个欺世盗名之徒，把林格伦名著变成了荒诞无稽的故事了。

记者：这确实令人难以置信。看来，翻译信达雅的原则，在当前形势下十分必要。

高锋：这个问题正如季羡林老前靠一九九四年所说："今天的翻译已经失去了监督，有良心有本领的翻译，是用不着监督的。但是中等翻译，特别是下等翻译则是非监督不行。非监督不行却又缺乏监督，于是就出现了危机。"这一危机近年来日趋严重。为了发挥文学批评和社会监督的作用，为纠正翻译原者的随意增补，本人曾经向有关单位提出了许多建议，但收效甚微。我个人认为，文学翻译界的学术危机，它们正在错误引导误导着中国的青少年读着。再不坚决纠正，必将会对中国青少年的成长带来不良的后果。这就是我提出这个问题的出发点和归宿点。

高年生（1932—　　），北京外国语大学教授。从中学时代开始学习德语。1952 年毕业于复旦大学外文系。之后数十年从事德国文学、翻译理论的教学和研究。1982 获联邦德国赫兹基金会奖学金，在德国波鸿鲁尔大学研修两年。1983 年应邀出席联邦德国文学翻译家年会，并在会上就文学翻译问题做主旨报告。1996 年 12 月主持北京伯尔国际学术讨论会。主编和参加主编《新汉德词典》《新编德汉词典》《德国儿童小说》《卡夫卡文集》等。已出版的翻译作品有 30 余部，400 多万字，如《女士及众生相》《小丑之见》《城堡》《三毛钱小说》《安妮日记》《德意志史》《魏玛共和国史》《俾斯麦传》等。2007 年获中国翻译协会颁发的“资深翻译家”荣誉称号。

我和《安妮日记》

有一个女孩，她出生在德国，却被视为荷兰人的骄傲，至今仍然有无数荷兰公民强烈要求政府追认她的荷兰国籍；虽然她不是荷兰人，因为荷兰法律不允许死后追授国籍，但二〇〇四年荷兰 KRO 电视台评选十大荷兰伟人，她却当选，名列第八。她就是以一本日记震撼世界的犹太少女安妮·弗兰克。这本风靡全球的日记叫作《安妮日记》（又名《少女日记》）。

《安妮日记》是全球最多人阅读的一百本书之一。自一九四七年发表以来，以六十五种语言版本在全世界发行了三千多万册，成为发行量最大、影响力最大的二战文学作品。在二战结束近七十年之后，直接和间接描述二战的文学作品汗牛充栋，历经沉淀和淘汰后，《安妮日记》依然闪烁着独特的光辉，这就更加弥足珍贵。二〇〇九年七月三十日，《安妮日记》被正式收入联合国教科文组织《世界记忆名录》。这样一本具有不可替代的真实意义的文献入选《世界记忆名录》是名副其实的，因为小安妮对历史的记忆做出了杰出的真实记录。

安妮·弗兰克一九二九年六月十二日生于德国美因河畔法兰克福一个富裕的犹太人家庭。一九三三年希特勒在德国上台，掀起迫害犹太人的浪潮，安妮一家被迫迁居荷兰。二战爆发后，德国法西斯占领了荷兰，在这里避难的犹太人同样遭到残酷迫害。为了逃避生离死别的命运，安妮一家躲进了父亲公司大楼后屋的几间密室里。安妮一家和另外四名犹太人就在这不足五十平方米的密室里躲藏了两年一个月。八个犹太人与世隔绝，生活在阴森森的密室里，怕被人看见，不能打开窗帘，必须保持绝对安静，因为楼下的办公室和库房白天都有人工作。他们在这种暗无天日的境况中生活了两年多。小安妮就是在这种特殊条件下成长起来的。

一九四二年六月十二日是安妮的十三岁生日。她收到的生日礼物中有一本日记簿。从这一天起，安妮开始写日记。除了开头那一部分，日记都是写于后屋密室。安妮在日记中记下了她全部的心理活动、她的思想和感受、她的孤独苦闷心情，当然也包括后屋中的日常生活，她和这个临时大家庭中每一个成员的关系。青春期的骚动与渴望、心理压抑的郁闷与苦恼、初恋的甜蜜与颤栗，都在日记中得到了真实的记载。这本日记成了她的知心好友和精神支柱。

在这些朴实无华的日记中，人们可以看到法西斯主义的恐怖统治如何在一个正在成长的少女心理上投下了浓重的阴影，可以看到一个少女对纳粹暴政、扭曲人性的控诉。作为一名成长中的少女，她在日记中吐露了与母亲不断发生冲突的困惑以及对性的好奇。在种族歧视和战争迫害的社会大环境中，生活在恐惧和焦虑中的密室生活在她朴实流畅的笔下深深地揪动着每一个读者的心。

经过密室中无数个漫漫日夜，安妮由一个天真任性、少不更事的女孩蜕变为一名成熟的少女。逆境中的成长，绽放出了太阳的光芒；困境中的坚持，为希望指明了方向。安妮想成为记者和作家，可这个美丽的愿望在当时就像室外蓝天那样可望而不可即。但是苦难生活并没有把安妮压垮，她始终没有对生活失去信心。她乐观坚强，心中怀着不可泯灭的希望。她在日记中写道："我常常心情沮丧，可是从不绝望……每当我仰视苍天，我就会想，一切都会重新好转。"从《安妮日记》中，我们看到的不仅仅是无情的战争、残酷的种族迫害和成长的烦恼，我们还看到了安妮对生活的热爱、对人性的关怀和对未来的憧憬！这是她给我们留下来的宝贵的精神财富，激励我们也要怀着一颗永不气馁、永不屈服的心，去面对人生中未知的困难和危险。

日记从一九四二年六月十二日写到一九四四年八月一日。八月四日，盖世太保冲进后屋，逮捕了所有藏匿的犹太人并把他们送进集中营。后屋中值钱的东西被抢掠一空。后来公司荷兰职工米普和艾莉在被盖世太保忽视的书籍、杂志和报纸中间发现了安妮的日记。战后，八人中只有安妮的父亲奥托·弗兰克一人得以生还。安妮于一九四五年三月解放前的两个月，在贝尔根——贝尔森集中营去世。那时她还不到十六岁。一个含苞欲放、才华横溢的少女就这样夭折了。

战争结束后，奥托·弗兰克回到阿姆斯特丹。米普将安妮的日记交给他。奥托·弗兰克经过深思熟虑，决定完成已去世女儿的宿愿，以书的形式出版日记。一九四七年，题名为《后屋——安妮·弗兰克日记》首次在阿姆斯特丹出版。不久，英文、日文、法文、意大利文和德文版也相继问世，各国读者反响热烈。

最引人注目的反应来自德国。一九五〇年，海德堡 Lambert Schneider 出版社出版了德文版安妮日记，第一次只印了四千五百册。当时很多书店还不敢把这本书陈列在橱窗里。德国是制造这场人类悲剧的罪魁祸首。战后几年，德国政府试图教育国民认识希特勒法西斯主义的罪恶本质，却总是收效甚微。然而，这次安妮的日记却使他们大大震动了。他们从中看到了自己所犯下的罪行。一九五六年十月一日，话剧《安妮日记》在东德、西德、奥地利和瑞士这四个德语国家七大城市同时上演。演出结束后，人们陷入了深深的沉思与反省之中。一位评论家说："《安妮·弗兰克》一剧之所以获得成功，是因为它使观众理解了历史。我们观看这出戏就像观看一份用最谦卑而可怜的措辞写的控诉书，控诉那些人丧失人性。没有人因我们是德国人而谴责我们，我们自己谴责自己。"一个前纳粹党党员来信说："我曾是一名忠实的纳粹党党员，但直到那天夜里看这出戏之前一直不知道纳粹意味着什么。"

《安妮日记》在美国几乎家喻户晓。一九五五年，根据日记改编的舞台剧在纽约首次公演，获得巨大成功，后来赢得普利策奖。一九五九年又拍成电影，女主角 Shelley Winters 获得奥斯卡金像奖，后来她将其奖金全部捐献给安妮故居博物馆。前总统罗斯福的夫人在美国发行的英文版前言中写道："在我读过的书籍中，这是对战争影响描述最为现实和聪慧的记载之一。"希拉里·克林顿指出，安妮日记"唤醒我们不要再做出愚蠢的歧视行为"。一九九九年六月，美国《时代》杂志将安妮·弗兰克评为"世界上最具有影响力的百名人物"之一。编者罗森布拉特对她做出了这样的评价："安妮日记燃起了所有人对她的热情，她使人们认识到大屠杀、反犹太主义，也使人们认识到她的童真、善良、仁慈，更成为现代世界的精神象征——不仅是在受着各式各样影响的个人精神道德上，或是在坚定人类对生存的渴望与对未来的憧憬上。"他同时表示："当人们敬重安妮的勇气与实事求是的态度时，同时她对自身的分析能力与写作能力亦使人钦佩……她的声誉所以能长存不朽，主要是因为她具有高度文学水平。不论什么年龄来看，她都是一个水平极高的作家，能在当时残酷的现实环境下写出了如此优秀的作品。"

在法国，日记由乔治·纳孚改编成剧本，演出轰动了整个巴黎。法国著名女作家爱尔莎·特丽奥莱弗写道："安妮·弗兰克如果还活着，也许会成为作家、诗人。安妮·弗兰克的日记透露出一种早熟的才能，一种勾魂摄魄的感染力。"

在荷兰，朱丽安娜女王观看了话剧《安妮日记》的演出。《纽约时报》报道了演出情况："当演出达到高潮和结尾——德国盖世太保猛击后屋的声音响起时，剧场中发出一阵压抑着的抽泣声。幕落下好几分钟，观众仍寂静无声。皇室成员离开剧场后，大家才站起来。没有鼓掌。"

一九九四年，南非第一位黑人总统纳尔逊·曼德拉接受安妮·弗兰克基金会颁发的人权奖时说，他在狱中读过安妮的日记，从中获得更多的鼓励。

二〇〇二年，英国作家兼儿童文学理论家艾登·钱伯斯获得国际安徒生奖。在颁奖会上，其获奖感言完全出人意料，居然主要是谈《安妮日记》。钱伯斯开门见山地发问："当我以儿童的代言人身份写作小说时，我到底以为自己在干什么？你们今天把这个宝贵的奖颁发给我，你们是在奖励什么？"他认为这两个问题是所有儿童文学作家从事创作的实质性问题，而这两个问题在《安妮日记》里都能找到答案，那就是："我们都应该像十三岁的安妮那样去写作，她的作品是少年儿童写出的最伟大的作品。"

此后，日记的受欢迎程度与日俱增。在德国、美国等国，安妮日记被列入学校课程。德国和其他一些国家许多学校和街道以她的名字命名。后世也创作了大量以她为参考或以她为主题的文学、音乐、电视及其他媒体作品。一九九五年，一颗编号为5535的小行星被命名为"安妮·弗兰克之星"。

二战结束后，安妮藏身的楼房已经人去楼空，破旧不堪。一九五五年，一家荷兰公司申请在此地修建办公大楼。阿姆斯特丹市民听到这消息后非常生气，他们自发成立了"行动委员会"，并找到阿姆斯特丹市市长。其中一些有实力的企业家还表示愿意出资建立一个基金会，把安妮故居改建成一个博物馆。一九六〇年，安妮故居博物馆"安妮之家"成立。在博物馆开门的最初十年里，欧洲大陆极少有人去参观，主要的参观者来自英、美以及那些没有被纳粹占领过的国家。因为他们没有经历过大屠杀，他们希望通过《安妮日记》来了解过去的历史。二十世纪七十年代，每年参观者约有二十万。那时距二战结束已近三十年。安妮博物馆董事会认为，随着时间推移，人们对二战的兴趣会慢慢减小，于是他们决定在十到十五年之后关闭安妮故居博物馆。但他们没有想到的是，人们并没有因为二战的远去而淡忘历史。相反，越来越多的人来到这里参观。安妮故居博物馆因此免于被关闭的命运。如今安妮之家已成为阿姆斯特丹的一个著名的景点，被誉为欧洲十大最值得参观的博物馆之一。全年参观人数已超过一百万。

除了阿姆斯特丹，全世界每年还有一百五十多个城市举办了安妮·弗兰克展。二〇〇七年十二月二十二日，《安妮·弗兰克日记：历史的见证》展览在北京国家图书馆开幕，首次与广大中国参观者见面。

《安妮日记》的中译本也走过了一段曲折的道路。一九五九年，我应《世界文学》之约选译了《安妮日记》的一部分约 1.6 万字，刊登在该刊第 5 期。这是我国首次介绍这部作品。读者反响十分强烈，不少读者来信要求我把日记全部译出，以飨广大中国读者。后来我利用业余时间埋头苦干，终于把日记全文译成中文，交给中国青年出版社出版，当时与我联系的责任编辑是翻译家严绍瑞。一九六一年出版社已将译稿审读完毕准备发排。不料当时国内刮起一股来势凶猛的“左”的台风，致使出版工作半途而废。十年浩劫后，这部译稿由于种种原因仍被埋没在我的书箱里。一九八〇年五月，我在《书林》杂志上发表了《一部独特而感人至深的作品——安妮·弗兰克日记》一文，又一次介绍了这部作品。一九八二年我获得西德赫兹奖学金去德国研修，终于实现了我的夙愿，到阿姆斯特丹去参观了安妮之家。在国外访问期间，德国著名汉学家马汉茂教授等友人都劝我再次努力争取日记在中国出版。当时我还有点犹豫不决，因为有不少人对日记的真实性表示怀疑。如美籍学者夏志清于一九八三年五月在香港《明报》撰文说：“《少女日记》很可能不是安妮·弗兰克自己的作品，而是她父亲奥托·弗兰克同人家合造的赝品。《日记》当年太轰动了，刚出纸面本我就读了，连剧本也看了。为了查一查《少女日记》的出版日期，在哥大图书馆卡片目录上找到一本书，揭发《日记》是伪造的。奥托·弗兰克生前从不把女儿的日记示人，究竟一共有几本日记簿也大成问题。我们在报章杂志上看到的安妮的字迹，也是不一致的。奥托一九八〇年去世，死前曾上过西德汉堡法庭，法官认为日记四册之一是用原子笔抄写的，而在一九四一——一九四四年间，荷兰国都根本还买不到原子笔。至少这一部分日记是安妮·弗兰克死后伪造的。按道理，此项新闻大有新闻价值，但《少女日记》是大战后第一本反纳粹、同情犹太人的畅销作品，美国出版界一向是同情犹太人的，竟把消息封锁。《纽约时报》《时代周刊》皆不载此事，至今每年还有很多人到安妮·弗兰克荷兰故宅朝圣去……安妮·弗兰克已变成了犹太人民族浩劫的神圣象征。”一九八三年十一月，我应邀出席了联邦德国文学翻译家协会年会，认识了荷兰著名女翻译家莱塞纳(lngeborg Lesener)，向她请教了日记真伪问题。她说，日记由奥托·弗兰克重抄并删节了一部分，因为这些片段涉及目前仍在人世的亲友，因此不宜公开发表，但日记决非伪造。听了她的介绍，我才放下心来。在此期间，国内某出版社出版了根据英译本翻译的《一个少女的日记》。我找来与德译本一比，发现译文中错误百出。例如译者竟把“Donnerwetter”（天哪！）译成莫名其妙的“雷总是要炸的”，把“肖邦”译成“乔赛”，把“戴高乐”译成“德·高卢”，把“里约热内卢”译成“黎俄·德·简奈若”，把“德文”译成“俄文”，把“芬兰”译成“荷兰”，把“五十万公斤炸药”译成“五十万吨炸弹”。更令人啼笑皆非的是，莫扎特的“小夜曲”（kleine Nachtmusik）竟按不准确的德语发音被译成谁也看不懂的“克莱茵·那赫特玛西克”！这种“史无前例的翻译质量之低劣”（借用翻译家罗大冈语）的译本，其印数竟高达十多万册。这不是对原作的糟蹋、对不懂原文的广大中国读者的亵渎和欺骗吗？这就更坚定了我争取出版日记中文版的决心。一九八五年，人民文学出版社同意出版我译的《少女日记》，但不知何故又拖延了几年。一九八九年七月，《少女日记》终于问世。

一九九一年夏，我应邀在德国欧洲译者之家住了三个月。那里离荷兰不远。我率领全家再次去阿姆斯特丹参观安妮·弗兰克纪念馆，并把中文版《少女日记》送给纪念馆作陈列之用。纪念馆负责人热情地接待了我们，把一九八八年由Fischer出版社出版的德文新版本连同相关资料送给我。

奥托·弗兰克根据安妮的两种版本即原始本（A版）和她本人修订的版本（B版）编成一种缩写本（C版），一九四七年在荷兰问世，其中删除了某些段落或文字，因为当年不受拘束地谈论性的题材尚不合时宜。另一重要原因在于，奥托·弗兰克想要保护对他的妻子和后屋其他难友的怀念；安妮写日记时对自己的好恶都直言无忌，言辞难免偏激。奥托·弗兰克于一九八〇年去世，遗言将女儿的日记手稿赠予设在阿姆斯特丹的荷兰国家战争文献资料馆。位于瑞士巴塞尔的安妮·弗兰克基金会作为奥托·弗兰克的单独继承人，继承了他女儿的全部著作权。该基金会决定从现有的安妮·弗兰克文稿中给新版补充新内容。新版的编辑工作由德国著名女作家和翻译家米莉亚姆·普雷斯勒（Mirjam Pressler）担任。她完整无损地接受了奥托·弗兰克的版本，并根据A、B两个版本补充了新的内容。普雷斯勒新编的版本比旧版本的篇幅增加足有四分之一，旨在使读者更深刻地了解安妮·弗兰克的内心世界。新版本获得了安妮·弗兰克基金会的批准。

二十世纪九十年代末，人们又发现了迄今为止不为人知的五页日记原稿。一九九九年，安妮·弗兰克基金会前主席、美国大屠杀教育基金会主席绍克（Cornelis Sujik）宣布他拥有奥托·弗兰克于一九八〇年临终前不久赠送给他的五页日记稿。这五页日记原稿由于内容涉及安妮对她父母婚姻的批评和安妮与母亲的紧张关系曾被奥托·弗兰克删除。绍克欲出售这五页日记原稿，为美国大屠杀教育基金会筹款，因此他与作为奥托·弗兰克继承人的安妮·弗兰克基金会发生争执。二〇〇〇年，荷兰教育文化与科学部同意捐出三十万美元给绍克的基金会。二〇〇一年这五页手稿归还荷兰，被收入新版本的日记中。

二〇〇六年八月，我和家人又一次访问安妮之家。那一天下着大雨，但来自世界各国的参观者仍排起长龙，有很多人都是携儿带女专门赶来的。纪念馆面目也大大改观，扩大了陈列面积，还增加了现代化的设施，如多种语言的讲解。纪念馆负责人还带我们参观了不公开展出的部分房间，让我们翻阅了大量珍贵的原始照片。

二〇〇八年五月，我在相隔十七年后再次访问了欧洲译者之家，在那里住了两个月，完成了新版《安妮日记》的翻译。德国《莱茵邮报》对我进行了一次专访，二〇〇八年六月二十九日以“《安妮日记》中文版”为题发表了一篇长篇报道。

二〇〇九年二月，人民文学出版社得到安妮·弗兰克基金会资助，取得大陆独家版权，出版了我翻译的国内第一个中文全译本。

《安妮日记》近来在日本被大量撕毁。撕毁事件发生在日本，并不令人感到意外。日本一些势力礼赞纳粹、否定历史的言行层出不穷。二〇一三年七月，日本副首相麻生太郎以纳粹为例提及修宪的发言也曾招致国际上的批评。对于同样发动过侵略战争的日本来说，只有直面过去发生过的一切，才能迎来更加光明的未来。令人遗憾的是，日本政府远没有清算侵略战争中的罪行，甚至没有坚守用战争历史教育年轻一代的承诺。日本仍有部分人至今也没有正视战争对亚洲人民犯下的滔天罪恶，对历史问题等都采取否定态度。

但《安妮日记》蕴藏的力量却无法破坏，它始终激励人们与那些令人憎恶的行为斗争到底。《安妮日记》会一直流传下去，控诉战争与丑恶，宣扬和平与友善。安妮用她真挚的文笔感动和启迪一代又一代人！这部伟大的作品昭示人们：邪恶终将灭亡，希望与善良的力量永存。不论一个人生活在世界什么地方，也不论他的年纪大小，都能从这部日记的字里行间获得源源不竭的力量。

一九四四年四月五日安妮在日记里写道：“我要活下去，在我死后也继续活着。”安妮真正地实现了自己的愿望：是的，她的声音被保存下来了。正如德国作家恩斯特·施纳倍尔所说：“几百万人的声音被压制下去，这个低低的声音只不过是一个小孩子的悄悄话……它比杀人者的嚎叫更持久，比时代的一切声音更响亮。”

高兴（1963— ），江苏吴江人。诗人，翻译家，中国作家协会会员。现为《世界文学》主编。曾以作家、学者和外交官身份在欧美数十个国家访问、生活和工作。出版过《米兰·昆德拉传》《布拉格，那蓝雨中的石子路》《东欧文学大花园》等专著和随笔集；主编过《诗歌中的诗歌》《小说中的小说》等大型外国文学图书。2012 年起，开始主编国家出版基金资助项目和“十二五”国家重点出版项目“蓝色东欧”系列丛书。主要译著有《凡·高》《黛西·米勒》《雅克和他的主人》《安娜·布兰迪亚娜诗选》《我的初恋》《梦幻宫殿》《托马斯·温茨洛瓦诗选》《罗马尼亚当代抒情诗选》《水的空白》《十亿个流浪汉，或者虚无》等。文学研究和翻译外，还从事文学创作，发表过散文和诗歌近百篇，作品曾被收入几十种选本。

文学翻译：挑衅、诱惑和纠缠

那是个夏天。持续的闷热。我在翻译昆德拉的短篇小说集。身与心，彻底地投入，竟让我忘记了高温和闷热。也忘记了时间。早起，晚睡，光着膀子，定定地坐在书桌前，一坐就是六七个钟头，每天至少要劳作十五六个小时，至少要译出五六千字。整整两个多月，除去上班，几乎天天如此。

整整两个多月，婉拒应酬，回避聚会，没有杂七杂八的事务和欲望，只有昆德拉，只有昆德拉笔下的故事和人物。《搭车游戏》、《没人会笑》、《爱德华和上帝》、《永恒欲望的金苹果》……小伙子、姑娘、我、爱德华、马丁……我不得不喜欢这些故事和人物。我也确确实实喜欢这些故事和人物。读读《搭车游戏》，那是场多么耐人寻味的游戏。一场游戏最后竟走向了它的反面。世事常常出人意料。任何设计和预想都不堪一击。我们无法把握事物的进程。最庄重的可能会变成最可笑的。最纯真的可能会变成最荒唐的。最严肃的可能会变成最滑稽的。关键是那道边界。可谁也不清楚边界到底在哪里。再读读《爱德华和上帝》，一个追逐女人的故事却如此巧妙地把信仰、政治、性、社会景况、人类本性等主题自然地糅合到了一起。层次极为丰富。手法异常多样。加上不少哲学沉思，又使得故事获得了诸多形而上学的意味。字里行间弥散出浓郁的怀疑精神。没错，昆德拉充满了怀疑精神。显然，在他眼里，信仰值得怀疑，爱情值得怀疑，政治值得怀疑，革命值得怀疑，真理值得怀疑，语言值得怀疑，民族的存在值得怀疑……总之，一切都值得怀疑，一切都毫无价值。《可笑的爱》中的每个故事都让我喜欢。喜欢，才有翻译的兴致和动力。而翻译，又让深入成为可能。

翻译，就是最好的深入。每个字，每句话，每个细节，每个人物，每个故事，都站在你面前，挑衅着你，诱惑着你，纠缠着你，想甩也甩不开。你必须贴近，深入，熟悉它们，理解它们，喜欢它们，然后才能打动它们，让它们在你自己的语言中苏醒，复活，起身，并张开手臂。这是个痛苦的过程。起码于我而言，力不从心的痛苦，寻找对应的痛苦，难以转译的痛苦，感觉总在较劲：同文本较劲，同语言较劲，也同自己较劲。总恨自己的文学修养还不够深。总恨自己驾驭语言的能力还不够强。常常，一个上午，一个下午，或一个晚上，一动不动，雕塑般坐在书案前琢磨一个句子。一个句子就这样凝固了我的时间，难以转换，甚至不可转换，语言与语言的搏斗。个人与语言的搏斗。无限与有限的搏斗。这近乎残酷。残酷得像自虐。

两个多月后，当酷暑接近尾声时，《可笑的爱》终于译完。那是昆德拉的书，也是我的书。那一刻，我才感到了轻松和快乐。没错，轻松和快乐，仅仅在完成之后。

译事，就是这样的艰难。译昆德拉如此。译詹姆斯如此。译克里玛如此。译卡达莱如此。译齐奥朗如此。译布兰迪亚娜如此。译温茨洛瓦和萨拉蒙也如此。在我有限的翻译实践中，几乎无一例外。它考验你的修养，考验你的才情，同样考验你的毅力和体力。有时，一次翻译就是一场马拉松。没有毅力和体力，你又如何能跑到终点？！我因此极为佩服李文俊、高莽、杨乐云、叶渭渠等老前辈。我因此十分不解，在许多学术单位，翻译竟然不算成果。自然，我指的是那种严格意义上的文学翻译。我因此可以毫不夸张地说：李文俊先生译的《喧哗与骚动》，高莽先生译的《人与事》，杨乐云先生译的《世界美如斯》，叶渭渠先生译的《雪国》不知要胜过多少篇“学术论文”和“文学评论”。

小说外，我也译散文和诗歌。不论译什么，只要是书，都会让我进入一种非常状态。专注、紧张甚至焦虑的状态。人也变得古怪，沉默，恍惚，情绪不定。生活规律完全打破。常常，将自己关在屋里，一连几天都不出门。每每译书时，家里都有一种异样的气氛。家人都会替我着急，都会成为某种意义上的“牺牲”或“替罪羊”。就连豆豆的美好生活都会受到影响。平时，她喜好漫步，也喜好游戏，总是由我陪伴。但我一旦投入译事，豆豆的漫步和游戏都会暂时中断，害得小家伙茫然不解，而又异常委屈。对此，我深感不安，可又十分无奈。那真是情不自禁的事。于是，我就想：以后译书，要单独住到一个安静的所在，最好是偏僻的郊区。不打扰人，也不被人打扰。一切的一切都由我来消解和承受。译《托马斯·温茨洛瓦诗选》时，我果然就应朋友之邀，来到了青海，在寂寞却宁静的高原译出了一首又一首诗。走了那么远，就为了译出一本诗集，友人们都感叹。我自己在译序中也写下了这样的文字：“诗歌就是远方，诗歌翻译也是某种远方，是我们要努力抵达的远方，是温茨洛瓦追忆或向往的远方。人人心里都有自己的远方。人的一生，其实就是从远方，到远方。”

译零星的作品则相对要松散一些。主要是时间和空间上的松散。松散并不意味着容易。尤其在译散文和诗歌时。译散文和诗歌，更加需要灵气，也更加讲究语言。不是所有人都能译散文和诗歌的。再严格一点说，也不是所有人都能做文学翻译的。做文学翻译，要有外文和中文功底，要有文学修养，要有知识面，还要有悟性、才情和灵气。而悟性、才情和灵气常常是天生的。此外，最最重要的是：你必须热爱。

而热爱又伴生着敬畏。一种错综的情感。时间流逝，我越来越敬畏文学和文字了，越来越敬畏文学翻译了，越来越觉到它的无边无际，无止无境。什么才算完美？完美难以企及，也根本无法企及，仿佛一场永远打不赢的战争。反过来，也正是这种难以企及，让你时刻都不敢懈怠，不敢骄傲和自满。

我甚至都有点惧怕。惧怕文学翻译。宁可在家里读读书，喝喝茶，也绝不轻易地答应翻译约稿。尤其是有时间限定的翻译约稿。这同样是出于热爱和敬畏。我相信，译比写，更难，也更苦。正所谓：戴着脚镣跳舞。而且永远是孤独清贫的舞者。正因如此，我现在更愿写作。写诗，写散文，写读书笔记。写作，海阔天空，无拘无束，让文字舞动，流淌，闪烁，像水，或像火：

过于喧嚣的海滩。喧嚣中，那蔚蓝的诱惑，那蔚蓝的水与火。阳光，白沙，阵阵的波浪。海滩上，女人，袒露着身子，水一样展现。越是年轻、越是美丽的女人，越是要展现。那真是天体。到处的女人。到处的天体。奔跑。舞动。或静静开放。用目光向天体致敬吧。耀眼的天体，闪着晶莹的水珠，让心和目光醉了。

一次一次的醉。在酿制葡萄酒的海边。天体也是葡萄酒。阳光确立葡萄酒的品质。朋友来时，我们就喝葡萄酒，吃烤鱼。茨冈人演奏着欢快的乐曲。小青来过。雪晶来过。沈苇也来过。通宵达旦地喝。一边舞蹈，一边喝。一边喝，一边抱起漂亮的女人。女人，在海边。海边，我的女人。女人也是葡萄酒。最最好的葡萄酒。

——选自高兴散文《夏天的事情》

写作时，你可以想象，可以设计，可以控制节奏，也可以游戏，那会给你带来无边的快乐。而翻译却不行。你不能丢掉那必需的脚镣。想想青年时期，竟然一天译五六千字，都有点后怕和羞愧。那时，实在不知天高地厚。想想有些译者，每年竟能译出六七本书，实在是佩服得五体投地。还有青年译者竟然声称每天能译万字以上，这在我听来，简直就像天方夜谭。比起他们，我注定是个笨拙而又缓慢的译者。我也越来越愿意做个缓慢而又从容的译者。

如今，每次面对一部作品，我都要长时间地琢磨和酝酿。二〇〇七年三月，开始译阿尔巴尼亚小说家卡达莱的长篇小说《梦幻宫殿》。差不多一个来月，我都处于酝酿状态。每天只译几百个字。最多也就两千字。故意地慢。想渐渐地加速，想准确地把握基调和语调。一旦确定了基调和语调，译起来，就会顺畅许多。就这样，一部十来万字的小说，竟花费了我四个多月的心血。"虽然顾虑重重，但他没有从窗户旁掉过脸去。我要立马吩咐雕刻匠为我的墓碑雕刻一枝开花的杏树，他想。他用手擦去了窗户上的雾气，可所见到的事物并没有更加清晰：一切都已扭曲，一切都在闪烁。那一刻，他发现他的眼里盈满了泪水。"这是《梦幻宫殿》的结尾。译完这段话后，我的眼里也盈满了泪水。

2014 年 6 月 4 日修改于北京

高中甫（1933— ），山东蓬莱人。1957 年毕业于北京大学西语系。中国社会科学院外文所研究员。著有《德国伟大诗人——歌德》、《歌德接受史》、《德国文学简史》（合撰）、《二十世纪德国文学史》（合著）等，编有《歌德精选集》《歌德绘画》《歌德诗选》《茨威格文集》（七卷集）《茨威格画传》等，译有歌德的《亲和力》《贝多芬》《莫扎特》《舒伯特》《马勒——未来的同时代人》《忆马勒》《十九世纪文学主流——青年德意志》《莱辛寓言》《海涅评传》《轮舞》等。

诗人的激情，学者的博识

——谈诗人冯至的诗歌翻译

翻译在诗人冯至的文学生涯中并不占有多么重要的位置，可我们却不应因此而予以忽视。如果把马君武、郭沫若称作是我国的第一代德语文学介绍者，那么诗人冯至就是第二代了；而要从日耳曼学的严格意义上讲，他该算是我国的第一代日耳曼学者，他在这个领域里的功绩是人所共知的。去年诗人度过了他的八十五岁高龄，从他自一九二一年发表第一批诗作起，到今天已经整整七十个年头了；在这漫长的岁月里，翻译这项被歌德称为一个民族通向文化的首要一步的工作[1]，自一九二六年他开始发表一些零星的诗歌翻译，就一直伴随着他。他的译作并不甚丰，然而每隔一段时间他都把一束精品呈献给他的读者。一九二三至一九二七年间，诗人在北京大学德文系攻读德语文学，还在在

[1] 歌德的原话："当一个民族把外国作品译成自己的语言时，那对它说来有如是通向文化的首要一步。"

学时他就开始迻译文学作品了，到二十年代末他先后译出了诗人莱瑙、海涅等人的作品；三十年代末，他翻译了奥地利诗人里尔克的一些诗和他的《给一个青年诗人的十封信》；四十年代期间，他译出了席勒的美学著作《审美教育书简》，与他的夫人姚可昆共同完成了歌德的著名长篇小说《维廉·麦斯特的学习年代》[1]；五十年代，他翻译的《海涅诗选》出版；六十年代，他又译出了《布莱希特诗集》[2]；到七十年代，在称之为“文化大革命”的文化浩劫里，他怀着激愤的心情译出了海涅的政治讽刺长诗《德国，一个冬天的童话》；年逾古稀的诗人，在八十年代初又发表了他翻译的歌德诗歌多首。

文学翻译确非易事，而诗歌翻译就更难了，以致诗人雪莱称之为是徒劳无益之举；可这项工作又非做不可，于是有人形象而恰当地把它喻做是带着镣铐跳舞。这舞要跳得好，可需要高超的本事。诗人歌德有一句富有哲理的诗“在限制中方显示出能手”，用在这里恰当极了。一首外国诗中，内在的思想、意境、神韵，外在的格律、形式、韵脚、音步等，都是加之于译者的种种限制。然而，正是在这诸多的限制中方能判断出译作的优劣，才能使有真才实学的译者施展出自己的本领。诗人冯至为我们提供了这方面的一个例证。综观他自二十年代末至今的诗歌翻译，虽然数量不多，但他翻译的多系名家：歌德、海涅、莱淄、里尔克、布莱希特等人；类别上有抒情诗叙事诗、政治诗、讽刺诗、哲理诗、格言诗；体裁上有格律诗、自由诗、颂诗体、十四行等。在这德语诗海中畅游，看来他从容不迫，心手相应，不给人以一种窘迫、拘泥、呆滞之感。当然不能说他的所有译作都十全十美，白璧无瑕；但从整体上看，可以说是佳译，有的更是珍品！作为一个诗人，他在诗歌翻译上有着自己的优势，他也充分地利用了这种优势；这种优势就是诗人的激情和娴熟的表达能力。已经成为一个诗人的冯至，大学生时译出了莱瑙的《芦苇歌》五首中的四首。这些诗译得是那样晓畅自然，原作中的忧郁和哀怨表达得是那样酣畅淋漓，仿佛译者在抒发自己的胸臆，在敞露自己的心扉。诗人和译者似融为一体了。无怪乎译者把这几首译诗收入自己的诗文集中。——我对照过原文，除了个别字词值得斟酌，可说是非常忠实。感兴趣的读者不妨找来一阅。莱瑙的这几首抒情诗，文字也浅显易懂，可是里尔克的诗却是文字艰涩，意义深奥，极富音乐感和雕塑感。连德国人读起来也不好懂，这要用中文表达出来实在不易，令人望

[1] 他的学生杜文堂先生参加了这项工作。

[2] 这两部译稿他一直弃置箧中，直到 1989 年，《审美教育书简》经他的学生范大灿先生整理，共同署名出版；1987 年，《维廉·麦斯特的学习年代》也由人民文学出版社出版，列入“外国文学名著丛书”。

而却步。从三十年代起，诗人冯至就对里尔克发生了浓厚的兴趣，在自己的诗歌创作上也受到了他的影响。在迻译里尔克诗歌时，他凭借自己作为一个诗人所具有的敏悟和捕捉灵感的能力，很好地表现了原作的内涵和精神；尽管他的译作在韵律上和音步上，还有某些可推敲之处，但整体上富有形象感和诗味。作为例子，读者可一阅他译的《致奥尔弗斯十四行》中的第十九首，我把它附在篇后。

冯至的诗歌翻译道路，五十年代大体上可作为一个标志。他在此之前的翻译，我想称之为诗人型的，因为他本人就是一个诗人；在此之后的翻译，我想称之为学者型的，因为他也是一个学者。在前一阶段，他自然而然地利用了他诗人的长处；在这后一阶段，他着意利用了他学者的博识。这从他翻译海涅和歌德的诗歌上得到印证。

海涅是他喜爱的诗人，他译了他的抒情诗、政治诗，翻开他译的《海涅诗选》，特别是那些抒情诗，读起来琅琅上口，文字优美，韵律整齐，音节铿锵。这里应着重提到的是他译的《德国，一个冬天的童话》，这可是他的“力译”，在这篇政治长诗的翻译上他倾注了他的情感，也显示出了他浑厚遣词用字的功力。他竭力严格地遵守原诗的韵脚，这首诗长达二千零五十二行，每节四行，在二、四的位置上几乎无一处脱韵，且毫不使人以生搬硬凑之感。为便于读者对这首名著的理解，他不仅写了长篇译者前言，而且在每一章的后面都有说明与注释。到了晚年，诗人和学者的冯至又回到歌德那里。早年他曾热衷于狂飙突进时代的歌德，中年时，他说，歌德的著作给了他克服困难，纠正错误的勇气，“偶一展读，都能沁人肺腑，新人耳目”，现在，老年的冯至对生活和人生有了更深刻的认识，对歌德的理解就进入更深的层次，他们之间精神上的亲缘关系更为密切。从一九七八年至一九八四年，他先后写了七篇论述歌德的文章，其中有四篇专门谈及歌德的诗歌。这些研究使他在歌德诗歌的翻译上，能更好地把握，更准确地表达原作的精神；而他的译笔更为老练，更为娴熟，更富内蕴。为了节省篇幅，我这里只举一首只有十二行的短诗：《银杏》。歌德晚年看到银杏的似一分为二，又似含二为一的叶子，触景生情写下这首诗寄给他一度爱慕过的玛丽安娜·韦勒梅尔，这是一个外秀中慧的女子，在歌德的《西东合集》中就收有她写的几首诗。下面是诗人冯至的译文：

这样叶子的树从东方
移植在我的花园里，
叶子的奥意让人品尝，

它给知情者以启迪。
它可是一个有生的物体，
在自身内分为两个？
它可是两个合在一起，
人们把它看成一个？

回答这样的问题，
我得到真正的涵义；
你不觉得在我的歌里，
我是我也是我和你？

读起来令人激赏，有浑圆天成之妙；且译得十分忠实，原诗的每个字都在中文里找到对应。歌德老人曾给诗歌翻译立下两条标准：忠实和优美。用这样标准来衡量诗人冯至翻译的这首歌德的短诗，我想，人们会由衷地发出一声赞叹的。

诗人冯至已是耄耋之年，但他至今仍笔耕不辍，除了著述之外，还时而在翻译他喜爱的诗人里尔克的诗歌。不是说，诗歌翻译是带着镣铐跳舞吗？那本领高超的人就能把手铐和脚镣变成东方舞蹈总必不可少的臂环和脚铃，舞起来更美。我们期待着，能看到诗人冯至为中国诗歌译苑献上的又一束珍品。

1991 年 2 月

韩耀成（1934— ），浙江长兴人。毕业于北京大学西语系德国语言文学专业。中国社会科学院外国文学研究所编审，《外国文学评论》杂志原常务副主编。写有德语文学研究、评论和赏析文章50余篇；翻译过歌德、卡夫卡、茨威格、布莱希特等作家的作品；主编或编选有《外国争议作家·作品大观》、《世界心理小说名著选·德语国家部分》、《世界短篇小说精品文库·德语国家卷》、《茨威格精选集》等有关外国文学的著作多种；是“九五”重大项目《20世纪外国文学史》“德语文学”部分的主要撰稿人和《20世纪上半叶的德国文学》（“九五”项目《德国文学史》之一卷）的编著者。

我译《维特》

翻译歌德的《少年维特的烦恼》是我多年的情结。这事的缘起要追溯到高中时代，当时我在一个县城的中学读书，一个偶然的机会，阅读了郭沫若先生翻译的《少年维特之烦恼》。我立即被这本篇幅不长的小说所吸引，成为我接触德国文学的开始，并促使我后来在北京大学选择德语文学作为我的专业的部分原因。

随着对德国文学接触的增加，我对歌德及其《维特》也多了几分了解。我又反复读了《维特》以及与这本书有关的材料，知道《维特》的发表像是一块巨石扔进当时一潭死水似的沉寂的德国社会，激起层层波澜。一代人的心沸腾了，整个德国都为这位才智横溢、愤世嫉俗的小说主人公维特的悲剧命运流着同情的泪水。一时间，身穿蓝燕尾服、黄背心，脚登长统靴的“维特装”了当时青年男子的时尚，年轻女子则爱穿绿蒂的服式，尤其是她与维特初次见面时的服式：白上衣，袖口和胸襟上系着粉红色的蝴蝶结。千千万万人的心里燃起炽烈的热情，社会上甚至出现了维特式的自杀。许多人，尤其是妇女，对小说中美妙的爱情描写大为赞叹，更多的人则满怀希望地看到，阴霾即将被驱散，太阳就要升起。也有些人忧心忡忡，认为这种狂热的激情将导致道德沦丧，因而怒不可遏，对《维特》大加挞伐，可是他们未能遏制维特的影响。“维特热”席卷整个德国，并越过国界蔓延到欧洲，乃至遥远的东方古国——中国。

我还记得在北京大学暑假期间，我曾躺在未名湖畔浓荫覆盖的草坪上诵读《维特》的情景，当我读到“我整个灵魂都充满了奇妙的欢快……”这封信时(一七七一年五月十日)，自己心里也充满了一种奇妙的感觉，对生机勃勃的大自然生出无比的亲切感，当我读到阴郁、悲壮的莪相诗歌以及描写山洪暴发的场景时，心中也起了寒栗。那时候我就萌生了翻译《维特》的愿望。

时光荏苒，几十年过去了，生活的奔波和事务的繁杂，心中的夙愿一直未得实现，但《维特》的译事一直让我牵挂着。后来有了翻译这本让我魂牵梦萦的小说的机会。着手翻译之前，我对与译事有关的问题做了一番思索。

首先，我考虑的是重译问题。《维特》的中译本，新中国成立以后最先流行的是郭老译的《少年维特之烦恼》，后来又陆续出了若干种译本，有没有必要再重译？对于外国文学名著，我认为应允许有多种译本并存。由于译者的个性、爱好、气质、修养、经历不同，以及各个译者中外文水平的高低有别，对原文的理解会有所不同，译本的风格就会有很大差异，其中有的译本有可能与原作的风格较为接近，多种译本并存，可以“百花齐放、百家争鸣”。经过读者的选择、评判，优胜劣汰，必然会筛选出一种或数种最佳译品来，这对我们正确理解原作，繁荣和发展我国的文学翻译事业是有益的。当然，这里所说的是严肃认真地翻译，至于那种纯粹着眼于金钱或别的目的而进行的草率的重译，则又当别论。

其次，必须先确定译文的总体风格。《维特》产生于法国大革命之前，当时欧洲的社会、文化、思想正面临着伟大的历史转折，封建社会的彻底崩溃已是无可挽回，资本主义时代正在微露晨曦。梅林曾用诗一般的语言描述了那时的情景：“世界历史的黎明时吹来的一阵清新晨风似乎把人们从沉睡的滞重束缚中唤醒；大家迎着崭新的太阳纵声欢呼，这太阳射出的最初的霞光开始染红了历史的地平线。”但是德国仍是四分五裂，封建割据造成邦国林立，战乱连绵不断，农业、手工业、商业极端凋敝，社会十分鄙陋，封建势力根深蒂固，人民在苦难中呻吟，不满情绪笼罩了全国。恩格斯在《德国状况》一文中对当时的德国做了精辟的分析，指出德国“一切都烂透了，动摇了，眼看就要坍塌了，简直没有一线好转的希望，因为这个民族连清除已经死亡了的制度的腐烂尸骸的力量都没有”，然而德国的资产者处在德国“这个粪堆中却很舒服，因为他们本身就是粪，周围的粪使他们感到温暖”。然而，德国的这个可耻时代，在文学方面却是伟大的，“这个时代的每一部杰作都渗透了反抗当时整个德国社会的叛逆精神”，这种“叛逆精神”主要表现在当时兴起的“狂飙突进”运动的作品中。作为这个运动的重要代表，歌德、席勒等年轻的市民阶层的知识分子通过文学作品抨击现存的社会秩序，批判封建专制制度和反动的教会思想体系，他们摆脱理性主义的精神桎梏，塑造了市民阶层及其知识分子的叛逆形象。小说《维特》体现着狂飙突进运动的一切思想和精神，以及艺术上的种种特点，正是那个时代的产儿，所以恩格斯赞誉“歌德写了《维特》，是建立了一个最伟大的批判功绩”。基于产生《维特》的具体时代背景，我首先确定《维特》的基调应该是反叛的，激愤的。

再次，《维特》是悲剧结局。主人公维特热烈地爱上了绿蒂，但绿蒂已同阿尔贝特订婚，维特虽然同绿蒂一起度过了一段美好时光，但是她将为人妻的事实始终是蒙在他心头的一片抹不掉的阴影。随后他在爱情上连续遭受沉重的打击，内心的矛盾使他产生了感伤、厌世的绝望情绪。这就构成了悲剧的内部原因。维特也曾想走出绿蒂周围的小世界，投身到社会这个大世界之中去施展自己的才能和抱负，以摆脱爱情的失望所造成的心灵创伤。然而，社会上到处是精神贫乏的庸人，他们因循守旧、虚文俗礼，虚伪奸佞，尔虞我诈，一心追逐等级地位。鄙陋的德国社会容纳不下维特这个天才，标新立异的维特自然与他们格格不入。四处碰壁、受尽屈辱的维特真想在自己胸口上捅上一刀，“好透一透憋在心里的闷气”。封建专制制度的束缚成了维特悲剧的外部原因。在内外两种因素的共同作用下最终酿成了维特悲剧性的结局。因此，我认为译文的风格应该是忧郁和低沉的。

另外，我觉得译文的风格还必须与主人公的性格、气质和修养相协调。维特是个才气横溢的艺术家，绿蒂曾多次称赞他的才智和禀赋，阿尔贝特也说他是个很有才智的人。但是，歌德创作这部小说的时候，受到盛行于十八世纪中叶的欧洲感伤主义文学的影响。维特身上具有强烈的感伤主义情调，常常发出“人生如梦”的感叹。他的感情十分细腻，对大自然、文学和音乐有着特殊的敏感，他的人生体验和大自然互相交织，融为一体。小说中对大自然的出色描绘令人陶醉，歌德笔下的大自然仿佛是有知的，它随主人公心情的变化而变幻：时而和煦温暖，欢快明朗，妩媚动人；时而忧伤昏暗，粗犷狂暴，寒气逼人；它是主人公心灵的一面镜子。《维特》是一部书信体小说，维特以内心独白的形式，向读者敞开自己的心扉，把自己的忧郁、痛苦、挫折、希望与抱负一股脑儿地宣泄出来。一封封书信可说是一篇篇优美的散文，既有缠绵悱恻的恋情和甜蜜温馨的生活场景，又有嬉笑怒骂和冷嘲热讽的革命性描绘。这就决定了译文应该把握好倾诉型的特点，优雅柔美，诗意浓郁，传达出散文诗内在的节奏和韵律。

一番思考以后，我对《维特》译文的定位是：把小说作为散文诗来翻译，它的风格应该反叛激愤，忧郁低沉，优雅柔美，诗情画意。这是一个很高的要求，我深知自己的译文难以达到。但我想翻译的时候有个奋斗目标总比信手翻译要好。我力争使小说的翻译做到自己的最好，所以在译文的遣字造句方面颇费了一些斟酌，尽量使译文与主人公不同时期的心境相一致。如维特刚刚来到瓦尔海姆这个村子时，正值温暖的春天，还没有与绿蒂的爱情纠葛，这时他的心情也和明媚的春光一样：

我整个灵魂都充满了奇妙的欢快，犹如我以整个心身欣赏的甜美的春晨。我独自一人，在这专为像我那样的人所创造的地方领受着生活的欢欣。我是多么幸福啊，我的挚友，我完全沉浸在宁静生活的感受之中，以至于把自己的艺术也搁置在一边。我现在无法作画，一笔也画不了，和以往相比，此刻我是位更伟大的画家。每当这可爱的山谷里的雾气在我周围蒸腾，太阳高悬在我那片幽暗的树林上空，只有几束阳光悄悄射进树林中的圣地时，我便卧躺在山涧那飞跌而下的溪水边的葳蕤的野草中，挨着地面观察千姿百态的小草；每当我感觉到我的心贴近草丛中麇集扰扰的小世界，贴近各种虫豸蚊蝇千差万别、不可胜数的形状时，我就感到那个照他自己的模样创造我们的全能的上帝的存在，感觉到那个飘逸地将我们带进永恒快乐之中的博爱天父的呼吸；我的朋友，每当后来我眼前暮色朦胧，我周围的世界以及天空像情人的倩影整个都憩息在我心灵中时，我往往便会生出憧憬，并思忖：啊，你要是能把这一切重现，要是能将你心中如此丰富、如此温馨的情景写在纸上，使之成为你心灵的镜子，犹如你的心灵是博大无垠的上帝的镜子一样，那该多好！……（一七七一年五月十日）

在维特的爱情希望彻底破灭时，他的心情极其恶劣。这时原本可爱迷人的大自然也变得凶猛而狂暴：

……

昨天晚上我不得不出去。那时突然开始化雪了，我听说河水泛滥了，溪水猛涨，洪水从瓦尔海姆冲下来淹没了我那可爱的山谷！夜里十一点多我奔了出去。看到狂暴的山洪在月光映照下回旋激荡，淹没了田地、草场、树篱和一切，宽阔的山谷变成了一片翻腾的海洋，汹涌的波涛合着狂风的呼啸，那景象真是可怕！后来，月亮又出来了，高悬在乌云之上，山洪映着可怖而瑰丽的反光，在我眼前激浪翻滚，奔腾咆哮；我感到一阵战栗，接着又生出一种渴望！呵，我张开双臂，面对深渊喘息着。跳下去！跳下去！我沉浸在狂喜中，要把我的痛苦和烦恼一股脑儿投进深渊！像波涛一样奔腾咆哮而去！……

（十二月十二日）

维特结束自己生命之前，最后一次同绿蒂——这时已是阿尔贝特夫人了——在一起的时候，他们一起诵读了莪相的诗。莪相诗歌中那无穷无际的旷野，劲风吹动的荒草，长满青苔的墓碑，空中飘浮着阵亡英雄和凋谢的少女的亡灵——这一切营造了一种阴郁、肃杀的悲怆气氛，对维特的厌世情绪起了推波助澜的作用。歌德在《维特》中用相当大的篇幅引用了莪相的诗篇，足见他对莪相诗篇的重视。我在翻译的时候尽量选用符合诗篇情调的词汇和诗意浓郁的语句，并注意散文诗内在的音调和韵律，力求传达出莪相诗篇的古朴和典雅：

黄昏之星呀！你在西方美丽地闪耀，你从云里抬起明亮的头，壮丽地移步山峦。你注目荒原，为寻何物？暴风已经停息，从远处传来湍急的山涧淙淙，咆哮的波涛拍击着巉岩，黄昏的蚊讷在田野上成群地乘风鼓翅，嗡嗡有声。你在寻觅何物，美丽的星光？你面带笑容，缓缓移动，快乐的波涛萦绕着你，将你的秀发濯洗。别了，安静的光华！辉耀吧，你莪相心中壮美之光！

……

春风呵，你为何把我唤醒？你柔情缱绻地将我爱抚，并对我说：我要以天上的甘霖将你滋润！但是我凋谢的时日已近，暴风雨即将来临，它将把我吹打得枝叶飘零！明天那位旅人将会来到，他曾见过我年轻时美丽的面容，他的眼睛将在原野上四处把我寻找，但无法将我找到……

郭老译的《少年维特之烦恼》卷首刊有《绿蒂与维特》一诗：

青年男子谁个不善钟情？
妙龄女人谁个不善怀春？
这是我们人性中之至圣至神
啊，怎样从此中有惨痛飞迸！
……

郭老的译文脍炙人口，堪称神来之笔，较之原文毫不逊色。我第一次读郭老的译本时，就将它默记于心，我在翻译《维特》之时，实在不忍割舍。但是，这部小说的初版并没有卷首诗，一七七五年出第二版时歌德才分别于上、下篇之首各加了一首四行主题诗，郭老将两首主题诗合在一起，用作卷首诗。但后来原作的版本都没有再用主题诗，据现在的版本，拙译所依据的版本也未加主题诗，因此只能割爱。

黄宝生（1942—　　），上海人。1965年毕业于北京大学东方语言文学系梵文巴利文专业。曾任中国社会科学院外国文学研究所所长，中国外国文学学会会长。主要论著有《印度古代文学》和《印度古典诗学》，译著有《惊梦记》、《摩诃婆罗多·毗湿摩篇》、《佛本生故事选》（合译）和《故事海选》（合译）等。

《摩诃婆罗多》译后感

《摩诃婆罗多》全诗译稿终于完成了。从第一篇《初篇》出版的一九九三年算起，迄今已有十年时间，而加上一九九三年以前做的工作，总共有十多年时间。当然，我们集中全力投入这项翻译工程是在它一九九六年列入中国社会科学院重点项目之后。无论如何，用“十年磨一剑”形容我们的这部译作，还是十分恰当的。

其实，花费十年或十多年时间翻译《摩诃婆罗多》是正常现象。想当初，印度一批优秀的梵文学者历时近半个世纪，完成了《摩诃婆罗多》精校本。[1]其间，首任主编苏克坦卡尔逝世后，由贝尔沃卡尔接任，而贝尔沃卡尔年迈体衰后，又由威迪耶接任，真可谓“前仆后继”。在精校本问世前，《摩诃婆罗多》的翻译只能依据通行本。印度学者K. M.甘古利用散文体翻译的《摩诃婆罗多》（1883—1896）是第一部英语全译本。印度学者M. N.杜德用诗体翻译的

[1] 《摩诃婆罗多》现存抄本约有十万颂，经过校勘后的这部精校版本约有八万颂（一颂两行）。

《摩诃婆罗多》(1895—1905)是第二部英语全译本。在这两种英译本产生之前，法国梵文学者福歇（H. Fauche，1797—1869）就已着手翻译《摩诃婆罗多》全诗，但他翻译出版了全诗十八篇中的前八篇（巴黎，1863—1870），不幸逝世而中断。按照他的生卒年推算，倘若他不是在六十多岁，而是在五十多岁时动手翻译，就能在十九世纪六十年代完成《摩诃婆罗多》的法语全译本了。美国梵文学者布依特南（van Buitenen）于一九六七年开始依据精校本翻译《摩诃婆罗多》，相继出版了三卷（芝加哥，一九七三、一九七五和一九七八），包括全诗的前五篇。在第三卷的前言中，按照他的估计，全诗译完出版大约要到一九八三年以后。可是，他不幸于一九七九年去世，享年五十一岁。倘若天假其年，他在六十岁以前就能完成全诗翻译，实在令人惋惜。

确实，对于一个梵文学者来说，必须有了充分的学养积累之后，才能着手翻译《摩诃婆罗多》这样一部百科全书式的史诗。也就是说，一个梵文学者决定翻译《摩诃婆罗多》，就意味着要为它奉献自己一生中的学术成熟期。幸运的是，我们这个中文全译本依靠集体的力量，最终得以完成，没有夭折。然而，这项翻译工程的发起人，我的同学赵国华已于一九九一年英年早逝（享年四十八岁）；我们的老师金克木先生亲自翻译了《初篇》前四章，为我们确立了翻译体例，此后经常关心我们的翻译进程。他也未能见到这项翻译工程完工，而于二〇〇〇年去世（享年八十八岁）。现在，全诗译稿已经完成，即将付梓出版，也可告慰他俩的在天之灵了。

自一九九六年这项翻译工程列入中国社会科学院重点项目后，翻译任务由郭良鋆、席必庄、葛维钧、李南、段晴和我共同承担。我作为项目主持人，除了承担翻译任务外，还负责全书译稿的校订和统稿工作。这些年来，我把我的主要精力全部投入这项工作了。随着工作的进展，我越来越感到这是一场持久战，一场“马拉松”长跑，既是对自己学术能力的检验，更是对自己意志和毅力的考验。我有一种愚公移山、天天挖山不止的真切感受。而劳累时，看到眼前已经完成的工作量，又会激发信心和力量，尤其是离最终目标越来越接近的这一两年中，我全神贯注，日以继夜地工作。常常是夜半搁笔入睡后，梦中还在进行翻译。在这些日子里《摩诃婆罗多》仿佛已与我的生命合二而一，使我将生活中的其他一切置之度外。我能体验到淡化身外之物给人带来的精神愉悦，而这种精神愉悦又能转化成超常的工作效率。我暗自将这称为“学问禅”，也就是进入了思维入定的“三昧”境界。

对于翻译《摩诃婆罗多》的意义，也是随着翻译工作的进展而加深认识。我以前对《摩诃婆罗多》的理解侧重于它的主要故事情节和一些著名的插话。

《摩诃婆罗多》中插话的内容包括各种神话、传说、寓言故事以及宗教、哲学、政治、律法和伦理等。我早在一九七三年就曾作为翻译练习，译出过其中最重要的宗教哲学插话《薄伽梵歌》。[1] 而这些插话数量之多，大约占据了《摩诃婆罗多》全诗的一半篇幅。由此，《摩诃婆罗多》成了一部百科全书式的史诗。它的内涵溢出了西方的史诗概念。我们这次译出《摩诃婆罗多》全诗，尤其是其中的《和平篇》和《教诫篇》，我对这一点有了更直接的体会。

英语中的史诗（epic）一词源自古希腊语，原意是“言论”或“说话”。正如伏尔泰所说：“习惯使此词变成专指对英雄冒险行为的诗体叙述”[2]。这是西方传统的史诗概念，或者说，史诗主要是指英雄史诗。按照这种史诗概念，《摩诃婆罗多》可以说是一部以英雄史诗为核心的长诗。然而，《摩诃婆罗多》自称是“历史传说”（itihasa，意思是“过去如是说”）。这样，《摩诃婆罗多》倒是更符合 epic 的汉语译名“史诗”。它是以诗的形式吟印度古代历史传说。它涉及创世神话、帝王谱系、政治制度、宗教哲学、律法伦理和天文地理，全都以婆罗多族大战的故事主线贯穿了起来。也就是说，它以古代英雄传说为核心，全方位地记述印度古代历史。它的功能类似中国司马迁开创的纪传体史书。它是印度古人在没有书写习惯的条件下，记述历史和保存文化的一种特殊手段。

史诗和史书存在一些本质的区别。史诗记述历史传说，史书记述历史事实。史诗饱含艺术想象，史书崇尚实有其事。史诗（尤其是原始史诗）以口头方式创作和传播，史书以书面方式写作和传播。然而，史诗内容的传说性主要是指诗中的人物和事件，诗中提供的社会和文化背景并非完全虚构。《摩诃婆罗多》的成书年代处在印度从原始部落社会转化为国家社会的时代，也是从吠陀时期的婆罗门教转化为史诗时期的新婆罗门教（即印度教）的时代。在《摩诃婆罗多》中提供的种姓制度、宗教礼仪、律法伦理和风俗习惯都是当时社会的真实写照。而且，史诗作者依据他们所处的时代，在这部史诗中充分表达了他们的宗教哲学思想和社会理念。这些思想和理念不仅通过直接的说教方式表达，也通过史诗人物和故事形象地表达。可以说，这些思想和理念是印度古人世世代代积累的人生经验和智慧的集中体现。因此，这部史诗在印度古代最终也被尊奉为宗教经典，称作“第五吠陀”。

---

[1] 当时，“文革”尚未结束，但我们研究所已经可以非正规地从事科研业务。我翻译《薄伽梵歌》的笔记本上偶然记有译完的时间为 1973 年 5 月 3 日，否则，时隔这么多年，肯定记不清了。这份译稿经过校订加工，收入了这个译本。

[2] 《伏尔泰论文学》（丁世中译，人民文学出版社，1993），第 296 页。

基于这种情况，印度古人对两大史诗《摩诃婆罗多》和《罗摩衍那》的文化定位有所不同。他们将前者称为“历史传说”，而将后者称为“最初的诗”(adikavya)。《罗摩衍那》的人物和故事比较集中，虽然也有插入成分，但不像《摩诃婆罗多》那样内容庞杂。它更接近西方传统的英雄史诗概念。当然，作为史诗中英雄的品质，《罗摩衍那》和《摩诃婆罗多》一样，具有强烈的宗教伦理色彩，也就是以“正法”为规范。这一点明显不同于西方原始史诗中英雄的品质。

印度传统将《罗摩衍那》称为“最初的诗”，主要是着眼于艺术形式上的变化。《罗摩衍那》虽然与《摩诃婆罗多》一样，也主要采用通俗简易的“输洛迦”诗体，但语言在总体上要比《摩诃婆罗多》精致一些，开始出现讲究藻饰和精心雕镂的倾向。而这种语言艺术特点在后来出现的“大诗”(mahakavya)中得到充分体现。“大诗”也就是古典梵语叙事诗。按照檀丁(约七世纪)在《诗镜》中的描述,“大诗”分成若干章，故事取材于传说或真实事件，主角是勇敢高尚的人物，诗中应该描写风景、爱情、战斗和主角的胜利，讲究修辞和韵律，篇幅不要过于冗长[1]。这说明“大诗”的艺术特征更直接导源于《罗摩衍那》。因此，印度古人将《罗摩衍那》称作“最初的诗”，同时把传说中的《罗摩衍那》作者蚁垤称作“最初的诗人”。

我们译出了《摩诃婆罗多》，对于国内学术界来说，起码有印度学和史诗学两方面的研究价值。前面已经说到,《摩诃婆罗多》是一部百科全书式的史诗，堪称印度古代文化集大成者。它为研究印度古代神话、传说、宗教、哲学、政治、军事、伦理和民俗提供了丰富的资料。因此，现代印度学者对《摩诃婆罗多》经常就这些专题进行分门别类地深入研究。国际梵文学界也公认《摩诃婆罗多》对于印度学研究的重要性。美国梵文学者英格尔斯（D. H. H. Ingalls）在评价《摩诃婆罗多》精校本的功绩时，首先强调对于《摩诃婆罗多》的研究“将会成为照亮印度历史的光芒”。接着说道：“然而，没有这部校勘本，没有班达卡尔东方研究所对梵文学术做出的这一伟大贡献，就不可能获得这种光芒。”[2] 美国学者布依特南在他的《摩诃婆罗多》英译本第一卷导言中说道：“如果不能充分和自觉地吸收《摩诃婆罗多》中的史料，那么，西方关于印度文明进程的学问是很不完善的。”[3] 荷兰梵文学者狄雍（J. W. DeJong）则直截了当

[1] 参阅檀丁：《诗镜》第一章。

[2] S.P. 纳朗主编：《〈摩诃婆罗多〉的现代评价》（德里，1995），第 8 页。

[3] V. 布依特南：《摩诃婆罗多》第一卷（芝加哥，1973）导言，第 35 页。

地说道："如果不了解《摩诃婆罗多》，怎么能阐释印度文化？"[1]

而我在翻译过程中，还深切体悟到《摩诃婆罗多》中隐含着一种悲天悯人的精神。与史诗通常的特征相一致，《摩诃婆罗多》中的人物和故事也与神话传说交织在一起。这完全符合史诗时代人类的思维方式。但是，这部史诗并没有耽于神话幻想，而富有直面现实的精神。它将婆罗多大战发生的时间定位在"二分时代和迦利时代之间"，也就是"正法"（即社会公正或社会正义）在人类社会已经不占主导地位的时代。这样，《摩诃婆罗多》充分展现了人类由自身矛盾造成的社会苦难和生存困境。而史诗作者为如何解除社会苦难和摆脱生存困境煞费苦心，绞尽脑汁。他们设计出各种"入世法"和"出世法"，苦口婆心地宣讲，也将他们的救世思想融入史诗人物和故事中。但他们同时又感到社会矛盾和人类关系实在复杂，"正法"也非万能，有时在运用中需要具有非凡的智慧。

无论如何，史诗作者代表着印度古代的有识之士。他们确认"正法、利益、爱欲和解脱"为人生四大目的。他们肯定人类对利益和爱欲的追求，但认为这种追求应该符合正法，而人生的最终目的是追求解脱。他们担忧的是，人类对利益和爱欲的追求一旦失控，就会陷入无休止的争斗，直至自相残杀和自我毁灭，造成像婆罗多族大战这样的悲剧。因此，《摩诃婆罗多》是一部警世之作。它凝聚着沉重的历史经验，饱含印度古代有识之士们对人类生存困境的深刻洞察。自然，他们的"正法"观也具有明显的历史局限。但是，人类自从进入文明社会以来，历经种种社会形态，生存方式并无根本改变。马车变成汽车，依然是车辆；茅屋变成楼房，依然是房屋；弓箭变成导弹，依然是武器；古人变成今人，依然是人。社会不平等依旧，对财富和权力的争夺依旧，恃强凌弱依旧，由利害、得失、祸福和爱憎引起的人的喜怒哀乐依旧，人类面对的社会难题和人生困惑依旧。所以，《摩诃婆罗多》作为一面历史古镜，并没有完全被绿锈覆盖，依然具有鉴古知今的作用。我通过这次翻译工作，对《摩诃婆罗多》这部史诗由衷地生出一份敬畏之心。

如今，我们有了印度两大史诗《摩诃婆罗多》和《罗摩衍那》[2]的汉语全译本，这就为国内学术界提供了研究的方便。新时期以来，国内学者对我国少数民族史诗的研究成绩卓著。最近，译林出版社又出版了一套《世界英雄史诗译丛》，也是对国内学者长期以来翻译世界各民族重要史诗的成果总汇。有感

[1] 参阅《印度伊朗杂志》(Indo-Iranian Journal)，1994年，第1期。
[2] 季羡林译：《罗摩衍那》（人民文学出版社，1980—1984）。

于此，我在为收入《世界英雄史诗译丛》的《罗摩衍那·森林篇》撰写的前言中说道：“如果我们能对印度两大史诗、古希腊两大史诗、中国少数民族史诗和世界其他各民族史诗进行综合的和比较的研究，必将加深对人类古代文化的理解，也有助于世界史诗理论的完善和提高。”

我在从事翻译《摩诃婆罗多》的工作中，自然会关注国内学术界有关史诗研究的状况。我发现国内的史诗学理论建设还比较薄弱，尚未对国际史诗学的学术史进行系统的梳理和研究。二十世纪著名的帕里（M. Parry）和洛德（A. B. Lord）的“口头创作理论”[1]也是最近才得到比较认真的介绍。长期以来，国内学者在运用西方史诗理论概念时，有一定的随意性。而在史诗研究中提出有别于西方理论的某种创新见解时，也不善于与国外史诗进行比较研究，以促进自身理论的通达和完善。因此，我迫切感到国内学术界应该加强史诗理论建设。中国具有丰富的少数民族史诗资源。而且还保存着许多“活形态”史诗，这些是得天独厚的有利条件。但我们必须重视对国际史诗理论学术史的梳理，同时在对中国少数民族史诗的研究中，必须与对世界各民族史诗的研究结合起来进行。这样，在综合和比较研究的基础上，就能提出带有普遍意义的理论创见，以充实和完善世界史诗理论。在这个领域，中国学者大有可为。

这些年来，我将主要精力全部投入了《摩诃婆罗多》的翻译工作中，对于相关的史诗理论问题无暇进行深入研究。但我和我的同事们译出了《摩诃婆罗多》，也就是为国内史诗理论研究增添了一份重要的资料。每门学科的发展都需要有一批甘愿献身于基础建设的学者。这里，我又想起丹麦梵文学者泽伦森（S. Sorensen，1849—1902）花了二十年时间编制《〈摩诃婆罗多〉人名索引》，以致他很晚才获得教授职称。然而，他却于这部索引开始排印的当年逝世，未及见到这部厚重的索引（16开本，800多页）面世。但后世从事《摩诃婆罗多》研究的学者都会感谢他的这部索引的。同样的道理，我们的这部《摩诃婆罗多》全译本问世后，如果能受到国内印度学和史诗学学者们的重视和利用，我们这些年来耗费的时日和付出的辛劳，也就得到回报了。

---

[1] 参阅朝戈金译：《口头诗学：帕里—洛德理论》（社会科学文献出版社，2000）。

黄志坤（1937— ），湖南长沙人。1960年派往苏联列宁格勒大学研读印度多种语言和文学。1966年初回国后一直在总参某部从事军事研究工作。“文革”期间翻译毛主席著作，后又参加了我国出版的第一部百科全书《苏联军事百科全书》（九卷，数千万字）译校和编审工作。主要译著有：《饥饿的石头》、《罗摩衍那》（缩写本）、《古印度神话》、《泰戈尔短篇小说选》、《泰戈尔中篇小说精选》以及长篇小说《眼中沙》等。

世界名著最好从原文译出

——谈谈我为什么重译《戈拉》

泰戈尔是印度现代一位最伟大的文学家，也是世界文坛上一位名声显赫影响深远的大作家。经六十多个春秋的勤奋创作，泰戈尔总共出版了三百多部书，给世界文学宝库留下了丰厚的文化遗产。一生中泰戈尔用母语——孟加拉语创作了九十余篇短篇小说，十五部中长篇小说，不能不算是惊人的成绩，丰硕的成果。现实主义的小说与浪漫主义的诗歌一样，都是泰戈尔最受读者欢迎的篇章。《戈拉》是作家长篇小说中一部最重要的代表作。孟加拉著名文学评论家苏库马尔·森曾说：“在情节展开的广度和艺术手法表现的深度方面，完全有理由称《戈拉》为现代印度的《摩诃婆罗多》。”（《摩诃婆罗多》是古印度最著名的两大史诗之一，另一部是《罗摩衍那》，这两部史诗故事在南亚地区的普及，不亚于我国的《三国演义》和《水浒》在民间的普及。）名著《戈拉》的主旨非常突出，旗帜极为鲜明。主要是通过几位青年男女和几位老人，描写十九世纪七十至八十年代不同出身、不同年龄、不同教派的知识分子热爱祖国反帝反封建的高尚情操。小说中戈拉被塑造成为印度民主主义者的典型。他生活的唯一目的就是解放祖国，使之赢得独立与自由。他与殖民统治者势不两立。泰戈尔始终牢牢地高擎爱国主义和人道主义这两面鲜艳的大旗。他的笔锋指向英国殖民统治及其附属机构和奴才。他对金钱至上牟取暴利、寡廉鲜耻、夸夸其谈的腐朽思想进行猛烈地抨击；对封建残余陈规陋习疾恶如仇；对种姓制度宗教纠纷不屑一顾；对妇女低下地位和悲惨处境大声呐喊；对贫苦民众和不幸的底层人物深表同情……泰戈尔通过塑造的鲜明形象，以唤醒人们的良知。

在我国《戈拉》已经出版过两种从英文翻译过来的中文版本：一种是黄星圻译的（见《泰戈尔作品集》第八、九卷。一九六一年人民文学出版社出版）；另一种是刘寿康译的（见外国文学名著丛书《戈拉》，一九八四年人民文学出版社出版）。这两个版本，总的来说，是很不错的，对于我国广大读者了解泰戈尔这一名著起了很大作用。然而，也不能不看到《戈拉》英文版本身的不足。

另外，新世纪第一年——二〇〇一年，恰好也是泰戈尔诞辰一百四十周年和逝世六十周年。一方面，我为这一名家名著产生九十年后还没有从母语直接翻译过来的中文版深感遗憾；另一方面，我已退休刚好也有空闲，很想尽点绵薄之力，既弥补这一缺憾（名著应从原版译出，像《戈拉》这样的名家名著，更应有原版的中文译本），以此来纪念这位世界名人。于是我在二十世纪末把《戈拉》从孟加拉语翻译过来了。

从《戈拉》两个英译中文本来看，英文版与原版（孟文版）主要可归结为下列五点不同：

一、英文版删节比较厉害。如第八章末尾连删八段，删去近千字；第十二章前面删去近两页，约两千字；第十二、第十六、第十八、第二十、第二十三、第四十三等章，每章都删去千字左右，有的甚至达两千字。

二、部分章节分法不同。英文版未按原版分章，主要是两种情况：

1. 首尾颠倒。如第十三章开头一大段，英文版挪到了第十二章末尾；第二十章前面几段，英文版也挪到了第十九章末尾……

2. 一分为二。即把孟文版的一章变成英文版的两章：如第三十六章分成为第三十六章、第三十七章；第三十九章分为第四十、第四十一两章；第四十一章分成为第四十三、第四十四两章。

三、无端出现一些差错

1. 第六十八章开头的第二段“thdkurpo”来了，此处 thdkurpo 本是一词语，孟加拉文的意思是“小叔子”，即已婚妇女对自己丈夫的弟弟的称呼。英文版却错当一具体人名。

2. 由于英语的局限，许多人物称呼搞乱了。英语中父辈男性统称 uncle(叔叔)，母辈女性统称 aunt（阿姨）。孟加拉语、印地语等虽与英语同属印欧语系，但毕竟是东方语言，也与我们汉语一样，叔、伯、舅、姑、姨都分得清清楚楚。这样，由于孟——英——汉的多层转译，人物关系有的搞得面目全非。如第十一章的“姨父”（meso)，变成了“叔叔”；第 4 章的“叔叔”（kh. urā)，却译成了“伯父”；有的不但人称错了，而且性别也搞错了……

四、数字的错误。英文版对印度十九世纪七十至八十年代总人口出现了不应有的错译。原版对当时总人口共有两种提法：三次提到“两亿五千万”，二次提到“两亿”。英文版对两次“两亿”的地方要么省略了，要么换成“千千万万”；而对三次“两亿五千万”的提法，两处错译：如第四章里的“两亿五千万人民”，错译为“三亿五千万人民”。又如第七十六章里“两亿五千万印度儿女”都错译为“三亿”（或“三万万”)。另一处（第七十二章）则变成“千千万万”。还有，第五十八章中，本来是阿农多莫伊对比诺耶说：“如果在印度教教社里能容纳下三十三亿三千万种见解，难道就不能容许你的见解存在吗？”英文版却错译为“要是三亿人都能在印度教社会生活……”；孟文中“三十三亿三千万”是数量众多的笼统概念，而不是具体数字。英文版这样的大错是很不应该的！如果印度十九世纪七十至八十年代总人口真是“三亿五千万”，而我国直到二十世纪四十至五十年代总人口才是“四万万七千五百万”的话，印度的人口或许早就超过我们了！

数字方面的错误不妨再举一例：第四十五章中，曾经提到索蒂什的作文“在五十名学生中，他得了第四十二名。”英文版却变成了“满分五十分，他得了四十二分。”这显然与原意相去甚远，本来是倒数第几名的，按英文译法却成了成绩优良的了！

五、《戈拉》孟文版（从《泰戈尔文集》一九四〇年最初的第一版直至一九八六年最新版本）有扉页，而英文版却没有。扉页上写着这样的题词：“送给亲爱的罗廷德罗纳特·泰戈尔”，然后是签署日期。题词虽然只有数字，但当了解了其意义时就明白：有与没有扉页是很重要的！罗廷德罗纳特·泰戈尔是作家的长子，《戈拉》出书之时（1910 年)，其子（1888—1961）正好是二十二岁的热血青年。泰戈尔在扉页上的题词，不仅说明他有意把书送给自己的儿子，而且还表示将自己拳拳赤子之心，献给了全印度的所有年轻人！希望他们像戈拉那样满怀爱国热忱，勇于投身民族解放运动，反对殖民统治，摆脱愚昧迷信，为祖国的独立自由、繁荣富强去英勇奋斗！

从《戈拉》的翻译，我深感世界名著，在有条件的情况下，最好要从原版译出，这样可以避免转译的误差，使读者更准确地了解原著的精髓。在此不妨再举一个例子：泰戈尔的一部很有名的现实主义的长篇小说《眼中沙》，在一九六一年人民文学出版社出版《泰戈尔作品集》时是从俄文转译来的（当时我国懂孟加拉语的人极少），其名是按俄文版转译的——《小沙子》。而孟加拉原版本来就是《眼中沙》，是一个很常用的词，其含义如我们汉语中的“眼中钉”。看过该小说的读者都清楚：“眼中沙”比“小沙子”用名更贴切！

胡其鼎（1939—　　），上海人。1961年毕业于北京大学。中国作协会员，德国歌德学会会员，中国译协文学艺术翻译委员会会员。译有《诗学的基本概念》、《体验与诗》、《海涅传》、《伦理学》及歌德、托马斯·曼、茨威格、黑塞、格拉斯的小说，瓦格纳、豪普特曼、魏斯的剧本，海涅的诗与散文，《海涅全集》中文版主编之一。著有传记《希特勒》及论文、书评、散文等。

《铁皮鼓》翻译随想

一个外国人研究李白却不懂得汉语，他的研究成果人家自然要打上问号。一个中国人研究莎士比亚却看不懂原著和外文参考资料，结果也一样。文学同美术、音乐的主要区别在于所用的工具不同。文学是语言文字的艺术，文学作品是语言艺术作品。研究外国文学和研究外语是密不可分的，一般说来，这是大学里的事情，教授开设专题讲座，学生做专题论文，都要研读原著和外文参考资料，而且侧重于经典作家和经典作品的研究。一部经典作品的翻译，那也只是研究的副产品。这是一个很小的专业圈子。

创作界需要了解外国文学。作家们尤其感兴趣的是当代国外的文学创作的动向。鲁迅、茅盾那个时候就是如此，他们注重现当代外国文学的翻译和介绍。

在国外，文学读者群体所关心的首先是本国的新作家和新作品，其次是外国的新作家和新作品。经典作家除非遇到某种机缘而“新生”才会再走红一阵。在我们这里，连书店经理也只认经典作家和作品。因为新的陌生的不赚钱的。

记得《铁皮鼓》中译本一九九〇年出版的时候只印了2000册，重版印了1000册，尽管出版社的编辑函告我，上海作协方面就要1000册。后来这个中译本又在漓江出版。不久，一九九九年十月作者君特·格拉斯获得诺贝尔文学奖，这部小说的中译本一下子走红。当时连我的家里也是报刊记者电话不断。在一次会上我还听说，国内已经有作家写了一个像《铁皮鼓》里的奥斯卡那样的弱智儿童作为他的小说的主人公。

翻译外国文学作品往往是吃力不讨好的。国外的畅销书十之八九在国内不会畅销；在国外畅销的、获奖的未必就是好的、深刻的；而好的、深刻的作品又不见得大家都爱读。做翻译工作的首先面临的难题是选择。我是先读作品，觉得有点新意，再考虑翻译；译文发表以后，再写点介绍文字。我翻译过黑塞的四部早期小说和一部诗歌散文作品《流浪》，所写的介绍文字中有一篇是《从一角藏书看德国的汉学研究》。黑塞对中国古代文化的热爱使我惊叹不已，他读过《易经》、《礼记》、《吕氏春秋》、《论语》、《老子》、《庄子》、《列子》以及诗词小说等等的德译本，甚至还会算卦。他在他的作品里演绎他所理解的"中国智慧"，视之为与导致两次世界大战的西方的物质至上主义相对立的一种精神文化。一九四六年授予黑塞诺贝尔文学奖的时候，对于他在东西方文化交流方面的贡献却只字未提。有的文学辞典里甚至说他沉溺于"东方的神秘主义"。而我感兴趣的是这位出身于传教士家庭却深受印度和中国文化即儒道佛影响的德国作家是如何看世界以及如何创作他的语言艺术作品的。

格拉斯的《铁皮鼓》发表于一九五九年秋，当时我刚上大学四年级。虽然有东德专家开设的当代德语文学选读课，但对西德文学却很少涉及。一九七八年我才读到这部小说，还得到了英译本。我觉得作者恪守德国小说的传统，但是，由于作者的丰富的想象力和生动的语言表达能力，改变了以往许多德国小说给人的过于深沉的印象。雷马克的《西线无战事》以第一次世界大战为背景。他后来流亡国外，因此在他的以第二次世界大战为背景的小说中对德国生活的描写总让人觉得不够真实生动。而《铁皮鼓》对两次世界大战期间德国浑浑噩噩的小市民的生活却描写得淋漓尽致，对德国小市民的讽刺常常使人回想起海涅。当时有一本美国记者写的书叫《第四帝国的崛起》（原名《最富有的第四帝国》），论述战后西德的经济如何发展。在《铁皮鼓》第三部里我们同样看到了战后西德如何从废墟中走向经济繁荣，而且是那样形象生动。所不同的是，格拉斯让他的主人公奥斯卡出了名、发了财，又偏偏让他产生了厌世情绪，他设下圈套让警察把他当作杀人嫌疑犯送进了精神病疗养院，而奥斯卡也就称心如意地把白漆栏杆的病床当成他的避难所，敲响铁皮鼓写下他的自供状——对往事的回忆。最后案情大白，他被无罪释放，然而往事的阴影依旧笼罩他的心灵。这就是文学作品和记者报道的不同。当德国的政治家为他们的政绩评功摆好的时候，格拉斯却发出了异样的、刺耳的声音，难怪当时的德国总理指责格拉斯是“朝荆棘上蹦的凶猛小狗”（“螳臂挡车”），而唱反调是这位德国文坛怪杰的一贯作风。

对于翻译有“信、达、雅”的要求。我想，“信”就是要求翻译准确可信，避免黑白错误。这是基本的。有这样一句话：“就这样地午餐采取了它的进程。”对照原文一字不差，连词序都一样。“信”得很。但是，这句话是什么意思呢？于是乎就有“达”的要求，那就是用规范的汉语把外文的意思表达出来。那么，这句话应该翻译成：“这顿饭就这样吃下去了。”“达”是必要的。从“信”到“达”之间有一个台阶。翻译做到了“信”和“达”，我们中国人读起来就舒服了。但是有得必有失，在某些情况下原文的特色就失去了。比如：“落下的苹果离树干不远。”意译是：“有其父必有其子。”这样一来，原文的形象比喻的特色也就丧失了。至于“雅”的要求，我始终不太明白。任何一种语言都有雅语和俗语。比如《西线无战事》里大兵的脏话如果都来个“雅”化，那是会闹笑话的。是“雅”是“俗”，译文还得跟随原文走。《铁皮鼓》里雅语很少，非常口语化，俚语不少。翻译的时候最让我头痛的是奥斯卡家开的殖民地商品店（食品杂货店）里的商品名称，有的只写出货物的牌子，却不知道是什么东西。我由此想到，做翻译工作必须知识面要广。这部小说时间跨度为五十多年，涉及许多历史事件，比如但泽（今波兰的格但斯克）的历史变迁、盟军诺曼底登陆、德国反希特勒的地下运动等等。小说里还写到玩施卡特牌。我的一位好朋友专门从德国给我带来一副施卡特牌和一本怎样玩这种牌的书，现在成了翻译这部小说的纪念品。还有德国人的烹调术。一九八〇年格拉斯到北京，他朗读了他的另一部小说《比目鱼》里关于土豆的各种烹调食用方法的一章，随后风趣地说，他的这部小说已经进入德国家庭主妇的厨房。生活中无奇不有，做文学翻译的人总觉得自己知之甚少。做翻译，离不开工具书，甚至《赌博大全》都可以备一册。有一次，萧乾对我讲，做翻译，辞典就是救火车。这个比喻真妙。

铁皮鼓是儿童玩具鼓，用马口铁（镀锡铁皮，上海人叫“洋铅皮”）做成，也叫“小铜鼓”。德国的工匠当中就有一行叫铁皮匠。德国作曲家瓦格纳在他的自传中写到，他住在苏黎世创作歌剧《西格弗里德》的时候，经常受到寓所对面的一个铁皮匠敲打铁皮的干扰，两人时常发生争吵，可是敲打铁皮的噪音又给了他灵感创作了西格弗里德的打铁之歌。在“儿童玩具鼓”、“小铜鼓”、“马口铁鼓"、"镀锡铁皮鼓"和"铁皮鼓"中我选择了最后一个。"铁皮"一词在小说中经常出现。坦克的装甲也被称作"铁皮"，还说到由于"铁皮"是军需物资，铁皮鼓在市面上就买不到了等等。《铁皮鼓》中译本在中国台北出版的时候，书名被改成了《锡鼓》。安徒生有篇童话叫《锡士兵》，那是用锡铸的玩具，很重。一面锡铸的玩具鼓恐怕有十来斤重，挂在一个三岁孩子的胸前，非折断他的脖子不可。更何况锡铸的鼓是敲不响的，而在小说里鼓声是有象征意义的。鼓声、砸碎玻璃的响声，都是这部小说里的音响效果，没有了响声，这部小说也就失去了它的时代特征。我知道那位编辑是根据英译本改的，但是他疏忽了一点：英语里"TIN"既指"锡"也指"镀锡铁皮"（马口铁）。英译者并没有错，"TINDRUM"就是"铁皮鼓"。而瓦格纳遇到的是铁皮匠而不是锡匠。

翻译文学作品和临摹绘画有相似之处。临摹一幅画，需要了解原画的采光、视角、层次安排、调色、笔法等等。翻译文学作品也需要懂得原作者所采用的种种技法，这是最难的。比如《铁皮鼓》里有这样的句子：奥斯卡如何如何，他如何如何，我如何如何。这里的"奥斯卡"、"他"和"我"指的是同一个人。用"奥斯卡"时，可以指他本人也可以指另一个人在讲他；用"他"时明确地指另一个人在讲他；用"我"时又明确地指奥斯卡本人在讲自己。这种在一句句子里三次改换视角去看、去描述一个人的动作和行为的手法，会使文字画面顿时活跃起来。作家总是不满足于语言文字已有的表达能力，总是在开发新的表达能力。

因为是随想，想到哪里就写到哪里。看来应该打住了。

蒋承俊（1933—2007），重庆市人。中国社科院外文所研究员。1961年毕业于捷克布拉格查理大学捷克语言文学系捷克文学专业。中国作协、译协会员。主要著述有《捷克、斯洛伐克文学、戏剧百科》、《东欧文学史》（合著，获1991年全国图书二等奖）、《东欧戏剧史》（合著）、《东欧当代文学史》（合著）、《哈谢克和好兵帅克》等。主要译著有《绞刑架下的报告》《小城故事》《万能机器人》《野姑娘芭拉》《五月》《群像谱》《尘寰中的故我》等。

我译《绞刑架下的报告》

我译的第一部捷克文学作品是影响三代中国人的捷克民族英雄尤·伏契克的《绞刑架下的报告》（以下简称《报告》）。伏契克用鲜血凝成的这部壮丽的长篇艺术特写《报告》正如著名翻译家叶水夫同志在《怀念冯至同志》一文中所说的："《报告》有两个译本，一个是女诗人陈敬容从法文转译，冯至用德文校的；另一个是刘辽逸从俄文译的。我觉得两个译本都可以，唯一的缺陷是两个译本都不是从捷克文翻译的。冯至同志非常谦虚，说他校过的东西也不能说好，接着说了三条重要的意见：第一，名著译本经过若干年之后是可以更新的，译本可以不止一个，只要各具特色或后来居上；第二，对于《报告》，希望有精通捷克文的同志再来一个译本；第三，要培养年轻人，我们这些人都是要老的。"后来，我接受了这项任务。我觉得我有义务原原本本地将它译介给我国广大读者。

当二十世纪五十年代我在布拉格查理大学语言文学系读书时，我就爱上了这个虽小，但有着深厚的文化底蕴的捷克民族。为了翻译好《绞刑架下的报告》，我对原著做了精深的研究，对作者所处的时代背景及其思想发展、人生观等做了致密的思索，反复了解原作者的其他著述和同时代人做的关于他的记录。在反复阅读原著的过程中，我被那些英雄的伟大精神所感动，产生了一种要用中文将它再说出来的强烈愿望，我就开始了大量翻译的技术性的劳动——弄清原著的节奏、语调和传达意思的手法；弄清这些成分与作品的主题、情节、结构以及一切形成要素之间的联系。弄清原著还不行，还得考虑译文的读者。读者要从译文里领略原文，译者得用读者的语言，把原作的内容按原样表达。《报告》里有伏契克新创的许多隽语奇句、醒世警号。最初我想用文言来周济贫穷的白话，或白话里夹杂一些文言。于是我拿“267 号牢房”这章来做试验，结果是文不文，白不白，很是失败。

伏契克的爱憎十分鲜明。他对他的亲人、妻子、同志，对一切正直善良的人总是那么一往情深，充满诚挚的爱；而对那一伙魑魅魍魉，蝇营狗苟，虽生犹死，他都认为是些朽木雕成的木偶，投之以冷眼、蔑视与嘲笑。他在这方面也留下了许多警句、箴言，每遇这类词句我都得多费思量、斟字酌句，使之尽量具有“原汁原味”。比如在译《报告》第五章的标题“雕像与木偶”时，我读了伏契克其他一些著述以及反复读原文，我觉得前两个译本译成“人与木偶”或“人像和木偶”有些不达意，缺了点什么。其实伏契克已经说了：“……每一个忠实于未来、为了美好的未来而牺牲的人都是一座石质的雕像，而每一个妄想阻挡革命洪流的腐朽过时的人，即使他现在带着金色的肩章，他也只能是一个朽木雕成的木偶。”这里我用“雕像”这个词，一方面符合原意；另一方面它远比“人像”，更比“人”来得鲜明、深邃。再比如众所周知的伏契克用鲜血与生命换来的遗嘱，向一切被他所关怀、爱护的人们发出的谆谆嘱咐：“人们，我是爱你们的！你们可要警惕啊！”我加了个“是”和“可”字，我认为比译成“人们，我是爱你们的！你们要警惕！”或“人们，我爱你们！你们要警惕！”要倍感亲切；更能体味出伏契克那颗爱心，伏契克通过亲身体验，真诚地提醒人们：无论何时何地，都要警惕那些公开的和隐藏的、残忍的和阴险的、形形色色的木偶。

翻译《绞刑架下的报告》，使我深深体会到，一个翻译工作者，必须首先将自己浸透在作者的文化传统之中。要做好不同民族国家之间的文化交流事业，必须先将作家、诗人或思想家的历史地位与生活背景搞清楚，然后认真钻研其著作，才能译出好作品。

我认为我们应当大力提倡在研究基础上从原文译出的各国的文学名著。

金鼎汉（1930— ），湖南长沙人。1955 年毕业于北京大学东方语言文学系。北京大学外国语言学院东方语言系教授，中国南亚学会顾问，《和平使者》（印度与挪威合办双月刊）顾问；曾兼任中国社科院研究员。2004 年被中国翻译工作者协会评为“资深翻译家”。著译作品：《印地语汉语词典》、《毛泽东选集》（第一至四卷，印地语版）、《毛主席诗词》（印地语版）、《印地语基础教程》、《虚假的事实》（以上作品与他人合作）；《妮摩拉》、《罗摩功行之湖》、《印地语汉语成语词典》。曾获由韩素音、陆文星颁发的中印友谊奖（1990）、由印度总统夏尔玛颁发的世界印地语荣誉奖（1993）、由美国印度教大学颁发的世界杜勒西荣誉奖（1999）和由印度总统纳拉亚南颁发的乔治·格里森奖（2001）

从《罗摩功行之湖》的翻译出版看民族文化差异

从十四世纪开始的四百多年是世界文学史上最繁荣的时期。这是西方的文艺复兴时期，出现了但丁和莎士比亚等文学巨匠。在中国，则是以《三国演义》、《水浒传》、《西游记》和《红楼梦》等四大名著为代表的明清文学。而在印度，围绕着轰轰烈烈的宗教改革，展开了规模空前的“虔诚文学运动”。这一时期，印度文坛上群星灿烂，光彩夺目。而其中最著名，对后世影响最大的就是杜勒西达斯（1532—1623）的《罗摩功行之湖》。据估计，几百年来，这部书出版了一千多万册。它已经成为印度教的经典、行为准则和道德规范。

在印度，无论是政治领袖还是著名诗人，都非常喜欢这部史诗，对它的评价非常高。圣雄甘地认为：念诵《罗摩功行之湖》是他的最高享受（见《印度文学词典》)；诗人泰戈尔认为：它把人带入一个美妙的世界（见《玛纳斯之珠》)；尼赫鲁对它的评价很高（见《印度的发现》)；而英迪拉·甘地夫人则说："在印地语地区的人民群众中，杜勒西达斯的《罗摩功行之湖》比蚁垤的《罗摩衍那》具有更加伟大的意义。它为人们所背诵，成为人们日常语言的一部分。它是印地语文学中最伟大的成就，不仅对当时，而且对后来的文学都有极为深刻的影响。这部史诗无论对印度人民、印度语言或者印度文学的影响都是极为深刻的。毫无疑问，只要恒河的水继续流淌，只要印度人民继续存在，杜勒西达斯的《罗摩功行之湖》将永远受到人们的崇敬"（见一九八一年出版的《杜勒西颂》)。而普通老百姓对它的喜爱则是外国人很难想象的。节日庆祝和婚礼吉庆时人们念诵它；人们常常聚集在恒河边上一连几天念诵它；甚至连不识字的农村妇女也能够一段一段地背诵它。二十世纪九十年代，印度艺术家把它编成电视连续剧在电视台播放，每周两集，共播放一年左右。每次播放时，人们都在电视机前收看。很多城市万人空巷，街上几乎看不到行人。

我开始学习印地语以后，就知道了杜勒西达斯的《罗摩功行之湖》。但当时觉得它高不可攀，离我太远。大学毕业留校当教员后，我念了一些印地语诗。后来，印度老师教给我一些有关的语言，我开始借助注解（这部书有印地语和英语注解的上千种不同版本，仅北大图书馆当时就有七种不同注解的版本）来阅读这部史诗。当我仔细地阅读了两遍以后，就下决心要翻译它。我知道这对我来说是一个很大的挑战。但是，我想：中国人要想了解印度，就不可能不读这本书。我于是下定决心要啃这块硬骨头。后来，由于“文化大革命”，就停下来了。

改革开放以后，人民文学出版社计划出版一套“印度文学丛书”，征求我的意见。我建议把这本书列入计划，并自告奋勇担任翻译。我于一九八一年开始翻译。一九八三年，我到新德里参加第三届世界印地语大会。当时的印度总理英迪拉·甘地夫人在开幕式上发表演说后接见了部分外国代表。她问我当时在做什么工作？我说，我在翻译《罗摩功行之湖》。她听了非常高兴，对我说："这件工作很好，很有意义，这样做能够使中国人民更好地了解印度。"她希望我能够成功。我听了很受鼓舞，前后花了六年时间，克服了很多困难，终于在一九八七年译完，一九八八年由人民文学出版社出版。

出版后，受到我国学术界的重视。季羡林先生和研究印度文学的一些著名学者对它评价很高。一九九〇年韩素音和陆文星还为此颁发了“中印友谊奖”。但是，广大读者的反应却很平淡。出版后十几年来，只有香港和新加坡的印度侨民向出版社提出过再版的要求，国内没有人提出这样的要求。原文在印度的影响和译文在中国的影响形成巨大的反差。我还了解到，英语译本和俄语译本也遇到同样的情况。似乎这本书离开印度到了别的国家就会“水土不服”。我想，除了民族特性和民族文化的差异外不可能有其他的解释。因为在印度，作者和读者都对印度教怀着无比虔诚之心；而在其他国家，无论译者还是读者，都不可能有这样的感情。

印度是一个对宗教信仰非常虔诚的国家，宗教深深地渗透到生活的每一个部分。印度又是一个产生宗教的国家，先后产生了婆罗门教、耆那教、佛教、印度教和锡克教。而中国有唯物主义的传统。“子不语怪力乱神。”“未能事人，焉能事鬼？”几千年来，孔子的这些看法一直影响着中国人。中国除了比较功利主义的道教外没有产生过其他宗教。

凡是到过印度的人都会感受到一种非常浓烈的宗教氛围。我曾经多次访问印度。在印度时，经常有人问我：“您是哪个宗教的？”当我回答说“我哪个宗教也不是”时，他们感到非常惊奇。这惊奇的程度就好像如果问一个中国人：“您贵姓？”对方回答说：“我没有姓。”这岂不太奇怪了？没有姓？那么，您是从哪里来的？宗教对于印度人来说就像姓氏对于中国人一样，是生来就有的，是生活中不可缺少的。

印度人对宗教的虔诚也是非常惊人的。他们认为罗摩是上帝，《罗摩功行之湖》不是一般的长诗，而是宗教的经典。他们就是怀着这样的虔诚心来朗读和背诵它的。中国人绝对不可能有这种心情。这就是不同的民族性格和不同的民族文化。越是民族性格强烈民族文化氛围浓厚的作品，越是难被其他民族所理解和接受。李白的五言绝句《静夜思》在中国可以说是脍炙人口的了，连很多小孩儿都能够背诵。我曾经把它译成印地语征求印度人的意见。他们说，他们能够看得懂，这是一首怀念故乡的诗，见到月亮而思念故乡，这是一件很平常的事，看不到有什么特别的地方，不知道中国人为什么如此喜爱？我还认识一些学习汉语的印度学生。我问他们，中国的古典小说中他们最喜欢哪部？回答很一致，都说最喜欢《西游记》，还有人说，他们还喜欢《水浒传》和《三国演义》，但是没有一个人说他喜欢《红楼梦》。这与我国知识分子的意见形成了很大的反差。

我曾经参加过《毛泽东诗词》(印地语版)的翻译工作，对此很有体会。《水调歌头·游泳》中有“一桥飞架南北，天堑变通途”一句。咱们中国人一提到“天堑”，几千年的历史就会浮现在眼前，从三国时的曹操开始，多少英雄豪杰在长江——这个天堑边上摔了跟头！一提到天堑，从李白的诗句到多尔衮的书信会一齐涌上心头，使人浮想联翩，“天堑变通途”，多么伟大的壮举！然而，在印地语中，我们只能把它译成“天然的大壕沟”，这样的译法，在外国人看来，平平淡淡，引不起任何联想。可是，我们又有什么办法呢？当时负责《毛泽东诗词》英语版翻译的是钱锺书先生和叶君健先生两位大师。我曾经把我的看法告诉他们，向他们请教。他们说：“这就是诗歌翻译的难处，无可奈何！”

我在翻译《罗摩功行之湖》以前曾经仔细地阅读过很多遍。因为没有印度人对宗教的那种虔诚心，因此体会不到他们的激情和感受。我想：“既然我自己没有这种感情，又怎么能够影响读者，使读者有这种感情呢？”要想让咱们中国人像印度人那样喜欢它，热爱它是绝对不可能的。这是一项费力不讨好的工作。但是，我还是应该把它翻译过来，介绍过来，使我国人民能够更加深入地了解印度的民族性格和民族文化，从而更好地了解印度人民和印度民族。我想，这正是咱们翻译工作者的任务和责任。

金中（1926— ），原名章世菁，浙江宁波人。1945 年参加新四军。1950 年参加抗美援朝。1952 年转业中华全国总工会世界工联任翻译。1957 年被打成右派，农场劳动三年。“文革”中，全家赶往农村 6 年。现为山东大学教授。日本文学研究会副会长，山东大学日本文学研究中心主任、顾问。主要译著有:《日汉成语谚语辞典》、《日汉成语辞典》和《现代日语形容词用法词典》等。

翻译杂谈

人生中往往由于偶然的机缘决定了一生的命运。

我从小爱唱歌，天生有一副好嗓子。十六岁，在上海跟一位在俄国宫廷中当过歌手的索科洛娃学习声乐。她认为我很有天赋，将来一定能成为优秀的男高音歌手。一九四五年，我参加新四军淞沪支队。组织上决定我去浙东纵队文工团。我在上海浦东海滨等待浙东来船。这时，日本投降了。部队准备接受日军投降到处找不到翻译。因为我从小学过日语。政委王子明同志下令我火速赶回支队部。给武工队长当翻译，去敌人据点南汇城内向日本驻军递交最后通牒，敦促他们无条件向我军投降。一九四五年冬，部队北撤到了山东大汶口。我给纵队司令员叶飞将军、政委赖传珠、谭启龙当翻译，敦促大汶口和泰安的日本驻军向我军投降。从此，翻译成了我的终生职业。

一九五二年七月，我从朝鲜回国，转业到中华全国总工会国际联络部当日语翻译。我从小爱好文艺，从那时起，我又爱上了日本文学，读了不少日本文学作品。我翻译了日本无产阶级作家小林多喜二的《工厂党支部》《组织者》

两部中篇小说。

一九五六年，一次外事活动中，我偶然结识了日本当代著名现实主义作家石川达三先生。早在一九四二年我读过他的名著《沉着的士兵》，当时几乎所有日本作家都歌颂皇军，惟有石川达三无情揭露了日军士兵的厌战情绪和屠杀无辜中国居民的血腥暴行。杂志发行后，立即遭到查禁，石川达三本人被判处监禁四个月，缓期三年执行。从此，石川达三的名字深深地印在我的脑海里。

一九五六年的邂逅，我和石川达三结下了不解之缘。一九五七年，他把亲笔签名的《风中芦苇》寄给了我。就在这一年，我以莫须有的罪名被打成右派，时年三十三岁。我撇下妻子和两个年幼的孩子，带着简单的行装和石川达三的《风中芦苇》，去唐山柏各庄国有农场劳动改造。

劳动之余，晚上我在昏暗的煤油灯下，一遍又一遍熟读《风中芦苇》。《风中芦苇》描述第二次世界大战中，日本法西斯军部残酷迫害知识分子以及知识分子不屈不挠和军部作斗争的故事。书中主人公苇泽悠平的命运深深感染了我。我抑制不住炽烈的激情，开始翻译《风中芦苇》。

一九六一年，我解除了劳动，下放到山东省邹平一中教书。我熟悉的日语派不了用场，要我教我所不熟悉的俄语、英语。我边学边教，倒也完成了教学任务。可是我依然忘不下翻译《风中芦苇》。当时我教四个高中毕业班的俄语、英语。每周二十节课，白天上课、劳动，晚上备课、批改作业，天天忙到深夜，怎么也抽不出时间从事翻译。

一九六六年六月，“文化大革命”一开始，我这只“死老虎”首先被抛出来批斗。同年十一月我全家四口人被赶到乡下劳动改造。我的妻子和两个年幼的孩子受我的株连，孩子被剥夺上学的权利，小小年纪跟我一起在田间劳动。辛勤劳动一年，到了年底挣得的工分七折八扣，一家人还吃不饱肚子，全靠亲友的接济才熬过那段苦难的日子。我三天两头被叫到队部和地富反坏一起，聆听队长的“训话”，一站就是一个晚上，我站在那里，听着听着就睡着了。

就在这样的艰苦条件下，我仍然没有忘记翻译《风中芦苇》。一到夜晚，我让妻子在窗户上挡上黑布，在昏暗的菜油灯下，继续翻译《风中芦苇》，妻子见我骨瘦如柴，便劝我说：“你干了一天活，也累了，翻译这没有可能出版的小说有什么用？说不定还会惹祸。”我满怀信心地说：“现在我根本没考虑能否出版，有你这唯一的读者，我就心满意足了。因为石川达三说出了我心里想说而不能说的话，我翻译他的书解开了我心中的疙瘩，直觉得痛快。”

就这样不懈的努力，到了一九六九年年底，我已译完了《风中芦苇》的上卷，共计二十五万字。

预料中的事终于发生了。一九六九年，中共“九大”召开前夕，我家又一次被抄，连炕上的席子都被卷走。《风中芦苇》的译稿自然逃脱不了厄运。我辛辛苦苦写下的几百页稿纸，被队长们当作了卷烟纸，付之一炬，我心疼得差点昏过去，后来发现原书未被抄走。我想，只要我不死，总有一天我还要把它翻译出来。

一九七六年，粉碎了“四人帮”，大地回春。一九七八年春，我从乡下被调到山东大学外文系教日语。一九七九年九月，我出席在长春召开的第一次全国日本文学讨论会。在会上，我被选为全国日本文学研究会理事。好几家出版社向我约稿，我首先建议翻译出版石川达三的《风中芦苇》，得到了黑龙江人民出版社责任编辑牛克敬大姐的支持。从长春回来后，我又一次翻译《风中芦苇》。这时我心上已无压力，可以放开手脚干。因为我已熟读了这部小说，对书中的故事情节、人物性格、语言特点了如指掌。一动笔就如行云流水，一泻千里。短短三个月，我便译完了五十万字的长篇小说。一九八二年，从那以后，一发不可收拾。石川达三先生将他的几乎全部著作寄给了我。十年来，我译完了他的代表作《金环蚀》《人情》《破碎的山河》《骨肉至亲》《青春的蹉跌》《恶女手记》《浑身是泥》《最后的世界》《敞开的门》《他有七个敌人》《爱的终止时》《爱的得失》、《青春悲歌》《女人，活着为谁？》《洒脱的关系》等近三十部中长篇小说。

一九八二年，石川达三先生邀请我去日本访问，由于“左”的干扰，未能成行。四年后，一九八六年冬访问日本时，在东京田园调布拜访了石川代志子夫人。夫人非常热情地接待了我。夫人说：“您来晚了一步。先生生前常常提起您。由于您的努力，他的作品在中国有如此众多读者，中国人似乎比日本人更了解他。他在日本常常受到非难，但他不以为然，他情愿当少数派，直到病倒前一刻还在伏案写作。”

日本《朝日新闻》在评价石川达三五十年的文学活动时指出：“他一贯站在人民大众的立场，通过文学对现实生活中的歪风邪气、腐败和不公平现象挑战，他不怕自己成为少数派，坦率地发表意见，挑起文坛的论争，是一位有着反骨的人物。”

除石川达三外，我还翻译了吉村昭、津村节子夫妇的作品：《鱼影之群》《暗淡的季节》《沉重的岁月》《冰中花》等作品，以及当代日本著名的言情小说作家渡边淳一的长篇小说《化身》。

总结五十年我的翻译生涯，我提出如下几个论点，供广大翻译工作者和读者参考。

翻译文学作品一定要选择能激起自己热情，爱不释手的作品。出版社向我约稿时，我决不照单全收，我有我自己的标准和选择，一经选定后，在动笔之前，我对原著至少读三遍。第一遍着重故事情节，弄清故事的来龙去脉，不能有半点含糊；第二遍着重书中的人物性格，分清主次。多个人物在对话中有何特点。尤其是日语的对话，男的和女的不一样，老的和少的不一样，不同身份的人物在对话中也有些微的差别。此外，日本语对话中往往省略主语，一句话劈头盖脸扑过来，没有主语，不知这句话是对谁说的，必须要分析当时的状况，谈话的对象区别对待。有的话要加几个字，有的话要省略几个字，目的只有一个，能使中国读者一目了然。不能生搬硬套，当“排字工人”，否则会使读者丈二和尚摸不着头脑，堕入五里雾中；第三遍再次仔细阅读全文，对不明白的事物、掌故，要查百科事典、民俗事典及各种参考书，弄清它的底细加以诠释。

读过三遍后，这才开始动笔，我的习惯是既动了笔，不再查字典，参考书，减少干扰一泻千里，一气呵成。翻译时决不能逐字逐句当“排字工人”，而是读完一个段落，用自己的语言，符合中国语言的习惯写下来，写完一段或一章，自己先念一遍，看看有没有不通顺的地方，然后再往下译。

我的翻译习惯，不打草稿，字迹工整，一气呵成译完后改不了几个字就可以发排，因此编辑先生很欢迎我这样的译者。他们的评价是忠实于原著，风格各异，语言通顺，既忠实于原文，也符合中国语言习惯，使读者读起来不感到吃力，和读中国的创作没有什么两样。

为了深刻了解日本语言的真谛，除翻译文学作品外，我还编译了《日本语辞典》。我编纂辞典的主要目的在于探索日本语言的典故、演变、用法和词汇辨异，以便帮助了解日本文学作品。

我奉劝初学日本文学翻译的青年朋友们：

一、多读各个年代，各类作家的代表作，特别是已有定评的经典作家的作品，先读短篇、中篇，然后再读长篇小说。有的小说用不着全文通读只选几个章节阅读。

二、勤查字典，各种参考书。精读与泛读相结合，对于名著，可以中日文对照读。

三、练习翻译，特别对难句要反复推敲，多做几种尝试，排出几种方案，请专家评定。

最后只有一句话，多读、多听、多动笔，时间不负有心人，长期坚持一定能获得成功。

李德纯（1926—　　），辽宁大石桥人。1944 年留学东京一高（现东京大学教养学部）文科，1946 年转中国东北大学英国文学系，受教于梁实秋和焦菊隐。外交部建部伊始任职亚洲司。1964 年调入中国社会科学院外国文学研究所。中国日本文学研究会名誉会长、中国翻译家协会首届理事、文学艺术委员会委员。日本笔会、日本大众文学会以及日本川端文学会外籍特别会员。著有专著《战后日本文学管窥》（日文，日本明治书院 1986）、《爱・美・死——日本文学论》（中国社会出版社 1994）、《战后日本文学史论》（译林出版社 2010）；用日文创作中篇小说《红木屐襻》（日文《赤い鼻绪》日本《飞ぶ教室》杂志 1994 年春季号）；论文《大江健三郎论》获中国中日关系史学会首届优秀论文名誉奖，其他论文散见于日本《文学》、《新潮》、《すばる》、《群像》等文学杂志及《朝日新闻》、《读卖新闻》、《每日新闻》等报刊。

翻译，莎扬娜拉[1]

华君武在画集序言中写道："好记性变成忘性大，敏锐变成迟钝，只此两事，漫画创作就渐渐失去了势头。"诚哉此言！笔者适逢米寿，虽尚能饭，毕竟岁月不饶人，叙事逻辑前言不搭后语，提笔忘字，恕我借鉴意识流手法，率成此文。

翻译是我最不愿触及的话题，凝眸些许过往，它曾带给我诸多酸甜苦乐，但更多的是困扰。

---

[1] 徐志摩：《莎扬娜拉一首》，日文"莎扬娜拉"是再见。

外交部建部我被分配到亚洲司。在完成本职工作的业余时间，由于年富力强，应出版社之邀，翻译日文鸿篇巨制。尽管用的是笔名，稿费也全部上缴，还是在那个特殊历史时期氛围下饱受非议，被扣上名利思想的大帽子，压力很大，心中充满了芥蒂和疏离感。一次偶然机会，去见亚洲司调到现在的中国社科院文学研究所的印度文学研究专家石淑真和夫君吴晓铃夫妇。由于我高小时代就在少年读物上涂鸦，一直渴望做一些自己擅长又驾驭得了的工作，由他们斡旋，通过文学研究所东方组代组长戈宝权积极争取，我逆势向亚洲司反复申请调文学研究所。亚洲司不放，终于由干部司副司长杨克明拍板决定，结束了十四年的外交生涯。

如愿以偿调到文学研究所，"文革"前便分了家，另立外国文学研究所。踌躇满志正想在日本文学的翻译和研究的天地里翱翔。在举国皆狂的那场"文革"风暴中，一向被人整而未整过人的笔者，自得其乐地过起逍遥派的美好时光。"文革"风浪渐趋平静之后，人民文学出版社作为内部图书，在一定范围内发行，外国文学浴火重生。于是，我被邀翻译日本无产阶级作家小林多喜二的《沼尾村》和最为畅销的《日本沉没》等，虽无稿费，也夜以继日，在狭窄的穿堂，直到东方发白。也正因如此，"文革"结束后各地出版社相继邀我译书，为日后翻译家协会推举我为文学艺术委员会委员，并被授予资深翻译家证书的缘由。

人有旦夕祸福，天有不测风云。新时期恢复评职称，当时没有后来的译审和编审，只评研究职称，翻译遇冷。我因在研究上没投入很多精力，译书较多，遭遇尴尬，最后只好坚壁清野，在研究与翻译之间做出沉痛的抉择，频仍谢绝几家出版社邀我译书的美意。

在我们社科院有种相当普遍的看法是，凡外文系出身调进后可以马上从事翻译工作，而科研成果，发表论文非朝夕之事，此其一；同时把翻译比喻作"轻工业"，投资少收利快，科研是"重工兴"，投资大，回收慢。似乎忘记了鲁迅、郭沫若、冰心、茅盾等大家的创作，在很大程度上得益于翻译工作，如鲁迅之于果戈理、郭沫若之于歌德、巴金之于屠格涅夫、冰心之于泰戈尔以及叶君健之于安徒生等。虽说历史的经验教训值得注意，但我就不服气我搞不了科研，于是竭股肱之力在科研上全无商量，与翻译渐行渐远。

鲁迅谈翻译时说："我向来总以为翻译比创作容易，因为至少是无须构想。但到真的一译，就会遇到难关，比如一个名词或动词，写不出，创作时候可以回避，翻译上却不成，也还得想，一直弄到头昏眼花，如像在脑子里面摸一个急于要开箱子的钥匙，却没有。严复说，'一名之立，旬月踌躇'，是他的经验之谈。”钱锺书也谈到翻译的困难：“我们研究一部我们肯定不同国家民族之间文化的特殊性、差异性，以及文化价值的相对性。无名之辈如我，初试牛刀时不知天高地厚，半个世纪过去，犹感赫然。文学作品，事实上往往不能够而且不需要一字一句都透彻了解的。对有些字、词、句以至无关重要的章节，我们都可以不求甚解，一样写得出头头是道的论文，因而挂起某某研究专家的牌子，完全不必声明对某字、某句、某典故、某成语、某节等缺乏了解，以表示自己严肃诚实的学风。翻译可就不同，只仿佛教基本课老师的讲书，而不像大教授们的讲学。原作里没有一个字可以滑过溜过，没有一处困难可以支吾扯谈。一部作品读起来很容易，译起来马上出现料想不到的疑难，而这种疑难并非翻字典、问问人就能解决。”对于这种情况，我一般采取吃透原文，领悟表层文字、表层叙事的意蕴，先不寻章摘句，“捂”它几天，找同类题材的中文作品研读，启发灵感。笨人笨法，供人一笑。

一个华灯初上的早春夜晚，我拿着待批的文件叩响了乔冠华家的大门。他把我让进书房，自己坐到干净整洁的写字台旁，聚精会神地审阅文件。

办完公事正待告辞，冠华同志招呼我坐到客厅的沙发上，递过一杯热茶，和颜悦色地说：“听说，你把我的批评看得很重……”我缄默不语。他接着说：“你工作上积极主动，这是应当肯定的。但是，你还年轻嘛，今后还有许多工作要做。对待翻译可不能粗心大意啊。要知道，我为了翻好一个词，把它钉在墙上，苦思冥想一个星期哩。”

乔冠华同志是党内有名的才子，早年，清华毕业后留学德国，英、德文驾驭娴熟自如，我早有耳闻。我在心中暗忖：至于日文，我从小学一年级学习，以后又负笈东渡，怎会为一个单词搜索枯肠一个星期呢？

这是外交部建部伊始，我调亚洲司同代司长的第一次工作上的接触。

那天，我从资料中发现一个重要消息，草草译出，因有事外出便放在冠华同志桌上。回来后，同事们便转告冠华同志要我修改。其中那位我暗恋中的姑娘，笑吟吟地以我捉摸不透的眼光斜睨着我，更加令我难堪。

我那时年轻幼稚，敝帚自珍，对自己长期生活学习在日语氛围中，陷入不伦不类的“协和语”误区浑然不觉。在那篇译稿中，我把飞行员原封不动的移植为“操纵士”，俘虏照抄为“捕虏”，日语的倒装句比比皆是。

凡操千曲而后知音。流年似水，经过锤炼磨砺，自惭肤浅，对冠华同志的批评谙熟于心，总想找个机会向他做个发自内心深处的检讨。其间，在原东安市场鳞次栉比的露天旧书摊同他经常相遇。他笑盈盈地悄声对我说：“在这里还真能够碰上好书哩，而且价格也很便宜。”我本想借机袒露愧疚之情，总觉得时间地点不合适，把溜到嘴边的话咽了下去，目送他颀长的身影消失在灯火阑珊处。

金秋时节，一个落雨的日子，在北京医院送别万绿丛中冠华同志的遗体，泪眼茫茫中，我为永远不能向他做检讨而抱憾终生[1]。

众所周知，“藏”一般读cang，而边陲的西藏则读zang。这种同字异读在日语中也不乏其例。此如日语“刹那主义”的“刹那”，我国日本文学名家按惯常读法读“さつな”，查辞典阙如，当告以此处的“刹那”应读“せつな”才迎刃而解。日文谚语“大风が吹いて桶屋が储かる”，直译是“刮来沙尘暴，富了箍桶铺”。原意是德川幕府时期，疑似从中国刮去的沙尘暴造成大批人失明。为谋稻粱竞相表演三弦。三弦的原料取自猫皮，猫被杀死鼠患猖獗，鼠啃木桶，木材价格蹿红，浴槽商大发其财。原意是在意想不到的地方产生影响，此处译为“天上掉馅饼”虽不理想，尚需再动脑筋。

以《华丽的家族》（又译《浮华世家》）小说和电影，赢得我国广大读者和观众好评的日本女作家山崎丰子为写中国题材小说《大地之子》，经我牵线搭桥来我国体验生活并采访。抵京后在建国饭店聚餐，她原在报社的驻京记者陪席。山崎知我是“烟枪”，送我一条美国高级香烟。我打开后递一支给记者，开玩笑说是“借花献佛”。此人是位“中国通”，也开玩笑地借用毛泽东的幽默隐喻说：“我还不想去见马克思呐！”山崎迷惑不解，我哈哈大笑对记者道歉。日语的“佛”是对死者的讳称。我思忖山崎可能因此感到写中国题材不会像她想象的那么轻而易举吧。这段笑谈果然促使她第二天深更半夜给我打电话说：

“李桑，请替我买机票，我要回日本！”

“老姐姐，怎么啦？

“那位翻译不行，我无法开展工作！”

于是我们改派外国文学研究所的青年学者。这使我想起二十世纪五十年代，中央号召向科学进军时曾掀起一股学外语的高潮。有些人学西方语言吃力，以为日语有汉字可能好学，纷纷转向学日语。精通几门外语的丰子恺在《光明日报》著文《告初学日本文者》分析学日文的难点，驳斥了这种主观臆断：

近来有许多人发心学外国文，青年学生尤多。但是有不少人看轻日本文，

[1] 李德纯：《抱憾终生》，《北京晚报》1997年12月26日。

认为俄文、英文等难学，日本文容易学，因为日本文里半是汉字。有的人时间少，就选定日本文，以为日本文可在短时期内学成。有的人英语学不好，就改学日本文，以为日本文一定学得好。他们满以为日本文很容易，因为一半是汉字，这就仿佛学半种外国语，事半功倍。

然而这种人没有一个不白费辛苦。原因就是上了汉字的当。

就我的亲身经历来说，日本文绝不比俄文、英文容易；甚至比它更难。这并非夸口，不相信请听我说：

第一，日本文里有不少汉字，意义和中国大不相同。举几个例："私"是"我"，"貴方"是"你"，"大将"也是"你"，"面白"是"有趣"，"六敷"是"困难"，"器量"是"容貌"，"鹿爪"是"神气活现"，"黑人"是"内行"，"磨墨"是"赤贫"，"我乐多"是"废物"，"燒饼"是"吃醋"，"燒粪"是"自暴自弃"，"御袋"是"母亲"……这些是特别而好笑的例；还有许多大同小异、似是而非的例，譬如："铗"是"剪刀"，"錠"是"鎖"，"鍵"是"钥匙"，"鎖"是"链条"，"平和"是"和平"，"劳働者"是"工人"……不胜枚举。这些倒反比那些讨厌，因为字面只差一点，意义却不同，最容易上当。再则，日本文中的汉字，发音绝大多数和中国不同。有的一字一音，有的一字两音、三音，甚至四音、五音。你说目的在看书，不要会话，发音可以不管。然而不行，你如果志在看文学书，读时非照日本文发音不可。尤其是动词、形容词、副词等，大都上半（语根）是汉字，下半（语尾）是日本字母，你不能半中半日地读。况且有些词，汉字不止一种。例如"麻烦"，有时写"烦"，有时写"五月蝇"，又如"吵闹"，有时写"喧"，有时写"八釜"；又如"恭喜"，有时写"御目出度"，有时写"御芽出度"。……每两种读起来发音都一样。你倘会读音，就不怕汉字变更了。所以日本文中虽有汉字，其意义和发音绝不和中国全同，学起来不见得比英文、俄文容易。

第二，日本文中各词接连地写，不易分割，加之日本动词、形容词都有语尾变化，所以接连地写时，更不容易分割。举一个最常见的例：学バナケレバナラナカッタ。意思是"非学习不可"或"必须学习"。这一句由五个词合成：第一个"学バ"，是动词"学ブ"（学习）的第一变化；第二个"ナケレ"是助词"ナイ"（不）的第五变化；第三个"バ"（倘），是接续助词的本体形；第四个"ナラ"，是动词"ナル"（成）的第一变化；第五个"ナカッタ"，是助词"ナイ"的过去式。逐字直译，是"倘不学，则不成。"这五个词中，只有第三个是本体形，其它四个都是变化形。现在一连串地写着，即使你懂得变

化，也不易分割。倘使是英文，It is a book（这是一本书），即使你一个英文也不识，你可以逐一查辞典，因为四个词是分开写的。倘使是俄文，Я учусъ русскому языку（我学俄文），虽然其中三个词有语尾变化，但因为四个词分开写，你只要懂得变化，也可以逐一查辞典。独有日本语不然，许多词一连串地写着，分割很困难，因而辞典也不易查。所以学日本文，学会查辞典，也需要相当的工夫。这证明日本文比英文、俄文难学。

第三，日本人说话的思想方式和我们不同，举最简单的例来说："读书"，"吃饭"，他们说"书读"，"饭吃"。即先说受词，后说动词。英文、俄文在形式上和汉文全异，但想法和我们大致相同。日本是我们同文之国，反而想法和我们不同。所以，你必先习惯了他们的想法，才能读日本书或用日本语发表思想。这又证明日本文比英文、俄文难学。

由于上述三个原因，我诚告发心学日本文的人：你们要学日本文，至少要有学英文、俄文那样的思想准备和毅力。切不可上汉字的当，切不可看轻日本文，至少要把它当做一种和俄文、英文一样困难的外国文而学习。这样，包管你一定成功。

日本俳句源远流长。一九四六年，法国文学研究家桑原武夫同俳句诗人之间的所谓"第二艺术争论"，对当时还存在着封建保守倾向的歌坛震动很大。桑原认为，短歌、俳句内容陈腐，格调僵化，不足以反映纷纭万状的社会现实，而且俳坛盘根错节，封建保守的陈规陋习比比皆是。"俳句是另有其它职业的老弱病残的业余消遣，不是现代人镂心刻骨对待的一门艺术"，"充其量不过是第二（意即次要的）艺术"，因而主张"从义务教育课程中剔除"。进步文艺评论家小田切秀雄也写了《歌的条件》(1946)，臼井见吉写了《同短歌诀别》(1946)，和桑原采取同一主张。可以看出，桑原等人以对文学事件的敏锐嗅觉，推动原本被视为枯燥乏味的俳句、短歌的现实性转换。在他们的冲击下，自从战前就垄断俳坛的"杜鹃"派开始凋零，中村草田男主持的"万绿"派等都进行了某些改革。俳句也如我国旧体诗有其格律，共三行十七字，五七五是其外在形式。而我国的郁达夫在《日本的文化生活》中慧眼独具阐释和解读为"专以情韵取长，字句更少——只十七个字母，而余韵余情，却似空中的柳浪，池上的微波，不知所其始，也不知其所终，飘飘忽忽，袅袅婷婷"。一些译者为能力所限，译不出日本俳句最起码的三行十七字五七五，而译成二行十四字我国七律的断句经句。

由于接受西方强势文化的影响历史久远，日本喜用外来语，尤以英语为最，是用假名标音。在日本久负盛名的美国日本文学专家唐纳德·金，亲口对我讲过日本人的英语在世界上最差的，尤其是发音，偏偏日本人又最喜欢说写外来语，这就造成翻译的困难。翻成日文时，得从前后文来揣摩才能搞清其词。比如青年男女谈情说爱，为了制造浪漫刺激气氛，羞于直露最神秘的感情便用英语表示，这种情况下似以不译成汉语为宜。又如曹禺《日出》中那位留学生张乔治，经常夹杂些英语单词那样，日本学者为炫耀自己的英语水平不时说几句英语，医生之间在病人前研讨病情，为向病人保密多用外文，翻译时似以保持“原生态”，庶免造成对审美性和思想性的遮蔽。

谈到外来语就令人想起有趣的事实。

一九二〇年，随着国内形势的发展，迫切要求无产阶级要有自己的政党来领导中国革命。在这个关键时刻，陈望道参照英文版，依从日文版全文翻译《共产党宣言》。此后，罗章龙、蔡和森、李维汉、成仿吾、徐冰、博古、李立三、乔冠华等都曾翻译过《共产党宣言》。日本在明治维新前后，大量吸收欧美语言词汇，并创造出一些用汉字记述的日语外来语。如“共产主义”“政治”“革命”“场合”“科学”等词汇。由于我国马克思主义著作多由后成为大师的早期留日学生，由日文或参考日文译出，又把这些词汇吸收过来，成为汉语中的外来语，高达一千之多。

说起日本留学生，新中国成立后我国大专院校日语系毕业生对战后日本院校调整了解不多。战后，日本仿照美国，小学六年，初中三年，高中三年，大学四年。战前，日本小学六年，中学五年，高等学校三年，大学四年。日本一般的大学也和新中国成立前我国的清华、北大一样设有预科。日本九家帝国大学不设预科，由高等学校升入。所以，战后各地的旧制高等学校都并入大学，改称教养学部。日本的高等学校目前在我国多翻译为高中，是不准确的。比如，郭沫若、成仿吾就读于旧制六高，郭沫若毕业后考入九州帝国大学医学院，成仿吾考入东京帝国大学造兵学部。郁达夫、冯乃超八高毕业后，郁达夫考入东京帝国大学经济学部，冯乃超考入东京帝国大学文学部。

书名的翻译更难做到准确无误，如三岛由纪夫的《明日黄花》，日文原名为《十日お菊》，应译为《明日黄花》。日本每年九月九日为菊花节，翌日被认为过了时。[1] 而作家出版社的《三岛由纪夫传》直译日文原名，不禁令人想起赵景深当年曾将 milky way（银河）译为牛奶路。土耳其把莫言作品中的“八

---

[1]　金田一京助等编《新明解国语辞典》第 791 页，日本岩波书店 1972 年版；北京对外经济贸易大学合编《日中辞典》第 1335 页；日本爱知大学编《中日大辞典》1288 页，日本大修馆 1986 年版。张巨龄：《再斥“昨日黄花”》，2003 年 9 月 10 日《光明日报》。

路”译成“第八大道”(《北京晚报》2014年10月29日第27面)。

讲到这里忽然想起一段往事。笔者曾将三岛由纪夫的《潮骚》，投稿某刊。一九七〇年十一月二十五日三岛煽动军队搞武装政变而发表充满了战争狂热的演说，剖腹身首异处。因曾遭我国领导人严厉批判，称其为反动作家，该刊责编不同意发表。我解释说，《潮骚》是三岛前期还未右翼化前的唯美之作，而这位责编引用毛泽东《在延安文艺座谈会上的讲话》:“内容愈反动的作品而又愈带艺术性，就愈能毒害人民，就愈应排斥。”恰在此时，春风文艺出版社于雷认为，《潮骚》深得平安王朝古韵的熏沐，具有深湛的修辞学造诣和足够的美感。笔下流淌的文字清丽如水便收录到他主编的《女神塑像上的宝石》(1985)，首开公开发表三岛作品的先例。五年后，这位责编却组发了三岛由纪夫专辑，两年后又著书立说赞扬三岛由纪夫。

“支那”一词是日本不友好的侮辱词。翻译此词似也应具体对待。二十世纪八十年代，我在东京应邀参加日本翻译家协会学术讨论会。那位老会长张口就是“支那”，会场中只我一个中国人，能不愤慨！我怒火中烧等待时机出手反击。果然他又“支那”了，我顿时站起表示抗议，这老人倒也会狡辩，大放厥词说什么“学术上我用‘支那’，政治上用中华人民共和国或中华民国”。我厉声说“这是狡辩！”离席退场了。夜里多位日本青年来电话，介绍我走后老年人青年人之间大打口水仗。青年人反对用“支那”。八十年代初我被日本大学艺术学聘为客座教授，文学系的欢迎宴席上，我当年留学时的宿舍同屋的进藤纯孝，作为系主任想高歌一曲，胆怯地问我可否唱抗战时期李香兰的《“支那”之夜》。惶恐之心是对人的最好的尊重，而歌名又约定俗成，如改称《中国之夜》，也令我丈二和尚摸不着头脑。我了解他无恶意，笑着同意了。又一次在风雪中的东京远郊小车站前一名落泊老汉听说我来自中国，习惯性地小声说“嗯，是‘支那’呀”，我就原谅了这位没有文化而又不谙时事的农村老汉并无恶意的表现。

日本三亲六故的称谓空泛，生父和岳父无论当面和背后一律称作“お父さん”;“お兄さん”可以是亲哥哥家和叔伯兄弟、表兄和大舅子等等，其他类推。翻成中文不能乱点鸳鸯谱。

特定区域的生态、传统、民俗、习惯、语言等沿袭悠久的人文环境，潜移默化地作用于作家的文化心理，使其创作呈现出一定的地域色彩，增添了文学的魅力，而独具韵味的地方语言常常成为文体风格的直接外化。据冯至评价我国著名老翻译家在译英国狄更斯小说中的方言时，使用他家乡的山东方言，冯老开玩笑说不知狄更斯是否山东人。此外，横写的文字我国是由左向右读，而日本相反由右向左读，意义相反。例如，日本百货大楼在楼顶用五彩缤纷的连珠灯打造促销广告“本日大卖出”[1]，用中国读法则成了“出卖大日本”，公开声言叛国了。

我在翻译高居畅销书排行榜的《日本沉没》，此书所所选择的主题既覆盖自然科学，如“科学”“技术与大规模集成电路计算机”等，也包含人文社会科学领域，如“语言”“地理”“世界史”等。涉及的领域太多，从传统的文史哲到当时兴起的各路自然科学，所涵盖的众多术语和版概念展露得淋漓尽致。我当年留学时受教于他，考试也勉强拿到了学分，如今早已忘得一干二净。由于“文革”多年与世隔绝，中国与世界现代化先进水平之间的巨大差距，什么磁悬浮列车、电动滚梯、电传打字机、玻璃墙、气垫船，尤其是电子计算机等术语闻所未闻，只得多方查阅和请教。对高尔夫球更是一窍不通，什么“柏忌”“小鸟”等在描写社会上层人物生活中屡见不鲜。文学翻译一向不容易，需要译笔忠实流利，语言流畅、利落、非常口语化。为避免语言干涩，词汇贫乏，缺少文学语言的丰富魅力，我自备一个笔记本，按生命与大自然（河山、喜怒哀乐……）分门别类，经常注意搜集、积累佳句，以备翻译时一时想不起而储备，词穷时得来全不费工夫，事半功倍。但这些并不是根本问题，最最重要的是要译出原作者的民族风格、地域风格、时代风格。文笔细腻优美，使原文的艺术风格得到准确传达，走进读者的内心深处，体现原文的思想艺术水平，丢掉了这些就等于失去了最宝贵的资源。坦白地说，书店资深老售货员夸拙译《日本沉没》“和中国人写的一样”，我听了并不高兴。尽管我采取直译，未删改或脱离原文，仍担心是否把小松左京的艺术意境传达出来。

[1] 日文：今天大减价。

李逵六（1936—　　），江苏南京人。1960 年毕业于北京外国语学院，后留校任教，直至退休。期间（1975—1981）在中央党校任成仿吾马恩著作校译小组组长、成仿吾文字秘书。1988 年入选《中国翻译家辞典》。主要译著：除协助成仿吾翻译和校译的《共产党宣言》《哥达纲领批判》《马克思恩格斯关于历史唯物主义的通信选》外，个人译著有：汉译名著《伟大的德国农民战争》、李德回忆录《中国纪事》、郭恒钰专著《共产国际与中国革命》，中译德论文集《儒学与中国现代化》、中译德诗集《张子扬诗选——告别柏林》、季羡林回忆录《留德十年》等。

成仿吾同志译事回忆

一九八四年五月十七日，成仿吾同志与世长辞了。他老人家在生活的大波中进击一生，现在永远地安息了。

六十多年来，无论是在大革命时期，还是在白色恐怖的岁月；无论是在长征路上，还是在向社会主义进军途中；成仿吾的名字一直是中国知识分子的一面旗帜。他翻译的马克思主义著作，更为寻求真理的中国人民照亮了前进的道路。

从一九七五年年初起，我在成老身边协助他做一点翻译工作，将近十年的相处，将近十年的学习，使我对他的翻译生涯和翻译风格，以及他对翻译工作的见识，有了一些了解。我常常想把它写出来，而现在愈发感到有这个必要了。

成仿吾同志潜心学习，知识广博，能够运用日、德、英、法、俄五种语言。郭若沫同志说他很有语言学上的天分，对于外国语的记忆力实在有点惊人。年轻的时候，成仿吾同志就喜欢翻译，他译的诗不仅能将原诗的生命、原诗的情绪抓住，而且文字优美，音韵动人。

一九二七年大革命失败后，他为了深入地学习马克思主义理论，辗转到了法国和德国。从那时起，他的意向慢慢转到马克思主义著作的翻译上。一九二九年他受蔡和森同志的委托，将《共产党宣言》译成中文，并且请人将译稿带到了莫斯科。后来和森同志调回国内，不久壮烈牺牲，《宣言》译稿也失散了。一九三八年，成老和徐冰同志在延安把《宣言》译成中文，在延安和上海出版过很多次。这部译著的问世，在当时传播马克思主义的阵地上，可以说是光华夺目的闪电，引起了雷鸣般的反响。

这以后，成老把全部心血倾注在党的教育事业上，除了两次修改旧译外，几乎没有时间顾及翻译工作，但是他对翻译马克思主义著作的重视和热情并没有随着时光的流逝而有丝毫的减退。一九七四年，成仿吾同志写信给毛主席，表示要在有生之年翻译几本马恩著作的愿望。没过多久，毛主席复信要他专门从事“马恩著作中文译本的校正工作”。

我记得，在我们工作开始的第一天，成老就谈到了翻译经典著作的意义。他说：“我们的工作是很重要的。第一，我们的工作对象是马恩著作，毛主席很早就要我们党内有一二百个马克思主义理论家。第二，我们的读者有一万万到两万万人，我们要准确地宣传马克思主义。”

成老身体力行，对翻译工作一丝不苟，精益求精。他把毛主席提出的“准确性、鲜明性、生动性”作为自己的翻译标准。他说，毛主席在这里既讲了判断和推理问题，也讲了辞章问题，讲得很全面。我们做翻译工作，也离不开逻辑问题和辞章问题。我常常见到他老人家为了翻译一句话，为了选择一个词，在屋里踱来踱去，还不时把右手握成拳头轻轻击着左手掌心；有时，为了弄清一个词、一句话的含义，他把好几本词典、好几种版本铺在桌上，右手拿着放大镜，左手按着要研究的字句。成老就是这样呕心沥血.直至生命的最后一息。

《共产党宣言》是成老在一九七五年以后重新翻译的第一本书，也是成老研究最细、钻研最深的一本书。成老说他一生中通读《宣言》不下50遍，每读一遍都有一次新的收获。在成老逝世后的日子里，我又翻开我们几年前讨论《宣言》译稿的笔记，不禁回忆起他对翻译《宣言》的种种见地。

《共产党宣言》正文的第一段，原文是：

Ein Gespenst geht um in Europa——das Gespenst des Kommunismus. Alle Mächte des alten Europa haben sich zu einer heiligen Hetzjagd gegen dies Gespenst verbündet, der Papst und der Zar, Metternich und Guizot, französische Radikale und deutsche Polizisten.

过去的译文是：

一个幽灵，共产主义的幽灵，在欧洲徘徊。旧欧洲的一切势力，教皇和沙皇、梅特涅和基佐、法国的激进党人和德国的警察，都为驱除这个幽灵而结成了神圣同盟。

成老指出，这段译文有两个地方译错了，一是“徘徊”，一是“神圣同盟”。Ein Gespenst geht um在德文中是个成语，有“鬼怪出现”的意思。因此，不能把组成成语的几个词分割开来理解。原译者大概是受了俄译本的影响，译为“徘徊”，就失丢了原意。再有，“幽灵”一词，虽不能说是错译，但是不很准切。一九七五年二月二十一日，成老就这个词说了如下的一段话：“‘幽灵’这个词是博古同志改的，改坏了。‘幽灵’指死人的灵魂，意思不好。共产主义当时已经成为一种势力，对于反动派它是一个威胁，因而反动派才联合起来对共产主义进行围猎。”成老还找到了马克思和恩格斯给奥·倍倍尔等人的一封通告信。通告信指出，“红色魔怪”意味着“资产阶级对于它与无产阶级间不可避免的生死斗争的恐怖，对于这个近代阶级斗争的无法挽救的结局的恐怖”。至于“神圣同盟”一词，原文里是根本没有的，原译者大概又是受了英译本的影响。成老根据德文将这一段译为：

一个魔怪出现在欧洲——共产主义的魔怪。旧欧洲的一切势力已经联合起来，对这个魔怪进行一种神圣的围猎，教皇与沙皇、梅特涅与基佐、法国的激进派与德国的警探们。

《共产党宣言》里有一个词 überhaupt，先后出现了十四次，的确是很难译成中文的。过去的译者多半把这个词译成了“一般的”这层意思，结果出现了好些含糊不清的句子：

一般的商品增加。
共产党人同一般无产者的关系是怎样的呢？
共产主义的特征不是要废除一般的所有制，而是要废除资产阶级的所有制。

überhaupt 这个词，除了有“一般的”这个意思外，还有“从整体来看”、“一切”、“究竟”（加强语气）、“除此以外”以及“总之”等意思。在什么语言场合是什么意思，用什么词表达，这就要看译者在判断上和选词上的功力了。成老细心分辨作者的原意，认真选择适当的词汇，把上面几句译成：

整个商品的增加。
共产党人同无产者究竟是怎样的关系呢！
标志共产主义的，不是废除一切财产，而是废除资产阶级的财产。

细心的读者在这两种译文中，大概还会发现一个很重要的差别，那就是 Eigentum 这个词的译法。是“所有制”，还是“财产”？与此相联系，是“私有制”，还是“私有财产”？是“所有制关系”，还是“财产关系”？成老认为，“私有制”是生产资料与消费资料归私人占有的制度，同“私有财产”（生产资料与消费资料）本身不是一个概念。还有，“所有制关系”应该译为“财产关系”，因为，马克思主义把“所有制”看作通过对物的关系表现出来的人与人之间和阶级与阶级之间的关系，如译为“所有制关系”，岂不意味着“关系的关系”？而实际上，生产关系在法律上的用语就是财产关系。

对原文中的一个词、一句话如何理解？理解了又如何表达？这恐怕是常常容易引起争论的问题。《宣言》里有这样几句话：

Die Bourgeoisie hat in der Geschichte eine höchst revolutionäre Rolle gespielt.

……

Das Bedürfnis nach einem stets ausgedehnteren Absatz für ihre Produkte jagt die Bourgeoisie über die ganze Erdkugel. Überall muβ sie sich einnisten überall anbauen, überall Verbindungen herstellen.

Die Bourgeoisie hat durch die Exploitation des Weltmarkts die Produktion und Konsumtion aller Länder kosmopolitisch gestaltet.

有人把这几句译为：

资产阶级在历史上曾经起过非常革命的作用。

……

不断扩大产品销路的需要，驱使资产阶级奔走于全球各地。它必须到处落户，到处创业，到处建立联系。

资产阶级，由于开拓了世界市场，使一切国家的生产和消费都成为世界性的了。

这样译，似乎未可厚非。可是成老认为不能这样译，他的译文是：

资产阶级在历史上曾经扮演过极其革命的角色。

……

不断地扩大产品销路的需要，驱赶着资产阶级走遍全球。它不得不到处盘踞、到处殖民、到处建立联系。

资产阶级通过对世界市场的榨取，使一切国家的生产与消费成为世界性的了。

是的，eine höchst revolutionäre Rolle spielen 既可以译为“起过非常革命的作用”，又可以译为“扮演过极其革命的角色”；sich einnisten 既可以译为“落户”，又可以译成“盘踞”；anbauen 和 die Exploitation 也是如此，既可以译为“创业”“开拓”，又可以译成“殖民”“榨取”，问题在于译者对原意的理解和表达。《宣言》这几段分析了资产阶级产生和发展的过程。资产阶级在经济上和政治上的发展历史表明，它不但和商品生产、货币交换的日益扩大相联系，而且和对外扩张掠夺、对内剥削压榨相联系。马克思在《资本论》中说过：“资本来到世间，从头到脚，每个毛孔都滴着血和肮脏的东西。”按这样的理解去领会原文的精神实质，我们就会感到用“盘踞”“殖民”“榨取”来说明资产阶级的面貌更为贴切，更符合原意。

一九七五年十月十六日和十八日，成老让我们去拜访范若愚同志，征求他对《宣言》译本的意见。范若愚同志说：“我仔细读了成老的本子，我是拥护派。我不是盲目地拥护，成老的本子有原则上的改进，不是技术上的改进。”他还说：“‘资产阶级在历史上曾经扮演过极其革命的角色’这一句翻译得很好。过去译成‘资产阶级在历史上曾经起过非常革命的作用’，我每次讲课时，都产生怀疑。第一，过去的译文与下面几段很不协调，这一句自成一段，是很肯定的口吻，而下面几段是讽刺的口吻。我过去就怀疑译文有问题。第二，生产力与生产关系是分不开的，但是归根结蒂是劳动者的劳动，为什么说‘资产阶级起过非常革命的作用’呢？为什么单单提资产阶级呢？成老的译文解决了我的问题，我特别欣赏这一句。再有，‘盘踞’‘殖民’‘榨取’很鲜明，与‘落户’‘创业’‘开拓’在概念上有原则性的区别。”

成老对自己译文要求是很高的，他常常一字一字地推敲，一句一句地斟酌。《宣言》正文第一段的最后一个词，德文是 Polizisten，过去译文“警察”，当然不错。可是成老不满足现成的词句，他努力追求语言表达效果，把德语这个词译成“警探们”。我以为这是很传神的：不仅表达了作者的鲜明感情，而且读起来似乎更有一点韵味：“教皇与沙皇、梅特涅与基佐、法国的激进派与德国的警探们。”

还有两个例子，给我的印象也是很深的。成译《宣言》第三章有一段话，现在的译文是：

这样就产生了封建的社会主义，半是挽歌，半为谤书，半是过去的回音，半为未来的恫吓，有时以辛辣的、巧妙而尖锐的评论打中资产阶级的心，由于完全没有能力理解近代历史的进程而总是令人感到可笑。

在讨论稿上，原来的译文是：“半是挽歌，半是谤书，半是过去的回音，半是未来的恫吓……”。成老说：“一段话中，‘半是’、‘半是’重复了几遍，行文就不美了，读者也会感到厌烦的，选词上应有些变化。”于是，他改成了现在这个样子。

《宣言》里还有一段文字，也是批评封建社会主义的，原文是：

Den proletarischen Bettlersack schwenkten sie als Fahne in der Hand, um das Volk hinter sich her zu versammeln. Sooft es ihnen aber folgte, erblickte es auf ihrem Hintern die alten feudalen Wappen und verlief sich mit lautem und unehrerbietigem Gelächter.

比较难译的是最后一句，有人译为“于是就哈哈大笑，一哄而散。”懂得德文的同志大概一眼就看得出，unehrerbietig（有“不敬的”意思）一词没有译出来。我们来看看成老的译文：

为了把人民聚拢到自己身后来，他们把无产阶级的乞食袋当作旗帜在手里挥舞着。但是每当人民追随着他们的时候，就会在他们的臀部看到那陈旧的封建纹章，便哗然不恭地大笑着散去了。

有一次我们讨论《宣言》的序言，讨论刚开始，成老说："我昨天想了一夜，Stände nur Marx noch neben mir，dies mit eignen Augen zu sehn！这一句译成'如果马克思还能和我站在一起，亲眼看到这种情景的话！'就可以了，不必再加上'那该多好啊！'。我们听了感到不很习惯，就说："成老，习惯上都是要加这几个字的。"成老看我们不理解他的意思，就给我们讲了"余音绕梁"这个成语，他接着说："写文章要含蓄，什么都讲完了，那就会成为瘪三。写文章如此，翻译别人的文章也要注意到这一点，别人没有说透或者不想说透的话，不要自作主张把它补上。我考虑了许久，觉得不添'那该多好啊'这几个字，反而更含蓄，更深沉。"

当然，我们也注意到成老对待经典著作有时过于小心，结果反而显得有点拘谨了。就拿成老翻译的《共产党宣言》来说，有些地方也是可以商榷的。他自己不止一次地说过："译文还是很难满意的。为了保存原著的语气，某些地方可能依然生硬。"为什么成老宁愿保留某些比较生硬的句子呢？据我知道，他实在是有所考虑的。《宣言》正文开头有一句话：Zweierlei geht aus dieser Tatsache hevor. 有人译为："从这一事实中可以得出两个结论。"但是成老考虑：马克思在这里是不是想说"结论"？是"结论"，还是"结果"，还是"现象"？他踌躇了，于是便直译："从这个事实中得出两点"。还有一例，就是大家熟知的《宣言》最后一句话。我个人觉得成老的译文似乎不如前译（无产者在这个革命中失去的只是锁链。他们获得的将是整个世界）那样有气势，我也曾把这个意见向成老谈了，成老说："我也考虑到了，可是译成失去什么什么，获得什么什么，会使人产生错觉，好像无产阶级也是讲究得失的。"成老为了经典著作的翻译就是这样耗尽了心血！

从一九七五年至一九八一年，成老除重新翻译了《共产党宣言》外，还校译了《哥达纲领批判》、《社会主义从空想到科学的发展》、《路德维希·费尔巴哈和德国经典哲学的结局》、《马克思恩格斯关于历史唯物主义的通信选》和《反杜林论》等著作。这对于一个将近八十岁的老人是多大的劳动！他把经典著作的翻译看成自己毕生的使命，一直忘我地工作，他离开我们时又是这样的匆忙，连一句话也未能留下。但是，他的精神、他的品德一定会永远呼唤着我们。

李丽秋（1972—　　），黑龙江人。北京外国语大学亚非学院教授、博士生导师。本科毕业于朝鲜金日成综合大学语文学部，韩国国立首尔大学国语国文系古典文学硕士、博士。1995 年起在北京外国语大学亚非学院任教至今，主要研究方向为韩国古典文学、中韩比较文学及韩中翻译，曾在国内外学刊上发表多篇中韩比较文学及翻译相关学术论文。先后发表专著《金云楚、柳如是与韩中青楼女性文学》以及《中国社会思想史》、《金洙暎诗集》、《东亚文明论》等多部译著，曾翻译《纽约面包店》等十余篇韩国短篇小说，刊登在《高丽亚那》杂志上。

韩国小说翻译中的语言障碍因素

一、前言

文学作品的翻译难度要远远大于其他类体裁的翻译，这是因为，文学作品除了语言本身的意义之外，还有很多“弦外之音”，运用很多种文学表现手法，因此译文的表述需要根据上下文去揣摩，在忠于原文的基础之上，还要讲究文采与流畅度。

将一篇韩文小说翻译成地道的中文作品，其主要决定因素无外乎两点：一是要准确地理解原文；二是要用恰当的中文准确、传神地表达出来。由于韩文在语言和文体等表达方式上与中文有诸多不同之处，在翻译过程中也会遇到很多语言和非语言因素的障碍。

语言因素是指由于语言表达的障碍而带来的翻译困难，非语言因素是指不同语言中文学表现手法、文体及民族习惯等因素带来的翻译困难。本文重点谈一下在韩国小说翻译成中文的过程中如何克服语言因素障碍，首先从汉字词、短语、特色词等方面来谈一下小说翻译中的理解问题，再从句型、人称及翻译腔等方面谈一下表达问题。文中的例句大部分来自于对本科生及研究生译文的实际修改，也有一部分是对已经发表的他人译文进行的修改与分析。

二、理解中的语言障碍因素

对原文的准确理解是翻译的基础，无论译者的文笔多么优美，也不能越俎代庖，翻译必须要忠于原文，才能准确地传达原作的意思。总体来说，理解中的语言障碍因素可以分为汉字词、短语和特色词三大部分，词汇中主要包括汉字词、一词多义、接尾词的干扰；短语中的语言障碍因素主要包括惯用型和谚语等等。特色词其实更多属于文化范畴，本文只挑选一些代表性的特色词来举例说明。

2.1 汉字词的干扰

韩文中有很多汉字词，对于母语是中文的译者来说，这既是一个便利条件，同时也是一个严重的干扰因素。因为韩文中很多汉字词的真正意义与中国汉字词的字面意义完全不同，甚至有些完全相反。

这种情形可以分成三种来看，一种便是字面相同、意义却不同的所谓“假朋友”。比如“约束”一词在韩文中是指“约定、约会、诺言、承诺”等等；“检举”一词指犯罪嫌疑人“被缉拿归案、被拘捕、落网”等；而“多情”则是指“关系亲密”，并非“情意绵绵”之意。“急死”是指“猝死”，不是因为着急而死；“雾散”并非指大雾散去，而是指“计划落空、告吹”。“相杀”是指“相抵消”，并非“互相残杀”，这其实是一个中药术语，现在在中国使用范围并不广，因此对人们来说较为陌生。

原文：서양 **문물의 수용에** 관심을 가진 사람들은 이익과 그의 제자들 및 북학파 실학자들이었다.

译文：李瀷师徒以及北学派实学者均较为注重对西方**文化的接受**。

上面这个句子中的“문물（文物）”一词在中文里表示文物，即历史遗留

下来的在文化发展史上有价值的东西，如建筑、碑刻、工具、武器、生活器皿和各种艺术品；韩语里则是文化的产物，即政治、经济、宗教、艺术、法律范畴内一切与文化相关的东西。可见二者的意思并不相同，韩语中与中文的“文物”意思相对应的汉字词是“문화재（文化财）”。

诸如此类容易引起混淆的汉字词在韩语中十分常见，因此在遇到汉字词时，如果翻译成常见的意思时逻辑或意义不同，就要考虑一下这个汉字词是否为汉字词的“假朋友”了。

第二种汉字词的阻碍因素便是韩文中的所谓“一词多义”现象。随着韩文的“去汉字化”，有时发音相同的单词对应的却是完全不同的意义，因此在翻译过程中一定要根据上下文准确判断其真正含义。比如“반감”一词既对应“反感”一词，也对应“半减”，及“减半”的意思。“신축”一词既对应“新筑”（即“新建”），也对应“伸缩”，后者可以根据情况翻译成“灵活性”。“전반”既对应“全般”，也对应“前半”，前者指“整个、整体”，后者只“上半叶”，如“20 세기전반”指的是“20 世纪上半叶”，而并非“整个 20 世纪”。尤其是当发音同样的词出现在一个句子里时就更要小心了。

原文：당선자들은 **공약**이 **공약**이 되지 않도록 노력해야 한다.
译文：当选人应该努力兑现**承诺**，避免**空口白话**。

在上面这个句子中，两个“공약”意思各不相同，前一个汉字是“公约”，即“竞选承诺”，后一个汉字则为“空约”，意指“说空话”。

第三种是韩文中的“接尾词”，尤其是带有“-化”、“-性”、“-的”后缀的词，在韩文中的使用方法与中文差距很大，既可以以名词身份用作定语，也可以与“-으로”相结合变成副词，用作状语，修饰动词。但在翻译过程中，一定要根据上下文意思来决定是否保留相应后缀。在实际翻译中，往往需要根据实际需要改变说法，完全脱离原本的“接尾词”属性。

比如“白纸化”是指“取消、落空”，“可视化”指“呈现某种迹象、有所体现”，“异例的”指“罕见、一反常态”，“义务的”往往指的是“强制”，“有料化”则为“收费、征费”。还有一些中文中不用的词，比如“射倖性”是指“赌博性”、“真情性”是指“诚意”，“逆发想的”指“打破常规”，“本格的”意为“全面地、正式地、大规模地”等等。有些情况下，接尾词则需要完全改变说法，甚至根本看不出原词汉字的影子，比如在描述选举时较为常见的说法“单一化”是指“两党联合推举出唯一候选人”。

原文：작가는 삶의 미완의 의미에 오히려 집착을 보이며 그 **부분성**, **파편성을** 통해 삶의 의미를 해체시킨다.

译文：作家反而执着于生活缺陷的意义，通过**局部**和**片断**来解构生活的意义。

在这个句子中，“부분성（部分性）”指“局部性、片面性、不完全性”，파편성（破片性）则指“片断、零碎、光怪陆离、支离破碎”等等，因此在这里被翻译成为“局部和片段”，完全看不出原词的“性”。

2.2 短语的干扰

短语其实有很多种，此处仅以惯用型、谚语和特色词为例来谈一下短语的干扰。

惯用型指的是那种可能不符合语法规则，但却被长期习惯性地广泛使用的说法。惯用型的意义往往不能简单地从字面上去推断，比如说“귀에 못이 박히다”，但从字面上来看是指“往人耳朵里钉钉子”，而实际上是指“同样的话听过很多遍，耳朵起茧子”的意思。再比如，“물귀신처럼 나까지 끌고 들어간다”并非“鬼使神差地连我也给拉了进去”，而是“把我也给拉下水”。有些说法非常具有韩国特色，比如“귀가 빠지다”（耳朵掉了）是指“出生”，“숟가락을 놓다”（放下汤匙）是指“去世”。

原文：학교 선생들과 사무소의 직원들도 달그락거리는 빈 도시락을 들고 **축 늘어져서** 지나가고 있었다.（《雾津纪行》）

译文：一些学校的老师和事务所的工作人员拎着空饭盒，**没精打采地**走过去。

这个句子里的“축 늘어지다”有“拉得很长”的意思，容易被误译成“排着长队”，实际上是指“没有力气、无精打采”。

사람들이 거기에 **매달려서 낑낑댄다는** 것이 우습게 생각되있다.（《雾津纪行》）

这个句子最初被翻译成了“人们被纠缠其中，哼哼唧唧，这很可笑。”“纠

缠其中”“哼哼唧唧”是“매달려서 낑낑댄다”的字面意思，实际上是指“深陷其中不能自拔”。

나의 시선이 박에게로 갔을때，나의 시선을 박은 **기다렸다는 듯이** 자리에서 일어났다（《雾津纪行》）

这个句子直译过来是这样：“我朝小朴看去的时候，他好像在等待我的目光似的，从座位上站了起来。”此处“在等待我的目光似的”实际上就是“迫不及待地”。

原文：굉장히 우스운 익살을 부렸다는 듯이 직원들은 방바닥을 치며 오랫동안 웃었다.（《雾津纪行》）

译文：那三个职员似乎觉得特别好笑，**捧腹大笑**了好半天。

这个句子中“방바닥을 치며”是形容笑得非常开心的样子，不能直译成“拍着地笑了好半天”。此外，译文中应该明确将主语“那三个职员”补充出来。

原文：“지난 봄엔 그 여잘 데리고 절엔 한번 갔었지.어떻게 해보려고 했는데요 영리한 게 결혼하기 전까지는 절대로 안된다는 거야.”

“그래서?”

“무안만 당하고 말았지.”（《雾津纪行》）

译文：“今年春天，我带着她去了庙里，本想逼她就犯，可她精着呢，说是结婚之前绝对不行。”

“结果呢？”

“碰了一鼻子灰呗。”

“그래서”平时大部分翻译为“因此、所以”，但在上面这句话中，翻译成“所以呢？”就会显得别扭，根据上下文的意思，改成“结果呢？”就顺畅许多。最后一句中“무안만 당하고 말았지”，原本是“让我很没脸”，改成“碰了一鼻子灰”之后，不仅形象，而且和前面的意思连接十分顺畅。

除此之外，谚语的干扰也同样存在。遇到没有学过的谚语，有时候翻译人员甚至很难辨别出来，因此需要格外注意，平时要积累一些常用的谚语，对于没有见过的谚语，也要仔细考虑字面意思用在文中是否合适。

原文：머리에 피도 안 마른 녀석이 낮부터 술 처먹고 계집과 농탕이야.(《荞麦花开时》)

译文：那个**乳臭未干**的家伙大白天就喝酒，还跟女人打情骂俏。

这里“머리에 피도 안마른”原意为“头上血还没干的”，指年轻、不成熟的人，此处可以根据中文习惯处理为“乳臭未干”。

原文：**한 치 건너 두 치라고** 조카보다는 얄체짓까지도 감싸주고 싶은 동생에 대한 애정 때문일 것이다.(《梦想孵化器》)

译文：**血缘决定亲疏**，其实和外甥相比，更主要的是因为我爱妹妹，甚至想包容她的得寸进尺。

句中的“한 치 건너 두 치”是一句谚语，字面意思是“过了一寸才是二寸”，形容不同辈分之间的血缘关系亲疏不同，因此这里处理成了“血缘决定亲疏”。

诸如此类的谚语具有浓缩的特点，一句简单的短语中往往包含着复杂的内容，需要根据文学作品中上下文的意思来决定如何处理，有时同样一个谚语在不同的语境中也会有不同的译法，因此需要在准确理解意义之后，根据具体情况来具体处理。

2.3 特色词

韩语中有一些独有的表达方式，也需要根据中文的习惯进行修改。比如韩语中喜欢用“寸数”来形容亲戚关系，寸数越多，说明关系越远。反之，寸数越少，就说明关系越近。叔叔成为“三寸”，姑表亲和姨表亲则称之为“四寸”。中国的亲戚关系也十分复杂，但对于较远的“五寸”甚至“八寸”，就很难找到对应关系了。

原文：“얼마 아니 되어 T 는 잘 살 것이고, K 는 거지가 될 것이니 두고 보아!”오촌 당숙은 이런 말씀까지 하였다 한다.“(《贫妻》)

译文：“等着瞧吧，过不了多久，T 就会过上好日子，K 呢，只能变成叫花子！”这是**五寸堂叔**说的话。

对于中国读者来说，很难理解“五寸堂叔”究竟是什么概念，处理成“远房堂叔”虽然没有精确地描述出亲戚关系，但相对来说却更容易被接受。

原文：“장승이냐? 왜 앉지를 못해.”（《B 舍监与情书》）
译文：“你是木桩啊？还不过来坐下！”

上文中的“장승”是韩国农村的一种守护神，具有驱邪作用，通常是木制的。这里是一种比喻手法，用来形容人的木讷，一动不动，直译会引起疑问，因此可以根据中文习惯翻译成“木桩”。

原文：어머니에 의해서 골방에 처박혀졌고 의용군의 징발도 그 후의 국군의 징병도 모두 기피해 버리고 있었다.（《雾津纪行》）
译文：我被母亲藏在小屋里，躲过了**民间的**义勇军和之后**政府**的国军征兵。

这段句子原文中只是说躲过了“义勇军和国军征兵”，但不了解韩国国情的读者很难弄明白二者的区别，因此译文中加入了两个修饰语，变成了“民间的义勇军”和“政府的国军征兵”，这样意思就更加明确，而且可以让读者一目了然地了解二者的区别。

原文：“진상！저는 꼭 죽게 됐는 게라. 이렇게 얼굴까지 통통 부었능기라우. 어젯밤 꿈을 꾸닝게 제가 누런 굵은 베로지은 제복을 입고 굴건을 쓰고 종로로 돌아당기는 꿈을 꾸었지아오. 이게 죽을 꿈이 아닝기오?”（《无名》）
译文：“老金！我可能快死啦，脸都肿成这个样子。昨天夜里我做了个梦，梦见自己披麻戴孝的，在钟路一带晃悠，这是不是临死前的征兆啊？”

“굴건（屈巾）”是指丧主戴的一种头巾，属于祭服，因此原文中的“我穿着粗麻制服，带着头巾”是形容家里死了人，自己穿上了祭祀的服装，译文中换成“披麻戴孝”更符合中文的表述习惯。

还有一些韩国文化中特有的词，尤其是表现韩国独有现象的词汇，比如和假面舞相关的词汇以及一些带有浓厚民俗色彩的词语，都需要根据情况来进行变通处理。如果中文中有贴近的类似说法，最好能加以替代。如果实在找不到相对应的词，则可以采取造词或者加注的方式处理。

三. 表达中的语言障碍因素

在正确地理解了原文之后，如何恰当地表达出原文的意思便成为翻译的关键。韩语“表达中的语言障碍因素”有很多种，此处仅以最常见的句型、人称以翻译腔的处理为例，进行具体的分析。

3.1 句型

由于语言表达习惯不同，韩语喜欢用长句，尤其在小说中，经常会出现长定语、长状语。而中文不习惯用这种长句，更习惯厘清逻辑关系之后拆分成短句。

原文：마준이 스물아홉 나던 해 여름, 아버지는 돌연 중풍으로 반신불수가 되었는데 마준이 아니면 그의 아내가 아버지의 똥오줌을 받아낼 수밖에 없었다. 명색 문간방에 젊은 내외 한 쌍이 살고 있었지만, 찢어지게 군색한 살림살이에 줄행랑을 놓지 않는 것만도 고마운 터에 그런 시중까지 들게 할 수는 없었기 때문이었다.(《马鹿列传》)

译文：马骏二十九岁那年夏天，父亲突患中风，成了半身不遂。虽说**大门旁的下人房**中住着一对年轻夫妻，而他们没有因为**主人生活穷困潦倒而一走了之**，这已经令人感激不尽了，不能再让他们去伺候病人。因此，为父亲**接屎端尿**的事不得不落到了马骏和他妻子身上。

上面的句子是一个典型的长句，尤其是后半部，有一个很长的状语，用来解释原因。译文的处理首先调整了顺序，根据因果逻辑关系，将韩文原文中原本放在前面的结果挪到了最后，将后面的原因提前，将情况表述清楚之后，最后说明结果。此外，对于说明原因的长句，拆分成了几个短句，这样读起来更加通顺。

原文：마을 사람들은 거지반 돌아간 뒤요, 팔리지 못한 나뭇군패가 길거리에 궁싯거리고들 있으나 석윳병이나 받고 고깃마리나 사면 족할 이 축들을 바라고 언제까지든지 버티고 있을 법은 없다.(《荞麦花开时》)

译文：乡下来赶集的人大多都走了，虽然柴未卖出的樵夫还在路旁东张西望，可也不能仅仅指望这些换到几瓶煤油或几条鱼就满足的樵夫们而一直死守在这里。

这句话整体是由一个长句构成，表达出“不能……”的意思。如果直接保留原来的顺序，读起来非常别扭。译文中拆分成了三个短句，首先表明背景，用“虽然”“可也”来表达出转折的逻辑关系，将之前句中的“不能……”放在了最后一句，采用“不能……而一直……”的表达方式，使得意思更加清晰明了。

总体来说，遇到这种长句时，首先要反复阅读，厘清逻辑关系，找出主语以及相应的谓语，搭出中文句子的总体架构。之后再根据逻辑关系，将相应的短句填在合适的位置，这样就可以避免长句带来的障碍因素。

3.2 人称

韩语中的人称表达方式也和中文有很多不同之处，比如在对话中，韩文往往会省略掉主语，或者是用对方的名字来代替第二人称。韩剧中经常会出现当着对方的面却称呼“某某君”，让人误以为对话双方是在谈论另外一个人。因此这种时候需要根据上下文，弄清楚对话中的主体是谁，在翻译中文的时候明确表现出来。

原文：“맥주는 좀 마셔 봤지요？”

“대학 다닐 때 친구들과 어울려서 방문을 안으로 잠가 놓고 소주도 마셔 본 걸요.”

“이거 술꾼인 줄은 몰랐는데.”（《雾津纪行》）

译文：“**你**喝过啤酒吧？”

“**我**上大学的时候还和朋友们一起反锁着门喝过烧酒呢。”

“原来**你**也是个酒鬼啊。”

在上面这段对话中，原文没有体现出任何人称，只是靠对话内容来体现双方的关系。这种时候，在译文中便需要适当地添加上第一人称和第二人称，更加明确地体现出对话的主题。

原文：“아，글루 가세요. 그럼……”

내가 말했다.（《雾津纪行》）

译文：我说：“啊，**您**往那边走吧？再见……”

这句话中的第二人称在原文中也并没有体现出来，但是由于两个对话的人要走的方向并不一样，因此必须明确体现出来，并且把放在后面的“我说”提到前面来。

原文："바닷가로 나가요, 네? 노래 불러드릴게요."（《雾津纪行》）
译文："**咱们**去海边吧，**我**给**您**唱歌。"

这句话中的韩语的共动式是通过词尾来体现的，因此并未出现任何人称，但翻译成中文时必须要加上"咱们"。后面的唱歌也是通过词尾来体现出二者的关系，翻译时需要明确体现出是"我"给"您"唱歌。

3.3 翻译腔

在准确地理解了原文，并且克服了之前的各种障碍因素之后，最后一关就是对译文的润色了。和其他翻译一样，"翻译腔"也是困扰韩中翻译的一个重要因素。翻译腔往往不易觉察，因为它基本上表达出了原文的意思，译者往往深陷其中而并不自知。克服这一问题就需要有一定的中文素养，在确认原文理解没有问题之后，抛开原文，反复阅读译文，不断揣摩、推敲，尽量去掉原文的痕迹，让译文变成地道的中文。

原文：구석진 곳에는 영락없이 훔칠 시에는 백배 보상해야 함이라고 적힌 종이가 붙어 있죠.（《邻家女人》）
译文：每个角落都不可或缺地贴着纸条，上面写着"如有偷窃行为，罚款百倍以上"。
修改：每个角落都无一例外地贴着纸条，上面写着"偷一罚百"。

在这个句子里，"如有偷窃行为，罚款百倍以上"意思没有错，但是过于啰唆，超市里实际也不会写如此冗长的句子，所以简化成"偷一罚百"便可以充分表达出原文的意思了。

原文：세탁기의 뚜껑을 쓰다듬으면서 나는 누구에게랄 것도 없이 중얼거립니다. 어쩌다 이렇게까지 된 거니？（《邻家女人》）
译文：我抚摸着洗衣机盖，没跟任何人说话，而是自己小声嘟哝着，怎么会变成这样呢？
修改：我抚摸着洗衣机盖，喃喃自语着，怎么会变成这样呢？

此处译文中的“没跟任何人说话，而是自己小声嘟哝着”显得过于啰嗦，只要用“喃喃自语”就可以表达出原文的意思了。下面的例子都属于同样的情形：

原文：얼굴도 예쁜 편이고 화장이 화려했다.（《雾津纪行》）

译文：脸蛋儿很漂亮，妆容也很华丽。

修改：她长得很漂亮，浓妆艳抹。

原文：포장된 광장도 거의 텅 비어 있었다. 햇볕만이 눈부시게 그 광장 위에서끓고 있었고……（《雾津纪行》）

译文：装饰过的广场基本空着。只有耀眼的阳光照在上面。

修改：铺好路面的广场空荡荡的，骄阳似火。

下面一段对话非常简单，但是包括了很多内容，因此必须要根据上下文来判断。

原文：“청첩장 한 장 없이 결혼해 버리는 법이 어디 있어？”

……

“난 그랬지만 청첩장 보내야 한다.”（《雾津纪行》）

译文：“哪有一张请柬都不给就结婚了的道理？”

……

“虽然我没寄请柬，但是你得寄才行。”

这段译文完全按照原文的句子，原封不动，但是读起来非常别扭，带有明显的翻译腔。通过上下文可以知道，在这段对话中，一个人责怪另一个人结婚的时候没有给自己发请柬，另一个人对自己的做法表示歉意，同时提醒对方在结婚时要通知自己，不要像自己之前那样，因此可以这样修改：

“你结婚怎么都没给我发个请柬？”

……

“是我不好，不过你结婚时可得通知我。”

原文：‘내가 대학 다닐 때’ 라는 말을 빼 놓곤 얘기가 안됩니까？ 나처럼

대학엔 문전에도 가보지 못한 사람은 서러워서 살겠어요? "(《雾津纪行》)

译文：去掉“我上大学的时候”就没法说话了啊？像我这种连大学门口都没见过的人得活得很伤心了啊？”

修改：能不能别总提这句‘我上大学的时候’？你叫我这种没进过大学门槛的人可怎么活啊？”

在上面这句话中，按照中文的表达习惯，“连大学门口都没见过的人”应该改成“没进过大学门槛的人”。另外应避免译文中过度的口语化倾向，“去掉……就没法说话了啊？”这种表达方式不符合作品中人物的身份。

原文：“정말 앞으론 가지 않을 작정이에요. 정말 보잘것없는 사람들이에요.”(《雾津纪行》)

译文：“我打算以后真的不去了。真是些微不足道的人。”

修改：“我以后不会再去了，他们的确不值得交往。”

在这句话中，“보잘것없는”的确是“微不足道”的意思，但此处有弦外之意，意指那些人不尊重自己，不值得交往，因此应该明确体现出这层意思。同时，应该明确主语，加入“他们”，更加突出主体。

四. 结语

本文简单地从理解和表达两个方面分析了韩国小说作品翻译成中文过程中的一些语言障碍因素，理解方面包括汉字词、短语和韩语中的特定说法，表达方面包括句型、人称和翻译腔等内容，同时针对相关问题提出了解决方法。总体而言，一定要在准确理解原文的基础上，摆脱原文束缚，才能真正做到“得意忘言”，得到一个准确、传神的译文。

翻译的功底并非一朝一夕就能练就而成的，这首先需要扎实的语言基本功，才能攻克理解的语言障碍。在此基础之上，再不断地长期积累和锻炼中文表达能力，则可以攻克表达的语言障碍。如果能有高人帮助修改润色，就可以更快地发现自己的问题所在，学习的知识也会印象更加深刻。此外，增加阅读量，对照原文多学习一些优秀的译文，更会受益匪浅，可以同时提高自己的理解和表达能力，可谓一举两得。

李玉成（1935—　　），四川省崇州市人。原驻意大利使馆参赞。1953年进西南师范学院物理系学习，因病休学，后任民中校长，1959年在四川外院学俄语，一年后到北京学意大利语，多次去驻意大利大使馆工作。主要译著有：《意大利文艺复兴的历史背景》、《意大利人文主义》、《文艺复兴时期的人》、《一个意大利人的自述》（上）和《中世纪与文艺复兴》等。编写的有《战后意大利社会、政治、经济框架》、《中国——意大利》（图片册）、《中国公民出游宝典——意大利》。

翻译的乐趣

我是一个业余翻译爱好者，以翻译意大利文艺复兴为主的著作，已出版的书有：《意大利文艺复兴的历史背景》、《意大利人文主义》、《文艺复兴时期的人》和《中世纪与文艺复兴》，前三本由三联书店出版，后一本由商务印书馆出版。对于翻译方面的理论，我没有多少发言权，历史上已有许多大师的精辟见解。如唐朝《周礼义疏》中提到："译即易，谓换易言语使相解也。"严复的"信、达、雅"；鲁迅、钱锺书等人都有论述。我只是在这里谈一点体会。

通向人类的思想宝库

文学和其他一切的专著的翻译，可以加强人民之间的交流，促进社会进步。这方面的业绩如何，反映一个国家的文化兼容能力和开放程度。历史上一些国家的崛起，往往都从翻译开始：意大利的文艺复兴，大量翻译希腊人的著作；日本的明治维新，大量翻译西方著作；我国的唐朝，大量翻译佛经。《马可波罗游记》译成多种语言后，使欧洲认识了中国；《几何原本》的翻译，使中国引进了西方的科学技术；更不用说《资本论》的翻译，引起了一场大规模的共产主义运动。许多人还记得幼年时读的高尔基的书、《钢铁是怎样炼成的》、莎士比亚的著作、《一千零一夜》、《安徒生童话》、《爱的教育》等。人类文明如此多姿多彩，这其中也包括中国的《易经》、孔子、老子等。它们构成人类的思想宝库，有通往宝库的各种语言的大门。谁能懂得充分从那里吸取营养，思想就会更加丰富、精彩，有人说："朱儒比别人看得远，因为他站在巨人的肩上"。

翻译的乐趣

翻译书是很辛苦的，长期从事翻译工作的人，十年面壁，字斟句酌，皓首穷经。但一个硬币有两面，试谈谈它的乐趣：

第一，一般来说，你认为好的东西才会去翻译它，把它出版，公诸于世，"奇文共欣赏，疑义相与析"，好比一个人在海边玩，拾到了一个好看的贝壳，拿给别人看，是一件令人高兴的事情。例如文艺复兴时期人文主义的创始人彼得拉克说："有的人对野兽飞禽和鱼类的事情知道得很多，对狮子头上有多少鬃毛，鹞子尾上有多少羽翎，水螅下沉时要打多少个漩涡，了如指掌；……还知道凤凰如何被芳香的火烧死之后又会复活；刺猬能够阻止航船行驶，但一见水之后就丧失了力量，如此等等。所有这一切或大部分都是无稽之谈。但是，即使这些说法都是真的，对我们寻找幸福生活又有何用？我自问：知道飞禽、走兽、鱼类的特性，而对人的本性无知，不知道我们从何处来，到何处去，以及为什么生活，这到底有什么好处？"这里提出了要对人本身进行研究和人为什么生活的问题，值得我们思考。帕尔米耶里认为，人生的目的在于为公众谋利益，他说："除了为使家乡更幸福，共和国更昌盛的行为之外，再没有任何别的行为是伟大和崇高的了。……人类最值得称颂的事情不外乎为了国家的富强，城市的优美和公众的利益而进行的活动。"这里他回答了什么是人生的崇高目的，似乎仍然可以作为今天我们每个人的座右铭。

第二，翻译同时也是一种深入学习的过程。当泛泛读一本书时，不会去仔细思考词、句；如果你要翻译它，那就不一样了。经过查资料、研究，茅塞顿开，这也是乐趣。例如经常有人把人文主义、人道主义和人本主义，视为一个东西，就拿人文主义（humanismo）这个词来说，在某些辞典上既注解为人道主义，又注解为人文主义。但实际上人文主义不同于人道主义，后者作为一种道德规范，到了19世纪末才出现。罗素在《西方哲学史》中分别用humanismo表示人文主义，用humanitarianismo表示人道主义。人道主义一般用于当某些人处于困境或当了俘虏时，呼吁应当如像对待人一样对待他们，也就是救死扶伤，扶贫济困，并经常同教会合作。而人文主义“首先针对宗教神学中的禁欲主义”，强调汲取人类文明，弘扬奋发图强精神，不接受神或命运的安排，称“人是尘世间的上帝”，对教会的腐败往往持批判态度。再如意大利语中道德或美德（virtù）这个词，它来自于拉丁文vir（男子汉），意文解释是“一贯有遵循伦理规则行事的愿望”，其中也包含有“能力”的含义。说明有道德的人也是有能力的人；但在中文里，道德和能力是两个不同的概念，有道德的人不一定就有能力，反之亦然，如说一个人“德才兼备”，显然是指两个不同的概念。因此，若把virtù翻译为“能力”，就有可能失去其主要含义“道德”。再如gràzia（文雅）这个词，它的重要性我过去没有想到过，通过翻译，使我认识到它几乎成为文艺复兴时期宫廷生活的行为准则，要求一切言谈举止都要适度，不要过分，也不要不及；不要装模作样，要自然大方。这样，通过翻译，加深了我对这些词的理解。

第三，就我个人而言，一九六〇年就开始学习意大利语，以后对它的使用几乎没有中断过。退休了、老了还能用它来翻译点书，既调节了生活，也是一件开心的事。我今年已七十九岁，每天还能翻译两小时左右，每天打开用过的A4纸背面，用硬笔如像练字一样，先写下译文，然后再从容输入电脑，其实我也会用五笔字型盲打直接输入，我这样做主要是为了练静心、脑子和手；据说常用两种语言，还可以预防老年痴呆呢。

翻译是一种艺术

但要把外国人的东西，惟妙惟肖地翻译过来，让国人易于理解、接受，并非易事，它不亚于临摹、写生，也是一门艺术。文艺复兴时期一位叫巴尔巴罗的人认为，译者不仅要忠于原著，还要同原著“竞赛”，为译者翻译的目的服务。而且语言是活的，变化的，若干年后又会被新的译著所超越。我对于“信、达、雅”的理解是：一是要充分理解原文。所谓充分，就是除字面的意义外，还要按作者当时所处的环境，来理解他的作品。如果未理解就去翻译，那就如意大利人开玩笑时所说的“tradutore_traditore（翻译——叛徒）”。二是要力求用通俗易懂的语言，把它翻译过来。当然，能“雅”一点更好，“言之无文，行而不远。”但要避免用深奥的语言，否则，适得其反。但这个问题更取决于原著，如果原作很深奥，要翻译得浅显易懂，也很难。诗的意境是无法翻译的，如“梨花院落溶溶月，柳絮池塘淡淡风”，若按字面翻译，会索然无味，其音韵和形象结合所产生的美，只有中国人能体会到。但丁的《神曲》也是这样，翻译过来，只知其大概含义，真正语言上的美，还是意大利人才能感觉到。中国传统的看法是“文以载道”，翻译更主要的是传达某种思想，我翻译的《意大利人文主义》，江泽民看后在一九九九年三月的一天找我谈话，当时那本书一时成为畅销书之一。至于直译好还是意译好，我认为但能够直译的尽量直译，如果直译后令人费解，那只能意译。以意大利语为例，意语属拉丁语系，他们又爱学习西塞罗的语言，频繁出现从句套从句，有时一段话只有一句；主语、谓语、宾语，往往倒置；要完全直译，就有困难。三是内容的选择。当然都希望把“真、善、美”的东西翻译进来，供国人欣赏、借鉴，但今天知识越分越细，若一个人能选定一个喜爱的领域或作家，他对内容和词汇，就会愈来愈熟悉。

对人的教育

在我翻译的文艺复兴的书中，值得注意的是关于教育的论述，摘抄一些片断如下：在十五世纪的意大利，曾经有过一场关于人文科学价值的激烈争论。但丁说：“人生来不是过野兽生活的，而是要去追求美德和知识。”人文主义者将道德问题视为社会的核心问题，认为道德问题解决了其他问题就会迎刃而解。皮科洛米尼说：“自然科学过于重视人的身体，而轻视人的内在品德。”“热心学习的人往往只从物理、数学和形而上学方面获得知识，而扔下了对我们来说最重要的学科，即我们借以掌握生活的艺术——掌握通向德行和良好风尚之路的人文学科，而只有这样的学科才会把我们引向快乐和幸福”。他们认为，一切精神生活都有它的根基，应把古典著作作为培养人的道德的基础。珍贵的古籍是人类思维活动的结晶。认识古人的智慧、英雄的行为和良好的风范，在同过去的对比中，更好地认识现在和人生的价值。萨卢塔蒂认为，历史才是人的教育者，没有历史的佐证，伦理学家的格言，将成为空洞可笑的教条，并将随风四散。只有那种能唤起我们精神，并使我们更好为文明事业效劳的理论，才是真正的哲学。文学的价值，在于能塑造人的思想，而医学只能“修理”人的身体，文学可以用虚构的故事引人入胜，不用哲学的枯燥语言，教育更多的公众。其中优秀的作品反映生活的充实与和谐，鼓舞人奋进。语言学不仅讲语法，还把一切文献都置于时空的坐标之中，还历史的本来面目。修辞学是说服人的艺术，要如像画家那样描绘真理，在良药的杯子边上涂上香甜的醇酒，只有通过有说服力的语言，才能对人进行真正的教育，重新点燃人们心中的火焰。逻辑学如像铁匠的铁锤，使粗糙的思维变得无懈可击。法学是人类社会一切活动的基础，正义的原则是永恒的，它比自然科学更具有崇高的地位。体育和军训，使身体强健，有爱国心和吃苦耐劳习惯。艺术是以一种可见的形式，锐敏地表现出无数极为分散的东西。绘画的目的，就是为了保存人的面容，“历史是画框”。达·芬奇说：“如果遇见善良有德的人，尊敬他，他就是地上的神，配得上我们为之塑像和画像。”雕塑“使石头有了生命”！它只有一个颜色，没有眼珠，但正是色调的单纯和表情的淡薄构成它的美，头部与四肢各有重量，观众可以从四周观赏。一尊完美的雕像可以说是既高雅又通俗的艺术，无需深奥的文字解说，不同种族和文化程度的人都会感受到它体现的精神。音乐使人内心和谐，从劳累和困扰中解脱出来。旅游使人领略自然之美，热爱生活。阿尔贝蒂认为，人的尊严寓于劳动中。他说：“有的人不愿勤学技艺，不愿努力工作，不愿在完成艰巨的任务中汗流浃背，那他又怎么可能赢得像别人那样的威望和尊严呢？”皮科认为，爱的力量优于抽象的知识。他说：“当你作为爱的象征，而不是作为理论象征的时候；当你表现为爱人，而不是表现为被人认识的时候，你的形象就更加光彩夺目。这就是为什么有时用理智难以得到的东西，可以在欢乐中用瞬间的爱得到。”

林洪亮（1935—　　），江西南康人。毕业于波兰华沙大学语文系。中国社会科学院外国文学研究所研究员，曾任东欧文学室主任。中国作家协会会员。专著有评传《密茨凯维奇》、《显克维奇》和《波兰戏剧简史》；合著有《东欧文学史》（上、下）、《东欧当代文学史》（两书主编）和《东欧戏剧史》；译著有长篇小说《你往何处去》、《十字军骑士》（上下）、《火与剑》（上下）、《人民近卫军》；中短篇小说集《第三个女人》、《灯塔看守》；长诗《塔杜施先生》（合译），诗文集《呼唤雪人》等。曾获波兰政府颁发的“波兰文化功勋奖章”（1984年）、波兰“心连心”奖章（1993年）和波兰总统颁发的“十字骑士功勋勋章”（2000年）。

我译《你往何处去》

十九世纪可以说是波兰文学的一个群星璀璨的时代，前半叶是浪漫主义诗歌的鼎盛时期，出现了密茨凯维奇、斯沃瓦茨基和弗雷德罗这样著名的诗人。后半叶则是现实主义小说的繁荣阶段，涌现出一批像奥热什科娃、普鲁斯、柯诺普尼茨卡和显克维奇这样杰出的作家。早在波兰留学期间，我就读过他们的许多作品，特别是喜欢上了密茨凯维奇的诗歌和显克维奇的小说（普鲁斯的小说《玩偶》当时也很让我着迷）。盼望着有一天我也能将他们的作品翻译介绍给中国读者。密茨凯维奇的作品，我曾由孙用老前辈的提携，于一九五七年试译了他的几首短诗，其中四首收进了孙用、景行译的《密茨凯维奇诗选》（一九五八年由人民文学出版社出版）。回国后，也相继翻译过他的一些散文和诗歌、并著有密茨凯维奇评传一部。至于显克维奇的作品，一直到“文化大革命”之后，我才有研究和翻译的机会。

一九七七年，上海文艺出版社要编选出版一套《外国短篇小说选》，我应选编者金子信编辑之邀，首次翻译了显克维奇的短篇小说《音乐迷杨科》，这篇译文后来被许多选集采用。金子信同志是位很能干、很善于抓住机遇的编辑。他原是中国社会科学院文学研究所的研究人员，后调至上海文艺出版社工作，他和我们外国文学研究所的人都较熟，便利用外文所的人才多、外语多的优势，在选编完《外国短篇小说选》之后，又策划和组织了《外国现代派作品选》和《外国文学作品提要》这两套大型图书。一九七八年底，金子信又提出要编辑出版一套诺贝尔文学奖获奖作家丛书，根据当时的设想，每位获奖作家是一人一本，选其最有代表性的作品。设想提出后，金子信同志曾多次到我家里，同我和文美惠商讨有关波兰和英国的获奖作家的选题问题。当时波兰的获奖作家有两位，一位是显克维奇，另一位是莱蒙特。显克维奇的作品选定为《你往何处去》，莱蒙特的作品商定为《福地》。本来莱蒙特是因为《农民》才获得诺贝尔文学奖的，但考虑到吴岩译的《农民》刚刚出版，而当时还没有重译的风气，只好用他的另一部重要作品《福地》来取代。金子信原打算这两部小说都让我来译，但考虑到所里的研究工作已开始走上正轨，而翻译作品又不能算作业务成绩，于是我只接受了《你往何处去》的翻译任务，而把《福地》推荐给了别人。文美惠也接受了当时可以说最棘手的吉卜林的选译工作。由于显克维奇是一九〇五年、吉卜林是一九〇七年获得诺贝尔文学奖的，是获得该奖的第一批作家，因此他们便列入了第一辑的出版计划。选题一确定，金子信便要求我们立即着手工作，尽快完成，争取早日拿出第一批样书来。

显克维奇是波兰十九世纪下半叶最著名的现实主义作家。他的一生不仅写了许多脍炙人口的中短篇小说，而且还以鸿幅巨制的历史小说称雄于世。先后出版了《火与剑》《洪流》《伏沃迪约夫斯基》《你往何处去》《十字军骑士》等七部历史小说，部部都是精品。他的这些小说富于爱国主义思想和人文主义精神，故事情节曲折生动，人物形象鲜明突出，既真实于历史事件，又充满了强烈的感情色彩，因此我把他称作“浪漫的现实主义作家”。他的语言优美，既雄浑豪放，又清奇典雅，还富于诙谐、幽默和风趣，有波兰的“语言大师”之称。正如瑞典学院常务秘书魏尔生在授奖词中所说：“他的成就显得既巍峨高大，又浩瀚广阔，同时在各方面都表现得高尚和善于克制，他的史诗风格更是达到了艺术上绝对完美的地步。”

《你往何处去》是继《火与剑》、《洪流》、《伏沃迪约夫斯基》和两部描写现实生活的长篇小说之后写成的一部历史小说，因而它在艺术上便显得更加成熟、更加完美，被认为是波兰最著名的一部小说。它以古罗马皇帝尼禄迫害早期基督教徒为背景，通过青年将领维尼兹尤斯和信奉基督教的少女莉吉亚之间真挚、曲折、痛苦的缠绵悱恻的爱情故事，真实再现了那个时代的生活，深刻揭露了暴君尼禄的荒淫残暴及其对早期基督徒的疯狂迫害，生动描写了仁人志士的悲壮斗争，被誉为“真正的基督徒史诗”。因而一出版，便受到欧美各国的热烈欢迎，单是在英国和美国，一年之内便售出近百万册。

这样一部史诗式的作品，对于一个初学翻译者说来，自然是困难重重。小说涉及古罗马的历史、习俗、生活、神话和早期基督教的许多人物、事件、典故等等，要翻译起来便显得特别困难。显克维奇在写作这部小说之前，就曾多次到罗马去参观考察，收集了大量的资料，还曾阅读过许多历史著作，因此他写来有根有据，而且挥洒自如，毫不费力。但译者才疏学浅，又无经验可谈，只好笨人用笨办法去克服这些困难，那就是多读、多查、多想、多改。多读就是除了多读几遍原著外，还要阅读有关古罗马和基督徒的历史著作、古希腊罗马的神话故事和圣经故事，以及别人翻译的小说，我当时就把杨绛译的《堂吉诃德》作为我学习的范本。多查就是多查字典。由于我国直到现在还没有一部波汉辞典，因而查起一个字来便要通过波俄——俄华或波英——英汉辞典才能查出来，工作量便比别的语种至少增加了一倍，而且有时候就是通过这两种辞典也无法查到，幸好当时我借到了波文版的《古代文化辞典》和《拉丁语——汉语辞典》给我解决了不少问题。多想，就是要在脑海里像过电影似的反复体验小说里曲折起伏的动人故事和人物性格，选择最适当的词句去传达原作的思想、情感、意境和风格。为了不使译文显得单调贫乏，我还给自己定下一条原则：要尽量做到在一个印页上同一形容词不得重复出现。多改就是要在翻译过程中不断修改译稿。在初稿译完后，还经过了两次大改才交给了出版社。

在翻译《你往何处去》的过程中，我觉得译者要译好一部作品，还应对作家生活在其中的社会、历史和文化习俗都要有较深入的了解，必须对作家的思想、情感、生活道路、审美观和艺术风格有较充分的把握。与此同时，译者还应全身心地投入到小说所描写的特定环境和人物的内心世界中，去亲身感悟和真切体会，才能传达出作家所要表达的思想情感和风格。在翻译《你往何处去》的时候，我常常为显克维奇描写宏伟场面的功力而佩服得可谓五体投地，感受到非同寻常的愉快和美感。我也常常为小说主人公维尼兹尤斯和莉吉亚的曲折悱恻的爱情故事而感动、而同情、而悲伤、而欣喜。当维尼兹尤斯因莉吉亚被捕而哭救无门悲痛绝望时，我竟也伤心得流下了同情的泪水。当莉吉亚被缚在公野牛的双角之间出现在竞技场上时，我的心也悬了起来，等到乌尔苏斯打死野牛、莉吉亚终于得救后，我也和维尼兹尤斯他们一样，高兴得热泪盈眶。而当暴君尼禄对基督徒施行种种惨绝人寰的迫害时，我自己对他也恨得咬牙切齿。因此，我在译这部小说的时候，既是在表达作家的思想和情感，也是在表达作为译者的我的思想情感，以及我所体验到的感受和喜怒哀乐，可以说，我是把我自己融入到这部小说的故事情节和人物的内心世界中去了。

可是一九八〇年十月，当我将译稿交给出版社后，却出现了问题。由于上海出版社之间发生矛盾和争执。上海文艺出版社当时被取消了出版外国文学作品的权力，诺贝尔文学奖获奖作家的这套丛书也就不允许在上海文艺出版社出版了（不久便由漓江出版社的刘硕良同志接手过去）。但考虑到退稿需付一笔退稿费，上海文艺出版社为减少损失，便决定把已经交稿的几部作品留了下来，准备以后出单行本，我译的这部《你往何处去》也在留下之列，直到一九八三年才出版，这是我国第一部直接从波兰文原著翻译过来的波兰长篇小说，出版后也曾受到一些人的夸奖。波籍华人、高级记者和《金瓶梅》的波文译者胡佩方女士认为：这是她读过的十多部译成中文的波兰小说中，译得最好的一部。他们的溢美之词让我受之有愧，但却是对我的一种鼓励，增强了我在翻译这条道路上继续走下去的勇气和信心，而且这部小说后来还给我带来一些未曾料想到的收获。一九八四年波兰文化部授予我“波兰文化功勋奖章”。一九八四年我访问波兰时，曾将这部译作赠送凯尔采和波兹南的显克维奇博物馆，不仅受到了博物馆的热情接待，还受到当地媒体和波兰广播电台、电视台的关注，所发消息传遍波兰全国。一九九三年我再次访问波兰时，还受到了当时担任波兰教会最高领导的克伦帕红衣主教的接见，并因我翻译了这部“基督教史诗”而向我表示衷心感谢。一九九九年，波兰总统克瓦希涅夫斯基访问中国时，在波兰驻华使馆举行的晚宴上，波兰总统饶有兴趣地走到波兰文学在中国的成果展柜前，一看到里面摆放的《你往何处去》和刊有希姆博尔斯卡照片的《世界文学》杂志，便从柜中取出《你往何处去》，还让大使把译者的我请了过去，并热情地与我握手，在询问了我有关这部小说的翻译出版的情况之后，便随手翻开了其中的一页，让我朗读其中的一段，同时还把他的夫人拉到身边，一起听我的诵读，他们听得都很开心。随后总统又拿起了《世界文学》、里面刊有我译的这位诺贝尔文学奖新得主的诗歌（当时我译的她的诗文集《呼唤雪人》还未出版）又向我询问了有关的情况，他对我的工作一再表示感谢，认为是对波中文化交流做出的重要贡献。

一九九五年，漓江出版社对“获诺贝尔文学奖作家丛书”进行了改版。刘硕良同志又把《你往何处去》要了过去，以取代一九八六年出版的也是由我译出的显克维奇中短篇小说集《第三个女人》。在这次再版时，我改写了译本前言，改正了初版中的一些错误，增加了授奖词和受奖演说，以及生平和创作年表。二〇〇〇年南海出版公司又将其收入《新经典丛书》出版。从一九八〇年译完《你往何处去》之后，显克维奇便成了我研究和翻译的一位重点作家。除了写有专著《显克维奇》和多篇论文之外，还先后翻译了他的七个中篇和八个短篇（分别收入《第三个女人》和《灯塔看守》中）和两部长篇历史小说《十字军骑士》《火与剑》。

林少华（1952—　　），吉林九台人，祖籍山东蓬莱。1982年毕业于吉林大学研究生院。现任中国海洋大学外国语学院教授。兼任中国日本文学研究会副会长、青岛市作家协会副主席、《外国文艺》编委等职。著有《村上春树和他的作品》《落花之美》《乡愁与良知》《为了灵魂的自由》《高墙与鸡蛋》《雨夜灯》。译有《挪威的森林》《海边的卡夫卡》《奇鸟行状录》等村上春树作品系列以及《心》《罗生门》《金阁寺》《伊豆舞女》《雪国》《在世界中心呼唤爱》等日本名家之作凡八十余种。

文学翻译：美、审美与审美忠实

前不久，华东师大一位博士生以拙译研究为题，洋洋洒洒写出了长达二十八万余字的博士论文。据他统计，包括四十一本村上作品在内，我已经大大小小厚厚薄薄翻译出版八十五本书，即使去掉合译的，也有八十本。常言说实践出真知，既有这样的翻译实践，谈论翻译应该如数家珍才是。可是实不相瞒，几乎每次谈翻译我都感到不知所措。这一是因为，文学翻译是一种艺术，文学艺术，语言艺术，美的艺术。而美或美的艺术，在本质上、性质上多是不能谈论的东西——“悠然心会，妙处难与君说”。二是因为，纵使这“妙处难与君说”，也给老一辈翻译家说得曲尽其妙了。众所周知，我国自严复以来，一百年间翻译名家如繁星在天，数不胜数。他们不仅留下了无数佳译妙译名译，而且留下许多关于翻译的真知灼见。在这种状况下，后学如我又能说什么呢？

也罢，就从这里说起好了。去年北京一家出版社要把我早年翻译的夏目漱石《哥儿》《心》等作品作为日汉对译读物重新包装出版，遂要我重新校阅一遍。一来毕竟是旧译，二来对译读物有其特殊要求。校阅之间，我有个意外发现：三十年前翻译的夏目漱石的《哥儿》居然没有多少校改的余地！起始我不相信，于是在不看旧译的情况下重译了一段，之后两相比较。结果情况变得更糟，新译有的地方甚至比不上旧译。这意味什么呢？意味三十年间——整整三十年之久——我的翻译水准全然没有提高，还是意味三十年前我的翻译水准就已达到今天也未必达到的高度呢？我不知道是应该为此气急败坏还是应该欢欣鼓舞。但不仅仅如此，其更深的含义恐怕在于：较之技术，文学翻译的确是一种艺术活动——技术可以重复，不能重复的不能称之为技术；而艺术，严格说来则是不可以重复、不可以复制的，倘可以重复或复制，便不是艺术。

假如这个说法成立，那么势必意味着我有可能是天生搞文学翻译的材料：出手不凡。事实上我出道之前也没有受过翻译训练，没有上过翻译课，更没有拿过翻译专业硕士学位。不过，这并不意味着我没有付出相关的努力。

就此我想如实报告两点。一是我自小喜欢看书，尤其喜欢看小说等文学书。有句话说会看戏的看门道，不会看戏的看热闹。就我看书来说，我倒是不大注意看故事情节，而更留心表达方式和修辞，有时一边看一边摘录漂亮句子。这个习惯甚至断断续续保留到现在。翻阅读书笔记，前不久我还不知从哪里抄得这样的句子：“读之如履晴空，四顾粲然”、“行文笔法，不让刀刻”和“清风十里，明月一天”，如此不一而足。同时习惯于每天睡前看一两篇原创散文，把漂亮句子录入脑海，带入梦乡。也许你笑我幼稚，都那么一人把年纪了，怎么还像个中学生似的？但我以为，在语言艺术面前其实我们永远是个孩子，应该永远保持童稚之心、敬畏之情。可以断言，正是这样的阅读热情和阅读习惯培育和呵护了我的写作能力、修辞自觉和文学悟性，或者在体悟语言艺术之美方面表现出的一点点灵性。一次在讲座会场有学生问我对自己的翻译最满意的是什么，我回答大概是译文中时隐时现若有若无的那一点点灵性吧。尽管灵性这东西在译文所有要素中大约仅占 0.5%，但正是这 0.5% 使得我笔下 99.5% 的文字活泛起来、机灵起来，带有种种微妙的韵味和表情。我一向认为，一般水平的翻译和非同一般的翻译的区别之一，在于前者传达意思、内容或故事，后者再现表情、喘息和心跳。以绘画打比方，前者画须发，可能丝毫毕现；后者画眼神，但求动人心魄。而这无疑取决于 0.5% 灵性的有无。

灵性从何而来呢？恕我重复，来自母语阅读、母语熏陶。也就是说，母语关乎灵性，关乎审美，关乎心灵机微的捕捉以至天人之际信息通道的贯通。而这些，大而言之，与人的幸福感有关；小而言之，与文学翻译的效果有关。用作家毕飞宇的话说，“翻译是一种特殊的‘写作’，一个翻译家如果丧失了母语写作能力，外语再好也没有用。”

那么，这是否意味外语可好可不好呢？这是我要谈的第二点。我想，刚才那句话是不是也可以这样说：作为翻译家，除了林琴南那样特定历史条件下的特定人物，如果外语不好，母语再好也没有用。下面就请让我就此展开说两句。

我不仅作为翻译匠搞了三十多年翻译，还作为教书匠教了三十多年翻译课，现在仍在教。而翻译课一个相当可怕的活计就是改翻译作业——几乎所有学生都好像在做翻译作业时忽然变得不会说中国话了，就和老外的汉语作文差不多。不但课外作业，课堂翻译练习也每每如此。事情为什么会是这个样子呢？很长很长时间里我坚定地认为是学生母语差劲儿造成的。后来教研究生的时候我才发现，即使用中文写读书报告写得相当好的学生，在翻译（外译中）时也糟得判若两人。这让我慢慢意识到，翻译的优劣并不像我原来认为的那样由母语好坏一锤定音，它也同外语能力密切相关。当然，我这里说的外语能力主要不是指理解能力，而是指欣赏能力，即对文学性外语微妙语感的感受能力。简单说来就是语感问题。那么语感从何而来呢？主要来自文本的大量阅读。遗憾的是文本大量阅读明显是绝大部分学生的弱项。即使研究生，完整读过三五部原著长篇小说的也不占多数。相比之下，他们感兴趣的更是适于应试的语法、句型练习册之类。也就是说他们接触的是机械性的死的东西，而没有通过文本大量阅读在具体语境中接触活的语言，从而形成良好的语感。以致不能把握语汇除词典标准释义之外千变万化的外延性、引申性指涉及其微妙含义。这样，翻译起来不是缩手缩脚亦步亦趋，就是无拘无束任意发挥。结果使得译文或枯燥无味或走样变形，甚至语句不通、文理不通。

可我不同，我在原著阅读上也下了工夫。我是“文革”当中作为“工农兵大学生”上的大学，要经常批判所谓白专道路和只专不红。但即使在那期间我也看了多卷本《人墙》（人间の壁）、《没有太阳的街》（太阳のない街）等一些日本无产阶级作家流派的作品（其他流派图书馆不借）。读研三年又至少认真读了夏目漱石全集。这扩大了我的词汇量，打磨了日文语感，使我进入辞典和语法书以外的广阔天地，翻译中在某种程度上获得了电光石火般的审美灵感和选项自由。试举一例。日语有个常用词“にっこり”(smile)，辞典释义为“微笑”。但实际译起来可以说有无数种译法：微微一笑、轻轻一笑、嫣然一笑、粲然一笑、莞尔一笑，妩媚地一笑、动人地一笑、好看地一笑、淡淡地一笑、浅浅地一笑，或者笑眯眯、笑吟吟、笑盈盈、笑嘻嘻。又或面带笑容、漾出笑意，甚至嬉皮笑脸之类偶尔也不妨一试。岳飞说兵无定法，翻译上可说是译无定法，“运用之妙，存乎一心”。当然，在特定语境中最合适的译法必定只有一种，译者的任务就是找出那一种。说得玄乎些，我觉得很多情况下不是我抓耳挠腮找出那一种，而是那一种正在静静等我甚至找我——“蓦然回首，那人却在灯火阑珊处”。

这样，就更不难找出我自觉出手不凡的原因了。不是说翻译不需要付出努力，而是说那种努力在动笔翻译之前就已付出大半了。也就是说，从事文学翻译所需要的语言功底、语感、修辞自觉和审美灵性已经通过母语及外语的大量文本阅读而先于翻译大体形成了，翻译乃是水到渠成的结果。否则，哪怕再接受翻译训练，哪怕拿十个翻译专业硕士学位，也是不大可能成为文学翻译高手的。一句话，文学翻译是美的艺术。这也是我赖以主张“审美忠实”的基石。是的，我认为就文学翻译而言，千忠实万忠实，最主要的是审美忠实。

说到这里，请容我重复一下我的翻译观，即我所大体认同的关于翻译的言说或观点，当然也多少包括我个人的体悟。我倾向于认为，文学翻译必须是文学——翻译文学。大凡文学都是艺术——语言艺术。大凡艺术都需要创造性，因此文学翻译也需要创造性。但文学翻译毕竟是翻译而非原创，因此准确说来，文学翻译属于再创造的艺术。以严复的“信达雅”言之，“信”，侧重于内容（内容忠实或语义忠实）；“达”，侧重于行文（行文忠实或文体忠实）；“雅”，侧重于艺术境界（艺术忠实或审美忠实）。“信、达”需要知性判断，“雅”则更需要美学判断。美学判断要求译者具有审美能力以至艺术悟性、文学悟性。但不可否认，这方面并非每个译者都具有相应的能力和悟性。与此相关，翻译或可大体分为三种：工匠型翻译，学者型翻译，才子型翻译。工匠型亦步亦趋，貌似“忠实”；学者型中规中矩，刻意求工；才子型惟妙惟肖，意在传神。学者型如朱光潜、季羡林，才子型如丰子恺、王道乾，二者兼具型如傅雷、梁实秋。至于工匠型翻译，时下比比皆是，举不胜举，也不敢举。严格说来，那已不是文学翻译，更不是翻译文学。就文学翻译中的形式层（语言表象）、风格层（文体）和审美层（品格）这三个层面来说，最重要的就是审美层。即使“叛逆”，也要形式层的叛逆服从风格层，风格层的叛逆服从审美层，而审美层是不可叛逆的文学翻译之重。

不言而喻，审美忠实在实质上也不是我先提出来的。例如林语堂早就提出翻译的三个标准：忠实的标准、通顺的标准、美的标准，而以美（“传神”）为最高标准。茅盾要求译者要领会“原作艺术上的美妙”，让读者在读译文的时候“能够像读原作时一样得到启发、感动和美的感受”。其他如朱生豪的“神味”之说，傅雷的“神似”之说，钱锺书的“化境”之说，许渊冲的“译味”之说等等，说法各异，而其指向无不是美的境界、美的忠实、美的再现。

令人担忧的是，审美追求、审美视角的缺如恰恰是近年来不少文学翻译实践和文学翻译批评中一个不容忽视的现象。关于文学翻译理论（译学）的研究甚至学科建设的论证也越来越脱离翻译本体，成为趾高气扬独立行走的泛学科研究。不少翻译研究者和翻译课教师，一方面热衷于用各种高深莫测的西方翻译理论术语著书立说攻城略地，一方面对作为服务对象的本应精耕细作的翻译领地不屑一顾，荒废了赖以安身立命的学科家园。在这种风气和评价取向之中，原本为数不多的翻译高手渐渐无心恋战，而补充进来的生力军又往往勇气和魄力有余而审美积淀不足。批评者也大多计较一词一句的正误得失而忽略语言风格和整体审美效果的传达。借用许渊冲批评西方语言学派翻译理论的说法，他们最大的问题是“不谈美。下焉者只谈‘形似’，上焉者也只谈‘意似’，却不谈‘神似’，不谈‘创造性’”。

而不谈美，文学翻译又能谈什么呢？那还能成其为文学翻译、成其为翻译文学、成其为文学吗？

刘儒庭（1941— ），河北井陉人。1964年北京广播学院毕业后在新华社任翻译、编辑、记者、罗马分社首席记者。著有《永恒之城——罗马》，主编《西方七国知识辞典》中的《意大利卷》，与人合著的作品有《西欧剪影》《意大利之旅》《古韵长存风情万种》《意大利名胜古迹》等。译作有理论著作《开放的作品》《中国古代文明》《影子的门槛》，长篇小说《已故的帕斯卡尔》《为时已晚》《鞑靼人沙漠》《米兰之恋》，纪实作品《基督不到的地方》《好莱坞的七宗罪》《复活节岛》，诗歌《青春诗》，电影文学剧本《甜蜜的生活》《红色沙漠》《章鱼》《导购小姐》等，与人合译的作品有《十日谈》《安魂曲：帕索里尼传》《世界歌王帕瓦洛蒂》《闻香识女人》《天上的门——巴乔自传》《水与土》《生活之恶》《电影本体心理学》《本体心理疗法》等，参加《世界诗库》《马基雅维利全集》的翻译。

翻译的苦与乐

仔细算来，从事翻译已整整半个世纪，前三十多年从事新闻翻译，主要是政治、经济、科技材料，退休后才真正“全天候”从事文学翻译，经验不多，体会、感受不少。翻译是个苦差，吃力不讨好，还被人瞧不起，好像不是创造性劳动，没有艺术含金量，大学、研究部门评职称时翻译作品不算数。我倒觉得，文学翻译可以说是一项复杂工程，需分阶段进行，每个阶段各有其特点和要求，需时时注意，处处小心，一不留神就可能理解错误，表达欠佳，甚至出现硬伤，贻笑大方事小，影响“产品”质量，连累原作作者，使读者受害，罪莫大焉。与此同时，每个阶段又各有乐趣，苦中找乐，乐上加乐。翻译确实苦，确实累，确实有低人一等之感，但苦中有甜，累而快乐，低人一等可以低调做人，自怜自爱，身心愉快。

每译一部著作，我总是先读一遍，一些新概念、新说法和反复出现的词语都标出来，以在翻译时仔细推敲。另外还要了解作家、作品的时代背景，阅读已有的介绍评论等。对原作的这种了解令人着迷，也激起了翻译激情。这时翻译不再是负担，而是乐趣。这道“工序”虽不是“实战”，但作用不小，看似耽误了时间，实是磨刀不误砍柴工。这时还要想到，翻译就是坐冷板凳，要静下心来，急不得，懒不得，不图名，不图利，不心浮气躁，抱定愚公精神，译一页少一页，总有完成之日。

“实战”的第一道“工序”是消化原作，这就要逐句阅读，一个词一个词地死抠，就要用放大镜、显微镜等“武器”，把原文的犄角旮旯看个够，不能留死角。这时也需勤翻辞典。有的词含义不止一个，既要抓住其基本意思，又要理解它的引申含义。有些多义词各义项间有交叉，有差别，这就要仔细斟酌。比如，Abbia posto il tema dei limiti della poesia verso la vita。译为中文是：“他提出了面对生活诗的边界在哪里这个问题。”limite 这个词有“边界”的意思，也有“局限”的意思，如果翻译成“诗的局限”就与作者的原意正好相反了，因为这里说的是，诗人认为，生活中的种种事物都可以写，而译成“局限”就成为有些东西不可写了。是“边界”还是“局限”，与前面说的将整个作品先看一遍有关。有些词很常用，很容易引起“误会”，绝不能让常见的“面孔”成为绊马索，在常用词上摔跟头。比如 prossimo 这个形容词（临近的、下一次的）使用很频繁，但在 Lui aiuta spesso il prossimo 中，如理解为“他经常帮助新来的那个人”似也说得过去，但总让人感到莫名其妙，因为上下文中看不出有“新来的人”或“下一个人”。原来，这个极常用的形容词还是个众名词：他人。文学语言本来就是多义、模糊、不确定的，不像数学的 1+1=2。译者需透过模糊和不确定准确看清原作的“本来面目”，这就要辨析词义，分析语句，琢磨体会，用原文作者的脑袋思考，使出混身解数，准确全面消化原文。这是不断克服挑战、超越一个个障碍的过程，翻译的乐趣贯穿于整个这一过程。

这一阶段还常常遇到一些一下子很难理解的词，有时这些词在词典上也查不出合适的含义。这就要联系上下文来体会，没有上下文，很多词不易理解或者理解会发生偏差，造成理解错误。要理解原文还需了解原文所描绘的那个国家的民族特性、价值观念、思维方式、风俗习惯、审美情趣、行为准则、人情世故、民众的脾气秉性等等隐性的东西。这就要尽量多地阅读，储存有关的各种知识。知识越多理解的基础越深厚，自己也感觉越充实、自信，这种感觉与物欲的满足不可同日而语。

一句一句地阅读、理解，只是理解原文的第一步，即先把作者要说的内容彻底搞清。但是，作家拥有辽阔的视野、丰富的阅历、深邃的思想和人文关怀精神，才能创作出杰出的作品。文学作品包含了作家的所有这一切，译者理解原作时也不能不把这些都考虑进去。文学作品讲究的是含蓄而非直白，富有弦外之音；是善于创造意境，耐人寻味。文学作品是开放的，有无止无尽的解读方式，有无尽的空间，能提供源源不断的创意，启发读者产生丰富的想象。这就需要译者认真领会字句之间的含蕴，字里行间的言外之意，字句之外的语气声调，以及字词的雅俗褒贬，用词造句的特点，整个作品的格调和意境神韵，作者的风格特色等等。译者只能调动其学识素养，仔细推敲，认真体味，才能“看透”原作。翻译所需要的不仅是对两种语言的认知，而是译者对两种文化的深厚涵养。译者的问题不是“谁知其中味”，而是必知“其中味”。这需要外文之外的功夫，与“功夫在诗外”是一个道理。了解原文的内容只是一小步，“看透”原作更需要功夫和努力，更为艰苦。但是，当发觉与作者有灵犀一点通之感时，痛快之情难以言表。著名作家皮兰德娄的长篇小说《已故的帕斯卡尔》写的是，这个小职员家贫，负气出走，历经磨难，赚钱归来，却发现家人以为他已去世，妻子嫁人，最后前往自己坟前为自己扫墓，成了一个“死了的活人活着的死人”。故事表面看来荒诞离奇，但细读可以悟出，看似虚假的故事揭示的正是事实的真相及其内在的矛盾，是人与人、个人与现实的矛盾，是纷乱、荒谬的现实社会的残酷无情，金钱也无济于事。这样一来，对小说中各色人物和事件看得就更清楚了，悟出其中三昧有益于翻译时的拿捏和掌握分寸。

最关键的一步是表达，是用另一种语言把原作原原本本地再现出来，让译文读者的领会和感受与原文读者基本一致。这比前一阶段更难，更具挑战性，也使译者更觉有兴味。这两个阶段不是截然分开的，要逐句理解，也要逐句翻译，但译文的一句不一定是原文的一句。意大利语喜用冗长复句，汉语则习惯短句，这就需要断句。断句不当，或断句后重新组合时次序不当，都可能造成译文不雅，甚至可能扭曲原文的意思。句子再组合就要看译者的汉语功夫了。这时最重要的是，要排除原文的干扰，尽量不受其影响。读原文时，原文词语短句的顺序等，不知不觉间就留在译者心中了，翻译时就会不由自主地照其顺序去写，造成语句欧化，不像汉语。这时需把意思融汇于心，然后撇开原文，用地道的中文再现原文的意思和意境。例如，“意裔美籍演员伦齐在罗马交给我让我转交给内古莱斯科的一打男衬衣使我对这次采访之行蛮有信心。”意思清楚，但句子长，读起来别扭。撇开原文另外组合，就比较合乎汉语习惯：“那打男衬衣使我对这次采访之行蛮有信心，那是意裔美籍演员伦齐在罗马交给我的，让我转交给内古莱斯科。”要注意的是，不能遗漏，不能增添，不能缩小，不能扩大；语句重心，轻重缓急，口气语调，人物身份，场合背景，褒贬赞抑，言外之意，必须仔细考虑，认真拿捏，掌握分寸，做到恰到好处，多一寸则长，少一寸则短；关键要素要突出，次要的东西轻轻带过。在 Ne partecipano gli altri anche 中，ne 指前面说的事，partecipano 是“他们参与”，gli altri 是“其他人”，anche 是副词“也”。有人会译为“他们也参与其中”，但“他们也参与进来”或“他们也来参与”似更合理。这里的“进来”读起来可轻轻带过，因原文的重心是“参与”，加上“其中”两字就使“其中”成了重心，喧宾夺主，原文中甚至那个“也”字也比“进来”更重要。另外，“其中”完全多余，难道还能“参与其外”？现在，社会上这类重复啰唆的句子十分流行，“进行了检查”“进行了研究”“做了部署”，本可直说，非要拐个弯，好像这样才显得重视、认真，实际是浮夸。另外还有什么“度”（“难度”“知名度”“可信度”）“性”（“可读性”“根本性”“不可避免性”）等等，好像只有拔高到“度”或“性”上才能显出“高度”，才像官样文章，实际只不过是官腔。翻译要忠实于原文，人家不浮夸，不拔高，我们为什么要把我们的思想方法和作风强加于人呢？所以绝对不能不自觉地跟着国内的风习走，更要注意不要再为我国语言的重复啰唆“添砖加瓦”。另外一个问题是语气。正确把握语气是遣词用字的先决条件，这直接关系到能否反映原文的神韵、精神风貌。我在落笔之时就在心里想象着意大利人比手画脚、挤眉弄眼的神态，开玩笑、吵架、争论、商谈、对话、私语等等，不同的交流方式的用词、口气语调各不相同，必须把握准确。这需要译者有敏锐的语感，对互译的两种语言有深切的体会，透彻的了解，透过字面看清背后的语气、神情、蕴涵，这样才能表达到位。语言是文化的载体与媒介，是文化的积淀，一国的文化由于民族性有异，国情有别，其语言在词意运用、语句铺排、层次语感、段落结构等方面自然都有其独特的方式，一个词所承载的文化信息也与他国语言很难完全吻合，不能简单照搬了事。意大利文 compagno 的意思是同志，但不能见到 compagno 就译同志，因为汉语的同志政治含义突出，而在意大利文中，同居不婚的男女也是 compagno。译者表达时必须把所有这些统统都考虑进去，把握层次，千挑万选，找到最合适的词语，但又不能插入自己的解释或擅用自己的说法，只能在彻底了解原著的基础上，既遵照原文的意思和内涵，又摆脱思维定势，按照译文读者的文化习惯表达，甚至是“迎合”译文读者的口味。译者必须时刻想着，自己背对的是原作者，面对的是译文读者，两面都要“讨好”，用一仆二主来形容译者的处境恰当不过。译者用自己的“技艺”和忠诚去充当这个“奴仆”，经过努力当好了，即使不受当面表扬也会感到痛快。

吃透原文后的落笔敲字常是曲曲折折，磕磕绊绊，反复斟酌，颇费周章。这时只凭语感显然不够，还需要有汉语的造诣、思辨的能力、美学的水平、开阔的思路。有时，外文的意思也懂，但一时找不到对应的中文词，似乎用哪个词也不够准确；有时可用的词好像就在心里，可就是不能招之即来；有时好像有好多词可用，稠密、浓密、繁密、细密、致密，但分寸不同，一时拿不准；有时用否定的词中文显得别扭，好像中文不这样讲。这时，千万不能钻牛角尖，不妨多转几个弯，甚至可以翻转来考虑，否定的用肯定，肯定的用否定。比如，“不间断的努力”，可译为“持续的努力”，“真热闹”可译为“好不热闹”。译者要储备大量词汇，同时还要有细腻的感觉以及选择和调动这些词汇的能力。实在束手无策时只能暂时放一放，“冷却”一下。但放一放不是彻底放弃，而是利用零碎时间思考，特别是睡前安静下来时，关灯闭目，冥思苦想，静心思考。一旦有所发现，真有它“在灯火阑珊处”之感。此时再下手，恰如水越屏障，一泻千里，痛快淋漓，这种快感不做翻译者可能难以体会。有时原文话中有话，暗含隐喻，有时讥笑嘲讽，幽默诙谐。如何体现出来，译者左右为难。不管多么为难，只能在译文的字句上体现，翻译是翻译，不是用译者自己的话去解释。以上这些，都需译者在两种文化、两种语言的异同之间回旋周转，寻找平衡，既切合原意，贴切传神，又通顺流畅。意大利有一谚语：Traduttore e’traditore。前后两个名词很相近，只差几个字母，前者是“翻译”，后者是“叛徒”，中间的‘e’是“是”。就是说，译者不能死译，有时需要改头换面，“叛变”一下，即努力在两种文化、两种语言间周旋，两面迁就，既不是照葫芦画瓢的原文，又不是不忠实于原文另起炉灶的另一套文字。哲学家克罗齐说，翻译要做创造性叛徒。这样的“叛徒”确实不好当，由此也可以说，翻译就是创造，这才是翻译中的最大困难。在反复斟酌、“旬月踟蹰”后，一旦找到合适的译法，“创造”成功，自会无比畅快。

翻译还会遇到一大困难：如何体现原作的风格。风格十分抽象，李白的浪漫，杜甫的敦厚，比较明显，他们是本国诗人，平时了解较多，而外国作家的风格有时就没有那么明显，需要反复体会。名记者奥·法拉奇二十五岁时写了一本《好莱坞的七宗罪》，尖刻的讽刺浸淫于字里行间。她描写好莱坞汽车泛滥，不说车多，而是说那里“连一个步行的人都不会有”，一个外来者“胆敢离开市中心”散步，“立即就会有一名警察来给他提供救助”。她说那里的石油油井多，“没有一种法国香水能够掩盖一个美国女明星身上的明显臭味”。作家卡·莱维描写他被法西斯流放经历的《基督不到的地方》一书是对法西斯的鞭笞，全书没有用多少否定词、贬义词，只是将他的日常生活和见闻用客观、平和的口气写出来，让事实说话。翻译这两本书自然应该用不同的词汇语句，以体现原作的风格，因为风格是同语言联系在一起的。如果译者因对法西斯的痛恨而不自觉地用一些贬义色彩浓的词，表面上好像是在谴责法西斯，实际是破坏了莱维的风格，效果反倒不如原作更佳。另外，风格是从整体上表现出来的一种独特而鲜明的审美特征，并非只从词汇表现出来，所以还要从整体上把握、体现。也就是，既要注意使用不同的词汇语句，又要注意整体的一致。这方面的困难在于，译者在运用语言时也有自己的习惯，翻译不同作家时很难克服这样的行文习惯，自觉地用不同风格的文字去翻译不同的作家。我自己也感到，翻译不同作家时几乎都用同一个笔调，这个毛病很难克服。这说起来简单，做起来不易，超越这一障碍是一种挑战，也是一种乐趣。

翻译完成后还要修改润色，从头再来一遍。这道工序不必急，最好放一段时间，以便不受最初翻译的影响。修改时仍然不能撇开原文，还是要对照着看是否与原文一致，用词是否恰当，表达是否通顺，是否有韵味。“黄河入海流”如果换成“黄河流入海”，字还是那几个字，动感减弱，味道大不相同。用词的推敲是无止境的，需要在众多可用的词中挑出唯一恰当的那一个，而且只能取一,万无用括号注上几个备用词让编辑或读者去挑选的可能。我国语言中不存在的现象尤其要注意，汉语没有冠词，更不存在定冠词和不定冠词之分。Il libro e' scritto dal grande erudito，是“这本书是这位渊博的大学者创作的”，因原文是定冠词，翻译成“一位渊博的大学者”指的就不是前面提到的这位大学者了。有时译文出版后再看时一些字句仍觉不满意，甚至还会自问，当时怎么能这样翻译？所以修改时心里一定要想着，一旦落笔交稿，像嫁出的女子泼出的水，没有后悔的余地。功力不够尚可原谅，疏于严谨，粗枝大叶就应自责了。这一工序很像把毛坯件反复打磨、抛光，去掉毛刺，挖掉突起，补齐凹陷，校正规格，成为与原件分毫不差的漂亮成品。这时才可长出一口气，如释重负。整个翻译过程绞尽了脑汁，吃尽了苦头，等拿到印为铅字的样书时，还是不可免俗，喜形于色。

总之，文学翻译对译者的要求很高，译者要有理解能力、分析能力、判断能力、表达能力；要有语文修养、百科知识、美学修养；要能融会贯通，随机应变，同时又要谨言慎行，谨慎从事，不逾矩，忠实于原作，通顺地表达。翻译就像照着罗曼的《思考者》再塑一尊塑像，不过，用的不是泥巴而是文字。

高手可能塑个八九不离十，笨拙的就可能塑出个低头打瞌睡的人。文学翻译不是照猫画虎，一定要做到神似，而非仅仅是形似。文学翻译不是鹦鹉学舌，而是用另一种语言再现别人的思想，是戴着镣铐跳舞，需要的不是“匠气”，而是才气，既能实现两种文字的转换，又不能因两种语言的差异露出生硬牵强，还要完全保持原文风味。文学翻译之难与不了解翻译的人很难讲清楚，可谓事非经过不知难。莫言说，他写《生死疲劳》用了三十四天，而陈安娜翻译却用了整整六年。翻译虽可用“画龙画虎难画鼓，知人知面不知心”来形容，但这只形容了理解之难，更难的是表达之难，神似之难。这时就会感到文字能力不足的苦头，特别羡慕我国古代诗人运用文字的功力，“松间明月经霜白，石上清泉得雨新”，文字极简单，但诗意极浓。旧式教育有不合理处，但在文字功夫的培养方面功不可没。

我在翻译时常抱“三畏”之心：一畏原作，要翻译的作品都很有价值，表面上像是照猫画虎，能力不济时会画虎不成反类犬，这样就糟蹋了有价值的作品，译者有过无功。二畏原作作者，翻译时常常想象着，作者好像站在背后严密监督，但不能耳提面命。有了这种敬畏之心，才可处处小心，时时注意，尽量不因自己的笨拙而连累背后这位严师。三畏读者，翻译时常常想，译品会有大量读者阅读，山外青山楼外楼，能人处处有，读者虽不一定能一眼看出可能存在的错误，但整个译品的优劣是能品味出来的。所以翻译时就要想到，译品要经得起读者横挑鼻子竖挑眼，必须字字斟酌，力求拿出经得起检验的作品。“三畏”就是不要糟蹋原作，不要毁原作者名声，不要引读者误入歧途。这样一来，“三畏”就使翻译成为“畏途”，“畏途”虽不如“坦途”好走，但在陡峭的小路上攀登更有兴致，如果能进退自如，那就更是其乐无穷了。

翻译虽然让人绞尽脑汁，吃尽苦头，却有乐趣，有快感，有满足。社科院美国所研究员、好友杨达洲四十多年前翻译一文，内容是生命在于运动。当时却被认为是宣扬“刘少奇的活命哲学”。现在，这一理念已为多少人接受？起了多大作用？这位老友的功劳多大？他每谈起，总是大谈极“左”思潮的可恶，并不讲自己的功劳。但我认为，他是很可为此而满足的。我没有这种功力，但每当听说某人去做了 CT 或血液透析，心里总是美滋滋的。我不是“卖棺材的咬牙——恨人不死”，而是在十年浩劫后期介绍过国外有了这些设备，随后国内开始引进，使大众有了享用的可能，想起来也很满足。早在二十世纪八十年代初期，同社科院外国文学所原副所长吕同六老师一起在意大利进修时他就经常同我说，意大利文学是一座宝库，有很多无价珍宝，很值得向我国介绍。他还说，文学是社会生活的结晶，是精华，是潜移默化地教育人、提高人的思想和道德水准的最好手段之一，人活着就应该追求道德与知识，不能像野兽一样活着。我也有同感，这就是我们的共同使命感。我总觉得，还有很多值得翻译的优秀作品在等待我们译介。我不懂俄文，看到一本俄文小说时很感遗憾，此时那只不过是一本“死书”。所以我也常想，一般读者不懂意大利文，他们面对一本意大利文著作时也会有同感。乐队指挥指挥乐团把乐谱演奏出来，奉献给听众，乐谱就“活”了。翻译把一部著作翻译出来，“死书”也就有了生命，能不快哉？乐队指挥是艺术家，翻译让“死书”有了生命，也应该说是艺术活计。差别是，前者是集体的，后者是个人的，后者至少可以说是“手工艺”工作者。我的体会是，翻译不能“机械化”，很难“集团化”，翻译工作者不能不耐得了寂寞，忍得了孤独，孜孜不倦，这样才可有所收获，得到满足。正是由于翻译有满足感，苦后更味甜滋味，尽管现在很难说是向学读书的时代，出版一本译作很不容易，有时译了之后石沉大海或一拖多年，社会上又把翻译看低一等，但仍然十分喜欢这一行当，虽没有愚公挖山不止的伟大，却也是翻译不止，一年三百六十五天，除春节等少数佳节外，没有一天住手。一些老同事常问我：“你还在翻译？翻了一辈子还没有翻够？”我心里的回答是，我依然“没有翻够”，因为我觉得，值得翻译的东西多得很，天天有事干，而且是有价值的事，感到很充实。什么“促进交流”“为某事业贡献力量”之类的高调不敢唱，说是为名，倒有一点靠谱：百年后图书馆还有署着本人姓名的书供人阅读，能不满足？要说为利为稿酬，那就有些冤枉。我水平低，平均一天译两千字很吃力，按规定的标准税前仅可得一百到一百六十元。税务起征点早已提高，但稿酬起征点一直停在八百元不动。翻译一本小书一次付酬，纳税不多，如是一部长篇，用时好几年，付酬依然是一次支付，不得分期付款，纳税就会翻好几番。翻译报酬和相关税务的这一整套不知是什么高人设计的，其中的奥妙和作用实在不懂。另一问题是，既然是市场经济，为什么要规定一个稿酬标准？同仁感叹“稿酬”成了“稿愁”，人民代表、政协委员等等能代表小民者好像鲜有人关心这些“小事”。早在三十多年前就参加了翻译协会，只享受过一次待遇：七十岁后得到一张资深翻译荣誉证。现在，这家协会有会长、副会长、理事，有自己的网站，网上也很热闹，但像稿酬这类涉及物质利益的事在这个网上看不到，不知“幕后”是否有动作。如有，可公布，好让会员知道协会在直接涉及他们切身利益方面做了哪些工作，感到协会真正是自己的娘家，是自己的代言人。

刘知白（1936—　　），四川人。曾就读重庆南开和北师大中文系，1954 年被派往保加利亚索菲亚大学语言文学系学习。毕业后在我国驻保大使馆工作。1963 年夏调北京外国语学院任教。曾任保语教研室主任、《东欧》期刊主编、校务委员会委员等职。1999 年获保加利亚共和国总统颁发的国家一级"马达拉骑士"勋章。1994 年起享受国务院特殊津贴。主要著作和译作：《保加利亚语汉语词典》（合编）、《保加利亚语》（第四册）、《汉保保汉翻译教程》、《世界童话名著文库》（保加利亚部分）、《世界儿童小说名著文库》（保加利亚部分）、《保加利亚童话选》、《海盗的眼睛》、《每一个秋夜》等。

有关文学作品翻译的几点体会

（一）文学作品翻译标准

文学作品的翻译标准是用译文的语言**确切**、**完整地**表达原作的内容并在译文中保持和原作一致的风格。忠实于原作是文学翻译（同样包括其他作品的翻译）最为重要的一条标准。

原作的内容包括作品中所叙述的事实、主人公的所作所为、描绘的景物以及作者所表露的思想、见解、感情等。翻译时，译者须把上述成分十分确切地用另一种语言重新表达出来，而不能随意改动、删节或增添。

译者应注意保持原作中的**民族风格**和**时代色彩**。文学作品中包含许多为各民族所特有的事物。例如保加利亚人在三月一号会互赠红白相间的小饰品，祝愿健康，译者把它译成"三月结"，又如保加利亚孩子用缀有纸花或古钱轻轻拍打人们后背以贺新年的茱萸枝，译者翻译成“吉祥棒”（第一次译时可加注释说明），都是不错的译法。注意作品的时代色彩也很重要，例如在以五十年代或更早年代的生活为背景的著作中主人公谈出行方式时，译者不要使用近些年才通行的说法“我们**打的去**”，而应译成“我们**坐出租车去**”。

翻译时须表达好原著作者使用**语言的特点**，根据作品中人物的身份、年龄、教养、说话场合等来决定使用何种**修辞手段**。翻译通俗的口语时，如使用文绉绉的辞藻，就会不自然；反之，翻译举止高雅的人物的言语时，也不能使用粗俗的辞藻。总的说，译文应同原作风格相对应，不该为了追求译文的“美”而一味使用华丽的辞藻，舞文弄墨。

作品的语言往往因人而异，不同的作者在语言的运用上会各有特点，译者应尽力在译文中予以保持。

（二）翻译工作者的修养

翻译工作者必须具有对**工作高度负责的精神和一丝不苟的工作作风**。大翻译家傅雷就是这方面的典范。他曾说：“介绍一件艺术品不能还它一件艺术品，就觉得不能容忍。”他在翻译时特别慎重，有的译文前后改过八道，对原作的精神究竟传出多少仍感没有把握。

在业务上翻译工作者应具备良好的修养：

首先，译者必须具有**很高的语言水平**。应精通他所翻译的语言和本族语，这样才能透彻理解原著和熟练运用译文语言，以便保证翻译质量。掌握第二或第三外国语对于我们做好翻译工作也很重要，例如在我们碰到难点时，通过其他外语查阅资料或参考其他语种的译法，常能对我们有所帮助。文学作品的翻译工作是对译者外语和汉语水平的极大考验。对于一些我们似乎已懂得的东西，真正翻译起来，往往会感到懂得并不透彻；一些真正懂得的东西，我们往往也找不到适当的词语来表达。学习语言是一件永无止境的事情，确确实实得活到老，学到老。我们必须依靠日积月累来提高自己的语文修养。多阅读中**外文文学**作品对提高翻译水平也极有益。

然而，仅仅具备良好的语言修养是不够的。我们必须**积累多方面的知识，具有较丰富的生活经验**。举例说，假如我们没有起码的医学常识，就无法翻译以医务工作者的生活为题材的小说。译者如有机会直接了解原著所涉及的生活侧面最为理想，如没有这种可能，就须通过别的途径（读书、上网、看影视作品、请教专业人员等）间接了解。我们要拜各行各业的人为师。不知道衣服的某一部分叫什么，我们就请教裁缝师傅。不知道某种小五金怎么译，我们就请教售货员。

查阅工具书是每一个翻译工作者绝对不可缺少的一道工作程序。学问再高深的人也不可能通晓古今中外的一切事物。善于查阅（纸质的或电子的）工具书是提高翻译水平和工作效率的重要一环。

查阅工具书时，值得注意下列几个问题：

1. 原文词典（详解词典）、译文词典、双解词典和其他工具书宜配合使用。因为只查译文词典，往往不能了解所查词的全部正确含义；只查原文词典，则可能会遇到虽了解了词的含义，却不知如何用译入语表达的情况。

2. 在翻译外国地名时，可着重查阅词典中的地名附录、地图册、地名词典、各国概况、辞海、百科全书等。如各种资料中译法不一致，应以具有权威性的工具书（大百科全书、中国地图出版社新版地图等）为准。绝大多数地名已有固定译法，我们不要随意改动。

3. 在翻译外国人名时，大多数情况下可参照译音表以及《辞海》、《百科全书》、《名人辞典》、《文学家词典》、《古希腊罗马神话词典》、《宗教词典》等。文学作品中的不少人物姓名早有固定译法。一些译法虽距离原文发音甚远，也应按照约定俗成的原则采用。

外国文学作品中，同一个人物可以有几种乃至十几种称呼方法(名、父名、爱称等)，翻译时如全部照译，会形成混乱。例如保加利亚人名玛丽亚·斯托扬诺娃·尼科洛娃，如果我们一会儿译成玛丽亚·尼科洛娃（名和姓），一会儿又译成玛丽亚·斯托扬诺娃（名和父名），在出现玛丽亚的爱称时，这次译成玛拉，下次译成玛尔切，另一次又译成玛丽卡，则会把读者弄糊涂。所以应适当地统一不同的叫法，例如只译名和姓而不译父名，众多的爱称中只挑选一个(第一次出现时须加注说明)。

4. 固定词组、成语、谚语、俗语的翻译

一些固定词组看起来极为简单，全由常用词组成，但其含义并非这些组成部分的简单堆砌。我们须查找词典中解释固定词组的部分（一般列于词目最后)。

每一个民族的语言中都包含着丰富的成语、谚语和俗语。这些语句形象生动、比喻恰当、寓意深远、结构紧凑，是人民智慧的结晶。如何处理好这类语句是文学翻译中的一个重要问题。我们采用的基本原则应该是：在确切表达原文思想内容的基础上和符合汉语规范的条件下，尽可能保持原文的形象、比喻、修辞色彩和民族特色。根据不同情况可采用下列方法：

译成含义、譬喻和形象完全相同的谚语和俗语（这类语句为数不多）。例如保加利亚语中有和汉语的“火上浇油”、“趁热打铁”、“滴滴之水，可以穿石”、“不劳动者不得食”等完全对应的谚语和俗语。

译成含义和修辞色彩与原文相同，但譬喻或形象不同的谚语和俗语。例如：保加利亚语的“坐在两把椅子上”可译成“脚踏两只船”，“用筛子捕风”可译成“竹篮打水”等。翻译这类谚语和俗语时，并不一定非译成汉语中的现成谚语和俗语。如果原文明白易懂，没有隐喻，完全可以不做变动。例如“无风树不摇”不改为“无风不起浪”，直译亦可；“把苍蝇说成水牛”亦可直译，而不改为“把蚂蚁说成大象”。

外文中的许多谚语和俗语直译后，含义很明确，此时直译即可。例如保语中的：“一人的住房着了火，另一人借火点烟斗。”“嘴上似蜜糖，背后掘坟墓。”“夏天好乘凉，冬天饿肚肠。”“布匹一旦织好，就把织机踢倒。”（过河拆桥之意）

外文中的某些谚语或俗语尽管在汉语中有对应的说法，但由于这些说法带有浓郁的民族色彩或地方色彩，仍然不宜采用。例如保语中的：“我们正谈到狼，狼已在羊圈中。”其含义等同于：“说曹操，曹操到。”但因曹操是中国的历史人物，保加利亚人在日常生活中不会提到他。此句可译成“说着说着就来了”或“正提到他，他就来了”。

为了确切表达原文的内在含义，在直译使读者难于理解时可以采用意译或直译和意译相结合的方法。

翻译**剧本**（戏剧、电影台本、解说词、字幕）也是文学翻译的一种类型。翻译时要多注意剧本的体例（人物表、角色的对白、独白、舞台提示等的表示法）。翻译的剧本应能满足舞台演出的要求，台词要合乎口语的习惯，显得自然并使观众能听清楚。如要求我们把剧本台词译出在字幕上用，有时须删去非关键性的词，以节省地方。如果须要译者写外国戏剧或电影的剧情简介（故事梗概），译者须使用简练的文字清楚地交代原本可能相当复杂的情节。这时就须要善于概括和综合，抓住重点，略去细枝末节。这种工作可归入编译的类别。编译也是我们应掌握的一种技能。

翻译**诗歌**不同于翻译散文，难度更大，为了顾全韵律，常须对原文做增删、替换、颠倒次序等改变。翻译时不可能同原文对等，但必须保留实质性的内容。

尽管从事了多年的文学翻译工作，笔者当今仍深切感到译事之难。重读一些旧译作，常能发现有些地方本应有更好的译法。新事物又在飞快地涌现，我们翻译工作者遇到更大的挑战。

文学作品的翻译工作对于我们向其他国家的人民学习，增进各国人民之间的文化交流有着重要作用。笔者热切期望我们老中青翻译工作者继续共同努力，使我国的文学翻译工作欣欣向荣！

一点说明：为避免排版困难，本文中原应写出保加利亚语原文的成语、谚语和姓名等均未写出保语，而是写了汉语。

栾文华（1939—　　），吉林市人。先后就读于北京外国语学院与北京大学。中国社会科学院外国文学研究所研究员，中国作家协会会员。北京外国语大学亚非学院客座教授，泰国法政大学中文系客座教授（1993—1996，1998—2004）。主要著作有:《泰国文学史》、《泰国现代文学史》，与高慧勤共同主编《东方现代文学史》（上、下册，获 1994 年全国优秀外国文学图书一等奖）。主要翻译作品有：西巫拉帕的长篇小说《画中情思》，查·勾吉迪的长篇小说《判决》、中篇小说《平常事》以及《泰国当代短篇小说选》、《东南亚民间故事集》，泰国诗歌及诗琳通公主的《我的留学生活》及《泰国文化艺术》等。

译事漫笔

这已是三十多年前的往事。二十世纪七十年代末，中国迎来了又一个泰国文化代表团。这里之所以称“又一个”，是因为一九五八年曾有一个由著名作家西巫拉帕率领的泰国作家代表团访华，但在访问期间泰国却发生了沙立的军事政变。到一个没有外交关系的“共产党国家”访问，自然是“共产党行为”，回国的前途只能是去坐牢，所以西巫拉帕不得不滞留中国，直到一九七四年去世。那时的中国，对泰国左翼作家来说，既是禁地，又是圣地。

二十多年后的这“又一个”泰国文化代表团里有一位引人注目的人物，他就是著名诗人瑙瓦拉·蓬拍本，还有一位诗人、短篇小说作家维特亚贯·强恭、女评论家拉沙米·包良通，这是我久闻其名之后，第一次见到他们。在中国作家协会举行的座谈会上，中国作家、诗人谈到了刚刚过去不久的声讨“四人帮”的天安门诗抄。这是中华人民共和国成立以后罕见的人民诗歌运动。听着介绍，我注意到情感丰富感知敏锐的诗人瑙瓦拉先生眼里闪着泪花，会后他对我说："想不到诗歌会有这么大的力量"……

瑙瓦拉有这样的感触并不奇怪，泰国在此之前不久也有一段腥风血雨、阴森恐怖的日子。

一九七三年，愤怒的泰国民众不顾当局的血腥镇压爆发了"十月十四日"运动，一举推翻了他侬、巴博军人独裁政权，青年诗人的呐喊和激越的战斗诗篇曾经是这场运动的最强音。之后暂短出现的宽松局面使善良的民众以为"百花齐放"局面真的出现了。克立·巴莫的文官政府在一九七五年还和中国建立了外交关系。然而不到三年，军人头目他宁、沙鄂瞅准时机于一九七六年十月六日又举行一次报复性的军事政变，学生、工人、农民的头面人物被逮捕、被监禁、被杀戮，幸免于难的都逃到深山老林里去了。军人的枪杆子不但绑架了国家机器，也绑架了社会文化，泰国又陷入人们必须闭起嘴巴的黑暗时期。

泰国的时局像是过山车。瑙瓦拉·蓬拍本的诗风也起了很大的变化，以前他写的多是爱情、大自然的风光、心灵的感触和宗教感情，而在此时诞生的《从星期日到星期一》和《永不停息》两本诗集，却"记录"了这场惊天动地的光明和黑暗的斗争。一九七三年十月他在《蜗牛的道路》一诗中激昂地唱道：

降生 / 总会伴随痛苦，/ 总会经历磨难和凄楚。/ 风雨中会有雷鸣电闪，/ 在悬崖峭壁中 / 却有藏金的洞窟。/

来吧，/ 来经受磨难！ / 来吧，/ 来和朋友一道登攀！ / 且莫希望此生此世 / 道路会永远洒满金色的花瓣。/ 我们迈出的第一步，/ 正是在开始筑造一条路。/ 大地上荒野的森林，/ 正等待我们走出一条坦途。

这首诗比同时期的诗人高出一筹的是，它没有止于呐喊，而是满怀激情地唱出了蜗牛坚韧的锲而不舍之路，支撑这首诗的内蕴其实是一种意志的伟力。写出过这种诗歌的人，听到"天安门诗抄"怎么能不让其激动和产生共鸣呢！

后来，我作为中国作家代表团的团员兼翻译多次访问泰国，每次都能见到瑙瓦拉先生，彼此已经成了好朋友。一次，中国作家代表团副团长、诗人高缨先生有感于泰国作家的亲切和热诚，写了《花环》一诗，我把它译成泰文，取其意而已，是不能称其为诗的，但经过瑙瓦拉之手的三改两改，却音韵铿锵，诗味盎然了，这可真是神来之笔！当我读出译诗之后得到了"满堂彩"。这当然是高缨先生的原诗好，不能不说的还有瑙瓦拉先生的才思敏捷。

由于多次陪作家、诗人访泰，加之诗人、作家都是善感而又具有灵感的，于是我就不得不常常急就章地翻译他们表达心迹的“美文”“美诗”，有时甚至是口译，弄得我就像一只憋蛋的母鸡。但这也许是个触媒，在我旅泰从事泰国文学研究工作期间瑙瓦拉先生曾萌生与我合作翻译“天安门诗抄”的想法，但后来考虑到时局常常具有某种“不可预知性”，只好割爱。但我们还是常有机会见面、聊天，聊得最多的是诗，是泰诗。他是位声名显赫的大诗人，但是却随和得像一位老相识。谈到译诗，他的观点却一点都不含糊，他说：“诗是不能翻译的……”诗既然不能翻译，那么莎士比亚、歌德、雪莱、拜伦、普希金、泰戈尔……的诗是怎么“飞”到世界各地的？泰国人了解他们不也是通过他们诗的泰译吗？诗既然是不能翻译的，那瑙瓦拉先生为什么还把自己的诗集送给我，还要和我合作翻译“天安门诗抄”呢？其实他这是极而言之，是一种强调，并非不主张译诗，他真正想说的是：诗的全部“滋味”是难于用另外一种语言文字表达的，“原汁原味”的翻译尽管有人在吹，其实是没有的，也是不可能有的。

以我对诗的理解以及译过一点儿泰诗的体验，我赞同这种观点。

泰国的诗可以分为古诗和新诗，古诗从内容上说是旧的，从形式上说是格律严谨的律诗，其中又可以分为禅、莱、克隆、卡普、格仑等等。其格式、用词、音韵都有严格的规定。新诗的概念比较模糊，它可以是描摹现实的古体诗，也可以是无韵的散文诗，还可以是各种离经叛道的“创新”形式。

陈长的诗很怪异，姑且把它叫作“图形诗”吧：

人人人人人
人人人人人
人人人人人
人人人人人等公共汽车

这“首”诗好译，无韵，无律，它无诗情却有点“画意”，全诗只消译六个字，之后排个队就行了。庆幸的是诗歌不止这一种，否则诗会绝种的。瑙瓦拉·蓬拍本的诗《小桂河上的一夜》译起来就麻烦了：

小桂河上飘摇着一只竹筏船 / 寂静的森林被抛在了水流的后面 /
穿过高耸的悬崖和峭壁 / 绕过了小岛、急流，拐进了曲曲折折的河湾 /

月亮升起驱散了夜的景致 / 闪烁的银光抚弄着顽皮的水面 /
雾丝在遥远的地方滚动 / 萤火虫给水流和树木涂上了光点 /

在密林深处眺望山景 / 朦胧的暗影覆盖着整个夜晚 / 布罗香树默默地矗立 / 在旷野中忍受着无边的严寒

蝉儿在树上低声吟唱 / 轻轻地抚慰着夜让它安眠 / 鸟儿梦见遥远的花朵发着呓语 / 飘过它们身边的是一条静静的竹筏船

这个图景在我心中织成一幅画 / 每当忆起都能拨动心弦 / 梦寐恍惚中发着呓语 / 这样的夜色何时再能重现

啊，北碧的格隆河水能引发情思 / 回忆会唤回湄克龙河的夜晚 / 别城的湄南河会使人流连忘返 / 可只有你的喁喁细语留在我的心间

译自作者的诗集《语滴》

这是一首律诗，可我找不到汉诗的对应形式。此诗押的是内韵，汉语的内韵在哪？我只能“找”个尾韵。原诗有自己的节奏，而译诗必须重构一个新的节奏。这样一译，诗情、诗意、诗味能保留下来多少呢？高估也就六七十吧，低估也许不及格。

女诗人阿玛拉·詹荣尝试用更加散文化的自由体诗来表达内心的感情。诗行虽无韵脚，但节奏鲜明，富有意蕴，有些诗行甚至只有一两个音节，如：

浓雾 / 静静的海 / 红色的太阳 / 大而又圆
有飞鸟 / 有战舰 / 有椰树的景致 / 有山 / 和 / 打鱼的船

——《寂寞的海》

有些情诗，写得却极冷静，但正因为冷静，才越发让人感到深沉：

今夜 / 属于我的 / 虽然明天 / 将不再来临 / 珍惜 / 这爱 / 刻骨 / 铭心

——《啊，情思》

阿玛拉·詹荣的诗在诗行的排列、节奏的运用、语言的锤炼、意境的营造和一般的自由体诗已大不相同。它在追求一种新的形式的同时，更注重内心感情的真实描绘和“有节制”地抒发，这一点正是她的诗与一般诗人的不同之处。在诗的品位上略高一筹。像这样散文化的诗，译起来损失就小些。而有些诗，像瓦·宛拉扬昆的《香蕉丢了》和《男孩凯达诺和女孩本燕》，诗句通俗晓畅，有韵律，读起来琅琅上口，但译成中文，上述的优点就消失殆尽了，因为所谓的琅琅上口，所谓的意趣，是读泰语时才有的感受，译成中文，不但诗意苍白，音韵的诱惑也没有了。可见诗是和本民族语言联系最为紧密的文学作品，有些可以译出来，有些就译不出来。刘禹锡的《竹枝词》：“杨柳青青江水平，闻郎江上踏歌声。东边日出西边雨，道是无晴却有晴。”后边的两句怎么译？如果必须用一大堆注解去解释还有诗味吗？说诗的不可译难道有错吗？

那么散文是不是译起来就容易些呢？

咱们不必扯远，先从身边的语言说起。汉民族是使用同一种语言文字的吧？然而也有普通话和方言的差异以及方言与方言之间的差异，不但语音、语义有差异，甚至在语法上也有些小差异。这些方言土语都能原汁原味地“译”成普通话吗？恐怕不能吧！也许正因为此，通用语才不断吸收着方言中的精华丰富着自己。“龌龊”这个词是江浙一带的方言，但普通话吸收了它，就比肮脏、卑鄙、下流更有色彩。改革开放以后广东的“生猛海鲜”入侵北京，使北京人的眼睛一亮，因为“生猛”远比“新鲜”“活蹦乱跳”要形象得多，而后者见诸招牌又会贻笑大方。梁山伯不识同窗祝英台女儿身，屡屡旁敲侧击却始终未明白，潮汕人把梁山伯这种傻得很可爱的人戏谑为“呆头鹅”，我看就比北京的“傻乎乎”“傻帽”有趣得多。老乡见老乡还是喜欢说家乡话，为什么？因为家乡话比起普通话对他们说来更亲切，意思表达得更生动更贴切更完美。一个民族的语言文字尚且如此，外语之间的翻译又怎么能“原汁原味”呢？

汉语和泰语同属汉藏语系，语法手段近似，主要靠主语—谓语—宾语词序完成，状语通常置于谓语动词或宾语的后面，时间、地点的状语可置于句首或句尾。给汉语为母语的人造成较大麻烦的是泰语的修饰语是在被修饰语的后面，而修饰语当然包括各种从句，所以不管是口译还是笔译，一个长句子未完是不能翻译的。用简单的话说，译什么都得来个“大掉过”。

两种语言的思维角度也有不同，比如最常用的词语“堵车”，泰语的语义思维是一辆紧贴着另一辆，是主动地“粘”在一起的；而中文的“堵”，则是不通，壅塞在一起，把道路想象为管道和通道。“工作”是最常用的词吧？中文里有劳作、上班、职业的意思。而泰语中做家务也可称为“工作”。如果我们说中国话“我母亲在家工作”，别人绝不会理解为她做家务，而会理解为她做着某种在家可以完成的工作，而且借此取得报酬可以养家糊口。在泰语中“家务”也是可以称为工作的，与收入无关，仅仅是“干活”之意。“寡妇”在中文里指的是死去了丈夫的女人，多少还有点不吉利。而在泰语中离了婚的单身女人也称“寡妇”，并没有贬义。这类例子不胜枚举，这还是两种语言差别最小的名词、动名词，而动词、副词、形容词差别就更大了，这里就不再赘述了。

现代翻译已有不少理论。理论当然很可贵，但现在的理论越来越像是理论家自己的事，翻好翻坏是否和这种那种理论有关，还真是值得存疑的事。我看重的倒是名家译本的范例，这是我们真正的老师。一本名著，不同的译者，倘不“借鉴”“参考”，那真可能一个被译到了天上，一个被译到了地下。胡译、乱译已不是“珍闻”。鲁迅是个语言大师吧？连他都说“翻译并不比随便的创作更容易”，这是他的经验之谈，可见翻译并不该被轻视。文学翻译也不是懂得几句外文就可以干的事。一个译者对他所译的作家、作品不说有研究吧，但起码也应该有较深入的了解，还要有一定的文史知识，了解那个时代的人文特点。这样就不会穿帮，闹出“关公战秦琼”的笑话。

翻译的难处是“带着枷锁跳舞”，这个枷锁就是原作。翻译必须尊重原作，译者无权篡改和增删原文，这是众人皆知的翻译的最基本的原则，否则就不能称其为翻译。翻译是个奶妈，她的最终的目的是养好别人的孩子。最成功的翻译应该是最大限度地展现原作的风貌，又最大限度地能为另一种语言的读者所接受、赏识。

我认为，文学翻译，并不是简单的语言的转换，它是一种打碎了重组的再创造，是限定了条件的再创作。不管你是直译、意译、曲译，抑或是“硬译”，还是“死译”，是一句译成两句还是两句译成一句，这都无关紧要，最重要的是按你的理解把原作者的思想内涵和艺术创造表现出来。然而，翻译又绝不可能等同原文，世间百分之百的事是很少的。茅台酒换个地方造，尽管还是原来那些工匠，还是原来的原料，原来的水，但味道就是不一样了。翻译是不是同一个道理呢？

《魔鬼》是泰国二十世纪五十年代诞生的一部不可多得的现实主义文学名著，作者社尼·绍瓦蓬（1918—　　）是一位职业外交官，他在国外耳闻目睹了“二战”以后的世界现实，看清了历史的发展方向。作品所塑造的一代旧世界的叛逆者对未来充满了信心，因而他们与旧势力的斗争就是居高临下、势如破竹的，有一种痛快淋漓的感觉。中译本的译者陈健民、郭宣颖较好地把握了这一点，把小说的恢宏气势表现得相当充分，这其实就是翻译上常说的总体把握，或者说是翻译上的总体设计。

选译什么样的作品也是需要仔细考量的，译者要有自己的眼光。

西巫拉帕的长篇小说《画中情思》写的是一个贵族女子吉拉娣的爱情悲剧。她美丽温柔、聪明伶俐，然而出身的高贵和家庭的“爱护”却使他变成了笼中的金丝鸟。事实上是被剥夺了爱与被爱的权力。当她三十六岁的时候，等待她的却是父亲的一位朋友——年过半百、老妻新丧、准备续弦的昭坤，让她抉择。摆在吉拉娣面前的是两条路，一条是终身不嫁，老死闺阁；另一条是走出牢笼，和一个与之无法产生爱情的男人结婚。这并不是在幸福和痛苦之间选择，而是在这种悲剧和那种悲剧之间的选择。而吉拉娣与年仅二十二岁的留日学生诺帕蓬在心底里迸发出的爱情则是一个更大的悲剧。因为诺帕蓬的爱是惊羡于她的美丽的干柴烈火，烧过之后就变成了灰烬，而吉拉娣从心底里产生的爱却是一缕生命之火。她在临死的时候留下这样一句话：“我死了，没有爱我的人；但我感到满足，因为我有了我爱的人。”

小说采用的是散文诗式的抒情风格，读起来凄婉动人。

泰国有些评论家认为吉拉娣是个没落的形象，她整天沉溺于打扮，精神空虚，并不是一个值得肯定的人物，这个看法是褊狭的、肤浅的，可以说他并没有真正读懂这部小说，把它当作了一个普普通通的爱情悲剧，忽视了它巨大的社会意义和思想意义。吉拉娣虽是贵族但并不是劫掠别人幸福的压迫者，而是在宗法制度下被禁锢、被牺牲的弱者，她对幸福的渴望和对爱情的追求正是新时代女性解放的曙光在她身上的映照，她内心的矛盾和性格的软弱又是旧时代所留下的印记。她当然不是新女性的典型。但她却是预示着旧时代即将过去，新时代即将诞生的妇女争取自身解放的一个过渡人物的典型，一句话，她是特定的历史转换中的一个典型。这个典型直到如今也还是鲜活的，此书中译本诞生近三十年的时间里也受到了中国读者的欢迎也颇能说明问题。

写作的人都有自己的行文习惯，有成就的作家自然就得称其为“风格”，这当然是个极好的事，文学要新鲜，要奇特，要不同，假如千人一腔，千人一面，那文学还能生存几天？翻译家当然也会有自家的风格，但翻译既然是为别人做嫁衣裳，那就得隐藏一点自我。比如克立·巴莫的小说有幽默、诙谐、夸张的特点，那我们在翻译的时候，就不单是让读者咧咧嘴，而是应该让他笑出来。

克立·巴莫有一篇短篇小说讲了这样一个故事：警察总监銮甘加中校登上阿汶夫人家台阶的时候，他是为了破案的，因为阿汶夫人接连和两个富豪乃朋、乃琪结婚，可两个阔佬都莫名其妙地命丧黄泉，人们风言风语，说阿汶是谋财害命，毒死了两个丈夫，而警察总监的下属却对这个案件无能为力，人们的议论甚嚣尘上，于是銮甘加不得不亲自出马，但一见阿汶夫人和她的家，銮甘加也颇感意外，她家院落整洁，住宅宽敞，房间布置得体；她不胖不瘦，体态适中，雍容华贵，风韵犹存；一样嚼槟榔，她不但没有使牙齿变黑，反而染红了朱唇，使她更加妩媚。开始銮甘加是以鉴赏家的眼光品味屋子的陈设的，后来竟忘记了来意，陷入了"迷惘"之中。他对自己的来意"含糊其词"，而阿汶夫人却揭穿了他的底：警方曾偷偷地检查了乃琪的尸体，但是没有找到任何证据，这就使銮甘加陷入了狼狈的境地。然而阿汶夫人话锋一转，却承认自己有意害死了两个丈夫，銮甘加大为震惊。作者通过阿汶的自述巧妙地道出了她的身世：自幼入宫，烹调技艺高超，回到自己家里时年纪已大，不幸前后误嫁了两个"作恶多端"的坏蛋。她对穷人极为同情，基于义愤，她才"横下一条心，决心除掉他们"，这并不是图财害命，而是为民除害的义举。她用的方法是绝妙的，就是百般殷勤侍候，使两个上了年纪的男人像飞蛾扑火一样在暴饮暴食和纵欲中"自愿"死去。在这个自述中有一大段关于精美饮食的详尽叙述，着意渲染阿汶夫人的聪明才智和烹调技艺的高超。

小说跌宕曲折，最后还有一个喜剧色彩的结局。警察中校不但没能把"凶手"抓走，反而成了她的俘虏，坠入了情网——他也要"死"，这真是令人拍案叫绝的幽默之笔！阿汶夫人的回答更加妙不可言，她先是"哎呀"一声表示惊喜，接着"避开了銮甘加的眼光"，而"好好的饭菜如果吃得适当，是不会有生命危险的"这句话则含蓄地表达她接受了对方的情意。这样的结尾真是绕梁三日，余味无穷！这篇小说的名字叫《厨房杀人犯》。也有的译者把它译成了《饮食杀人术》，我觉得这是值得商榷的。因为这种译法完全破坏了这个清新隽永的幽默故事，消解了悬疑的谜团对于读者的吸引，在不该"抖包袱"的时候，却提前打开了它，"魔术"还怎么演下去呢。

《断臂村》是一篇故事情节奇特却未失之荒诞，夸张的描写并未和主题游离的短篇小说，它嘲讽了竞选中的欺骗伎俩和政客们的背信弃义。

这篇作品的高潮当然是"我"——本松医生在"断臂村"的奇异经历。如果作者单刀直入写这一段，作品就索然无味了，作者通过曲折迂回的情节，用步步深入、充满悬念的笔法，为高潮的到来做了铺垫。

本松在断臂村的奇遇的描写充满了悬念。他一入村就被一只大手卡住了脖子，使本松大吃一惊。"是不是来竞选的"责问更使人摸不着头脑，而围观的孩子一律没有右臂可以说是天下奇观，丁村长的沉默寡言、犹犹豫豫的态度和警告本松医生“只管接生，不要打听闲事”的话，都使人觉得这个村里隐藏着巨大秘密。本松医生为村长女儿亲手接生证明孩子生下来是两臂俱全的，并不是只有左臂的特殊人种。结尾秘密被村长揭开：本村不得不通过一个特别的众议：孩子一生下就要砍下右臂，大家用这种极端的办法抵制竞选，反对拉票，不为任何政客举手。

有人把《断臂村》，译成《独臂村》，我觉得不妥，独臂，只是一只胳膊的意思，左臂没有右臂没有都可以说是独臂，如果这“独臂”恰恰是右臂，你不是正中政客拉票的下怀了吗？再说泰文的原文也是“断臂”而不是“独臂”，小说的篇名都是画龙点睛之笔，是需要仔细斟酌的。

2014 年 7 月 5 日

罗兴典（1934— ），湖南新邵县人。1964年毕业于张家口外国语学院日语系。现任大连外国语学院教授。兼任中国日本文学研究会理事、中日比较文学研究会理事、中外散文研究会常务理事、辽宁省翻译家协会副主席等职。著有《日本诗史》、《简明日汉翻译教程》等。主要译著《爱与孤独》（日本恋情诗集，获辽宁省首届文学翻译评奖一等奖）、《日本战后名诗百家集》、《日本北海道当代诗人佳作集》等。

我译《日本战后名诗百家集》

我在十数年学习、研究与译介日本诗歌的过程中，自感对日本近代（一八六八年明治维新至一九四五年日本战败）诗歌有了一个比较清晰的轮廓之后，便产生了一个新的夙愿，希望对日本战后诗歌能有个系统学习、研究的机会。因为我总觉得那不仅对我而且对我国广大读者都是个巨大而有趣的“未知数”。

想不到这个机会来得这么快。一九九一年初秋的一个下午，我怀揣日本国际交流基金会的邀请函，乘上了大连——东京的“全日空”航班。从此，我作为日本国际交流基金会的特别研究员，住进横滨国立大学国际交流会馆那舒适而设备齐全的201室，在日本现代诗人会会长、横滨国立大学教授小海永二先生指导下，开始入迷地进入我的学习、研究与译介日本诗歌的工作。

经过一番苦读《日本现代诗全集》《现代名诗集》《当代名诗集》……之后，我渐渐对日本战后诗歌的眉目有所认识。数以千计的诗人们的名篇佳作，如簇簇多姿多彩的鲜花，似颗颗光辉璀璨的亮星，充溢着我的脑际。为了把它原原本本地译介给我国的广大读者，我边读边学，精选诗人的代表作，不断地纵横比较，反复筛选，一百余位不同流派、倾向、风格，不同年代、地域的代表诗人、诗作便选了出来。我把它列成目录送给小海永二先生指正，经过他的大力调整、增删，终于选定了一百位诗人的代表诗作，书名也定为《日本战后名诗百家集》。

百位诗人，如何排名次？起初征求小海永二先生意见，他说最好的办法是以姓氏笔画为序。我试着一排，秋色倒是平分了，然而从文学史的视点看，却被打得支离破碎，脉络全无。后改为按诗人生年排序，同年者再接姓氏笔画论先后。这样一排，不仅丝毫不损诗人“秋色”，还发现了诗人的生年，与战后诗沿革基本趋于一致。

关于诗歌翻译，我非常推崇要译出原诗“三美”（意美、音美、形美）的说法。然而，要译出原诗的“三美”，并非易事。我的做法是，在反复读懂了原诗的意思之后，再对原诗的音和形做一番领会，然后下笔。翻译中，着重译出原诗的意美和形美，而“音美”的问题，则全由我的理解和驾驭汉语词汇的能力，尽可能译出适合我国读者口味的节奏和韵律来，以求能使我国读者看则顺眼，读来悦耳，吟之意在其中。对于我的这番苦心，刘德有先生作如是评：“我想特别强调的是罗兴典先生在翻译各个历史时期、各种形式的日本新诗时，从表达意美、形美、音美以及风格、韵味和审美情趣等诸方面所做的有益的尝试和大胆的探索。……读了罗兴典先生的译诗，我觉得他的中日文都有很深的修养和功力。尽管原作的音美是难以译出的，但是他能努力做到用汉语译出的诗具有音美，这是值得称道的。”（拙著《日本诗史》序）

在近五十年的日本战后诗坛，风云变幻，形成了许多流派。本书收录了各流派代表诗人的诗作并加以扼要点评。

当《日本战后名诗百家集》按照这个思路编译完成后，小海永二先生欣然为之作序。他在序中说：“本书对诗人及作品的选择视野极广，并且基于今日的目光来进行，可以说是目前海外出版的现代日本诗集中内容最充实、最令人满意的一本。”得到先生如此中肯的评价，我有如学生作文获得老师满分般地高兴。从这个译本的孕育到面世，整整花去了一年的时间，也是我那次访日的全部时间。在当年的教师节上《日本战后名诗百家集》诗集还被大连外国语学院授予优秀科研成果一等奖。面对诸多赞誉和奖赏，我的思绪又回到孕育这本译诗集的往日……

吕同六（1938—2005），江苏丹阳人。1962 年毕业于苏联列宁格勒大学意大利语言文学专业。曾任中国社会科学院外国文学研究所常务副所长、《外国文学评论》常务副主编、研究员，中国意大利文学会会长、中国国际文化书院院长，意大利语言文学研究国际联合会理事。著有《地中海的灵魂》《多元化多声部》等；译著有《莫拉维亚短篇小说选》《皮兰德娄戏剧集》《意大利 20 世纪诗歌》《约婚夫妇》等，获 1984 年意大利但丁学院荣誉证书，1990 年意大利总统授予的共和国骑士勋章，1990 年蒙德罗国际文学奖，1991 年皮兰德娄奖，1995 年首届陈香梅文学出版奖，1999 年利尼亚诺奖，2002 年意大利总统授予的共和国爵士勋章，2004 年意大利总统科学与文化金质奖章。

文学翻译：一件吃力难讨好的事

人们常常给文学翻译家献上种种美妙动人的头衔，什么现代普罗米修斯，什么中外文化交流使者，等等。不过，这些耀眼的光环，却遮掩不住这样一个客观事实：文学翻译是一件吃力难讨好的苦事。

译家的职责是把一部别民族的文学作品，译成本民族的语言，使之具有文学作品的一切元素。但由于不同民族之间历史、政治、文化、宗教、习俗、性格、心理和语言等的巨大差异和隔膜，译家纵然使出浑身解数，也难以完成这一使命。毫不奇怪，许多意大利和外国的学者、诗人和作家明白无误地，甚至不无讽刺地指出，文学翻译是不可能的；更不用说那句让译家心寒的意大利名言：译者是背叛者！

而时下，文学翻译者恐怕是脑力劳动者群体中最清苦不过的一族。一位资深译家，翻译一部小说（畅销书除外），少则要一年半载，多则耗费数年时光。但回报委实可怜得很。他的学生，甚至学生的学生，若去当口译，日进斗金（美金），却是很普通的事情。而译家苦苦译出的作品，常常会以内容不合国情、没有经济效益为由，被出版社毙掉。译著即便问世，但封面上，图书广告上，往往鲜见译者的姓名。译家被打入了另册。

如此这般，人们便对文字翻译或轻蔑视之，或敬而远之。如今文学翻译人才青黄不接，翻译质量下降，也就是合情合理的了。所以，现今依旧苦苦留守文学翻译这块小天地者，一般都能心境上甘于淡泊，做事上兢兢业业，如老黄牛般劳作着。收入本书的作者想必都是这样的苦行者。

笔者和文学翻译打交道，粗粗算来，已四十年有余。总的感觉就是一个苦字。从来都是小心翼翼，瞻前顾后，不敢轻举妄动。记得第一次发表译作是一九六二年，《世界文学》一、二期合刊刊载了我译的意大利当代著名作家莫拉维亚的短篇小说《橱窗里的幸福》。小说不长，仅四千字左右，但它其实是我此前两年时间里准备和积累的结果。大学三年级的时候，文学作品精读课的老师选了莫拉维亚《罗马故事》里的几个短篇，从语法和语言风格上进行解读，我一下子被吸引住了。莫拉维亚奇妙无比的构思，他在咫尺篇幅里轻松自如地叙事，敏捷地把戏剧冲突推向高潮的本领，自然、流畅的语言，惟妙惟肖的心理描写，让我深深折服。四年级的时候，文学作品泛读课的老师又布置每人选一部小说，每周读六十页，到课堂去复述。我选择了莫拉维亚的《乔恰里亚的女人》，从而对他的长篇也有所了解。文学史课的老师，又对莫拉维亚的整个创作进行了分析。我对这位独树一格的作家兴趣愈加浓烈，于是萌生了把莫拉维亚作为毕业论文题目的念头。五年级的时候，课程很少，主要任务就是写毕业论文，空暇时间较多，我便常去市立图书馆阅览室，阅读他的其他作品和有关的评论材料。一天，在读《瘟疫集》的时候，我内心忽然升腾起一种冲动，便拿出纸张，挑出那篇《橱窗里的幸福》，动笔译了起来。在《世界文学》发表以后，中央人民广播电台文学节目播出了这篇小说，由一位著名演员朗诵。

乍一看来，这篇小小的处女译作好像是不经意间问世的。其实，它的酝酿和完成，包含了两个特点。一是开译前尽可能多地了解和认识所译的作家，译作是这种了解和认识过程的水到渠成的成果；二是从“小”入手，扎扎实实，稳步前进。这两个特点后来贯穿了我的全部文学翻译活动。

我从来没有胆子接过一部陌生作家的陌生作品，不管三七二十一就译起来。大学里扎实的素质教育，研究所里重研究的风气，使我养成了把文学翻译和文学研究有机地结合起来的习惯。研究所里讲究比实力，实际就是比科研成果，比论文和著作。在学术职称评定的天平上，再多的翻译作品放上去，也毫无分量可言，虽然有文件规定，文学经典和文学理论批评翻译算作成果。所以我确定一项研究课题，常常就着手翻译一部与课题相关的作品。我到研究所工作后，曾把莫拉维亚列为研究专题，但因“文革”中断。我后来发现，六七十年代莫拉维亚的小说，已与当年的《罗马故事》大异其趣。挣扎于社会底层的小人物，被在“二战”后“经济奇迹”中得到实惠的资产者所取代，他们经历着日益富裕的物质生活和日益贫困的精神生活的危机，经历着与自我、与周围的人们、与周围的现实的扭曲而非真实的关系，这成为作家着力描写的题旨。“文革”劫难后恢复工作，我便把莫拉维亚整个短篇小说创作列为研究课题，同时准备翻译一部《莫拉维亚短篇小说选》。我阅读了他此前和这一时期发表的八部短篇集，以及相关的论著。这既是研究的过程，又是选材的过程。最后，几经斟酌，挑选了其中的三十篇，用来翻译。

在莫拉维亚短篇的翻译全过程中，研究贯穿其始终。对作家生活其中的社会、历史和文化的深入理解，对作家的人生、思想、情感、审美观和艺术风格的充分把握，是翻译的前提和指导，是翻译质量的保证。而文学翻译，则意味着译者全身心地投入作家塑造的特定环境和人物的内心世界，设身处地，去真切地体验，去零距离地感悟。这样又可以领悟到别人难以体会到的许多微妙的、深层次的东西。因此，翻译的过程，也是研究的过程。文学翻译和文学研究，两者互为依存，相辅相成。何况，从接受的角度看，对于我国读者来说，意大利文学较为陌生；如果某个作家的作品没有译介过来，读者对他一无所知，你的研究再深，也多少有点儿无的放矢。而当作品介绍过来以后，阅读就需要研究者的指点。因此，文学翻译和文学研究应当携手并进。

一九八二年，我发表了评莫拉维亚短篇小说的长篇论文。翌年，我编选和翻译的《莫拉维亚短篇小说选》出版。译作得到了好评。二〇〇二年年底，一家报纸约请国内著名作家谈这一年自己阅读的作品。一位作家说正在重读《莫拉维亚短篇小说选》，认为它很好看，别有一种意味。

《约婚夫妇》是我翻译过的一部长篇历史小说。这部文学经典，系意大利十九世纪大作家曼佐尼的代表作，在意大利家喻户晓。早在六十年代初，它即被列入“外国文学名著丛书”选题。“文革”后，这套丛书全面铺开，由人民文学出版社、上海译文出版社和中国社会科学院外国文学研究所共同主持。编委会约我翻译此书。《约婚夫妇》大约五十五万字，是一幅描绘十七世纪西班牙侵略者统治下意大利社会生活的全景图，一对青年恋人的生离死别，与意大利人民遭遇内忧外患、瘟疫、饥荒的悲凄的生存情状相交织。

我没有立即着手翻译全书，而是采取从“小”入手，逐步推进的做法。小说共三十八章，在翻译的最初阶段，我选择第一章和第九、十章，作为重点，或者说作为试验和检验。第一章写这对情侣的故乡，科摩湖畔的莱科镇的自然风光，充满诗情画意，为各种文学作品选读必收。我反复阅读了这一章，又研究了有关资料，仔细揣摩，觉得译好这一章至关重要。从翻译的层面看，这是小说的开局，译得如何，关系到全书译文的风格走向是否与原著吻合。从文学的层面看，曼佐尼开卷对自然景象的描写，不只勾画出故事发生的环境，秀丽迷人的山山水水中又浸透着作家的爱国情怀；而且，这儿是借景抒情，情景妙合，以景刻画人的精神，曼佐尼由此巧妙地激发起读者的情感共鸣，烘托出生活在这儿的主人公勤劳、温顺、善良、热爱和平的精神品格。有了这样的认识和把握，我又回忆起一九八〇年游览绚丽的科摩湖的情景，用美好的亲身感受，来丰富我的文思。译出第一章，我也获得了一次莫大的审美愉悦，至今难忘。我把其中描写自然景色的几千字抽出来，收入了《意大利散文精华》一书。

《约婚夫妇》第九、十章，作为全书翻译最初阶段的重点，或者说试点，我也是做了一番考虑的。这两章的主要人物是一位修女，她本是贵族之家的千金小姐，但封建礼教葬送了她追求的爱情和幸福，她沦为蒙扎修道院的修女，她的心理和品格严重地畸形了。于是，她又反过来去伤害和虐待为躲避灾祸来到修道院的小说的女主人公。我以为，这两章叙述的内容既是整个小说的情节发展机制的一部分，但其故事又具有相对的独立性和完整性；更为重要的是，曼佐尼对蒙扎修女曲折动人的身世和极其复杂、矛盾的性格，以深厚的艺术功力，予以入木三分的刻画，令人叫绝。《约婚夫妇》全书的情节波澜起伏，曲折迷离，许多人物都有着复杂的、多面的性格。因此，这两章又很有典型意义。把它们译好了，大致上就把握了曼佐尼叙述故事和刻画人物性格两大方面的艺术特征和风格，为全书的顺利翻译铺平道路，按照这样的思路，我以较慢的节奏，开始翻译这两章。我不时停顿下来，在脑海里像放电影似的反复体验小说里叙述得娓娓动人的故事，琢磨蒙扎修女浓烈的悲剧性格。后来，这故事的内容和细节几乎已烂熟于我心，蒙扎修女的形象也几乎鲜活地凸显在我眼前，我用心并顺畅地译完了这则故事。后来《世界小说佳作选》需要稿子，我便把这则可以独立成章的故事取名《蒙扎修女的故事》，拿去发表。嗣后，它被收入好多种外国优秀小说选之类的集子。

由于种种事务的影响，《约婚夫妇》的翻译搁置了很长时间。但因为有第一章和第九、十章的翻译经验垫底，所以，一旦重新开译，就很顺利地译完了全书。

文学翻译虽然是一种苦差事，但是苦中作乐，只有译者体会最深。

绿原（1922—2009），本名刘半九，湖北黄陂人。20世纪40年代就学于复旦大学。曾任人民文学出版社副总编辑，系中国作协名誉委员，中国诗歌协会副会长，国际笔会中国中心会员，国际日耳曼语学者协会会员。译作有《浮士德》《里尔克诗选》《雷丁儿童诗选》《请向内心走去》《拆散的笔记簿》《德国浪漫派》《莎士比亚笔下的女性》《现代美学析疑》《叔本华散文选》《爱德华三世和两个贵亲戚》等20余本。译著《浮士德》获1998年鲁迅文学奖彩虹翻译奖。

《浮士德》和我的中译本

在中国早就听说，一部世界文学史要是不提歌德，便不能称之为完善，而歌德之为歌德，也是懂不了的，如果没有认真读懂他的《浮士德》。一位中学教师还会告诉他的学生们，这位德国文学巨匠和他的这部世界名著，除了中世纪的但丁及其《神曲》和文艺复兴时期的莎士比亚及其戏剧，在欧洲辉煌的文化殿堂里，可以说无与伦比。早在二十世纪三四十年代，《浮士德》在中国就有了两个译本，一位译者是周学普，另一位是郭沫若；到八十年代以后，更有梁宗岱、董问樵、钱春绮等名家的译本问世。这几位前辈的实践经验，对于后学的启发和引导，是值得尊重的。那么，中国读者是不是因此能够顺利地接近《浮士德》呢？

在这个问题之前，有必要回答几个前提性的问题，如什么叫作“世界名著”？它的译本是否可以同它的原著画等号？任何译本是否有权称为“定译”，从而使其后任何复译成为无效劳动？从本质上说，世界名著无例外地是以其真实、深邃的内容和不可替代的精美形式相结合而著称，并能通过不同语种的译本对不同国度的读者产生相应的魅力，虽然未必是原著读者所能感受的那种魅力。既然如此，按大多数情况而论，对于上述后两个问题，就只能回答一个“否！”再说《浮士德》，它和它的各种语种的译本的关系，恐怕也不能超脱这个规律。至于《浮士德》和中国读者之间的固有距离，也就未必会因新译本的一再出现而有所缩短了。这样说，决非意味着对任何译者的不恭，而是由于翻译功能的极限使然，再优秀的翻译都只是对于原作的近似而已，这是世界各国的专家学者们所公认的。进一步观察，《浮士德》在中国一再出现新译本，倒不一定是过去的译本相形之下如何低劣，而后来的译本在质量上又提高了多少，似乎还只能归之于几十年来读书界的审美趣味发生变化，使有关译本的更新成为不可避免。

我之有意在《浮士德》的许多中译本之间添加一个新译本，更没有也不敢自以为后来居上，不过是在八十年代，由于业务需要，对照原文读了几部《浮士德》的中译本，无意发现和以不可争辩的事实为基础、受制于既定的方法系统的科学不一样，文学并不宣布任何可以通用手段加以证实的真理，它只是以个人感情为凝固剂的语言结构，通过比传递一条信息或知识复杂得多、也隐晦得多的方式，向各种读者产生潜移默化的影响。对于这种被称为“作品”的既成客体的理解和阐释，不但在作者和译者之间难以找文学翻译原来存在着相当大的选择自由，包含不少值得一试再试的可能性。到完全一致的绝对根据，在译者和译者之间由于在情绪上与原作相沟通的渠道各不相同，更只能是仁者见仁，智者见智了。这就是说，文学翻译以其高度的主观性，完全不同于受制于固定逻辑、须以标准的翻译方法处理的科技翻译，因此文学名著的复译不但不是多余的，反倒是为了从多方面认识这部名著而不得不加以提倡的了。正是这样，我当时便接受了工作单位向我提出的更新一下《浮士德》的译文的建议。

对于普通读者，《浮士德》实在不是读一两遍就读得懂的。这部名著不但在内容上远比一般作品博大精深，涉及哲学、神学、神话学、文学、音乐等多方面的知识，在形式上还包含着各种错综复杂的手法，如抒情性、描绘性、叙述性、议论性等多种风格，涉及希腊悲剧、中世纪神秘剧、巴洛克讽喻剧、文艺复兴时期流行的假面剧、意大利的行会剧以及英国舞台的现代演技等等。为了完善这些五花八门的体裁和风格，本剧几乎运用了所有已知的西方诗歌格律，如第一部有押韵对句体、自由体、颂诗体、合唱体等等，第二部更添加了八行体、三行隔句押韵体、三音格体等等。正是这样，在任何译者面前都少不了出现这样一个难题：翻译《浮士德》这部内蕴坚实、结构繁复的巨著，究竟应当如何着手呢？

据管见所及，《浮士德》的英译本不下二十部，其中韵文体以贝亚德·泰勒（Bayard Taylor，1825—1878）的译本著称于世，而亚伯拉罕·海沃德（Abraham Hayward，1801—1884）的散文译本，虽被他的对手讥为“把音乐译成语言的译本”，却由日籍英语专家小泉八云（Lafcadio Hearn，1850—1904）品评为与菲茨杰尔德（Edward Fitzgerald，1809—1983）的波斯名著《鲁拜集》英译本齐名的“伟大译品”之一。就“信、达、雅”原则来说，这两个译本各有千秋，而后者更能使不懂德语的英语读者读懂了《浮士德》，据说却是不争的事实。附带说一下，海沃德的译本只包括原著的第一部，这个令人遗憾的缺陷可能在于英国人的兴味不在形而上学方面。

那么，面对这两行分道扬镳的先行足迹，中国译者将应何去何从呢？作为《浮士德》的中译者之一，我想直白地谈谈自己对于这两种翻译方法的选择过程。首先，在青年时期，对这部名著怀着高山仰止的虔敬心情，拜读了当时出版的它的一个中译本。尽管有译者的大名和他的老练的译笔做保证，我还是得硬着头皮才把它读完，只因那种显然未必符合原著格律、更与中国诗词传统大相径庭的韵体译文，慢说没有让我多少体会到原著应有的艺术美，就其深奥的思想内容来说，更令我有宝山空返之憾。当然，也要怪我年少学浅，审美力太差，还不配读这部巨著吧。于是，向一位年长的朋友求教，问他对于这个译本的意见，想不到他也摇摇头，说“读不进去”，又说“《浮士德》还没到中国来”。这时，我虽还没有自己来译一本看看的狂妄念头，却对眼前这种翻译方法开始隐约地产生了怀疑。其次，到了中年，懂得一点德文，便如前所述，对照原著读了几个中译本，想不到它们也都是各显其能的韵体。对于这些韵体译文（或称分行诗体），我逐渐有了比较具体的看法。这几位严肃认真的译者，试图利用在语法上与原著（指德语）南辕北辙的一门“外国语”（指汉语），来复制原著如此坚实的内蕴和如此繁复的结构，争取从内到外与原文保持完全一致：这种进取精神固然可佩，其结果却未免令人感到失望。其实，原因很简单：任何文学作品的艺术性，离开作者用以进行创作的母语，是不可能保持原件的风韵而被欣赏的；换言之，那种与原著语言密切相连的艺术性，是根本不可能靠陌生的“外国语”来传递的。难怪德语诗人里尔克把文学翻译形象地比作“用其它金属来炼‘金’的炼金术”，这样炼出来的“金”虽然也可闪闪发光以自炫，它之不是金，只要和真金即原著摆在一起，比较一下，很容易分辨出来。最后，按小泉八云的推荐，接触到海沃德的《浮士德》的散文英译本，我对按照原著格律亦步亦趋的韵体翻译方法便有更明确的看法：原来那是一条吃力不讨好的走不通的道路。小泉八云的原话是这样的："……译文应当尽可能在英文允许的范围内接近原著的形式。总之，我们应当从译文获得原著的精神，而不是它的字面意义。能够做到这一点的人很少。法国人在文学知识和文学实践上也许要比其他任何民族更先进，他们早就认识到，把诗译成诗只能是少数人的特权。所以，他们译外国诗，明智地采用散文体。英国人则乏味地保持以韵体译诗的习惯，迄今不变，其结果就是每年有大量的韵体垃圾灾梨祸枣……虽然歌德在英美已有许多英语译本，我们仍然宁愿阅读由布赫海姆校订过的海沃德的《浮士德》散文译本……"(摘自《东京帝国大学英语文学演讲录，1896—1903》)

与此同时，我认识了但丁的《神曲》的散文译者田德望教授，便就上述翻译方法问题向他请教。田教授是德语和意大利语专家，他很谦虚地告诉我，他"不懂诗歌创作，所以只好用散文来译"。从这个与小泉八云不谋而合的答案我体会到，原著的艺术性的韵体传递既然几乎不可能，何妨退而求其次，干脆老老实实用散文来译，争取把原著的思想精华多少翻译出来，对于不懂原文的读者，倒不失为一点"实惠"。于是，我在动手翻译之前，逐渐坚定了自己即将采取的这个具体做法：原著的大部分叙述性和议论性章节，对于一般读者，理解重于感受，均可直接译成散文，以便注意力摆脱陌生的韵体格律的干扰，能够如实而完整地接受和掌握原著的本事、情节和主题思想，虽然一些抒情性段落在不妨碍读者完整理解的情况下，以适当的韵体译出也未尝不可。基于这个见解，我的《浮士德》中译本除很小一部分保持分行韵体以显示其抒情性质外，基本上把优先权让给了散文体，却也并不回避音韵上的某种偶合。这样做的目的不在于争取什么艺术效果，但愿失之东隅，收之桑榆，多少帮助读者通过比较顺利地阅读，懂得一点作者花六十年光阴向人类宣传的浮士德精神。究竟能否达到这个目的，尚待方家加以评断。

一个理想的译本之所以被评为"理想的"，据说在于它能驱遣读者对译本的流连，促使他对原著产生"一窥全豹"的欲望。这个悖论，我以为，恰可换成中国古哲庄周的一个说法：好译本应当鼓励读者"得鱼而忘筌"。把译文和原著比作"筌"和"鱼"，倒也不是玩弄辞藻，而正是歌德为文学翻译所树立的标准，不过他是这样说的："译者应当被看作是职业媒婆，她们把一个半遮面的美人向我们满口称赞，挑起了对于原著的不可遏制的渴望。"鉴于思想内容和艺术质量并存于一个有机整体中，《浮士德》在中国，要从过去的"媒婆"们把她遮掩一半的面纱后面走出来，还须借助几代翻译工作者的共同努力。能够参加这场预定追寻《浮士德》的精华的接力赛，我将感到非常荣幸，尽管我的译本很可能被未来的读者视作用过了的“筌”而加以抛弃。一九九八年鲁迅文学奖的翻译彩虹奖授予了我的《浮士德》译本，除了是对我个人的继续努力的鼓励，实际上还反映了中国读者对于《浮士德》终归会适应中国的精神水土的一份热望。

《浮士德》适应中国的精神水土的一个前提，在我看来，是读者对于为全剧主题思想提纲挈领的《天堂序曲》的确切理解。与《旧约·创世记》认为人类是出自泥土又复归泥土的被动生物相反，歌德笔下的“天主”肯定人类永远不断前进，不断犯错误，尽管在“迷津”中一再延误，最后必将抵达清明的境界。“魔鬼”梅菲斯特反对这个见解，竟至跟“天主”打赌，要求允许他下凡，去哄骗以浮士德为代表的人类走上满足、怠惰、堕落的道路。“天主”对人类的本性抱乐观的态度，以一笑答应了“魔鬼”的这个阴谋，因为他想让梅菲斯特作为人格化的恶，与浮士德作为人格化的善相对照，亦即前者作为后者的自我完善过程之不可避免的对立面，让他们两人共同上演一出有声有色而又可歌可泣的严肃游戏与艰险人生合一的悲喜剧。

在第一部里，浮士德在中世纪的书斋里苦思冥想，得不到任何有价值的成果，绝望到几乎求救于服毒自尽。复活节的钟声使他想起天真的童年，觉悟到长青的生活比灰色的理论更有用，他于是放下毒杯，决心重新生活。按照与天主在天堂的赌誓，“否定的精灵”梅菲斯特出场了，他将引导浮士德进入感性人生的变化多端的经验世界，条件是以后者的灵魂作抵押，假如他对最奇妙的瞬息发出了一声赞叹。不出天主所料，浮士德坚信自己自强不息、百折不挠的进取精神，向魔鬼发誓，他决不会苟且偷安，沉湎逸豫，决不会停止追求高尚的目标。于是开始了一场诱惑和反诱惑的庄严的斗争。

正如长河的源头可能只是一滴水，第一部的“斗争”只限于大悲剧的主角和可怜的少女格蕾琴的一场平凡的爱情悲剧。与第二部的悲剧情节相比，这场悲剧只可称为以封建统治下的市民社会为基础的“小宇宙”，并非源于对某种难以满足的非分欲望的主观追求，它是由她的真实的平民身份和他的假托的贵族身份之客观的不可改变的对抗促成的，自然而然的结局就是随着他的性格发展而来的她所蒙受的始乱终弃的命运。

比小宇宙更复杂，第二部作为“大宇宙”。其基础分别为充满神话和传说的希腊古代，繁华而冗杂的中世纪时期，以及资本主义社会的早期，通过浮士德一一经受的政治的、经济的、审美的、社交的生活经验，体现了一系列意义重大的相继不断的追求和失望。浮士德首先在宫廷追求到功名利禄，随即发现自己堕落到与谗佞小人为伍。然后他追求到象征古典美的海伦，却又由于她的烟雾化而深感幻灭。最后他重新振作起来，从事筑堤拦海，以求扩大建设面积，造福人类。不幸他到一百岁，被“忧愁”吹瞎了眼睛，把“幽灵”们奉命为他掘墓的铁锹的铿锵声听成筑堤的声音，误以为他的集体福利事业即将完成。正当他沉迷于这个幸福的前兆之际（“我真想看见这样一群人，在自由的土地上和自由的人民站成一堆！”），他不由得对着将要逝去的瞬息赞叹道：“停留一下吧，你是多么美！”由于与梅菲斯特所订契约的魔力，他的身体随即颓然倒地，感谢天使们的拯救和超度，他的灵魂并没有堕入魔鬼的手中。于是，幕布在古今观众无不为之茫然的神秘合唱中缓缓垂落了。

《浮士德》在作者笔下是以“一部悲剧”的副题问世的。其悲剧涵义，对于一般读者，可谓莫衷一是。首先，主人公皓首穷经一辈子，终于一无所获，似可称为知识的悲剧；其次，他爱格蕾琴，实际上却害了她，又可称为爱情的悲剧；第三，他无意长久伺候统治者，也可称为政治的悲剧；第四，海伦的萎谢证明美之不足恃，更可称为美感的悲剧；最后，他所实现的并不是他希望造福于人类的宏愿，而是他以灵魂向魔鬼作抵押的契约，故亦可称之为事业的悲剧。尽管以上论点个个貌似有理，但是毕竟不能忽略更重要的两点结局：一方面，浮士德是带着实现公共福利事业的信心，而不是满足于或屈服于个人的享受和逸乐，才倒下的；另一方面，梅菲斯特尽管在与浮士德的赌赛中取得有利的地位，但眼见浮士德的灵魂在天使们的护卫下进入了天堂，他终于丧失了他所热望的赌注，因此更没有理由自称为与天主打赌的胜利者。由此可见，《浮士德》的悲剧涵义不可能按照一般的概念来理解。

在《天堂序曲》中有两条著名的箴言，一条是“人只要努力，犯错误总归难免”。这表示天主对于人类犯错误的理解和容忍；另一条是“一个善人即使在他的黑暗的冲动中，也会觉悟到正确的道路”。这说明浮士德在作者眼中为什么会得救。看来只要人类能够按照天主的指示，正确处理犯错误和努力之间的关系，这两条箴言将永远赐予他们以希望、信心和勇气。按照歌德当年流行的宗教观念，人类的拯救既不能只靠个人的努力，也不能只靠上天的恩赐，而是需要二者结合起来，才得以实现。自不待言，这个旧式的“结合”论，久已成为陈词滥调，今天无疑应当换成另一个说法，那就是人类的主观努力和客观的自然规律的一致。我希望我可以这样说，《浮士德》作为“一部悲剧”，绝不止于以简单的讽喻方式，儆戒人们为庸俗的利益和愚蠢的享乐，去拿自己的灵魂做交易。浮士德同意和梅菲斯特打赌订约，在积极的意义上，应当看作前者代表人类不断奋发进取的主动精神，向后者所象征的怀疑与否定所进行的一种反拨性的“挑战”。或者不如说，梅菲斯特实际上意味着浮士德的肉体和灵魂所固有的一个对抗性的共生成分，犹如连体双胞胎一样难解难分。在这两个共生成分之间永远存在着不可调和的斗争，其中永远奔腾着一股动荡不息的精神力量，时而攀登生命的险峰，时而顽强抵制其难以并存的共生物对它所进行的种种诱惑，诱惑它沉迷于满足、怠惰和堕落。那么，作者让天主安排梅菲斯特下凡，与浮士德结交往来，从这个造型意图的定性分析来说，在积极意义上把所谓“魔鬼”看作一种助催化剂，似乎比在消极意义上把它看作腐蚀性的破坏者，更足以证实浮士德面对一切疑惑、考验和磨难所具备的抗力、耐力和毅力。如果这个见解可以接受，梅菲斯特不但不再是恶的化身，而应是善之为善的相辅相成的必要条件之一。从人类社会漫长的发展史来看，浮士德和梅菲斯特的成功的合作，似乎意味着人生达到了完满的境界。其实不然。对于《浮士德》所解说的“人生”，完满的境界是永远也达不到的；浮士德死前所赞叹的那个绝妙而庄严的“瞬息”，也算不上暗示了人生的目标所在。一个人所能展示的毕生功绩，抽象地说，无非是自强不息、坚持不懈的创造性生活本身，或者一个百折不回、一往无前的进步过程本身。只有永远追求高尚目标、在追求过程中脚踏实地的人，才在广义上值得接受大自然的报酬。正是这种人生观，才把浮士德从梅菲斯特一再发动的胜负未卜的挑战中拯救出来，从而赋予他的悲剧一种鲜明的乐观主义的色调。

《浮士德》的深远启示，在十九世纪，对于研究人类未来与理想生活方式等重大问题的学者们，是十分动人的。到二十世纪，人类经受了严酷的考验和旷世的幻灭，许多知识分子对于行动和进步产生严重的怀疑，《浮士德》的巧妙的和解结局逐渐淡化了它原有的魅力。然而，歌德关于两个灵魂之间的斗争的寓言，并没有丧失其内在的积极意义。对于现代人类，所谓“斗争”将不再发生在尘世的物质欲望和上天的精神圣洁之间，而是发生在一部分人为了向善的追求和创造所作的自我奉献和另一部分人否定自我奉献所表现的玩世不恭之间。以二十世纪中叶的中国为例，六七十年代“革命”清教徒们所依附的噩梦似的迷信，如知识越多越愚蠢，或者越追求知识，道德上越堕落，或者简直就是知识即罪恶，直到八九十年代，歌德本人广博而深厚的人文主义的自我完成，及其他类似伟大典型，重新被介绍、被阐释、被传扬之后，那些迷信才一一被驳倒而为新生代开辟了为做人而求知的正轨。当代现实的变化和发展将重新使歌德的这部杰作，作为伟大的科学神话之 ，有可能被广泛地接受。它将以放之四海而皆准的浮士德精神鼓舞人类，在自身内外的艰难险阻中大步向前，走向他们的精神眼界日益明朗、日益接近的无限范围。

潘庆舲（1931— ），江苏吴江人。1948 年考入国立浙江大学攻读外国文学。上海社会科学院文学研究所译审、教授，英国文学研究中心副主任、中国外国文学学会东方文学分会理事、中国作协会员。长期致力于东西方文学翻译与研究，译著有美国文学长篇名著《大街》《巴比特》《嘉丽妹妹》《珍妮姑娘》《美国悲剧》《金融家》《哈可贝莉·费恩历险记》《瓦尔登湖》等八种，连同波斯文学译著及其他译著总共二十余种。2000 年获伊朗总统哈塔米亲授杰出学者奖。2002 年获中国译协授予中国资深翻译家荣誉称号。

译事甘苦

我从一九四八年考入国立浙江大学，攻读外国文学，仿佛就跟文学翻译结了缘。建国初期，译介欧美文学，显然非常不合时宜；但我总算还有幸译介波斯文学，填补国内空白，出了十来种著译，颇受学界重视，屡被外国文学论著转述引证，其中部分译著被北大等高校选入东方文学教材。季羡林先生曾对我说：“国内译介波斯文学，你有开创之功！”后来，我应德黑兰大学校长邀请赴伊朗访问，有幸在德黑兰纪念诗圣菲尔多西《列王纪》竣稿一千周年世界大会上宣读了论文，并将部分译著献给世界大会。二〇〇〇年伊朗哈塔米总统向中国波斯语言文学界有杰出贡献的学者颁奖，以及二〇〇二年中国译协颁发中国资深翻译家荣誉奖状时，没承望本人均忝在受奖之列，虽然不免有所惶悚，但亦足以告慰平生。

说到文学翻译，个中甘苦，自然深有体会。文学翻译具有艺术性，好的译品无异于创作，但有时反而比创作还难。创作写自己最熟悉的生活，如无把握，完全可以躲开，另辟蹊径。翻译直面异国风土人情，可谓包罗万象，无奇不有，碰上难点，躲也躲不开，绝无退路。“一名之立，踌躇旬日。”为了找到合适、妥贴、恰到好处的字句，整天价寻寻觅觅，字斟句酌，反复琢磨推敲，原文有时过于简洁，译文如不增字很难达意，有时又过于繁杂，译文只好删繁就简，以便一目了然，有时甚至从梦中偶有所得，立时披衣而起，抢时间写下来，唯恐这一点点灵感转瞬即逝，直到此刻心里才踏实。

译事三难：信、达、雅。这话大体上没有错，不过，“信”应该置于首位、切不可把三者等量齐观。“信”——忠于原著，是底线，出了线，译文肯定走样、变味。“达”“雅”在“信”的基础上才得到充分完美体现。特别是译经典作品，断断乎离不开“达”“雅”，否则就像一杯色香味俱全的碧螺春变成了淡而无味的白开水。因此，译经典不妨讲究一点“达”“雅”，富有文采，尽可能满足读者审美情趣与艺术享受。一个多世纪以来，译坛先贤已为我们树立了光辉榜样。我想，一代又一代读者从他们不同凡响的译品中受益匪浅。

远在大学阶段，我就有志于译介美国文学，特别是二十世纪二三十年代美国文学繁荣时期的一些杰作，在我国长期空白，但直到七十年代我才有重点地选译，截至目前，已出版了有定评的美国文学长篇名著八部，约三百八十万字。至于我之所以翻译德莱塞的四部小说（《嘉莉妹妹》《珍妮姑娘》《金融家》《美国悲剧》），除了德莱塞是美国现代小说的先驱，与海明威、福克纳并称为美国现代三大作家，而且德莱塞又是“美国小说家中最富有美国气魄的……有过一个时期，他就是美国文学中唯独一位堪与欧洲文学大师相提并论的美国作家”（批评家理查德·林杰曼评语）。余外又是跟包文棣先生的鼓励与支持分不开的。众所周知，包文棣先生（笔名辛未艾）是中国著名资深翻译家，毕生致力于译介俄国大文豪别林斯基、车尔尼雪夫斯基、杜勃罗留波夫与赫尔岑的专家权威，同时又是一位学者型的编辑家、出版家。他不但学识渊博，而且富于战略眼光，在上海长期主持外国文学编辑出版工作，特别热心介绍世界名著，业绩卓著，曾为上海赢得“半壁江山”的美誉。他又是“文革”后成立的上海译文出版社主要创办人兼总编辑，据说“译文”这个社名就是他给取的。通常外国文学作品被看作是了解世界的一个窗口。三十多年前，“四人帮”刚垮台后不久，人们急欲打破长期闭关形成与世界隔阂的状态，千方百计寻摸过去莫须有列为禁书的外国小说，一时间出现了“书荒”。这时，包文棣同志就打算重印德莱塞的《珍妮姑娘》《嘉莉妹妹》《金融家》旧译本，以济燃眉之急。他怀着对广大读者认真负责的态度，请我费神对照原著看看是否需要稍加修改，提高一下质量。他说明最好是在版子上挖挖改改，字数不增不减，就是说，要改几个字就挖几个字。而这部《珍妮姑娘》的译者是一位闻名遐迩的学者，中英文造诣俱深，自不待言，我想，也许他的主要精力是做学问，著书立说，在他看来，翻译这类雕虫小技只属聊以自娱罢了。总之，对于前辈学者，如今我们也断断乎不能过分苛求了。不过话又说回来，文学翻译一经原文对照，是非立时一清二楚，绝不含糊。比如《珍妮姑娘》里写到引诱珍妮的那位参议员，原文说他是个 Jenior Senator，又说此人年近半百。旧译未深究 Jenior 一词原意，似乎望文生义，草率地译作“年轻的参议员”，显然不合原意。Jenior 一词固然有年轻人之意，但此处专指“年资较浅”或者“资历不深”，亦即说明这个参议员任职资格尚浅之意，不管他实际年龄有多大。事实上，在美国政界，年轻人断断乎当不上参议员。所以，旧译译成年轻的参议员，显然不准确，违悖原意。反正类似以上浅显的错误实在不少，当时，我一边对照原著审读，一边不免有些技痒，自己就随手重译了一遍，事后译稿几乎束之高阁。过了好几年，人民文学出版社向我约稿，我就把拙译《珍妮姑娘》送去，结果先后被列入该社《二十世纪外国文学丛书》、《世界文学名著文库》（精装本）出版，多年来一直在重印，反映不俗。我在译述美国名著时，老是记着叶圣陶先生所说的好的文章可以朗读（大意）这句名言。所以说，我对原著中几乎每个句段都十分在意，力求琅琅上口，念起来如闻其声，如见其人。我觉得通过这样译文，仿佛原著者在向中国读者娓娓动听地谈心，让他们跟小说的人物情境交融在一起，从而增加艺术感染力。我想，但凡细心一点的读者在读拙译时不难有所察觉。在这里，我非常敬佩著名中国资深翻译家汤永宽先生，他慧眼独具，立论公允，不久前在评论拙译《珍妮姑娘》时就指出：“译文朴素可诵而不事雕饰，非常切合原著现实主义风格。”端的是一语道破。再有，著名外国文学评论家孙梁教授生前所写的一篇题名《各领风骚后来居上》的文章，曾对拙译《大街》对照原著作过透彻的剖析，同样也看出了译者的“巧思”，这篇耐人寻味的文章仿佛对拙译做了简评，那我也就用不着再絮叨了。

记得二十世纪八十年代末，包文棣先生多次诚邀我翻译《美国悲剧》，其时，我已译过好几部美国长篇名著，深知德莱塞这部鸿篇巨制，乃是描写“美国梦”小说中的佼佼者，非同寻常，颇有难度，但被老友包公高瞻远瞩、热心介绍国外名著这种执着精神所感动，只好勉为其难地接受下来，仅凭包公老友一句话，连合同都不用签。开译之后，个中甘苦，难以尽言，反正三易寒暑，始告竣事。如今好多事已记不真切，只好随便举例说说。比如，《美国悲剧》头一章头一句，原文是：Dusk—— of a summer night。可谓言简意赅。有人译作“一个夏夜的黄昏”。从英文字面上来说，好像并没有错，但仔细想一想，作为中译文，不免有些生硬、拗口，层次感也不分明，我想，至少中国人决不会说（或写）这么一句别扭的话。Dusk 固然有“黄昏”“薄暮”之意，但原著者开宗明义、刻意渲染整部小说悲剧意识的氛围，似乎在中译文中没能充分表达出来。因此，我不揣浅陋，就把这句点题的话译成“暝色四合的一个夏日夜晚”，好歹将它的悲剧色彩给烘托出来了。我国译坛著名文学翻译家吴劳先生，平素十分讲究译文，批评劣译也是毫不客气，可是听说当时他一见到上述拙译以后却颇有好评，使我不由得感到十分欣慰。在这里，我绝不同意有人认为某些外国作品中文不好翻译的消极看法。恰恰相反，我在半个多世纪实践中，深深地体会到：我们汉族语言文字该有多么生动活泼，多么丰富多彩，多么富有魅力！看来在参透原著的旨意基础上，只有熟练掌握我们母语这一强大武器，才能绘声绘色、惟妙惟肖地使外国文学作品成为译苑中的极品。

钱春绮（1921—2010），江苏泰州人。1946 年毕业于上海东南医学院。曾从事医务工作十余年，后弃医从事文学翻译。主要译书有：《德国诗选》、《尼贝龙根之歌》、《歌德诗集》、《浮士德》、《歌德叙事诗集》、《歌德戏剧集》、《席勒诗选》、《海涅诗集》、《尼采诗选》、《查拉图斯特拉如是说》、《法国名诗人抒情诗选》、波德莱尔《恶之花·巴黎的忧郁》等。上海文史研究馆馆员、上海翻译家协会会员、上海作家协会会员。1997 年获中国作家协会鲁迅文学奖——全国优秀文学翻译彩虹奖荣誉奖。2001 年中国翻译工作者协会授予资深翻译家荣誉证书。

我为什么要重译《查拉图斯特拉如是说》

弗里德里希·尼采（1844—1900）被托马斯·曼称为“十九世纪最伟大的哲学家之一，而且是思想王国最无畏的英雄之一”。在他的大量著作中，《查拉图斯特拉如是说》是一部博大精深的智慧书，又是最广为人爱读的“具有魅惑力的”（faszinierende）散文诗式文学名著。例如在第一次世界大战期间，人们从战死的德国士兵有限的随身携带的遗物中往往发现藏有本书，而美国的剧作家奥尼尔则把本书当作《圣经》一样背诵。在世界各国都有多种译本，而在我国，早在一九二〇年，鲁迅就曾用文言节译过本书序言的前三节，以后又有茅盾、郭沫若等人译过片断。全译本在新中国成立前出过三种：徐梵澄根据德文译的《苏鲁支语录》（1936 年商务版，1997 年第 4 次重印），雷白韦译的《查拉杜斯屈拉如是说》（1940 年中华书局版，以后未见重印，根据何种文字译出，没有说明），高寒（楚图南）根据英译本转译的《查拉斯图拉如是说》

(1947年文通书局上海第一版，以前大概在贵阳出过，新中国成立后又由其他出版社重印过几次)。既然已有过三位大家的译本，我为什么还要重译呢？一句话：就是要在译本中附上大量译注。因为新中国成立前的三种译本，一条译注都没有。

本书原文虽然句子简短，没有德文著作中常见的那种连环套式冗长的复合句，但却富含深意，绝非一看就懂，而且有许多晦涩之处，就连德国的学者也感到捉摸不定。有一次，颇受尼采赏识的年轻的哲学家亨利希·封·斯泰因博士曾对尼采说，他对尼采的《查拉图斯特拉》一句也不懂。尼采却回答说，这是正常的，懂得，就是说，体会出其中的六句，就把人提高到比“现代”人所能达到者更高一段的凡人的台阶。

既然如此难懂，要把它译成另一种语言，当然也更不容易了。《英国百科全书》的《尼采》条曾说奥斯卡·利维编辑的十八卷《尼采文集》英译本中“含有各家不可靠的（unreliable）翻译”，也就是说，尼采著作的英译并不尽是可靠的。日本的翻译家冰上英广在他译的本书（岩波文库版，1970年初版，1985年18次重印）卷后的《解说》中说他在翻译过程中曾花了五年的岁月在东大比较文学比较文化大学院把奥比埃版本书的德法双语对照本做了仔细的精读。本书在日本早已出版过多种译本，而这位重译者还要花如此大力气，其中的甘苦也就可想而知了。

正由于如此，就有些尼采研究家们写过好几部评释本书的专著，如G·瑙曼的《查拉图斯特拉评注》(4卷本，莱比锡，1899—1901)，H·魏歇尔特的《查拉图斯特拉评注》(莱比锡，1922)，A·梅塞尔《尼采的查拉图斯特拉注释》(1922)，S·维滕斯的《尼采〈查拉图斯特拉〉中的语言艺术》(不来梅，1957)。此外，还有发表在杂志上的、对本书进行专题研讨的论文，如《尼采〈查拉图斯特拉〉中的反论风格》、《查拉图斯特拉中的善与恶》、《查拉图斯特拉中的鹰和蛇》、《查拉图斯特拉和驴子》等等，文献资料之多，真可谓汗牛充栋，可惜笔者身居国内，与德国远隔重洋，只好望洋兴叹，无缘一一拜读了。

现在就事论事，言归正传。尼采出生于基督教家庭，他的父亲、祖父和外祖父都是路德教牧师，母亲和两位姑姑也都是虔诚的基督教徒，他少年时代又曾在教会学校普福尔塔学院受过严格的宗教教育，所以对《圣经》应当是背得滚瓜烂熟的。他快笔写成的本书，虽假托古代波斯国教拜火教之祖琐罗亚斯德(亦称查拉图斯特拉)之名，实则与拜火教无关，倒是跟六百年后出现的基督教有千丝万缕的关联。事实上，尼采是一个背叛家庭的反基督教人士，他模仿《圣经》写成本书，并非为了宣传基督教的福音（尽管他把本书称为“第五部福音”)，实则是僭用古人之名对基督教教义进行批判和抨击（查拉图斯特拉之灵如果有知，应当控告尼采侵犯他的姓名权）。由于模仿《圣经》，就必然要引用《圣经》中的语句和词汇。例如“经上说”“史书上说的”“凡有耳的，都应当听”等，都是《圣经》上常见的用语，尼采信手拈来，顿生妙趣。又由于尼采是反基督教的，所以他在引用时，往往采用戏拟（Parodie）和反讽（Ironie）手法，也就是说反其意而用之。例如《圣经》上说“施（予）比（领）受更为有福”(《使徒行传》20，35)，而尼采却说“我不知道受取者的幸福；我常常梦想着，盗窃一定比受取还要幸福”(《夜歌》)。又如《年老的和年轻的女人》一章中说“因为一切事，在女人，没有做不到的”，这句话是化用《圣经》语句“因为一切事，在天主，没有做不到的”(《路加福音》1，37)。这里要顺便说一说，这一句在《新约全书》中是这样译的：“因为出于上帝的话，没有一句不带能力的。”前者译成“一切事”，后者译作“话”，是不是有误译之嫌？否，此字的希腊语原文 Ṕη̋ma 是个多义词，有说话、命令、道理、事等意。尼采引用的《圣经》是路德译本，我也应该根据中译本《圣经》照抄，不可妄译。我国通用的是圣经公会印发的《旧约全书》和《新约全书》，另外还有天主教徒使用的思高圣经学会译释的《圣经》、上海土山弯印书馆印行的《新译福音初稿》(1956 年 4 月再版)、天主教上海教区印行的《新经，上，四福音》(1986 年)。由于各译本译文常有不同之处，我就在这四种译本中选择跟尼采引用的经文最贴近的译文了。

尼采也爱引用古今大作家著作中的典故。例如《赠予的道德》中有一节说：“你们尊敬我；如果有一天你们的崇拜垮掉了，那会怎么样？当心，别让一尊倒下的雕像把你们砸死！”这段话典出亚里士多德《论诗》1452a：“例如阿耳戈斯的弥堤斯雕像倒下来砸死了那个正在观赏雕像的、杀害弥堤斯的凶手”。《文化之国》中说“我情愿在冥府里当个临时工，跟过去的亡灵们在一起”，典出荷马《奥德赛》第 11 歌 489—491 行，奥德修斯在地狱里见到阿喀琉斯，羡慕他死后在地狱里统治亡灵，后者却回答他说情愿活在世上当雇农而不愿在冥府当亡灵们的主子。《诗人》中说“唉，天地之间有许多事情，只有诗人们才梦想到的啊。”戏改莎士比亚《哈姆雷特》第一幕第五场那句常被人引用的名言：“天地之间有许多事情是我们的哲学所梦想不到的。”《在幸福的岛屿上》中说：“一切不灭者不过是比喻！”戏改歌德《浮士德》第二部结尾“神秘的合唱”的诗句：“一切无常者，不过是比喻。”

尼采又常爱引用成语、谚语而加以戏改。

例如 Der Mensch denkt，Gott lenkt（英语：Man proposes，God

disposes)，意为谋事在人，成事在神（天），尼采在《走开》中却改说：der Fürst denkt，aber der Krämer lenkt，谋事在君主，成事在商贾，对城市商人凭借手中的钱财操纵一切表示不满。又如德文谚语 Wasser hat keine Balken，意为水中无梁，容易淹死，亦即君子不履危之意。尼采在《古老的法版和新的法版》中却说："如果水中有梁……那么，说什么'万物流转'，就无人相信了"。尼采在《著名的哲人》中嘲笑那些讨好民众的哲人说："你们的心总是对你们自己说：我从民众中来，上帝的声音也是从民众那里向我传来的。"后一句也是化用谚语而来，即 VoIkes Stimme（ist）Gottes Stimme（拉丁文：Vox populi，vox dei)，意为民众的声音就是上帝的声音，或译民意即天意。

尼采还喜欢用同音异义词或多义词进行文字游戏。例如《有道德的人》一章中讽刺那些自居为维护正义者时说："当他们说：我主持正义（ich bin gerecht，我是正义的)，听起来总像在说：我出了口气（ich bin gerächt，我报了仇)。"英文中找不到这两个同意异义词，只好译成：I am just 和 I am revenged。在《古老的法版和新的法版》中有这样一句：圣灵把你们的祖先引导到我不赞许的（die ich nicht lobe）天主应许之地（in gelobte Länder)，这里应许之地为天主许与阿伯拉罕的福地迦南（《创世记》12，7]，英文为 promised lands。德文的 gelobte 来自动词 geloben，意为起誓、许愿、应许，lobe 来自动词 loben（英文为 praise)，意为赞许、赞美、赞扬，二者虽有相同的语根 lob，却不是一个字，而是意义不同的两个字，不可混淆。在《背教者》中有这样一段："或者他们在一位博学的半狂人那里学习战栗，那个半狂人在黑暗的房间里等候鬼神（Geister）降临——而他的神志（Geist）却完全逃之夭夭了。"德文中的 Geist 是个多义词，有精神、才智、酒精、鬼神、神志、理智等众多意义，常被文人作文字游戏之用。此处后一个 Geist 逃跑，即指理智丧失，稍一不慎，就会误译为鬼神逃跑，但前面的 Geister 为复数，后面的 Geist 为单数，可资辨别。

在进行文字游戏的同时，尼采也常常杜撰一些新词，这也是难以用别种语言译出的。例如《新的偶像》中的"单人孤独者"Einsame，此字原意为"孤独者"，并无单人之意，但由于字头的 Ein 意为"一个"或"单独"，尼采就把它戏想为"单人孤独者"而顺理成章地另创出一个新词 Zweisame（双人孤独者，字头 zwei 意为"二"或"双")。英文中没有相应的字，只好译成 Solitaries 和 solitary couples。同样在《查拉图斯特拉的前言 9》中有"单独隐修者"一字，原文 Einsiedler，意为"隐修者"也不含"单独"之意，尼采却因 Ein 之故另创一个新词 Zweisiedler（双双隐修者)，英译本出于无奈只好译成 the lone hermit 和 the hermits in pairs。《在沙漠的女儿们中间》中有一个杜撰的新词 umsphinxt，被斯芬克斯围绕着。斯芬克斯原是希腊神话中的狮身人面怪物，她坐在忒拜城附近的悬岩上，向过往行人出题猜谜，猜不出者就被害死。这里把沙漠的女儿们戏比为谜样的女子。英译本无法照样杜撰，也只好译成 sphinxed round。尼采在本书中还模仿《圣经》使用了不少寓言、比喻、象征手法，由于篇幅关系，这里就不多说了。

尼采是“欧洲顶级的散文家和随笔作家”，他是一位批评家、讽刺家，又是常爱解剖自己的自我批评、自我嘲笑者，一位幽默大师。他的散文既有优美的文笔，又富含精深的智慧，亦庄亦谐，用典广泛，形象丰富，格调高超。他曾自豪地说：“海涅和我绝对是第一流的掌握德语的艺术家——跟单单的德国人用德语写出的一切判若云泥。”读他的书，如果囫囵吞枣，不细细咀嚼，定会食而不知其味，错过一道大快朵颐的美餐。因此，我在译本中努力加上大量译注，起一点导读作用，提供一贴消化剂，以冀能帮助读者举一反三，对本书的语言艺术增加一些了解，这就是我重译本书的主旨。

申非（1920—　　），河北抚宁人。1954年毕业于中国人民大学国民经济计划专业。中国农业出版社顾问，编审。中国编辑科学研究所特约研究员，中国日本文学研究会理事。著作有《编辑史概要》，主要译作有《平家物语》、《日本谣曲选》、《日本狂言选》、《白氏文集》、《弓月奇谈》、《现代日汉大词典》（合作）、《俘虏记》、《近代能乐集》（合译）。1990年获中国出版协会第二届韬奋奖。

《平家物语》琐记

翻译之于我是一个工作过程，也是一个学习过程。一九八一年应文洁若同志推荐，接受了人民文学出版社翻译《平家物语》的任务。这本书，出版社已有周作人前半部译稿，要我接续完成后半部（此时周已去世）。

这本书是日本古典名著，在日本由于有多种剧种演绎了书中内容，所以其中人物故事，几乎家喻户晓。以前在来访的日本歌俳作者座谈会上曾听一位日本友人说，此书多用古文词、古语法，日本人读起来也很烦难。如今我接受了这个续译的任务，而且是在出版社已有名家译出前半部的情况下，很觉这个担子不很轻松。但是翻译这类文学名著是我夙昔所企盼的，于是就不自量力，勉为其难了，当然这就需要不间断地学习。

首先要考虑解决两个问题，一是译成什么样的文体？一是两个人的译文合在一起如何才能协调，不使读者有夹生感？头一个问题是尽量与原文贴近：原文是散韵相糅的古文格调，译成大白话不合适。文学作品是语言的艺术，原文是颇有音乐感的，不能忽视它的节奏旋律。又考虑到读者的语言习惯，觉得半文半白比较合适。至于两文合一而又要保持协调，那就只好不得不部分地重译了（现在周译的文本已由中国对外翻译出版公司出版）。

每个人都有自己的语言习惯。周氏喜欢用单音词，丰子恺译的《源氏物语》则多用双音词，我也认为双音词更切合多数人的口味，而且易于调节声韵节拍。这里边还有个对原文可不可添字加词的问题。我以为不必定死，加得好则加，加不好则不加。例如丰子恺的《源氏物语》译本中有这么一句："风吹新竹，清音悦耳"，原文极其简练，只四个字："风吹竹响"。丰氏加了几个字，在状物之外，把人的心情也写出来了，它深化了原文的意境，传神而不啰唆，是加得好的。莫怪有人说，看了丰的翻译，几乎连原文也找不到了。其实，文学翻译是不必字字比对的。

《平家物语》书中引用短歌俳句特别多，大约有一百三十多处，译成韵句大约有三百六十多处，周氏向来主张此等诗歌只能译出其大意，不便译成汉诗句型。比如开卷第一首，周氏译为："祇园精舍的钟声，有诸行无常的声响，沙罗双树的花色，显盛者必衰的道理。骄奢者不久长，只如春夜的一梦，强梁者终败亡，恰似风前的尘土。"（苦雨斋译丛—《平家物语》第 3 页）我的译文为："祇园精舍钟声响，诉说世事本无常；沙罗双树花失色，盛者必衰若沧桑。骄奢之人不长久，好似春夜梦一场。强梁霸道终殄灭，恰如风前尘土扬。"（燕山出版社《平家物语》第 1 页）。又如"祇王"一节中，一个歌女见弃于豪门，为新欢所顶替，被逐出门时，在门上题写一首短歌云："同是原上草，何论荣与枯；他日秋霜至，一样化灰土。"（见申译平家 13 页）周氏译本（见前书 14 页）为："等着春天发出芽来的草，和那枯的，都是野里的草呵，到后来总要遇着凋落的秋天。"

我的此种译法，不知是否恰当？但却有坊间译事同行垂青欣赏，在他的同名译本中照引了我的译文，全书三百多此类韵句大抵出此一辙，照录不误，这就难为了此书的责编，不知该如何审订。

某日，在燕京饭店偶遇语言学院几位日本留学生，他们表示非常欢迎能够出版中文版的《平家物语》以便他们对照阅读。这一席话，给了我很大启发。为适应这个要求：就必须字斟句比，反复对照，凡有加字添词要特别慎重，免生误会，为尝试这一译法，我把其中一篇比较独立的叙事散文《小宰相投海》，还有"谣曲"中的名篇《隅田川》，先后译成中日文对照读物刊于《日语学习与研究》月刊，以向方家就教。

沈萼梅（1940—　　），浙江慈溪人。1963年毕业于北京外国语大学法语系意大利语专业。留校任教期间曾三次派赴意大利进修，分别在罗马大学、威尼斯大学及米兰大学攻读意大利语语言文学达6年。现任教于北京外国语大学。

刘锡荣（1936—　　），北京人。1962年毕业于天津南开大学中文系。现任教于北京语言学院。曾先后赴罗马尼亚布加勒斯特大学、意大利那不勒斯东方大学、意大利威尼斯大学和西班牙巴塞罗那自治大学任教。合作翻译出版过的主要译作和论著有：《比萨斜塔和外星人》、《利比亚沙漠》、《罗马女人》、《罗马故事》、《鄙视》和《意大利当代文学史》等。1998年因"在中国传授和传播意大利文化所做出的贡献"获意大利政府正式嘉奖。

翻译旅途上的艰辛跋涉

我们从二十世纪八十年代后期开始涉足于文学翻译领域，在翻译同行中算是起步较晚的。开始时，我们循着从易到难的路走，多是翻译一些意大利人物传记和童话、寓言一类的短篇，对意大利的名家名作一直不敢问津。深知自己的语言和文学功力有限，生怕糟蹋原著，贻误读者；另一方面，我们也深知意大利文学在世界文学宝库中占有相当重要的地位，我们又比较熟悉意大利的语言和文化，理应向中国的广大读者介绍，不能知难而退。刚好又有位意大利文学专家也鼓励我们要把力气用在刀刃上。于是，我们开始着手翻译有一定分量的名家名作。我们最早问世的一部文学译著是意大利当代现实主义小说家托比诺的《失去的爱情》（北方文艺出版社，1988），当时尽管我们是新手，但翻译态度认真，文风比较严谨，得到出版社和有限的读者群的好评。九十年代以后因约稿不绝，便一发而不可收，与文学翻译结下了不解之缘。

意大利当代著名唯美主义作家和诗人邓南遮的《无辜者》是最先引起我们注意的一部小说。我们在意大利威尼斯大学讲学和进修期间（1983—1985）就曾萌生过把它译成中文的想法。这部小说是邓南遮早期创作的《玫瑰三部曲》中的“一部卓越的颇具道德性的小说”（《无辜者》序言，邓南遮，1891）。小说主人公复杂的心理矛盾和痛苦的忏悔，还有那扣人心弦的情节和优美的文字，都深深地吸引着我们。在课余时间我们翻译了其中的几个章节，不过，当时只是想练练笔而已，并无一定要见诸铅字的打算。

熟悉中国现代翻译史的人都知道，早在二十世纪二三十年代，我国著名诗人徐志摩等曾相继翻译和评介过邓南遮的一部分作品，但都是从英文转译过来的。革命前辈张闻天(1900—1976)在二十年代从英文翻译过邓南遮的剧作《琪峨康陶》(1921)。但由于种种历史和政治原因，中国在长达半个多世纪的时间里，没有人去翻译和评介邓南遮的作品，就像哲学领域里的德国哲学家尼采(1844—1900）一样，邓南遮及其作品似乎也是一个禁区。直到八十年代后期，国内文学翻译界才又开始有人翻译邓南遮的作品。

一九八五年我们曾有幸先后两次前往邓南遮的故居参观。坐落在风光旖旎的加尔达湖畔的这幢别墅式的建筑群，是当年邓南遮立下遗嘱，将其命名为“意大利人之胜利”而后赠送给国家的，如今它已成为一座国立博物馆，世界各地游人纷至皆来。一进“胜利”别墅的展室，我们便被一面大镜子上方的一首镌刻在铅版上的打油诗——《献给来访者》吸引住了：

莫非你随身带来的镜子
就是那珂索斯的那面？
啊，制作假面的人哪，
这可是一面玻璃镜子，
千万可别往镜面上撞啊。

诗中提到的那珂索斯是希腊神话中的美少年，他只爱自己不爱他人，于是爱神惩罚了他，让他终日看着自己在水中的倒影顾影自怜，以致相思而死，最后变成了水仙花。该诗颇富讽刺和象征的意味，是邓南遮于一九二五年五月在墨索里尼去拜访他时所作。这不禁勾起我们对被徐志摩称之为“怪杰”的邓南遮的为人及其作品的好奇。为了进一步了解和熟悉邓南遮及其作品，当时还特意买了几部邓南遮的作品集及有关评论著作。邓南遮无论是在世时还是过世后，都始终是一位在文坛上和政坛上长期有争议的人物，究竟怎样看待和分析这位历来常被世人称作是“法西斯御用文人”的唯美主义作家，是翻译和出版《无辜者》最先碰到的一个问题。在当时的政治环境下，倒是不至于挨批判，但可能免不了做无用功，即使翻译出来，恐怕也没有人敢给出版。所以，在《无辜者》意译汉的译本最后问世（花城出版社，1994年）的前后，我们在有关的文学期刊上发表了《邓南遮和唯美主义》(1993年)、《“邓南遮现象”辨析》(1997）等文章，力求用历史唯物主义的观点辩证地去评介这位曾在意大利乃至全欧洲风云一时的人物。在指出其政治上的军国主义和极端民族主义倾向的同时，充分肯定了他对意大利和欧洲文坛的不可低估的影响。谁也无法抹杀的一点是：他一生所写下的多部小说和剧作，以及四万多行抒情诗，确实极大地丰富了世界唯美主义的文学宝库，当时和其后的许多作家都不同程度地受过其影响，是值得翻译和介绍的。

但是，要翻译邓南遮这样一位才华横溢、博学多才的语言巨匠的作品，难度相当大。因为把“生活当作艺术”的邓南遮，像“是一个美的使者，来到人间向人们展示大自然中令人陶醉的神奇事物的。”（《火》，1900）他的每一部作品都像是用语言文字雕琢出来的艺术精品。翻译这样的作品，如果没有相当的意大利语水平和汉语的功力是很难胜任的。但出于一种使命感和对于文学的一种信念，我们还是大胆地开始了这一翻译旅途上的艰辛跋涉。

然而一踏上这一征途，我们就深深体会到了其中的甘苦。文学翻译确实是一门艺术，在翻译过程中能陶冶人的性情，提高语言水平和文学修养，也能磨炼意志和毅力。要用文字准确地传达出这部颇有难度的原著的精神和风格，没有呕心沥血的精神和一定水准的语言能力，是绝对交不出好的译文来的。在翻译《无辜者》的过程中，尤其在应译林出版社约稿再版此书的修改过程中，更感受到文学翻译在某种意义上的确是一种艰苦的“二度再创作”，是一个从不成熟逐渐到成熟的不断磨练的过程，这需要有不断否定自己的勇气和毅力。十几年来，经我们翻译出版的意大利文学名著有十来部，但每当接到新出版的译作之后，在高兴之余再翻阅浏览的时候，又总能发现一些欠妥之处，因而总不免会感到有一些遗憾。足见翻译的确是一项永远无法做到尽善尽美的艺术。但译者应有一种不断追求完美的精神，这样才能不断地提高自己和译作的水平，日益接近完美。也许，这也正是翻译工作本身的魅力所在。

要翻译好年代较早的名著，选定一个质量可靠而且注解详尽的原著版本是至关重要的，以免望文生义，因硬译和生译而出现莫名其妙的句子，令读者不知所云；再者，在动笔前要多看一些有关资料，充分了解作品产生的时代背景和当时的历史氛围以及作者的主要思想观点，准确地把握原著的精神；第三，动笔前要仔细阅读原著，不要怕花时间，不仅要细细咀嚼和品味原文的意蕴，还应注意从总体上把握作家的语言风格特点；第四，在翻译过程中，有时需要“进入状态”，要像演员体会所扮演的角色那样深入地体验小说中人物的思想和心态。做到了以上几个方面，搞出来的译文才不至于走样或不大走样。《无辜者》第9章中“黄莺在歌唱”那一段，是意大利中学语文教科书中普遍选用的精彩片断，充分体现了作者唯美主义的艺术风格和主人公当时复杂的内心世界。作者在这一段中层次分明地刻画了黄莺的婉转鸣叫声，读后令人陶醉在黄莺优美的歌唱旋律之中，那歌声“有时像纤细的芦笛声，有时又像悠扬的牧笛”，“时而低沉抑郁、时而激情奔放”，以致“整个花园都在聆听，树木上方惨淡的天空也为之倾倒”。就最后一句来讲，初版的译文就太拘泥于原文了，只是逐字直译成“天空也忧郁地对树木打躬作揖”。在我们对初版译文进行校译时，这种例子并不鲜见。一味地逐字直译往往是初译者所犯的通病，这绝对不能叫忠实于原文，一定要通过自己对原著的理解和消化而加以必要的“转化”和“提炼”。

就像人生的价值不能仅仅用积聚的财富来衡量一样，我们在翻译中所付出的劳动也是不能只用物质上的收获来衡量的。意大利当代著名作家莫拉维亚在他八十三岁高龄时曾这样向人们表示自己对文学的信念：“生儿育女和创作艺术作品一样，两者都会在时间上延续人的生命。”人的生命都是有限的，而艺术的生命则是永恒的。我们想，我们通过自己的辛勤耕耘，向广大的外国文学爱好者推荐和介绍意大利作家的重要作品，帮助中国读者从世界文学宝库中吸取精华，以开拓文学创作的视野和文学欣赏的领域，是非常有价值的。正因为怀有这样一个信念，我们才不间断地在这块园地里耕耘，至今已发表译作近三百万字。

一九九五年，在中国任教的意大利语专家贾尼·肖拉借回国探亲之便特意将我们的译作《无辜者》送到意大利邓南遮基金会。该基金会的主席弗朗切斯·佩尔费蒂在信中对我们赠送译作深表感谢，并希望能有助于中国的广大读者更好地了解邓南遮的著作。值得一提的是，他还托人给我们捎来了在意大利境内外举办的历届邓南遮研讨会的论文集。这对我们无疑是一个鼓舞。为奖励我们在译介意大利文学作品的工作中所做出的努力，一九九八年六月，意大利前总统斯卡尔法罗在其访华期间，由其任外交部副部长的女儿巴特利齐亚·托亚女士代表意大利外交部颁发给我们奖状和奖金（我们获奖的译作有五部，其中包括《无辜者》）。随后我们又在完成教学任务和其他写作任务的同时，于

2001 年完成了邓南遮另一部更具唯美主义特色的代表作《火》(1900)的翻译。徐志摩曾把《火》看作是一部“奢侈的奇书”，其背景是诗梦缠绵的威尼斯水城，其女主人公的原型是意大利的一代名优埃莱奥诺拉·杜丝(1858—1924)。这部小说充分体现了尼采的哲学思想和世界观，既充满了人生哲理，又大量地引经据典，书中涉及有关对美术、建筑、音乐、文学等多种艺术形式的评价，翻译这样一部作品，难度可想而知。为了完成它，即使是在夏日最炎热的那些天，我们也不曾稍有松懈，乐此不疲和无怨无悔地工作着，一遍又一遍地推敲，一遍又一遍地修改，好像我们也被作者那种“永远沉醉于生活和创作的激情之中”的“酒神精神”所打动。对有些重点片段的译文，我们还借助低声诵读来体会节奏和韵味，以选取最恰当的字眼儿。在翻译《火》的那两年，有些我们熟悉的意大利朋友在来信中或碰到我们时总要风趣地问问：“你们的《火》灭了没有？”

有人说：“只有完美的原著，而往往没有完美的译作。”这是因为翻译往往受到时间、精力和水平的限制，不容你做到完美。坦白地讲，我们从来没有对自己的译文十分满意过。不过，俗话说：“取法乎上，得乎其中。”有追求才有动力，也才有提高。如今我们虽然已过花甲，但我们仍不断地追求。我们在翻译征途上的艰苦跋涉，就好像是不断地在“用艺术的‘童年’，来充实生命的‘暮年’。”(引自《火》的第一部《火的显灵》)

石琴娥（1936—　　），上海人。1958年毕业于北京外语学院英语系。中国社科院外文所北欧文学专家。曾任中国北欧文学会副会长。长期在我国驻瑞典和冰岛使馆工作，曾是瑞典斯德哥尔摩大学、丹麦哥本哈根大学和挪威奥斯陆大学访问学者和教授。主编《北欧当代短篇小说》、冰岛《萨迦选集》等；为《中国大百科全书》及多种词典撰写北欧文学、历史和戏剧等词条；著有《北欧文学史》、《欧洲文学史》（北欧五国部分）和“九五”重大项目《20世纪外国文学史》（北欧五国部分）等；主要译著有《埃达》《萨迦》《尼尔斯骑鹅历险记》《安徒生童话与故事全集》等。曾获瑞典作家基金奖、第五届（2001）、第六届（2003）全国优秀外国文学图书奖一等奖，安徒生国际大奖（2006）、中国翻译协会资深翻译家荣誉证书（2007）以及丹麦国旗骑士勋章（2010）等。

我在翻译上的一点体会

二〇〇六年四月初我从丹麦回来行踪甫定，就接到昆仑出版社电话催询去年十二月约定的文稿。这笔文债拖宕日久不得不还，于是只得暗自失悔当初的孟浪，不该不知深浅便应允下来，以致此刻要为了免得落个贻笑大方而犯愁。

不怕见笑，我虽是学外语的，也曾教过大学的外语课，但是对翻译却谈不上有多少体会。这倒不是故作扭捏，的确是想得很少，甚至没有想过，因此问到翻译的体会就像是截嘴巴葫芦似的讲不出来了。

如果说要有的话，就只有一小点，那就是：翻译的好坏大体上有赖于个人的汉语功底。

语文程度和文学修养，尤其是古典文学，往往决定了译文质量的高低。

此话怎讲，莫非说在外译中里面外语竟反倒不如汉语重要？不是这个意思。翻译亦称移译（英文：translation，瑞典语：översättning），名称不同但意义一致，都是说把一种语言文字的意义用另一种语言文字表达出来，亦可以说是信息符号的译释，首先要理解外语，再用母语表达出来，两者不可缺一。文学翻译则不单单是传递信息，还要给人以语言上的艺术和美感享受，因而在表达上要求达到更高的境界，也可以说是在“信、达、雅”的前提下对原著的再创作。正是这一层原因，要将外国文学作品翻译过来，除了对原著的语言文字理解深透之外，还非得要有足够适用于表达原著本意、意境、神韵、气质、风格、特色等等的汉语水平不可。我有时感到比创作还难。创作写自己最熟悉的生活，如果没有把握，可以换一种办法写，另辟蹊径。而翻译是逃不过，躲不掉，绝无退路。有时候为了找到妥贴的字句，脑子里整天在思考，吃饭、走路，甚至睡觉，都在思索，反反复复，琢磨推敲。

屠岸等多位翻译界泰斗曾叹息：时下翻译作品的水准每况愈下，出现了大滑坡。作为晚辈后进，我亦有同感，觉得这一贬评是针砭时弊、切中要害的拳拳之言，并且赧然为之警己。管窥所及，除了有光图快不求质的利益因素驱动之外，恐怕与对汉语的掌握不够及中国文学知识贫乏不无关系，对外语的理解上固然也存在不少问题，然而更多的毛病往往是出在中文的表达上。那种一知半解地把外文直筒筒地照搬过来，如同数码式翻译机一般译成佶屈聱牙、文理不通的“洋式中文”看成是省事方便、不费力气的终南捷径，殊不知这恰恰是违反了文学翻译的致命大忌。再有花里胡哨、故弄玄虚，叫人看得如坠五里雾中以炫耀译义高深莫测，或者时髦前卫亦是不属少见的糊弄蒙混读者的手法。比方说有句译文“一切 / 把我 / 赶出熵”，我拜读了几遍，实在看不懂，只好去请教字典，“熵”这个字倒是查到了，是由一连串的科技名词来解释的某种量度，而这种量度却大大超过了我的智商量度，仍然莫名其妙，于是只好埋怨自己无知的量度。

这次去丹麦是到童话大师安徒生故乡奥登塞市出席安徒生奖授奖仪式并且接受授给我的二〇〇六年国际安徒生大奖。这一殊荣是我从不曾想到过的。在授奖词里提到：安徒生授奖委员会注意到石琴娥女士在中国长期从事于斯堪的纳维亚文学研究工作，出版了《北欧文学史》，并自一九九〇年以来就关注丹麦文学，尤其将安徒生作为她的注意力焦点。石女士的译本既遵循了以前各中译本的优良传统，并且又不同于它们，其差别在于没有拘泥于以往时代的刻板语言，而是使用了充满丰富多彩的当今口语表达方式的现代语言，所以她的一本包含着连安徒生甚至都不曾想到过的东西——中国语言的歌唱般的悠扬音韵。授奖词的结论是："这个译本是一部杰作，显示出忠实准确地表达了安徒生的声调，而又使得他的故事给予今天读者更多的乐趣享受。"

这一评价之高非但没有令我飘飘然，反而深感汗颜，真是却之不恭受之有愧。想当初在一九九三年翻译《安徒生童话与故事全集》的时候，我并不曾有多少顾忌，虽说从周作人到叶君健有多少巨擘大师曾翻译过，但是我总以为既是童话总不见得会难到哪里去，何况我从冰岛的《埃达》、《萨迦》到易卜生、斯特林堡等翻译过多位文学名家的巨著，也曾翻译过《骑鹅历险记》等儿童文学作品。但是一接手便发现自己这种"曾经沧海""不在话下"的狂妄是何等可笑和幼稚。说老实话，安徒生童话在理解原文上并不费多大劲，尽管我的丹麦语水平有限，听和说都不灵光（我先学的是英语，随后学了瑞典语，九十年代初又在哥本哈根大学短训班里学过丹麦语，后来又自学了挪威语），然而自问文学翻译一般说还拿得下来，不曾想到这一回麻烦就偏偏出在中文表达上。安徒生的童话是老少皆宜的，可以从小读到老，因此中译文的遣词造句既不能过于文绉绉又不能咿呀儿语腔，有个把握火候、恰到分寸的问题。译文务须力求平白浅显、通俗易懂，并且因为是讲故事体裁，所以最好能够琅琅上口，这样才能长幼童叟全都照顾到。安徒生童话具有大量运用口语化语言风格，这在中译文里亦必须体现出来，却又很难表达得恰到好处，况且原作中有不少类似汉语的歇后语的习惯用语和双关语，在中译文中几乎难于找到恰当的表达。在这方面我是尝够了"轻慢"安徒生的苦头。不少译文句子不得不一再推倒重来，甚至五易其稿。究其根本还是吃了自己的语文程度和文学修养功底不足的亏。我是五十年代初上大学的，想要报考自己一直有兴趣的园林业，却被保送（实际上是指定）去念外语，于是翻译就成了终生之计。随着年事日长和翻译及研究的展开，语文底子不足和文学修养欠缺的弱点也越来越暴露得明显了，不过好在我总算还死死地抱住一条浅近的道理不放，那就是：翻译既然是传递信息，务必要让人懂，让人明白是怎么回事才行。所以我力求用朴实无华的词句，正确可靠地表达出原著的风貌神韵，决不用任何连自己都拿不准的生冷怪僻字眼或者凭空编造出来的词句来哗众取宠。这样尽管译文并不出色，我自己心里会踏实一些，也少出几身唯恐对不住读者和作家的心存内疚的白毛汗。

不妨仅举一例：几乎尽人皆知的安徒生童话名篇之一《Den lille havfrue》的译名就在中文表达上遇到了天大的麻烦。以往叶君健先生译成了《海的女儿》，虽觉稍走偏锋，却仍中规中矩且富诗意之感。可是不知道从何时起直到目前，市面上流行的多种版本却都改成了《小人鱼》，其实这不过是一个十分简单的知识性误译，只消花点功夫查查字典便可纠正过来。"人鱼"并不是童话的虚构杜撰名词，而是确有其物的生物学名称。它乃是一种生活在海洋里的哺乳动物“儒艮”的俗称。儒艮是貌似鲸鱼的庞然大物，学名叫“Sirenia”，英文为“Dugong”（即“海牛”之意）。如果按照这个中译名，那么倚坐在哥本哈根东北角海滨石头上的就不应该是目光忧郁、凄楚动人的小美人鱼雕像，而是一条前肢作鳍状后肢退化的灰褐色大海牛了。这类谬误岂非贻笑大方，且又误人子弟耶？因而我不去跟随那股似是而非的“潮流”，还是照样译成了“小美人鱼”。平心而论，安徒生童话的最佳译文当数叶君健先生的，他的语言如行云流水般舒畅自如，那种文字功夫的老到非历经多少年刻苦磨炼是难有所成的，而我只是比猫画虎效颦先贤，尽量把自己的蹩脚文字核校修改得更加符合“信、达、雅”的标准。上海有家报纸评说我的译文推倒了一些既成之作，颇有标新立异、意欲自树一帜之嫌。其实我哪来这般斗胆，我所做的只是尽力将中文表达得更通顺一些，使其更符合原文一些而已。后来，我从同丹麦安徒生文化中心驻京办艾瑞克主席和安徒生授奖委员会委员以及其他丹麦朋友的交谈中得知：由于二〇〇五年安徒生诞辰二百周年，世界各国竞相举办庆典和出版作品的缘故，二〇〇六年国际安徒生奖评选竞争的剧烈程度远超过以往，各国都力争让自己的候选人获奖。但是安徒生授奖委员会的评选活动是十分严格而且必须符合既定规则。在海选阶段，我是由丹麦文化学会主任芬·安德森（Finn Andersen）、哥本哈根大学安徒生学者丽萨·鲍斯特鲁普（Lise Bostrup）和安徒生文化中心驻京办主席艾瑞克（Eric Messerschmidt）共同提名，并且得到丹麦驻华使馆推荐才得以入围。入围之后，听说丹麦有关方面立即从二〇〇五年在中国出版的多种中译文版本中（据说竟有三十多种之多！）挑选出多篇故事的中译文广为散发征询意见，而且还向各方面的专家、学者征求她们对我译文的看法。经过一次次认真筛选后，我成了中国的候选人。到了最后阶段只剩下我和一个知名度很高的实力派美国女作家对垒。但是听说那位美国女作家的译文上有些地方不大符合既定规则，结果由我获得了奖。当我得知这些情况后，毋庸说心里是庆幸的，与此同时更证实了我的这一小点体会，是句被人认可的大实话，即：翻译的好坏优劣在相当程度上是取决于母语的语文程度和文学修养。

唐月梅（1931— ），海南人。1956年北京大学东方语言文学系毕业。中国社会科学院研究员。主要著作有《怪异鬼才三岛由纪夫传》、与叶渭渠合著有《日本文学史》（全四卷六册）、《物哀与幽玄——日本人的美意识》，多人合著《日本文明》、《世界文明图库——樱花之国》以及散文集《三岛由纪夫与殉教图》等。译作有三岛由纪夫的《春雪》、《假面自白》、《金阁寺》、《潮骚》、《爱的饥渴》、《太阳与铁》、《残酷的美》、《艺术断想》，以及山崎丰子的《浮华世家》等。

我与《春雪》

在特定的历史时期，我第一次接触三岛由纪夫的《春雪》，就被它的《源氏物语》古典式的古朴的风雅美所感动。尽管我是从事日本文学研究工作，但当时未能读到原作，只“非合法”地读到作为“军国主义反动作品”的译文。所谓“非合法者”，当时它是限军级以上领导阅读，我非此级别也。后来我设法借来了原作，手不释卷地一口气将它读完，觉得这部供内部批判用的译文，与作家在原文中所要表现的那种古朴的风雅美尚有一定的距离，总梦想有朝一日能够握笔将它重译出来。当然，在那个年代，这简直是一个奢侈的梦。

改革开放了，刚刚迎来了文艺的一丝曙光，一家地方出版社约我翻译《春雪》。我与原来的老上司商量，他为人稳重，兼有颇高的文学与外事的素养，他审度当时的情势，主张我不要带这个头。其时我对三岛由纪夫仍是不甚了然，因为我手头尚无足够的资料来重新研究特定历史时期给这位作家的政治定位，并做出科学的判断，所以没有立刻应出版社之约将它翻译出来。但我还是拂不去那个奢侈的梦，仍在祈盼梦想成真。

此后我访美期间，到亚洲图书馆浏览，竟在这个面向普通市民的图书馆发现我期盼已久的《三岛由纪夫全集》全三十九卷本，我立即借来，如饥似渴地细心研读，对他的文学既充满人性，又异常残酷；既带有超出常理的激烈与戏剧性，又抹上了浪漫的古典式的悲剧色彩，有了亲自的体味。于是，我下定决心将三岛由纪夫及其文学作为我的研究和翻译日本文学的突破口。当文联出版社约我翻译日本文学的时候，我有信心地推荐了三岛的《春雪》，但我也深知这个突破非我、非出版社的力量所能及。但我们执着《春雪》，我们深信这样一部被誉为《源氏物语》现代版的《春雪》是应该正式与中国读者见面的。

不久，我从文联出版社得到了一个好消息，他们请示了当时负责意识形态的中央领导同志并获同意出版《春雪》，我的梦快变成现实的时候，我用拙笔来实现我的梦想的时候，我再次被作家妙笔生辉地编织出这样一个充满神秘感和哀怨感的浪漫式的爱恋故事所感动，更深深地深深地被光源氏式的男主人公清显和浮舟式的女主人公聪子这两个人物形象所吸引，几乎是与此同时，我的脑海里清晰地浮现出大作家川端康成的一句话："我被奇迹冲击似的感动和喜悦。这是融贯古今的名作，无与伦比的杰作。这部作品与西方古典的血脉相通，它是日本过去没有的，但又切实是日本的作品，日本语文的美丽多彩也是极致的。在这作品中，三岛君的绚丽的才华，纯粹地升华为危险的激情。"这一切都激起了我对《春雪》再创作的果断、感动、喜悦和少有的激情。

我不知用了多少个不眠之夜来精心阅读这部誉满日本海内外文坛的佳作，来细细品味每个委婉动人的故事细节、每个人物的抒情诗般的感情激流，想着如何用中国语文来置换作家笔下那美丽多彩的日本语文，想着如何再现男女主人公那格外纤细哀怨的、充满风雅余韵的故事，这时候，也只有在这时候，我不能自制，我开始伏案动笔翻译了。

翻译的时候，我时而搏击着男女主人公的感情激流，时而荡漾在男女主人公柔情的涟漪之中。尤其是翻译到"乘车赏雪"和"海边幽会"的场景时，深深感到作家笔下的风雅余韵，达到了令人目眩的高超境界。我也已达到了忘我之境，进入了一个再创作的最佳意境。这两段美文，自以为是用心力翻译出来的。试举"海边幽会"一段的译文如下：

……今天夜里，沉湎在宁静的大自然中。

清显和聪子为了躲避过分明亮的月光，在海滨到处徘徊荡漾。深夜的海滨寥无人影，只有高高悬着的破浪木的渔舟在沙滩上落下的黑影才是惬意的地方，因为四周的月光太耀眼夺目了。船上沐浴着月光，船板也像白骨一样，将手伸向那里，手仿佛就穿透月光。

迎着凉爽的海风的吹拂，他们两人很快就躲在渔舟的阴影下紧紧地拥抱了。聪子悔恨自己穿着这身平时很少穿的西装，净闪烁着白光，她也忘了自己肌肤的洁白，恨不得早点脱掉这身白，藏身在幽暗之中。……

……两人坐起身子，从漆黑中勉强地伸长脖颈，望见一轮即将消失的明月。聪子感到悬挂在天际的圆月，就像明显地钉在上空的自己罪恶的徽章。

四周渺无人影，两人站了起来，取出藏在船底的衣裳，在漆黑幽暗中，他们借助月光，彼此相凝着。虽是短暂的，但却是认真地凝视着。

由于清显的优柔寡断，没有勇气接受聪子的求婚。此时聪子已被皇上敕许给洞院宫三王子。此时清显才有生以来第一次产生热恋聪子的感情。他们如此在“海边幽会”，明显的是触犯最高的禁忌，他却认为“所谓优雅就是犯禁”。因此，翻译的时候，如何充分表现作家笔下这对男女恋人的风雅世相，需要花一定心血，运用含蓄的笔法，保持原作朦胧的格调，才能够很好地进行艺术的再创造的。否则，优雅就变成卑俗了。其文学之美正是在优雅之中。作家在这方面的艺术创作技巧，可以说达到了炉火纯青的至高境界。

《春雪》的终了——伯爵发现自己的女儿有了身孕，怕事情败露，有犯上之罪，让聪子到月修寺躲风，聪子私自削发为尼，并拒见亲访月修寺的清显，清显弄得心力交瘁，回京翌日就离开了人世，这有点像《源氏物语》中光源氏在只有题目而无正文的“云隐”一节里消失了，浮舟投宇治川被人救起，在小野地方削发为尼的情节，透露出作者的哀婉心绪，读来让人哀伤，也让人悲悯与同情。

天黎明的时分，我将《春雪》这段无比凄婉的故事结局译完，掩卷沉思，从窗外透射进来一缕缕曙光。我毫无倦意，眼眶里闪耀着泪光。对主人公的双双遭遇，是悲怜，是同情，抑或是疑惑，是拒斥，我自己也弄不清楚了。但有一点是可以肯定的，我从此与《春雪》结了缘，与三岛由纪夫文学结了缘。我接着翻译了三岛由纪夫的《假面自白》《金阁寺》《潮骚》《爱的饥渴》等小说，翻译了三岛由纪夫的随笔集《太阳与铁》《残酷的美》《艺术断想》等，还撰写了《怪异鬼才三岛由纪夫传》。

当我沉湎在完成翻译和撰著的喜悦之时，也在带来了迟来的研讨三岛由纪夫文学机运之时，有人趁其时中日关系处在微妙之际，密告非学术部门对三岛由纪夫文学的学术研讨进行行政干预，缘此是时刚出版的《三岛由纪夫文集》十卷本也因某部门领导个人大笔一挥，禁止发行这套书多年，《春雪》也毙命其中。我想不到《春雪》中译本于一九八六年问世十余年后还会遭到厄运，怎能不说是一种悲哀呢。

幸好喜逢新政时期，出版事业毕竟也是要按照法治的轨道运行的。当文联出版公司让我们主编一套全新译作的三岛由纪夫作品集全十卷时，特别提出《春雪》虽不属新译作，但它是打我国介绍三岛由纪夫文学头炮的品牌，务必列入。这使我喜出望外，《春雪》中译本又僵死还魂，回到了人间，回到了中国读者中间来！

田德望（1909—2000），河北顺平县人。1931 年清华大学外国语文业毕业。主要译著有：《凯勒中篇小说集》、《绿衣亨利》（上下册）、《神曲》（三卷本）。主编《中国大百科全书》外国文学卷意大利文学分册等。获中国作家协会中外文学交流委员会 1994 年的“彩虹”翻译奖荣誉奖。《神曲·地狱篇》获意大利文学遗产部 1991 年度国家翻译奖。1999 年获意大利总统亲自授予的意大利“一级骑士勋章”。2002 年《神曲》（三卷本）荣获北京大学第八届人文社会科学优秀成果一等奖。2003 年《神曲》珍藏本荣获第六届全国优秀外国文学图书奖一等奖，同时荣获新闻出版总署颁发的第六届国家图书奖的提名奖。

我与《神曲》

《神曲》是但丁的代表作，是一部以诗人自己为主人公的史诗。《神曲》的故事采取了中古梦幻文学的形式，作品的主人公在人生的中途发现自己迷失了正路，走进了一片幽暗的森林；他彷徨了一夜，才走出森林，来到一座曙光笼罩着的小山下，刚一开始登山，就被三只野兽（豹、狮、狼）挡住了去路。危急时刻，古罗马诗人维吉尔出现了。他受贝雅特丽齐（但丁精神上的爱人）的嘱托，前来搭救主人公，并引导他去游历地狱和炼狱，接着贝雅特丽齐又亲自引导他游历天国。游历过程和见闻构成了《地狱篇》、《炼狱篇》和《天国篇》三部曲。

对于这部恢宏的史诗，早在我读中学时就有接触。当时通行的是钱稻孙翻译的《神曲一脔》。虽是“一脔”，但我读了之后，对但丁留下了深刻的印象开始留意《神曲》在我国翻译的进展。

钱稻孙是我国最早翻译《神曲》的。后来我的朋友山西大学的常风教授来信告诉我，最早提到但丁和他的《神曲》的是钱单士厘所著的《归潜记》(1910年）一书，随后把书给我寄来了。原来钱单士厘就是钱稻孙的母亲。她的丈夫任清政府驻意公使，她随丈夫在罗马期间留意异邦的政教、文化、艺术，《归潜记》一书就是详细地记述了她在那里的广博见闻。其中在有关彼得寺（即罗马的圣彼得大教堂）的记述中，提到寺内有教皇保罗三世墓，“墓基四女石像，曰‘富裕’，曰‘慈悲’，……曰‘谨慎’，曰‘正直’。……‘谨慎’像又酷肖义儒檀戴（即但丁)，有‘彼得寺中女檀戴’之称……”又在对墓室内各代教皇棺的记述中还提到了《神曲》和其中的人物：“婆尼法爵八（即卜尼法斯八世）棺残片，有铭曰：‘其来也如狐，其宰政也如狮，其死也如犬。’义儒檀戴所著《神剧》(即《神曲》)书中，清净山(即炼狱山)凡九重，最下一级，遇婆尼法爵，即指此人……”这些记述虽不尽翔实可信，但在当时(清朝末年)，能注意及此，已是难能可贵。

钱稻孙先生幼年随父母侨居罗马，当时已经读了《神曲》原文。归国后，陆续将一、二、三曲译为骚体，在一九二一年但丁逝世六百周年之际，用《神曲一脔》为标题，发表在《小说月报》上。一九二四年出单行本，为《小说月报丛刊》之一。译文典雅可读，可惜后来他搁置未续。

进了清华大学西方文学系后，得以阅读到英译本《神曲》，对这部作品发生了更大的兴趣，于是我选修了一位英国教授用英语讲授的《神曲》课。这位教授曾经做过罗马贵族家庭的英语教师，精通意大利语，而且酷爱《神曲》。这位教授讲课时，常爱朗读一些精彩片断的原文给学生听，这些原文片断的韵律美总让我心醉。我就毅然中断已学了两年的法语，在这位英国教授的指导下，自学意大利语。学了意大利语后，越读越领会到《神曲》原作的韵味，兴趣随着日益浓厚。

进了清华大学外国研究所后，我继续自学意大利语不辍，不久便能阅读英国出版的英意对照的《神曲》了。我做研究生毕业论文时，由一位讲授欧洲文艺复兴时期文学的美国教授做导师，用英文写了《但丁〈神曲〉和弥尔顿〈失乐园〉中比喻的比较研究》。论文获得了好评，顺利通过答辩，同时还获得了意大利的奖学金。在吴宓教授的建议下，由清华外国研究所公费派我去意大利留学，在佛罗伦萨大学师从莫米利亚诺教授继续攻读但丁和文艺复兴时期文学，获博士学位。

在如此长久的求学生涯中，我一直有一个强烈的愿望，那就是学成以后，一定要从原文翻译《神曲》这部传世之作。《神曲》就像一盏明灯，鼓舞着我学习，也激发着我翻译它、介绍它到中国来的愿望越来越强烈。为此，在意大利留学期间，我就注意收藏那些经专家校订、注释精辟的《神曲》版本。

我一九三九年回到祖国，回国以后一直是以德语教授身份在大学里讲授德国语言文学，没有机会教意大利语言文学。有限的业余时间和假期，只译了几部凯勒的著作。“文化大革命”中，我又被派往外文局参加《毛泽东选集》的德译工作，之后又参加北京大学和上海外语学院协作的编纂《德汉词典》，没有多余的时间来实现翻译《神曲》的心愿。

从一九二一年钱稻孙第一个翻译的《神曲》之后，又有六种中文译本问世，但除了钱译的之外，都是从英、德文版本转译的。八十年代初，当时担任中国社科院副院长的周扬同志希望外文所所长冯至物色一位译者，认真重译《神曲》。冯至同志当即决定聘我为外文所的“特约研究员”，委托我专门从事《神曲》的翻译工作。长期以来，国内一直都没有“二战”以后最新出版的、包含有最新研究成果的版本可供我翻译。可巧的是一九八二年，国际意大利语言文学学会会长勃朗卡教授来中国，访问了中国社会科学院外文所，冯至同志就介绍他来北京大学与我会晤。通过交谈发现，我俩竟然都是莫米利亚诺教授的弟子，于是一见如故。当我提到，手头缺少新出版的最佳《神曲》版本时，勃朗卡先生当即就答应他回意大利后，立即给我寄一套意大利但丁学家翁贝尔托·波斯科和乔万尼·雷吉奥合注的《神曲》。后来在翻译《神曲》时，译文和注释主要是根据这个版本。在其他的工作告一段落后，我开始试译《地狱篇》。那是一九八三年的秋天，我已是七十三岁高龄了。刚动笔时，感到困难重重，力不从心，茫然不知所措。对着镜子，看着自己稀疏的头发，真感到老之将至，捧起书本，读着《神曲》，又感到自己回到了从前，为了我心中已久的向往，为了把《神曲》直接从意大利语译介过来，我开始向自己挑战。我已老迈，脑力、体力不断衰退，我仿佛像一个运动员开始与时间赛跑。

《神曲》博大精深，翻译《神曲》的先决问题是译成诗还是散文。对此我曾考虑很久，也问过朋友们，大家意见很不一致，最后我决定译成散文。就主观条件来说，我不是诗人，而《神曲》是极高的诗，如果不自量译成诗体，恐怕“画虎不成”，使读者得到错误印象，以为但丁的诗也不过尔尔。意大利有句俗语：翻译者——背叛者。我不愿这句俗语在自己身上得以证实。就客观条件来说，《神曲》全诗都是用“三韵句”写成的。汉语和意大利语属于不同的语系，诗律也根本不同，中国旧体诗没有与“三韵句”相当的格律。钱稻孙用骚体译《地狱篇》前三曲，但押韵格式不依照《离骚》，而力图“效其韵之法”。开端译得很好：“方吾生之半路，恍余处乎幽林，失正轨而迷误。其道况兮不可禁，林荒蛮以惨烈，言念及之复怖心！戚其苦兮死何择，惟获益之足谘，愿亲缕其所历。”但是第二、三曲的译文，没有再严格依照这种格式押韵。不仅如此，《神曲》每行一般都是十一个音节，钱译则每行少者六个字，多者十三四个字，远不如原诗的韵律严整匀称。钱先生通晓意大利文，对《神曲》和中国旧诗都很有研究，他的翻译实践说明，把《神曲》译成旧体诗是不易成功的。

那么，可否把《神曲》译成新体诗呢？中国新诗的格律没有定型，译时苦于无所遵循。如果按照“三韵句”的格式押韵，原诗的韵律（抑扬格、音步等问题）应如何处理？如果不按照“三韵句”的格式押韵，那么应当依照什么格式呢？我对此感到困惑。因此，决定就自己的能力所及，暂把《神曲》译为散文，等将来新体诗的格律问题解决后，我国出现既有诗才又通晓意大利文的翻译家时，再把这一世界名著译成诗体。

在考虑用诗体还是散文体时，我也曾借鉴一些英文和德文译本。英语和德语虽然与意大利语同属印欧语系，但意大利语元音较多，适于用“三韵句”写诗，英语和德语就不大适用这种格律。用“三韵句”写成的英文诗，最成功的作品是雪莱的《西风颂》，全诗五节，共七十行，算是较长的抒情诗，但和《神曲》的篇幅相比，相差还很远。英、德翻译家也有用这种格律译《神曲》的，他们步武前贤，刻意求工的精神是令人钦佩的，然而对照原文细读，就会发现，他们为使译文合乎格律，往往削足适履或添枝加叶。前一种做法有损于原诗的内容，后一种做法违背原诗凝练的风格。译成抑扬格无韵诗的译本，如美国诗人朗费罗的译本，由于不受韵脚束缚，这种缺点很少出现；而完全摆脱格律束缚的散文译本，如美国但丁学家诺尔顿的译本和辛格尔顿的译本，则尤为忠实可靠。这些事实坚定了我用散文体的信念。

不言而喻，把诗译成散文等于用白开水代替存放多年的美酒，味道相差甚远。我的目的仅在于使读者通过译文了解《神曲》的故事情节和思想内涵，如欲欣赏诗的神韵及其韵律之美，就须学习意大利语，阅读原作。正如但丁所说的：“人都知道，凡是按照音乐规律来调配成和谐体的作品都不能从一种语言译成另一种语言，而不致完全破坏它的和谐与优美。”

在《神曲》三部曲中，我最喜欢的一部是《炼狱篇》。因为这部是写人世间生活的，人情味重，怨恨少，而忏悔多，是三部曲的重中之重。所以我一心要把它译得更隽永、晓畅。翻译期间我与责任编辑王央乐同志和秦顺新同志的合作非常愉快。一九九〇年《地狱篇》出版并举行了首发式后，王央乐同志就退休了。人民文学出版社又让曾任外国文学编辑室主任的秦顺新同志做《炼狱篇》和《天国篇》的责任编辑。秦顺新同志在看完二十一章后，给我写了一封信，其中说：”您所花费的心血，只有看了这部译稿才能了解。我代表未来的读者向您表示敬意。“我看了这些热情动人的评语备感欣慰。另在信内附带的小条上指出，我把《炼狱篇》第二十章中原作的一句译成“就让贪婪之风冲进神庙”。“冲进神庙”指法王腓力四世贪得无厌，非法解散圣殿骑士团，没收其巨额财产。我译为“神庙骑士团”，是通用的译法，经责任编辑指出，使一般读者避免误解为另一骑士团，对此我很感激。

二〇〇〇年八月，终于译完了最后一部《天国篇》。历时十八年的《神曲》翻译，可以毫不夸张地说，是花费了我后半生的全部心血。古人云“人生七十古来稀”，而我已是九十多岁的老人了，我能在有生之年，把这部伟大的经典之作全译本奉献给中国读者，是我万万没有想到的，是值得庆幸的。

王焕生（1939—　　），江苏南通人。1960 年进入苏联莫斯科大学古希腊罗马语言文学专业学习，1965 年毕业回国后进入中国社会科学院工作。中国社会科学院外国文学研究所研究员，中国作家协会会员。一直从事古希腊罗马语言文学研究。主要著作有:《古罗马文学史》《古罗马文艺批评史纲》《古罗马神话传说》等；主要译作有：荷马史诗《伊利亚特》（与罗念生合译）和《奥德赛》《伊索寓言》《古罗马戏剧选》（合译），奥勒利乌斯《沉思录》，西塞罗《论共和国》等。其中荷马史诗《伊利亚特》和《奥德赛》于 1999 年荣获第四届国家图书奖,《奥德赛》于 2001 年荣获第二届鲁迅文学奖翻译奖;《古罗马文学史》被收入中国《国家社科基金成果文库》。2011 年 9 月荣获“意大利共和国总统奖章”。

《奥德赛》翻译琐谈

说实话，翻译荷马史诗《奥德赛》并非我的初衷，是在受前辈罗念生先生的嘱托完成《伊利亚特》的翻译后，才着手进行的。

古代希腊人以荷马的名义传下两部史诗《伊利亚特》和《奥德赛》，被视为一系列整体，成为欧洲古典文学的瑰宝。这两部史诗早已被翻译成世界上许多种文字，但在我国，对这两部荷马史诗的翻译，长时期里基本上一直处于从其他文字转译和介绍的状态，唯一直接从古希腊文翻译的是杨宪益先生的《奥德修纪》。

据杨宪益先生回忆，早在二十世纪六十年代初，周扬时任中宣部副部长，曾希望能直接从古希腊文翻译出版荷马史诗，并委托当时正主持《中国文学》

英文版翻译工作的杨先生脱产进行翻译。后来，这个项目被正式列为《外国古典文学名著丛书》的选题，并约请杨先生承担。杨先生当年曾就读于牛津，攻读古典。他首先从古希腊文翻译了《奥德修纪》（即《奥德赛》），但后来当他继续翻译《伊利亚特》（书名译为《伊利昂纪》）时，却只及译出第一卷的一部分，便因为需要完成《红楼梦》的英译而中断，并且此后由于种种原因，一直未能重新开始，给我国的荷马史诗翻译留下了一个令人惋惜的缺憾。

前辈罗念生先生直接从古希腊文翻译《伊利亚特》始自二十世纪八十年代中期。当时罗先生为选译古希腊抒情诗，开始选译《伊利亚特》中富有抒情色彩的段落。他最初选译了两个片段，一个是第六卷中特洛亚王子赫克托尔在城门口与妻子安德罗马克告别重返战场的片段，另一个是第二十四卷中特洛亚王普里阿摩斯忍痛前往希腊军队营寨赎取儿子赫克托尔的遗体的片段。这两个片段充满悲剧气氛，是《伊利亚特》中最具悲剧性、最富有情感感染力的两个片段。罗先生译出后，曾让我看过。在这之后，罗先生译出了整个第二十四卷，并且从体例上是独立成卷，显然是准备单独采用的。在以上翻译的基础上，罗先生进而产生了翻译整部史诗的宏愿，以弥补我国当时尚无直接从古希腊文翻译这部史诗的不足。

就这样，罗先生的翻译工作重新从《伊利亚特》第一卷开始，逐卷翻译。当时先生的身体已经不适，但仍坚持工作。在他本人得知患的是绝症后，他于一九九〇年三月十三日写信对我说，他“很达观”，并说“仍在坚持翻译 Iliad 第十卷的最后二百行，每天可译出三四十行。”先生的第二十四卷和第一至九卷的译稿都是在译出初稿后进行修改，再作誊抄的，但第十卷从第一行诗起便只遗下翻译草稿，译至该卷的第四百七十五行。先生一直渴望能译完全诗而搁笔，但为病魔所迫，只好在弥留之际嘱我在他之后译完全诗。罗先生的敬业精神令我钦佩，我接受了先生的嘱托。我在先生去世后，首先阅读了先生的诗稿，然后继续翻译，直至把史诗余下的部分译完。译稿在滞留一些时间后交人民文学出版社出版。出版社在审读过译稿后，希望我能继续把《奥德赛》也翻译出来。若不是罗先生开始翻译和临终前的嘱托，我从没有想到要翻译荷马史诗。

罗先生本人写过诗，翻译过一些西方诗歌。他曾经对中文诗歌的语言特点和外文诗歌的中文翻译问题做过认真的思考。《伊利亚特》的古希腊原文是诗体。早在二十世纪四十年代，诗人徐迟就曾经用无韵新诗体，从多种英译本节译过《伊利亚特》的十五个选段，一九四三年由重庆美学出版社出版。后来，傅东华又用散文体从英译本全译过《伊利亚特》，由人民文学出版社于一九五八年出版。众所周知，诗歌难译，由此便有诗不可译的说法。这种说法的理由很充分，也很有说服力。然而在翻译实践中，即便是用散文体去译叙事诗，在令人觉得这种译法有许多方便和优越之处的同时，也总是使人感到仍然存在某种缺憾。主要正是基于上述考虑，罗先生决定用汉语六音顿新诗体翻译六音步格律的《伊利亚特》。

在我开始翻译《奥德赛》之前，已经有两个《奥德赛》中文译本。除了上述杨宪益先生的译本外，另一个是傅东华的译本。傅译根据的是库波等的英文无韵体诗译本，并参考了多种散文译本译出。该译本初版于一九二三年，由商务印书馆出版。傅译用的是韵文体，译者在译本《引子》中称，他之所以采用韵文翻译，“只不过觉得这样的韵文比较便读”。

傅译的特点是语言流畅，富有诗韵气息，不过可能是由于采用韵文体的需要，且自英译本转译，因而有时候在文字表达方面与原文不是扣得很紧。杨先生的《奥德修纪》译稿在经历了六十年代中期开始的“文化大革命”幸存下来之后，一九七九年由上海译文出版社出版。杨先生的中国古典文学的功底深厚，加之对西方古典文化理解深刻，使得《奥德修纪》的译文典雅忠实。杨先生的《奥德修纪》采用的是散文体。据杨先生说，这是由于觉得用散文翻译比较通顺。后来杨先生翻译《伊利昂纪》时曾准备改用诗体，但由于觉得那样译出来与《奥德修纪》不配套，因而决定仍然继续采用散文体。我翻译《奥德赛》是作为《伊利亚特》的翻译的延续，我在翻译《奥德赛》时仍是按翻译《伊利亚特》的思路和格式进行。在我翻译《奥德赛》的过程中，上述两个译本给了我很多启示和帮助，使我获益匪浅。

翻译应求信达，即忠实于原文。这种信达和忠实理应包括文字内容和形式审美两个方面。任何古典作品实际上都是文献性的，荷马史诗更是如此。虽然一般说来，荷马史诗是一部文学性作品，但它同时也是古代希腊第一部书面传世文献，内容包含了丰富的古代社会知识，包含了历史、宗教、哲学、语言、民性、习俗等各个方面丰富的原始材料，因而它又常被人视为希腊古代的百科全书，成为后代研究那个时代的社会和历史的主要书面材料来源之一。许多研究者正是从这个角度对它进行称引，用以与其他来源的史料进行对照、比较。无论是从当代的翻译观念和要求出发，还是从史诗本身的历史价值出发，都要求对史诗的翻译在内容方面持严谨态度，力求使翻译文字表达准确，努力避免任何随意性的内容删略和主观理解性的文字添加。在文字表达方面，由于时代的变化，文化背景的不同，这里常常会遇到如何正确处理“外化”和“归化”的问题。罗先生一向主张，作为翻译作品，可以而且应该保留和带有一些外国味儿。我们的体会是在需要“外化”时可以适当直译，但要适度，不宜任意地造词或词语堆砌。至于“归化”，则应力求避免文化背景的混乱，特别是对汉语中那些出典性的词语的使用要慎重。总的说来，不管是上述哪一种情况，都应该力求用规范、通顺的汉语去表达。

荷马史诗曾经出现过许多英文译本，其中许多译本非常出色，英国诗人库波的诗体译本至今仍然受到人们的称赞。但是一些严格的评论家认为，库波的译本不是荷马，意思是说，库波的译诗虽然很优美，但是那不是荷马原诗的风格。对库波的翻译的评价涉及的实际上是一个如何处理翻译风格问题。一般认为，荷马史诗的风格朴实、庄严、崇高，即文字朴素而不华艳，叙事庄严而不鄙陋，意境崇高而不卑俗。荷马史诗的语言具有民间诗歌通常具有的那种简朴特点，行文如流水，清澈、明洁、流畅，叙述明快，不冗赘、繁褥，同时它作为叙述古代希腊民族历史上的一个重大的事件的史诗，又给人以一种憾人心灵的崇高之感。这就要求我们在翻译时努力体会原诗的风格，注意在整体上予以把握。

荷马史诗的希腊原诗采用的是所谓的史诗格，即扬抑抑格。每行六个音步。由于诗行中大部分音步中的短音节可以用相应量的长音节替换，因此每行诗可以有十三至十七个长短音节不等，从而可能出现形成十六种诗行音步变异。上述情况使这种格律在实际使用中既严格，又具有很大的灵活性，并且成为修辞表达的重要手段之一。古希腊诗歌强调韵律，但古希腊诗歌的韵律的概念与中文诗歌韵律的传统概念不完全相同。“律”主要指长短音节有规律地交替变化的节律，“韵”则主要指词语搭配时语音的和谐，不压尾韵，不强调行末断句。由此可以看出，原诗的格律要求和中文的诗歌习惯之间存在明显的差别。不过不管怎么说，六音步格律与六音顿的自由体新诗诗行仍有一些相近似的方面。我们采用六音顿的新诗体翻译是因为觉得用旧体诗翻译会太拘泥于形式而损害意思的表达，而且那也是我们力所不及的，新诗体在形式方面打破了旧体诗的严格的束缚，但仍保持了音韵和节律这两个基本要素。中文如何翻译西方诗歌和如何认识、处理音顿等问题，曾经在文学界进行过探讨，涉及许多理论和实践方面的问题。我们采用这种形式翻译，主要是在力求忠实表达原文内容信息的同时，适当考虑中文诗歌的传统特点，如尾韵、断句习惯等，但不强求，以自然、适度为限，从而能赋予诗行以一定的节律约束。

荷马史诗属长篇叙事诗。对这样性质的诗歌，即使采用诗体翻译，也可以采用各种不同的诗体形式。徐迟节译《伊利亚特》时采用的是五音顿诗行，其中可能不无他所用来转译的无韵体英诗译本的影响。我们采用六音顿诗行，主要是因为觉得这种音顿的诗行显得更沉稳一些，因而与原诗六音步的风格也更贴近一些。诗歌翻译通常要求能对行翻译，然而由于语言结构和表达方式的差异，诗歌习惯的差异，要求绝对地相对是不可能的。例如复合句的结构，汉语和西方语言之间便存在很大的差异，又如诗行行末断句是汉语诗歌的基本习惯，而原诗格律是音节性的，理论上任何一个音节后面都不以语意性断句，因此诗行的行尾或开头常常可以不是一句话的开始或结束。由此，翻译在许多情况下实际上只能是相对性的，我们所能做的，也正如我们在译本前言中所说的，只能是“基本对行”。

诗歌翻译本来就是一件非常困难的事情，以上所说是我们在翻译过程中的一些体会和思考。无论是有关内容，还是有关形式，我们只是勉强而为之。曾经有人问我，翻译荷马史诗时觉得什么最困难。我确实被问住了，因为我在翻译时觉得困难很多，哪方面都困难。一般认为，荷马史诗是公元前九至八世纪的作品，起初口传，后来录成古希腊语文字，叙述的是公元前约十三至十二世纪期间的事情。要进行翻译，语言和一定的社会历史知识是必须具备的。我虽然在这些方面曾经学习过，但对它们的了解仍然很肤浅，因而常常感到难以处理，不得不向有关专门家请教。古罗马诗人维吉尔（公元前一世纪）的《埃涅阿斯纪》是一部神话—历史传说性史诗，叙述特洛亚被希腊军队攻陷后，一部分幸免于难的特洛亚人在埃涅阿斯的带领下，出海漂泊，另建新的邦国的故事。诗人写作这部史诗时对荷马史诗进行了模仿。维吉尔距他所叙述的事件的时代比荷马要晚好几百年，但是研究者惊异地发现，维吉尔在史诗中对古代民情、风俗的描写非常准确，表明诗人对他所描写的东西曾经进行过认真的研究和考证。维吉尔的这种认真态度是翻译工作的楷模。

翻译的落脚点是最后的母语表达。我个人的体会是前一方面的不足可以在翻译过程中逐渐弥补，而在后一方面，要使中文表达准确贴切，则不是可以一蹴而就的。在这方面，我深深感到与前辈们的差距。这里不只是一个文字表达问题，同时还包含许多其他因素。古罗马著名演说家、拉丁语大师西塞罗（公元前一世纪）在谈到演说练习时，曾提出可以利用现成的诗歌或演说辞进行复述练习。他在谈到自己采用这种方法进行练习的感受时说，当他采用古罗马诗人恩尼乌斯（公元前二世纪）的一段诗歌，力求用尽可能最合适的词语进行复述时，他发现最贴切、最优美、最出色的词语都已经为恩尼乌斯所采用。如果真是这样，那么恩尼乌斯的作品真是如有些人认为的那样，是一种翻译定本，而且是一种跨时代的翻译定本。

以上谈的是我翻译荷马史诗，特别是后来翻译《奥德赛》过程中的一些体会和想法，其中包括罗念生先生等给我的指导。我在为《伊利亚特》译本写的前言中便曾经强调说，我们的翻译，特别是我自己的翻译，仅仅是一种尝试，现在仍然如此，无其他奢求。

王军（1952—　　），黑龙江省哈尔滨市人。1975 年毕业于北京外国语学院意大利语专业，后留校任教。1981 至 1983 年赴意大利进修。主要研究领域为意大利语言与文学。现任北京外国语大学教授，博士生导师，中国意大利文学研究会副会长，中国意大利语教学会副会长，中国译协汉译意研究会会长等职。著有专著 3 部、译著 7 部，撰写各类学术论文 20 余篇。2012 年被意大利共和国总统授予“意大利之星骑士勋章”。

对文学翻译的几点看法

一、文学翻译是一项十分困难的工作

从绝对意义上讲，文学作品是不可译的，散文体作品不可译，诗歌就更是不可译了。这是因为，准确无误的翻译是一种难以达到的标准，准确无误的文学翻译就更是无法实现的事情了。

二十世纪初，相对主义哲学在西方十分流行，意大利著名作家皮兰德娄的“面具文学”充分地反映了这种哲学思想，现当代的抽象派艺术亦清晰地体现了这种哲学思想。按照相对主义的哲学理论，人与人之间的理解是相对的，不理解是绝对的，可沟通性是相对的，不可沟通性是绝对的。“接受美学”的出现也说明了读者对同一篇文学作品可以有各种不同的解读。用作者使用的同一种语言阅读文学作品尚且存在着各种不同的解读，那么我们是否可以说一部翻译作品只不过是译者自己的解读呢？即便他对两种语言都十分精通，译作也只能是译者的个人解读，它与原著已经是两种不同的作品，反映的思想也与原著有一定差异。因而，我们常说“翻译就是背叛”（意大利语为 tradurre è tradire）；我们还可以说，各位同仁都在做着人力所不可为的事情，明知不可为而为之的人，应该被看作英雄还是不识时务者呢？为了实现多种文化的交汇融合、取长补短、相互促进成长的美好目标，我们必须知难而进，克服一切困难，去翻译文学作品；因此，我认为，正在做着这一伟大事业的严肃认真的文学翻译者应该被看作明知不可为而为之的英雄。

文学作品是由内容和形式两个部分组成的，在翻译文学作品时，我们不仅要尽量如实地展示原著的思想内容，而且要努力地体现原著的艺术形式，即努力地体现文学作品的语言风格，这就更增加了翻译工作的难度。如果文学翻译工作者只关注作品内容，而不注意作品的艺术风格，我认为，翻译作品就不再应该被看作是真正意义上的文学作品了，而只能被看作是展示某种文化现象的文化作品；因为文学的本意指的就是语言艺术，去掉了语言风格，即在某种意义上去掉了艺术形式，所谓的语言艺术也就不存在了。

同时，我们还必须照顾文学译作读者的审美习惯和情趣；否则，读者就只能了解译作的内容，而感觉不到译作艺术风格的美；这就又增加了一层文学翻译的难度。既然我们必须去做文学翻译这种“不可为之事”，既然“翻译就是背叛”，那么我们可以做到的就是，在“少背叛原著”的同时，尽量满足文学翻译接受者的审美要求，即尽量使用读者习惯的、容易接受的文学语言做文学翻译。翻译小说时应采取此种态度，翻译诗歌时也应采取此种态度。因此，我们可以说，在某种意义上讲，文学翻译也是一种文学再创作。

二、文学翻译的首要任务是理解

理解是翻译的起始点，起点错之分毫，终点便会谬之千里。在我们的文学翻译实践中，由于理解不同，同样的原文便会出现差别极大的译文。意译汉如此，汉译意亦如此。

我曾经见到过由理解错误所造成的荒谬至极的意译汉的文学作品，如：把人名翻译成地名，把时间相差两千多年的不同的历史故事混为一谈。看这种译文真有点像是在听侯宝林先生说《关公战秦琼》的相声。

意译汉中存在着理解问题，汉译意中也同样存在着理解问题。在我所见到的《论语》汉译意的三个不同的版本中，就存在着由于理解不同所造成的不同的译文。如“君子”一词，在三个版本中，竟然至少有五种译文：signore- 举止和品味高雅之人，saggio- 智慧之人，nobile- 高贵之人，uomo virtuoso 有道德之人，uomo nobile d'a nimo- 灵魂高尚之人。其实，我认为，哪一种译法都没有准确、全面地注释出汉语中“君子”的含义。“仁”一词，也至少有三种译法，benevolenza- 对他人的友善精神，perfezione morale- 道德的完善，virtù perfetta e interiore- 内在的完美德行。“孝”一词也有许多译法，如：pio- 顺从，pietà verso i genitori- 对父母的爱，pietà filiale- 儿女之爱，pietà e obbiedienza- 爱与顺从。我不想再列举其他例子了，只想说，一种文化所凝练出的最典型地体现这种文化的词汇，往往具有很深广的含义，不十分精通这种语言，不对该语言所表现的文化有极其深刻的了解，是很难准确理解这些词汇的，更难以用有着巨大文化差别的另一种语言中的某一个词汇将其解释清楚；在翻译中我们应十分重视这一点，努力弄懂原文的全面、准确的含义，以避免误导译文的读者，导致他们对辉煌的中华文化或其他文化的误解。

三、翻译时应尽量避免毁坏原文的文化符号和文学意象

我认为，在做文学翻译时，应该十分注意各文化之间的差异问题，因为它决定了译作是否能够准确地表现原著的含义。东西方之间存在着巨大的文化差异，它直接影响着人们的思维方法和审美情趣，它把截然不同的“文化血液”分别注入东西方人的血管之中，使他们经常对相同或相近的艺术形象和语言表述有不同甚至相反的理解。

我们在意大利语文学教学实践中，经常遇到这样的现象：学生读完一篇意大利文学原文作品之后，当老师问他们有没有词汇和语法问题时，学生回答说没有，语法现象都已经学习过，生词也都查阅过词典；当老师问是否明白了作者所要表达的意思时，学生又经常犹豫不定，不知如何回答，或者做出很不准确的回答。这是为什么呢？这是因为，造成人们理解文学作品困难的不仅仅有语音、语法、词汇等纯粹的语言因素，还有许多非语言因素，这方面的例子是不胜枚举的。

我们选用了意大利当代著名小说家埃里奥·维托里尼（Elio Vittorini）的作品《西西里对话》中的一段文章作为本科二年级下学期的精读课文，文章中，作者讲述了自己乘船返回家乡西西里的过程。其中有这样一段描写：甲板上，作者迎着强烈的海风，大口大口地吃着刚刚买来的家乡的奶酪，尽管奶酪具有西西里奶酪传统的很强烈的辣味儿，他却感觉味道很淡。在表示“味道很淡”时他使用了“白”作为形容词。中文中很难使用表示色彩的形容词来描写味道，

此处，语法和词汇知识对理解简单的形容词“白”就显得不够用了，因此，还需要有意大利式的想象力，这种想象力的大小肯定是取决于对意大利文化的了解程度。

意大利人阅读汉语文学作品时也同样会遇到类似的问题。我在意大利米兰大学任教时，曾经辅导过一位学习汉语的意大利女学生，当时，她正在准备毕业论文，翻译一篇关于中国古代生活的小说；小说中有一段两位士大夫之间的对话，女学生觉得对话中的某些句子十分古怪，无法理解，比如：“犬子不才，实难当此重任”。在中国的传统文化中，“犬子不才”只是文人之间惯用的一种谦辞，丝毫没有骂儿子是狗的意思。再如，“他拂袖而去”。离去就离去吧，为什还要拂袖呢？中国古人穿长袖袍子，“拂袖而去”即愤然离去。如果不了解这些重要的文化因素，是永远不会正确理解上述语言的。

文学作品，尤其是诗歌作品，都充满了具有象征意义的文化符号和诗的意象，外国文学如此，中国文学亦如此。在翻译文学作品时，一定要十分注意不同文化中的不同的文化符号和意象的转移和变化，在转移时一定要尽量避免文化符号和意象的毁坏和发生质的变化。

比如，“龙”是中国文化中的一个重要的图腾，是众所周知的中国文化符号，《辞源》中说，龙“是古代传说中的一种善变化能兴云雨利万物的神异动物”，一般为正义力量的象征，而翻译到意大利语时被译成 dragone，意大利词典对 dragonc 词义的注释为，“一种令人难以置信的妖怪，形似长有翅膀、口中喷火的巨型爬行动物”，是一种恶势力的象征。我没有认真考证过最初是何人、何时把“龙”一词翻译到西方语言的，也没有考证过为什么把“龙”译成 dragone，也许是因为两者外形有些许相似吧。采用此种译法时，或许西方人有意丑化中国，或许当时食不果腹的中国人还顾不上中国在世界上的文化形象；总之，今天看起来，此种译法不利于在世界上树立良好的中国文化形象。

在中国传统文化中，白色服装为孝服，而在西方，白色服装却象征着纯洁，因而新娘子要穿白色婚纱。中国文学中，夜晚的月亮常常会引起人们对亲人的思念，如李白说：“举头望明月，低头思故乡。”苏轼说：“人有悲欢离合，月有阴晴圆缺，此事古难全。但愿人长久，千里共婵娟。”这里婵娟指月亮女神嫦娥，而在西方文学中，月亮女神狄安娜却是一位冷面美女，禁欲女子的象征。在中国文化中，“鸳鸯”代表着男女之间忠贞不渝的爱情，而直译成西方语言就变成了一种“东方的鸭子”，没有了任何浪漫色彩。再如，中国文化中，常用“芙蓉”和“桃花”等形容女子的美貌，而西方则常用玫瑰与百合形容女子的美丽和纯洁，比喻爱情。中国文化中，常用出污泥而不染的荷花和挺拔坚硬的竹子来比喻人的正直和刚正不阿，而西方文化中则没有这样的比喻。

不注意上述我们所说的文化差异，就会惹出许多笑话，如：捧着菊花去西方人家中做客，在外销的床单上印上大朵菊花等；因为菊花是中国古代文人十分喜爱的高贵的花朵，如孟浩然在诗中说："待到重阳日，还来就菊花。"陶渊明也在诗中说："采菊东篱下，悠然见南山。"

正是因为各民族之间存在着文化差异，我们这个世界才丰富多彩，才十分美好，但差异又为我们制造出许许多多的相互理解的困难。众所周知，每一个民族都在自己文化、历史和传统的基础上形成了自己独特的具有象征意义的文化符号，这些符号十分美妙和具有诗意，因为它们可以引起人们奇异的联想；对本民族来讲，这些符号并不难理解，因为人们已经习惯了它们，而对其他民族的人有时却十分神秘和充满了奥妙，因为在其他民族的血管中流淌着不同的文化血液。因此，把具有明显民族文化特点的文化符号从一种民族语言转移到另一种完全不同的语言之中并非易事，需要翻译者十分小心，否则，便会因为在转移的过程中文化符号发生质的变化，使译文毫无意义，甚至无法理解。

那么如何解决这一问题呢？我认为除了精通本国和对象国语言之外，还要努力、认真地学习本国和对象国文化，从而有能力敏锐地察觉两国文化符号之间的异同。在能够保证文化符号和文学意象不发生变化，至少不发生质的变化的情况下，我们可以采取词对词的直译方式，否则便应采用词组的形式，尽量全面准确地诠释原文词义；当翻译像"龙"这样的词汇时，如果在西方语言中不可能找到准确表示其含义的词汇或词组，我主张不译，只用拼音注明其发音，然后再用注释加以解释；这样比错译造成不良影响要好得多。其实，这种做法在翻译中是十分常见的；如把民主译成"德谟克拉西"，把发动机译成"马达"，把涡轮机译成"透平"，把"大字报"译成 dazibao，把"一大二公"译成 yidaergong，这样的例子不胜枚举，之所以这样翻译，都是因为无法找到准确诠释原文含义的词汇所致。

四、不顾两种语言及文化差异的字面直译是对原文的重大背叛

经常有人以尊重原文为理由，要求翻译者句对句、词对词地进行直译，原文采用一个形容词、动词或名词，译文中也应该采用一个形容词、动词或名词，原文采用两个形容词、动词或名词，译文中也应该采用两个形容词、动词或名词。殊不知，外文的一个词汇中经常包括汉语的数个词汇的含义，反之，汉语的一个词汇中也经常包括外文的数个词汇的含义；因而，上述所谓尊重原

文的翻译要求是极不科学的。

如果在译文中用所谓与原文相同或近似的词汇和表达方法能够表述与原文相同或近似的含义，我们何乐而不为呢？采取这种直译的方法，至少可以避免由于我们自己的错误理解所造成的错译；前面我们已经讲过，错误的理解是完全可能的，因为人与人之间的可沟通性是相对的，不可沟通性是绝对的。然而，前面我们还讲过，一种文化所凝练出的最典型地体现这种文化的词汇、文化符号和文学意象，往往具有很深广的含义，很难在另一种相距甚远的语言与文化中找到相对应的词汇、文化符号和文学意象，因此我们不得不努力地理解原文的含义，“消化”它，将其转化成另一种文化和语言的营养，以滋养译文。

不顾译文读者是否接受，以尊重原文为理由，一味地直译是十分有害的。因为当直译不能准确地表现原文所含有的文化内容时，直译并不是尊重原文，而是对原文内容和形式的重大背叛。这里，我想举一个实例，来说明这个问题。许多年前，一位首长访问意大利，在他的一篇发言稿中，有一句话，其大概意思是“中国正在全力以赴地建设四个现代化”，这句话被一词不差地直译成意大利语；当有人提出不同意见时，翻译者认为，这样的翻译是尊重原文。其实，在意大利文中，这句话是错误的，因为现代化一词是抽象名词，只能使用“实现”一词与其搭配，不能使用“建设”一词。这样的翻译只能给意大利人一个错觉，他们会认为，翻译用词不当，或中国领导人语言水平太低；这种错觉是我们翻译工作者应该尽量避免的。

王以铸（1925— ），天津市人。祖籍浙江余姚。就读于天津南开中学、新学书院、北京大学。曾任人民出版社编审，中国翻译工作者协会理事。译作有《希罗多德：历史》、《塔西佗：编年史》、《塔西佗：历史》、《撒路斯提乌斯：喀提林阴谋、朱古塔战争》、《普洛科皮物斯：战争史》、《古代东方史》、《古代罗马史》、《新编近代史》（第一卷）》、《古代希腊文学史》、《恺撒评传》、《奥古斯都》、《罗马皇帝尼禄》、《卢森堡：论文学》等三十余种。参加过《中国大百科全书》（外国文学和新闻出版部分）和《不列颠百科全书》的撰稿和校订工作。旧体诗有合集《倾盖集》。2004 年获中国翻译工作者协会表彰的有突出贡献的资深翻译家，并被授予“资深翻译家”荣誉称号。

我翻译了一部诗集

这些年很少回忆自己译过的东西，今天给了我这个题目，我想谈谈自己译过的一部诗歌选集。

我喜欢读诗，还发表过极少的一点旧体诗，但我不是诗人；我发表过一些类似随笔或杂文的文字，但我不是作家或文学家；我翻译过西方古典历史作品，但我不是专业的翻译工作者，更不敢说是翻译家。离休以前，几十年来我一直只是在一家出版社的编辑工作岗位上的普通一兵。逝者如斯，时不我待，建国时我们这一代还都是青年，现在都成了老年人。由于健康情况还过得去，我有幸亲身经历了近二十多年的太平盛世，遗憾的是新中国成立以来历次政治运动和十年浩劫我都赶上了。

在几十年的编辑工作里我要和大量的书稿打交道。老实说，要把编辑工作真正做好是很辛苦的。中外文水平要不断提高，专业素养的广度和深度要跟得上时代的需要。选题、组稿、物色作者译者以及来稿的审读、修改、校订、加工，没有一个环节是轻而易举的。为了把书出好，往往还要离开办公桌一次次地外出，几乎跑遍了大半个中国。即使是这样，多年间编辑工作往往也只能在政治运动的间隙中进行，而认真工作反而成了白专道路、业务挂帅；业务挂帅就是反对政治挂帅，就是用业务来压政治，在那些年这类的罪名是谁也担不起的。

我对语言文字学和各种外语的爱好给了我的编辑和翻译工作很多方便。我少年时期便就读于天津最老的一所英国教会学校，外语学习环境不错而自己又用功，所以英语是有根底的。同时我又在一所法国教会学校的夜校学法语，没有多久我便听懂用法语讲授的《法国环游记》了。至于德语，也是在中学时通过日本关口存男的六册德语讲座学会的。当时精力充沛，求知欲特强，而我们自己又没有合适的德语入门书，因此只好先借助于一位亲戚的日语函授讲义（商务印书馆办的）把日语突击下来，然后借着日语这个工具把德语拿下来。新中国成立后我使用得最多的俄语也是我四十年代中期通过八杉贞利的一套俄语讲座学会的。后来因为已经有了几种外语的底子，我又涉猎或初步自学了东西方的一些古典语和现代语，如希伯来话、希腊语、拉丁语、西班牙语等等。

我一向有很好的记忆力，进入老年之后仍然过得去，但记忆力好未必就能保证学好外语，还得讲求方法。在这方面我得益于英语界前辈葛传椝先生的著作之处最多。学习认真当然好，但葛先生还要告诉我们要怎样认真才能学好英语。我少年时听英国教员讲课，他（或她）至多只能把书本上的东西给你讲清楚，但这和我是否一定能学好英语没有直接联系。而葛先生却能做到具体指导一个中国人怎样把英语学深吃透，这是英国教员很难办到的。葛先生先后发表了两部关于英语惯用法的辞书，我几乎逐条仔细读过，它们给予读者的启示真是令人受益无穷。后来我就用这种方法学习其他外语，也用这种方法帮助别人学习外语。

翻译工作需要外语知识，反过来又有助于提高外语水平。我们平时浏览外语书可以只视其大意，翻译时就非得对每个词每句话都理解得准确之后才能下笔，否则就是欺骗读者。严复提出的信达雅的标准，信是不要歪曲原意。达是译文表达得清楚。孔子说："辞，达而已矣。"就是要把话说清楚叫别人能懂。至于雅，问题就比较多。理论上原文和译文要严格对等，这在翻译自然科学的书时还比较好办，译文史方面的书，特别是译小说、戏剧、诗歌，原文风格多种多样，译文就不能全变成一个调调。我少年时曾用自由体的英语译了若干首陶渊明的诗，请一位我知道能读我国古文的英国教员修改，修改后原诗的内容都保留下来了，也没有什么语法方面的错误，但读起来却更像是平时的英语作文。原文的味道、神韵都没有了，哪里还有陶渊明？

因此当绿原兄委托我翻译歌德、席勒叙事谣曲选时，我首先是非常欣赏他提出这个选题的眼力，因为两位诗人的诗作中属于叙事谣曲体裁的虽然不多，但几乎都是精品。鉴于过去自己译诗的失败经验，我最初把它们试译成五七古。且不说这种文字的转换对我来说是何等吃力，即使有若干诗句还过得去，但那更多是我自己的创作。想来想去，还是先要承认译诗的局限性，老老实实用通行的白话文把原诗的意思传达过来，连带地把原诗的样式也介绍给读者，所以在此的译者前言结尾处我向读者承认：

“至于译文，不敢妄想帮助读者来欣赏歌德、席勒的艺术成就，只是希望读者通过这本小册子能知道原诗大体上是个什么样子，里面都讲了些什么，也就是说，是只在大体上忠于原文的基础上，尽量使文字通顺一些，略能上口（也可以押一些韵，但不硬押），如此而已。至于韵律问题，因为两种语言的差别实在太大了，强加比附不可能也没有什么意思……这部诗集至多只能算是一种试译，但毕竟呈现到读者面前了。”

稍后，有感于译事、特别是译诗之难，我写了一篇《论诗之不可译》（副题是兼论译诗问题）作为专稿发表在外文出版局的内部刊物《编译参政》上（一九八一年第一号）。其实诗之不可译根本不是我的创见，古今中外千百年来不少人提出过类似的看法，我不过是根据自己的体验用实例加以论证而已。文章发表后被转载在几种翻译论文集里，这却是我没有料到的。

此外，这部诗集还推动我对德国的叙事谣曲做了一些探讨。为了方便读者，我适当地添加了注释，还为每首做了题解，有时为了一个年代或一个史实要跑好几次图书馆才能解决。这毕竟是我唯一的一本译诗集。

附带提一下，大概是在二十世纪的八十年代，在北京首都剧场楼上的小礼堂举行过一次德语国家的文艺晚会。有一个节目就是朗诵我译的席勒的《手套》。当时人们告诉我诗的朗诵者是一位电影演员，他那深沉的语音居然使人感到了原作的一些气势。我想这可能是由于朗诵者对诗歌的内容做了研究和他的深厚的台词功底。此外诗歌的形式也起了一定作用。当时之后不久西安外院讲授德语的梁家珍兄陪着一位德国（当时还是西德）友人来看我，我又请这位德国友人把《手套》朗诵一遍，录了下来。叙事谣曲在朗诵与歌唱中的效果和写在纸上的诗句大不相同。这使我想起我的一张夏里亚平唱的、歌德原作由舒伯特配曲的《魔王》旧唱片，那诗句，那旋律，那金石般的歌声听了真使人惊心动魄！但愿大手笔的作曲家使这些叙事谣曲都能安上音乐的翅膀。

魏荒弩（1918—2006），原名魏真，河北无极人。1940 年毕业于遵义外国语专科学校俄文专业。20 世纪 30 年代末开始写作与翻译。40 年代初曾与友人主编《枫林文艺》、《诗文学》和《诗文学丛书》。主要作品有《爱底高歌》、《捷克诗歌选》、《捷克小说选》、《伊戈尔远征记》、《俄国诗选》、《十二月党人诗选》、《涅克拉索夫诗选》、《涅克拉索夫初探》（专著，获“北京大学首届科学成果奖”）、《涅克拉索夫文集》（共三卷，获“第二届全国优秀外国文学图书奖一等奖”）、《隔海的思忆》（散文）、《渭水集》（散文）、《枥斋余墨》（散文）、《府藏胡同纪事》（散文）、《论涅克拉索夫》（专著）等。

译诗的境界

只要你经过实践，便会体验到：能确切地翻译散文，已属不易，译诗就更难了。这里所说的难，有内容的问题，也有形式的问题，有理解的问题，也有表达的问题。何况，诗是文学中的文学，诗的语言最精粹。它用经过反复挑选过的最合适的语言来表达其最美好、丰富和微妙的思想感情。所以它精练、优美、含蓄、和谐，往往言在此而意在彼，言有尽而韵味无穷。其声音、色彩之美，既难描绘；暗示、双关之妙，更难表达。这在印欧语系语言和汉藏语系语言之间尤为显著。因为西方拼音文字的语法结构、诗体格律与我们的方块字的语法结构、诗体格律完全不同，如何译好诗，实在不是一件容易的事。所以有的译者在吃尽苦头之后，曾不胜感慨地说：“翻译诗是一种‘不合理’的事情，夸大一点说，其不合理性可以比之于把达·芬奇的油画翻译成中国画，或把贝多芬的奏鸣曲翻译成中国音乐。幸亏音乐语言、美术语言可以免去翻译之苦，而直接为各国人民所欣赏、所理解；唯独诗歌语言则不能。结果，诗歌译者不得不勉为其难，从事不讨好的工作。”鲁迅早在三十年代也说过同样的话：“译诗，真是出力不讨好的事。”译诗，虽然的确是吃力不讨好的，但总还得有人去做，而且应该尽量地把它做好。

我们知道，诗与散文不同，那么译诗和译散文的方法，自然也就不同。翻译散文作品，主要是在表达原文的思想内容，只要忠实地译出原意，在艺术形式上就不会有多大问题，译诗则不然，它除了表达内容和形式以外，还要传达原诗的音韵和意境。这便需要译者做出更大的努力，付出更多的劳动。

谈到翻译方法，过去我们的前辈立有“信、达、雅”三项标准，其后又有“直译”与“意译”之分，并曾有过争论。对于“信、达、雅”的解释，不仅因人而异，而且因时而有所不同。至于“直译”与“意译”的分法，显然有一些勉强，因为它既不能说明具体的方法，也不能指出翻译的步骤，充其量不过是译者所偏向的一种表达手段而已。前人的主张，自有其可供参考之处，这里不拟再一一赘述。现在仅就诗歌翻译的实践，亦即从理解、表达、韵律和语言等方面谈一点粗浅体会。

理解，最能表现一个译者的语言水平和艺术修养。同一篇诗的不同译者会产生良莠不齐的译文，因为个人所表达的只是他自己所理解的。况且，诗人情思浩淼，译者难以穷尽。

有时一个词或一行诗所表示的思想感情非常复杂，翻译时，如果仅从字面出发，往往会歪曲原文，或者表达不出原文的奥妙和深刻涵义。所以谈到理解，而且理解得确切、透彻，就必须熟读原诗，反复吟咏，细心琢磨，达到心领神会、融会贯通的地步。我们不仅首先应理解诗人在歌颂什么，同情什么，以致他在反对什么和鞭挞什么，而且还要把原诗中充沛的感情表达出来，把它的感染力尽量传达给读者。为了使翻译能够传神，有时还需要像诗人那样去观察生活，或者以自己的生活体验来理解诗的思想感情。总之，时代在前进，条件也在变化，译者的理解和表达能力，通过前人的劳动，也在不断地提高。译本也有更新换代的问题。任何开创性的东西，都不会是尽善尽美的。如果没有前人的翻译成果，也就不会有后来个别重译本的质量。后人应该超过前人，这是必然的规律。严格说起来，我们过去译的某些诗都还是一些毛坯或半成品，更完美的译本，要靠后来者去创造。

译诗到了表达阶段，便是一种创造性劳动。一个诗歌译者绝不能单纯地、机械地去模仿原诗，而主要是忠实地再现原诗的思想内容、音韵和意境。为了传达原诗的精神，翻译时就不能逐字逐句、亦字亦趋，斤斤计较一字的增删，死守着诗行的次序不放。基本的要求是，神（内容）形（形式）兼顾。既不脱离原诗，也不尽为原诗所限。只要能抓住原诗的思想脉络，在遣词造句上与原文略有参差，也是可以允许的。为了音节的铿锵、韵律的和谐、形式的完美，对诗行还可以上下调动、前后互换，或合并，或分解。所有这些，都是有所为而发的。但调整诗行，必须慎重。译诗的总行数应与原诗相同，不得随意增减，以免把诗的体式搞乱。如外国的“商籁体”必须是十四行，如译出的是十三行或十五行，便名不副实，不能称其为“十四行诗”了。就是译其他东西，也不能例外，这是每个诗歌译者一向恪守的准则。诗的这一樊篱如被冲破，任凭译者在那里铺张扬厉，自做文章，那还成什么翻译？曾见有人译出的长诗，竟比原文多出数百行。令人诧异之下，我们不禁要问：这多出的几百行该怎么交代？是我们的汉语贫乏吗？且不管你怎样追求译诗的“自由”，但总不要忘记，这是翻译，不是改写，既是翻译，就要忠实，就是要尽可能保持原诗的本来面目。如果过于大胆，以为译诗可以“自由”到有根据自己的、“融会”而任意驰骋的权力，那么译出来的东西，充其量不过是原文的一个疏解或注释。对这种做法，实在不敢苟同。我相信我们祖国的语言，它最善于言情状物，有足够的能力来表达当今世界上一切最微妙的思想感情，不劳我们的译者再做多余的敷衍和铺叙。

外国诗歌的体式、格律和中国诗歌的体式、格律既然完全不同，那么译者如何体现外国诗歌的体式和格律，实在是一个值得研究而又颇费周章的问题。回顾自本世纪以来的诗歌翻译情况，对这个问题的处理，大致有三种倾向：最初是，由于受历史的局限，我们的前辈曾以中国古典诗歌的四言或五、七言为框子，企图迫使生动活泼的外国诗就范。这显然是一种削足适履、伤词害意的办法。严格地说，这不是翻译。苏曼殊的《赞大海》和《哀希腊》虽然脍炙人口、传诵一时，但那不是拜伦，那是曼殊大师自己的创作。另一种是，在翻译时极力模仿原诗，依样葫芦，企图完全予以复制。我们知道，由于中外语音、语法结构相差太远，这根本是不可能的。过去曾有人做过这样的尝试，事实证明完全是徒劳的。译诗的体式、格律既然不能与原诗完全一致，那么由于勉强从事的结果，往往会弄得诗句非常晦涩难懂，甚至佶屈聱牙，令人不能卒读。最后一种是，不顾诗的体式、格律，只取分行排列的形式，不管行的长短，也不管韵的有无。这样译诗，自然比较简便，词句也可以活泼流畅。但是没有韵律，终像分行的散文，读起来也觉索然无味。诗的美，诗的感染力，无疑要大大减弱。

关于译诗的韵律问题现在仍然有人在议论，不过大体依旧是我国前辈探索的继续。有人主张，无论原诗有韵无韵，都可以译成自由诗，能押韵就押，不能押就不押，绝不能勉强，只要形成节奏，读起来感到美，感到流畅就好；也有人认为，原诗有韵，译诗也应有韵，原诗无韵，译诗也就无韵。那么韵该怎么押呢？主张也不相同。有人主张押韵的位置次序都要跟原诗完全一样，或者基本上相同；有人主张按一般中国诗的习惯，二、四、六押韵；也有人认为有韵就成，不应拘泥原诗韵的次序，也不完全遵守中国诗的格式。总之，关于译诗的韵律问题，虽然众说纷纭，却一直在各行其是，我照我的主张译，你照你的主张译。在这个问题上，就像我国新诗的韵律一样，大家都还在继续探索，一时不易解决，而且怕永远也得不到彻底解决。在艺术形式问题上，我们不能强求一致，还是让人们继续试验下去，看到底哪一种形式能为广大读者所接受。

译诗的语言，也是一个重要问题。我的基本看法是：精练简洁，生动感人。具体一点说，语言首先不能脱离原诗的思想感情，要真实自然，要明白晓畅，绝不要雕琢卖弄，更不能无原则地追求所谓“美”的语言，所谓“诗”的语言。译者要多多采用口语，但必须经过加工；避免散文化倾向；反对各种陈词滥调和油腔滑调；反对为了凑韵而任意胡诌，甚至无中生有，强加于人；少用，尽可能不用文言词语。语言的艺术性，当然是诗歌的重要问题，但它绝不能脱离作品的思想感情而独立存在，它只是思想感情的形式，思想感情的体现。

一个译者对自己的译诗，要反复吟味，不断修改，因为对任何事物，认识都不会一次完成，对于译诗艺术来说更有个不断完美的过程。通过修改，实现译品由野到文，由粗到精，由缺陷到尽可能完美的转化。古人说“诗不厌改，贵乎精也”，就是这个意思。

最后，还要谈一点意见。为了提高翻译的质量，一个翻译工作者要不断提高自己的文学修养和翻译技巧。为此，我们就得要多读书、多研究。我们不仅要读一些前辈译者的优秀成果，从中吸取有益的营养，丰富自己的表现力，而且还要广泛地读一些古典的、现代的典范作品，以及文、史、哲各方面的著作，积累起丰富的知识。谈到研究，对一个翻译工作者尤为重要。我们不但要研究自己的翻译对象，而且还要研究整个的外国文学史，以致文艺理论。一个翻译工作者的正确道路，应该是翻译与研究相结合的道路。说具体一点，那就是：翻译什么就研究什么；或者说，研究什么就翻译什么。只有这样，才能理解得更透、翻译得更好、研究得更深。也只有这样，翻译或研究的成果才能站得住脚，经得起考验。

兴万生（1930—2007），辽宁铁岭人。1959年毕业于匈牙利布达佩斯大学文学院。中国社会科学院外国文学研究所研究员。有专著《裴多菲评传》以及学术性论文多篇。主要译著有《裴多菲诗选》（上、下两卷）、《裴多菲抒情诗选》、《裴多菲小说散文选》、《裴多菲全集》（中译六卷本）、《阿兰尼诗选》等。

翻译《裴多菲文集》有感

译诗，难度较大。要讲究格律，音韵，神采，完全是再创作的过程。就是说，要以诗译诗，把裴多菲诗译成汉语，必须符合中国新诗的规律，而且是裴多菲诗在中国新诗中的再现。

我研究和翻译裴多菲文学已有三十多年。一九五四年我被派往匈牙利留学，在刚刚读懂裴多菲作品时，我被他的“妙绝人世”（鲁迅语）的诗歌作品所迷恋，对他在抗击俄奥联军的战场上“为国而死”（鲁迅语）的英勇精神深表崇敬。裴多菲是匈牙利文学的始祖，是民族魂。

我研究翻译裴多菲，是因为我爱裴多菲。作为布达佩斯大学一名正规学生，除了完成校方规定的各门功课之外，巴地·帕尔教授专门替我开设了裴多菲文学课，这使我有机会深攻细读。一九五七年暑假，我在巴拉顿湖畔译完了裴多菲的三千行长诗《使徒》。这对一个二十六岁的小青年的我来说，是不自量力的。无论是两种语言的水平，还是文学素养，我都是不胜任的。我虽年轻无知，却有一股猛劲，在匈牙利教授和同学的帮助下，费去两个月时间译完了《使徒》。我把译稿寄给作家艾芜，经他转给人民文学出版社负责人王任叔。编辑部对我的粗劣的译稿很重视，也许认为我是从原文翻译裴多菲的第一个中国人。尽管鲁迅、茅盾、孙用等人从二十年代起就做了一些介绍工作，但毕竟是从其他文字转译。编辑同志鼓励我，让我再译几十首短诗，出版一本《裴多菲诗选二集》（当时已出版孙用译《裴多菲诗选》，作为一集）。由于时间和能力的限制，再加临近毕业考试，一时未能译出。到了一九六三年，他们就单独出版了长诗《使徒》。在动手翻译这部自由体长诗之前，我对它做了深入细致的研究。开始翻译时，我抱着尝试的心情，本无更大的信心；但是一开了头，就放不下了。译诗，要求“形神皆似”。“神”，可以毫无损害地忠实地传达长诗的革命内容；至于“形”，原文的抑扬顿挫蕴藏在诗行中间，随着音节的起伏而交叉变化。匈牙利语言又有它的特殊性，重音皆在第一个音节，好像戏班子的大鼓，鼓槌一落，震起整个句子的反响；而在诗歌中除了欧洲各国惯有的“随韵”“交韵”“抱韵”之外，还有“头韵”“腰韵”“脚韵”之分。这在汉语中如何表达，却给我出了大难题。例如长诗的开头六行：

Sotét aváros，ráfedüdt azéj.
Más tájakon kalandoz ahold ,
Arany szemeiket.
Olyan feketc a világ,
Mint a kibérlett lelkiismeret.

夜 \ 来临了 \，城市 \ 暗淡；
月亮 \ 在天空的 \ 那一边 \ 游荡，
群星 \ 合起
金色的 \ 眼睛，
漆黑的 \ 旷野
比恶棍的 \ 心 \ 还要黑。

音节的起伏，节奏的明快，恰似大海一浪推着一浪前进，给人以紧迫感。《使徒》采用扬抑格每步两音节写成。我的译文试图“以顿代步”，这是我决定要遵守的规则。由于才疏学浅，又无经验，翻译过程中往往内容冲击形式，三千行长诗又不能恪守不渝，还要以“灵活性”来搞一些例外。原诗的交叉韵，可以在译诗中体现出来，但是“头韵”与“腰韵”，这在汉语中无法表达，所以我的译文只求字句精练一些，在保持“以顿代步”的情况下，主要注意保持流畅的节奏，以便传达诗的内容和诗的气质，“头韵”与“腰韵”被我损害了，这是我不安的地方。关于格律诗的翻译，我给自己做了规定：把裴多菲诗译成汉语时，译诗每行的顿数大体上与原诗的步数一致。译诗的脚韵安排，完全按照原诗；但也有押不上脚韵的地方，也不强求。不必受我国古典诗歌格律森严的限制，只要合乎鲁迅所提倡的“押大致相近的韵”的规范，读起来顺口，就可以了。这是我国新格律诗发展的方向，每行的字数不作死硬规定，但是大体上要求整齐，让诗行有一点伸缩性，留点儿回旋的余地。

裴多菲的作品主要是诗。一生中他写了约一千首抒情诗和九部长诗。鲁迅在评论裴多菲时说：“他的擅长之处，自然是在抒情的诗。”所以我在翻译他的作品时，主要力量放在诗歌方面。裴多菲是匈牙利诗歌领域的开拓者，创造了具有自己民族风格的优秀诗篇。他把活生生的劳动人民的语言加以提炼，把民歌形式加以发展，提高为出色的艺术作品。所以我的译诗，尽量采用劳动人民的大众化语言，避免那些文绉绉的半文半白的、无生命力的语言入诗。他的诗歌形式变化多端，早期受民歌（歌谣）影响，诗的形式活泼自由，后期进入战争年代虽然保留早期的特点，但形式的变化较为迅速，大体上可表现为随韵（aabb）、交韵（abab）和抱韵（abba）三种。裴多菲早期比较多地运用“随韵”写诗，也许是他采用民歌体进行创作的缘故。他著名的长诗《雅诺什勇士》（一译《勇敢的约翰》），就是四行一节，每行十个音节的随韵体格律诗，即第一行与第二行押脚韵（A、A），第三行与第四行押脚韵（b、b）。现举第十二章第十三节为例，并加以说明：

Ku | ko | rica | Jan | csi | nem | veszi | tré |
fá | nak，
Sily | szó | val megy | neki | a tö |
rök | ba | sá | nak：
Atya | fi！ | te | úgyis | sok | vagy | egy | le |
gény | nek：
“Meg | állj，| én | majd | ke | ttöt | csi |
ná | lok | belöled！”

在翻译中，我把原诗每两个音节合成一顿。每行形成五“顿”。这样诗行较为整齐。我试图用朴素的汉语在译文中推进流畅的节奏，并带有一定的民歌情调和音乐旋律。上面的原文按节奏翻译如下：

杨奇 \ 并不 \ 把交战 \ 当成 \ 玩笑，
他 \ 向总督 \ 走近 \，大声 \ 喊叫：
“伙计！你一人 \ 等于 \ 几条 \ 大汉，
站住 \，我一刀 \ 把你 \ 劈成 \ 两半。”

诗的节奏的快慢同读诗的速度是一致的，这是朗诵家的任务。用一般速度来读，十二三个字一行大约有四至五个词组，相当于四至五个音步，因此诗行之间仍保留大体相等的节奏。我没有给诗行规定相等的字数，恰如余振先生译《普希金长诗选》那样，均以十个字（标点除外）译完洋洋万言的几部长诗。余先生的探索精神值得敬佩，难中见功夫；但是我总觉得强求整齐而过于单调，似乎有“削足适履”之感，内容与感情受到束缚。

译诗和译其他文学作品一样，均以严复提出的“信、达、雅”作为翻译工作的准则；除了忠实之外，力求传达原著的精神面貌与风格。我最初翻译裴多菲诗，采用了闻一多先生所提倡的“格律体”。这样尝试的结果，势必损害原诗的内容；于是我回过头来，采用另一种方法。首先是逐字逐句地译成散文，经过“诗化”逐渐纳入韵律诗。所谓“诗化”，就是加工润色、调整格律、音步与字数的过程。我把自己译诗的过程用现代流行语言称之为“放”与“收”。“放”就是把原诗逐字逐句地译成散文，这是第一步；“收”就是在散文基础上诗化，这是第二步。“放”，容易；“收”，要恰如其分，不能过死，不能被音步的“顿”数所束缚，更不能采用骚体、五言、七言、词曲之类的旧体韵文来译外国格律诗。译得不好，像作古诗，像写对联。

诗人有自己的创作风格，译者不应该有自己风格，他的任务在于传达原著风格。一个译者吃透一位外国大诗人的创作风格，而又以中国新诗形式传达出来，确实是不容易。诗人译诗固然方便，有创作经验与灵感，有运用韵律的特殊才能；但也有弊病，就是往往把自己的创作风格带进译文中，分不清是译的还是写的，诗人朱湘的译诗就是这样。产生这种弊病的原因，就是对原著风格没有掌握，没有吃透。与此相反，老前辈冯至、卞之琳的译诗，不管是译歌德、海涅，还是译莎士比亚，译文达到了纯熟洗练的地步；尽管他们译诗的主张各有不同，译文却有咀嚼不尽的诗味，这就是因为他们对原作家风格吃透了的缘故。

在翻译裴多菲的抒情诗过程中，我着重于传达作者的思想感情，努力使自己对原诗的理解而引起感情上的共鸣用中国新诗形式表达出来，努力使译诗与原诗有同样的抒情风格和感染力。

我译裴多菲有个极方便的条件，就是我手边有四大卷《裴多菲字典》。这在我对原诗的理解的深度与广度上，有着极大的帮助。作为一个译者，对原诗的理解同诗人祖国的学者们一样吃透吃准原文，才能做到“忠实”的第一步。一个普通的词汇、成语、民间谚语或者俏皮话等等，经过字典分类解释，使译者广开眼界，增强理解。虽然中匈语言差异甚远，但是任何语言的构成都有其共同的东西，都少不了主语、谓语、宾语、状语……都少不了名词、动词、代词、形容词等等。译诗，按照原诗的语法关系与排列顺序进行直译，绝大多数是能够译得成功的。在翻译中，我很重视动词的移译，动词往往是句子的灵魂，选用得恰到好处，能带活整个句子。译诗是这样，译其他作品也是这样。只要译者责任心强，把翻译当成一种事业来做，译文的质量会不断地提高，把真正的翻译文学献给广大的读者。

文艺作品翻译过来，实质上是脱离了母胎，成为新生的独立婴儿，但是又有血缘关系。我把我的译诗比作“混血儿”，让她有一种特殊的心灵与姿态的美。不妨讲一个例子：我有一位匈牙利朋友，五十年代初期留学中国，毕业时娶了一个中国姑娘，一九五八年生一女，名曰高洛·安娜。一九七八年安娜在全国性的巴拉顿湖边美女竞赛时荣获第一。审美学家怎样评价这位少女呢？她既有中国古代美女的柔美的体态、高雅的情趣、幽深的心境，又有匈牙利人的淡棕发、浓眉大眼的特点，一吟一咏，别具一格，被称为多瑙河畔一枝奇异的玫瑰。我想，一首诗译过来，总要给读者带来一种新鲜的喜悦与美的享受。译者实质上是做“媒人”的工作，把男女双方伺候得满意，算是完成任务。近年来，我常常思考一个问题，像普希金、莱蒙托夫、歌德、海涅、雪莱、拜伦，当然包括裴多菲在内，他们的译本在中国广为流传，一印再印，竟达二三十万册之多，而我们的大诗人郭沫若、艾青的作品竟达不到如此印数呢？中国新诗的不景气，形式仍在探索中，所以广大的读者把注意力移向域外，似乎能从外国大诗人那里获得瑰宝。外国大诗人的作品，经过一二百年的考验为世界所公认，译到中国来，当然不能排除译诗者的功劳与贡献。

我译裴多菲诗，几乎全是逐字逐句地直译过来的。虽然经过“诗化”，也只是在字数、格律、音步等方面略作调整。在约有一千首抒情诗和九部长诗的翻译中，相当多的译文略作加工润色后即成了我自己满意的译诗。而且译文的寿命长短，绝大多数取决于忠实的程度。经过大诗人选定的字与词、结构与层次，如果译者精心选用汉语中的字词、成语、谚语，特别是劳动人民口头上带有生命力的语言，直译是会成功的。五四前后，杰出的翻译家林纾、严复，以及鲁迅、郭沫若等人从事大量的翻译工作，做出了巨大的贡献；但是他们的译文也留下了时代的局限。意译迟早被直译所取代。

提起裴多菲，我们就会想起他的著名的格言诗《自由与爱情》，它被我国革命诗人白莽译成五言古体诗（“生命诚宝贵，爱情价更高，若为自由故，二者皆可抛！”），批写在德文版《裴多菲诗集》中的这诗的左侧。白莽根据奥地利作家德涅尔思于一八八七年在维也纳出版的德文版《裴多菲诗集》转译的。原诗为六行，德涅尔思翻译时拼成了四行。白莽根据德译文四行，同样译成了四行。白莽的四行译文无诗题，亦无标点。此诗首次与读者见面，是一九三三年四月一日《现代》第2卷第6期上发表鲁迅的《为了忘却的记念》一文中引用。鲁迅引用这译文时，参照德译本增加了标点。这首小诗经鲁迅引用以后，在我国流传极广，为读者广泛背诵。因为在新中国成立后，鲁迅的这篇文章常常被作为中学教材录用。从此在青年中传播开来。孙用先生生前，我曾经跟他研究过白莽的译文，我们觉得将白莽的译诗改动三个字即将“二者皆”改成“爱情亦”，在表达原诗内容方面，采用意译方法，就更为确切：

生命诚宝贵，　　生命诚宝贵，
爱情价更高；　　爱情价更高；
若为自由故，　　若为自由故，
爱情亦可抛！　　二者皆可抛！

《自由与爱情》是裴多菲向革命迈进的誓言，它的基本内容是：自由第一，爱情第二，生命第三。这里有个层层比较的问题。裴多菲与尤丽亚结识，直到诗人在战场上阵亡为止，他们的爱情的发展，充分体现了诗人思想的发展，诗人逐渐跳出个人狭窄的圈子，走向社会投入革命的一个过程。这首语言凝练的小诗，集中表达了十九世纪资产阶级民族民主革命志士们的共同心声。现依原文直译如下：

自由，\ 爱情！
我 \ 都为之 \ 倾心，
为了 \ 我的 \ 爱情，
我 \ 牺牲 \ 我的生命，
为了 \ 自由，
我 \ 将我的 \ 爱情 \ 牺牲。

第一行与第二行押脚韵。第三行到第六行为交韵，即第四行与第六行押脚韵。这六行小诗两种脚韵互用。我的译文，头两行押脚韵，即“爱情”与“倾心”；后四行为交韵，即“生命”与“牺牲”，与原诗相同。

裴多菲的优点突出，缺点也不同一般。他下笔太快，六天完成了二千行长诗《雅诺什勇士》，战争年代一天写几首诗。活到二十六岁，写了这样多的诗，也算他的天才。当我们阅读他的全集的时候，就会感到题材重复，特别是后期的诗，内容有些单调。他没有写过更多的哲理诗，他讽刺过歌德，嘲骂《浮士德》，当然每个诗人有自己的创作主张与爱好，我们不能要求他逾越出自己的范畴，这是理所当然的。

裴多菲的作品在中国传播，首先归功于鲁迅，其次是已故老翻译家孙用。从二十年代起，他们就通过德语和世界语转译裴多菲的诗。鲁迅写过关于裴多菲的论文，译过他的诗。研究与翻译并不对立，而是相辅相成，互相推进，特别是对外国大诗人的研究，更不能排斥翻译，因为翻译是研究的继续。我虽然写出专著《裴多菲评传》，但是能否把他的诗译过来，而且要译得好些，在读者中间生根，我却没有更大的把握。翻译裴多菲诗，是我义不容辞的任务。我并不骄傲，铢积寸累，细水长流，我不求译文马上发表；有的译稿在案头已放二十年。我有个私心，无人跟我从原文抢译裴多菲诗，可以放心地仔细推敲文字。六十年代，每次下乡劳动、四清、整社、蹲点，我都带着裴多菲的书，甚至把书拆成单页，装进衣袋，田间地头，抓住每一个空隙，把零乱的译诗句子写进笔记本。从事田间机械式的体力劳动，我的脑子并未闲着，背诵裴多菲诗，背诵自己拙劣的译文，反复检验译文效果。有时忽有所得，就掏出本子和笔，马上记录下来。近年来，虽然身体欠佳，仍有开夜车的习惯，通常工作到夜里两三点钟。我一头栽进书本里，摆脱疾病带来的烦恼。为了一字一句，也要推敲很长时间。甚至为了搞好译文，我将裴多菲的已被匈牙利音乐家谱曲的民歌体诗，请作曲家张瑞在钢琴上反复弹唱，考察音律与节奏的快慢；有二十多首这样的诗，就是在他的帮助下译出来的。我水平既低，经验又少，只有下加倍的工夫，才能忠实地把原诗风格传达出来。我对译文做过多少次修改？连我自己都无法答复。为了追求一首短诗的翻译成功，往往废寝忘食，总想译得同原诗比较相符。

在译完每一首诗之后，除了必要的注释，我总想写一些“题解”之类的说明文字，附在诗的后面。根据匈牙利国内外专家对裴多菲研究的成果，介绍作品产生的时间、背景、抒情对象以及有关的史料和掌故，并作简要的分析。这些只言片语，碎砖乱瓦，成不了大气候，但是它们却成了我撰写《裴多菲评传》的基石。这类说明文字要写得恰到好处，扎实准确，经得起时间考验；不能喧宾夺主，不能转移读者的注意力。花城出版社出版的拙译《裴多菲抒情诗》，就是附有“简析”的说明文字，效果还不错。

工程浩瀚的《裴多菲全集》中译六卷本，由上海译文出版社陆续出版。前四卷为抒情诗，第五卷为长诗，第六卷为小说、戏剧、散文。在这未曾开垦的荒地上，我遑能三十年，终于把这位大诗人的作品全部介绍过来。我是尽了力的，但效果如何，待读者与专家们指教。

薛庆国（1964— ），安徽合肥人。1985 年毕业于解放军洛阳外国语学院阿拉伯语专业。1992 年获北京外国语大学阿拉伯语文学博士。北京外国语大学阿拉伯语系主任，教授，博士生导师，中国阿拉伯文学研究会副会长兼秘书长、中国阿拉伯语教学研究会副会长。著有《阿拉伯语修辞》、《阿拉伯文学大花园》、《阿拉伯语汉语互译：理论与实践》等。主要译著有：《我的孤独是一座花园：阿多尼斯诗选》、《意义天际的书写：阿多尼斯文选》、《时光的皱纹：阿多尼斯诗选》、《我们身上爱的森林：阿多尼斯诗选》、《自传的回声》、《纪伯伦全集》、《纪伯伦爱情书简》、《老子》（汉译阿）等。编著有《阿拉伯文学选集》、《阿拉伯现代文学作品选读》、《纪伯伦读本》等。

我的阿拉伯文学之缘

十岁的女儿捧着刚读完的插图本《一千零一夜》，对我说："你的阿拉伯故事，还挺好玩的。"呵呵，"我的阿拉伯"！是呀，女儿也开始知道：我和阿拉伯，我和阿拉伯的文学，已经结下了不解之缘。

我的阿拉伯文学之缘，也始于《一千零一夜》。不过，由于时代的原因，我是一直到了中学，才开始接触节选本的《一千零一夜》。回想起来，除了"好玩"，我对这部著作并没有特别的印象。十几年前，一位研究阿拉伯文学的前辈组织我和几位同仁重译此书，我才得以反复研读自己承译的那些故事，意识到了其中蕴含的艺术价值。还是帕穆克说得好，他曾坦言自己年轻时对《一千零一夜》并无好感，因为其中有太多的背叛与计谋。然而，当他中年时再读此书，却被其魅力打动："其原因或许在于我有了足够的生活阅历，意识到生活就是背叛与计谋。所以，当我年届三旬时再读《一千零一夜》，我能体会其中内在的逻辑，轻松的幽默，能领会其中的丰富多彩，怪诞不经，美与丑，廉与耻。总之，它是一座无价的宝藏……我们如果不能照其原样接受《一千零一夜》，就如同我们拒绝接受真实的生活，将会陷入永久的悲伤之中。”

在大学，我攻读阿拉伯语专业，慢慢开始阅读一些阿拉伯小说。但是，不知为什么，总觉得那些作品的文化氛围、人物情感乃至语言表述，与我的审美感觉有点“隔”。到了大学三年级，我对阿拉伯文学的这份疏离感，才得以消除。那一年，我在《译林》上读到了纪伯伦的中篇小说《被折断的翅膀》。作者把男女主人公的爱情悲剧和祖国、民族的不幸联系在一起，小说中大段大段富有哲理、感情真挚的倾诉打动了我，也让我初次领略了阿拉伯文学的魅力。我向老师借来阿拉伯文原版的《纪伯伦全集》，花了好几个日夜，把小说原文和译文誊抄在一个本子上。在此后的二十多年里，虽然多次乔迁新居，但我一直珍藏着这个已经发黄的手抄本，因为它记录了我和阿拉伯文学的一段难忘之缘。

二十世纪九十年代初，刚刚留校任教的我，意外发现纪伯伦的许多著作都未译成中文。我陶醉于《狂人》《先驱》《游子》等作品中意蕴深远的诗文，也被纪伯伦与梅伊·齐雅黛、玛丽·哈斯凯尔的爱情传奇打动，于是迫不及待地开始翻译。记得那是初冬的寒冷时节，学校为我们宿舍楼安装暖气，工人先在墙上打洞，一周后才把暖气安上。冰冷的夜晚，我穿着厚厚的棉衣，把被子也裹在身上，在灯光下翻译纪伯伦的作品。从隔壁房间，还不时传来别人打麻将的声音。我没有感到寒冷和寂寞，心里只有温暖与充实。今天，当捧起我参与翻译的《纪伯伦全集》时，我似乎还能感到墙洞里溜进的刺骨寒风，还能闻到空气里夹带的泥土气味，但我更加怀念的，是纪伯伦和阿拉伯文学带给我的温暖。

后来，埃及文学大师马哈福兹也成了我的精神之友。遨游于他的文学世界，令人如行山阴道上，美不胜收：《始与末》中一个埃及中产之家的悲剧，让我在掩卷之余扼腕哀叹；《三部曲》中东方青年凯马勒接触西方文明后遭遇的精神危机，也激荡着我那似乎被中国文化安妥了的灵魂；《我们街区的孩子们》这部反思人神关系的杰作，让我对人类历经磨难、在精神上逐渐成长的历史有了更为深刻的理解……一九八七年，我留学埃及期间，有幸在《金字塔报》社见到了马哈福兹。让我印象深刻的，是老人的谦逊与随和：当同行的郅溥浩先生将自己的译作《梅达格胡同》赠他，并羞涩地以一匹唐三彩骏马充当版权费交给他时，老人欣然接受并表示感谢。同样令人印象深刻的还有老人迟钝的听力，每一句话似乎都要重复一遍他才能听清。他告诉我们，自己读过《论语》和《骆驼祥子》，从中受益匪浅。二〇〇〇年，当我翻译马哈福兹的新作《自传的回声》——一部篇幅不大、字字珠玑的“准自传”时，我经常去寓所附近的小河边散步，思索、猜解着他设下的一个个“斯芬克思之谜”，脑海里每每浮现起他亲切的面容。与之同时，我也加深了对人生的认识：“生活，看起来是一连串的争斗、泪水与恐惧，但它又有一种令人迷恋和沉醉的魅力”。

约十年前，我参与编写了《阿拉伯文学选集》。在这部篇幅近千页、涵盖古今阿拉伯文学许多名篇佳作的选集里，我收入了塔哈·侯赛因、哈基姆、阿卡德、台木尔、叶海亚·哈基、伊德里斯、库杜斯、塔希尔、沙鲁尼、盖依德、黑托尼等埃及现当代文学名家的作品。他们的作品，让我了解了埃及的文学，也让我了解了埃及的社会、文化与人民。我为黑托尼的短篇小说《收成》写下了这样的解析文字：“小说似乎提供了一些线索，但都语焉不详，让人疑窦丛生。然而，弄清情节缘由并不重要，重要的是，老农阿卜杜勒·茂朱德的形象非常清晰：一个质朴、善良、慷慨、宽容、执着得有点迂腐的埃及农民的形象，他的品质是埃及真正的精神所在。”

近几年，我很荣幸地又有了一位“新欢”——当然，我依然珍惜着那些“故友”。有人注意到我近来似乎言必谈阿多尼斯，这也并不奇怪：谈论阿拉伯现当代文学和文化，总是绕不过这位阿拉伯大诗人、大思想家的。我曾经在发给阿多尼斯的第一份电邮中写道：“这几年间，在灯火阑珊的北京深夜，总有一盏灯下展开的是您的诗集、文集，它们伴随我度过了许多难忘的时光。”令我自豪的是，经过我的译介，阿多尼斯在中国掀起了诗歌的风暴，他的中文版诗选《我的孤独是一座花园》二〇〇九年出版后迄今已重印十三次，创造了当代外国诗歌在中国译介的一个小小奇迹；他的中文版散文选《在意义天际的写作》也已再版；而中文互联网上“诗人阿多尼斯”的搜索结果已有数十万次之多。也许，我应该再告诉他：“在北京，在中国许多城乡万家灯火的夜晚，您那‘欢舞着不眠’的诗歌，正在陪伴着许许多多的中国朋友。”

作为杰出的思想家诗人，阿多尼斯的风骨、持守、卓见和他的诗歌成就一样，都让中国读者获得了深刻的镜鉴和启示。他的诗文向我们展示了一个危机四伏的阿拉伯世界，同时，他也展示了一个不无希望的阿拉伯世界，因为来自一个文化内部的反思与批判，恰恰说明这个文化具有革新与进步的可能性。因而，尽管阿多尼斯屡屡谈及“阿拉伯人之死”，但他的在场，他的呐喊，却让人对阿拉伯民族与文化刮目相看，并深信这个民族和文化具有绝地再生的希望和能力。

今天，当令人痛心的人间悲剧，每天都在诗人的祖国、在美丽的叙利亚大地上演的时候，我知道阿多尼斯的心正在滴血；因为，他对多灾多难的祖国的深沉之爱，是那么感人肺腑："祖国与我身披同一具枷锁，/ 我如何能和祖国分开？/ 我如何能不爱祖国？"

此时此刻，浮现在我脑海里的，还有我翻译过、阅读过的许多位阿拉伯作家、诗人的群像。那一张张或消瘦阴郁、或意气风发、或金刚怒目、或和蔼慈善的面孔，都在我的记忆里留下了深刻而永恒的印记。文学，固然并不具有"劈天裂云"（阿多尼斯语）的能量，但它也有"丝绸的力量和蜂蜜的刚强"（达尔维什语）。正是文学，让阿拉伯民族在历经苦难之后，依然保持灵魂的尊严与高贵；正是文学，让我，还有无数不知名的中国读者，和阿拉伯人民成为了灵魂的知己。

许金龙（1952— ），江苏南京人。1987年毕业于武大大学外语系日语专业。中国社会科学院外文所研究员、研究生院外文系教授。曾赴日本北海道大学文学部、日本东京大学文学部进行学术访问。近期专事大江健三郎及其文学之研究，发表《"始自于绝望的希望"——大江文学中的鲁迅影响之初探》、《"杀王"：与绝对天皇制社会伦理的对决》和《"穴居人"母题的流变及其文化意义——以〈水死〉为分析对象》等论文若干，翻译了大江的《被偷换的孩子》、《愁容童子》、《别了，我的书！》、《水死》等长篇小说和《大江健三郎讲述自我》、《读书人》和《定义集》等长篇随笔，其中《别了，我的书！》获第四届鲁迅文学奖优秀文学翻译奖，2007年获中国社会科学院"优秀决策信息对策研究类"一等奖。

文学翻译漫谈

一、翻译简史略谈

翻译在我国是个极为古老的职业，早在两千两百年前的西汉，就有专事翻译的"译官"，这里所说的"译官"为"官名，西汉置，东汉省。掌翻译，其长官为令、丞"。《汉书·百官公卿表·典客》对"译官"的记述更为准确：

典客，秦官，掌诸归义蛮夷，有丞。景帝中元六年更名大行令，武帝太初元年更名大鸿胪。属官有行人、译官、别火三令丞及郡邸长丞。武帝太初元年更名行人为大行令，初置别火。王莽改大鸿胪曰典乐。初，置郡国邸属少府，中属中尉，后属大鸿胪。

——《汉书·卷十九上·百官公卿表第七上》

东汉永平年间（58—75），汉明帝夜晚梦见一位神人，全身金色，项有白光，在殿前飞绕而行。第二天，汉明帝问群臣“此为何神？”有人便答道：“听说西方有号称‘佛’的得道者，能飞行于虚空，神通广大，陛下所梦见的想必就是佛。”于是明帝派遣使者，西行求法，在大月氏抄回佛经四十二章，收藏于皇室图书馆“兰台石室”之中。据说，蔡愔等人受明帝之命，于永平十年（67年）在大月氏遇见僧人攝摩腾、竺法兰，便邀其前来汉地传播佛教。此二人接受邀请，用白马驮着佛像和经卷，随蔡愔一行来到洛阳。汉明帝对他们的到来表示欢迎，并专门为其建立佛寺，名曰“白马寺”，这就是汉地最早的佛寺。

由此可见，在两汉交替之际，即公元一世纪前后，印度佛教已开始通过西域地区逐渐传入中国内地。随着佛教的传入，也就相应产生了翻译佛典的需求，这从另一个角度印证了我国的翻译可谓历史悠久。

时至唐朝，“译官”则是“对外交往中设置的通晓蕃语”的翻译人员。在中央，参与涉外事务的中书省和鸿胪寺设有译语人员；在地方，缘边州府由于执行对外交涉，行使对外权力，因而也有专门的翻译人员。在楚州地区，中央王朝还设有新罗译语，为入唐的新罗人和日本人提供翻译和接待等事宜。除了语言翻译以外，译官也参与导引宾客和接待使节的礼仪事务，有时还衔纳王命，出使外国，了解蕃情，并招引周边四夷入唐通好，在唐代的对外交往中起着十分重要的作用。”（参阅《唐代对外交往中的译官》）

至于民间，大家都知道玄奘法师西行取经的故事，实际上，从西域取回的这些经卷并不能直接使用，需要翻译成汉文后，这些佛典才能普度众生。

综上所述，我们可以了解到无论是政府的外事交涉，还是民间的佛典翻译，在我国都有着非常悠久的历史。

直至近代，林纾先生“在不谙外文的特殊情况下，与魏翰、陈家麟等曾留学海外的才子们合作翻译了一百八十余部西洋小说，其中有许多出自外国名家之手，如英国作家狄更斯的《大卫·科波菲尔德》、英国哈葛德的《天女离魂记》、俄国托尔斯泰的《恨缕情丝》、西班牙塞万提斯的《魔侠传》、法国森彼得的《离恨天》、英国司哥特的《撒克逊劫后英雄略》、笛福的《鲁滨孙漂流记》等等。这些西洋小说向中国民众展示了丰富的西方文化，开拓了人们的视野。它们牢固确立了林纾作为中国新文化先驱及译界之王的地位。至此，林纾被公认为中国近代文坛的开山祖师及译界泰斗，并留下了译才并世数严林的佳话。

说到中国现代文学，就不能不提及鲁迅先生。其实，鲁迅先生的文学活动首先是从翻译外国文学作品开始的，他用大半生精力从事翻译介绍和研究外国文学，一生共翻译介绍了日、德、俄等十四个国家约一百位作家的二百多种作品，还曾于一九三四年创办专门译介外国文学作品的杂志《译文》，为我国的外国文学翻译事业做出了巨大贡献。

在评价以鲁迅为首的中国翻译家对中国现当代文学的巨大贡献时，诺贝尔文学奖获得者莫言先生这样说道：

> 翻译家对文学的影响是巨大的，如果没有翻译家，世界文学这个概念就是一句空话。只有通过翻译家的创造性劳动，文学的世界性才得以实现。没有翻译家的劳动，托尔斯泰的书就只能是俄国人的书；没有翻译家的劳动，巴尔扎克也就是法国的巴尔扎克；同样，如果没有翻译家的劳动，福克纳也就是英语国家的福克纳，马尔克斯也就是西班牙语国家的马尔克斯。同样，如果没有翻译家的劳动，中国的文学作品也不可能被西方读者阅读。
>
> 如果没有翻译家，世界范围内的文学交流也就不存在。如果没有世界范围内的文学交流，世界文学肯定没有今天这样的丰富多彩。
>
> ——莫言《翻译家功德无量》

二、文学翻译界当下的困境

为了完整体现鲁迅先生的文学思想，也是为了向中国新文化运动的伟大旗手鲁迅先生致敬，更是为了薪火相传，中国作家协会于一九八六年创立了鲁迅文学奖，鼓励优秀中篇小说、短篇小说、报告文学、诗歌、散文、杂文、文学理论和评论作品的创作，鼓励优秀外国文学作品的翻译，这个奖项是中国具有最高荣誉的文学大奖之一。我们不妨通过历届鲁迅文学奖优秀文学奖的入选情况，来考察文学翻译界当下的变化以及困境。

历届鲁迅文学奖优秀文学翻译奖获奖情况如下：

第一届：（五部）

《华兹华斯抒情诗选》杨德豫译

《艾青诗百首》燕汉生译

《浮士德》绿原译

《修道院纪事》范维信译
《莱蒙托夫全集抒情诗2》顾蕴璞译

第二届：（五部）

《济慈诗选》屠岸译
《堂吉诃德》董燕生译
《奥德赛》王焕生译
《秧歌》董纯译
《圣殿》陶洁译

第三届：（两部）

《神曲》田德望译
《雷曼先生》黄燎宇译

第四届：（三部）

《别了，我的书！》许金龙译
《笑忘录》王东亮译
《斯特林堡文集》李之义译

第五届：（空缺）

继第三和第四连续两届未能评满五部译著，第五届更是一部译著未能入选，这就引发了学界和社会的警觉，媒体更是振聋发聩地发出警号：

文学翻译类作品首度出现空缺，未能评出一部优秀翻译作品，中国翻译界定格在了永远的遗憾，同时也给文学翻译工作敲响了警钟。

——《天津日报》2010年11月4日

当然，这“永远的遗憾”并不是一朝一夕形成的，究其成因大致有以下几点：

首先是经济原因。为了更好地讲述这个问题，这里我们需要先讲一个小故事：二十世纪五十年代，周作人和钱稻孙由于历史原因而没有正式工作，生活也就比较拮据，周总理得知这个情况后，曾专门指示人民文学出版社以稿酬形式每月向这两人提供生活费用，同时发挥他们的专长，让其自行选择日本古典文学作品进行翻译，完成后将译稿交给人民文学出版社即可。在维持这两人及其家属的物质生活的同时，也为我国学界和读者留下了一批日本古典文学优秀译作。当然，由于种种原因，这些译作当时不能发表，直至改革开放后的八十年代才陆续见诸版面。换句话说，在那大约三十年间，人民文学出版社只有投入而没有收入。然而，目前全国恐怕找不到一家像这样在数十年间只有付出却没有收入的出版社。为了获取最大利润，稿费不但没能随着生活水平的改善而相应提高，一些出版社更是寻找在校研究生甚至本科生进行翻译，以便将稿酬压至最低。客观地说，在我国当今外国文学翻译界，如果仅靠翻译稿酬是无法为生的。

大家都知道，鲁迅先生的生活费用主要来自于翻译文学作品的稿酬。我们外文所原所长、俄苏文学专家叶水夫先生翻译一部《青年近卫军》(1947/1954)，用稿酬买了一座四合院。真是不敢想象，这两位先生如果生活在当下的话，他们原本依靠翻译稿酬维持的生活将如何支撑下去？鲁迅先生那三百多万字的译文和叶水夫先生的《青年近卫军》不知是否还会问世？倘若这结果是否定的话，我们民族和国家原本源自于外国文学作品的那部分营养是否会随而缺失？……

除了经济原因外，学界本身的机制也存在很大问题。不知从什么时候起，有一个成文或不成文的规定，说是翻译不算成果。毫无疑问，这是一种非常错误的观点，认为文学翻译是一项简单的文字对译工作，并不需要学术修养，也没有什么学术价值，因而不能算作学术成果。这就使得很多具有翻译能力的学者不敢把时间花费在翻译上，因为花费大量时间译出来的译著，一是挣不到像样的稿酬，二是不能算作学术成果。制定这项规定的人可能并不知道，如果没有相当程度的学术修养和研究能力，是绝对译不出好的译著来的。

另一方面，如果没有相当程度的翻译实践，恐怕也难以大幅度提高学者的研究能力。这里且不说鲁迅先生，我们可以看看当下的情况，看看梵语文学的季羡林先生和黄宝生先生、意大利文学的吕同六先生、日本文学的叶渭渠先生、古拉丁文学的王焕生先生、法国文学的吴岳添先生和郭宏安先生、古希腊文学的陈中梅先生，他们都是先从翻译做起，以研究引领翻译，复以翻译促进研究，以此实现良性互动。换句话说，翻译和研究应该是相辅相成的积极关系，而绝对不是相互对立的消极关系。

刚才大致说到经济原因和学界机制这两个原因，其实译者的学养不足也是一个重要原因。仅就我们日本文学界而言，之所以难以产生像叶渭渠先生那样的大学者，在很大程度上是因为我们很多人除了熟悉日语外几乎一无所知。这里所说的一无所知，是指诸多长年从事日本文学研究的学者不懂中国古典文学，不懂中国现当代文学，不懂世界文学，不懂相关历史，不懂哲学和美学，不懂文化人类学，不懂民俗学，不懂心理学，不懂宗教学，不懂很多东西。由于你不懂这许多知识，那么你面对的源语言文本中出现相关内容时，你将如何解读呢？你又如何将其准确地翻译成目标语言呢？如何让你的读者感受到译文字句后面的神韵呢？当然，如果你能够认识到自己的种种局限，能够静下心来认真从翻译做起，我觉得情况肯定会发生积极意义上的变化。那么，我们应该如何从翻译做起呢？下面谈谈我个人的粗浅认识，供大家讨论之用。

三、文学翻译的基本流程

众所周知，即便是应用翻译，在动手翻译之前，也需要具备有关源语言文本的专业知识，倘若仅仅熟悉源语言本身而不具备相关专业知识的话，我们是无法指望翻译出来的目标语言是准确和畅达的。同理，文学翻译当然也是如此，或者说更是如此。那么我们进行文学翻译需要具备哪些条件呢？我觉得基础流程大致如下：

1. 毫无疑问，需要相当熟悉源语言（大多情况下为外语）；其次，对目标语言（大多情况下为母语）更为娴熟；

2. 对源语言文本的内容及其反映的背景（历史、社会、文化、民俗等）比较了解，或通过查阅资料后比较了解；

3. 了解作者生平、价值观、美学观、创作史、创作风格等基本情况；

4. 反复阅读源语言文本之全文，基本解决大小文字难题并把握作品情节；

5. 反复阅读并逐渐加深解读，思考在阅读和解读中发现的学术问题，以研究引领翻译；

6. 排除干扰，全神贯注，全力翻译，在翻译过程中发现问题，再按其学术价值逐一分类，选择价值较高且力所能及的课题形成论文并发表，另行安排价值很高、难度却也更大的课题列入预研清单，待条件成熟后再正式展开研究并形成论文；

7. 综上所述，我们基本可以期待一部优秀译著行将问世，与此同时，至少可以发表一篇堪称富有独创性的优秀论文，还可以期待不远的将来发表另一篇更为优秀的论文；

8. 如果你有足够的耐心的话，不妨集中精力于一个流派或一个作家，以研究引领翻译，复以翻译推动研究，如此积累十年甚至更多时间，你就会发现自己进入了一个相对自由的学术王国。

围绕以上所述，我将以自己的翻译实践为例，向大家介绍如何处理翻译和研究这对关系。我们选用的案例是早已完成翻译并于二〇一三年六月出版的长篇小说《水死》。下面，我们就开始讨论《水死》的翻译过程。

缘起：

《水死》日文版出版于二〇〇九年十二月，作品里写了母亲、妻子、妹妹，还写了儿子和女儿，却从不曾将父亲作为主要人物予以描述，因而打算为父亲写一部小说。由于父亲是淹死的，恰好自己日前在神保町的书店里看到英国诗人艾略特的英文版长诗《荒原》，其中有关菲里基水手死于水底的相关描述激活了自己对父亲的儿时记忆，因而就想借这一节诗歌切入，写一本"水死"小说。从这个时候开始，大江先生和他的"水死"小说便进入了我的视野，每次见面交流时都会有意识地关注这部小说的进展，了解作者的创作构思。

创作过程：

大江先生在创作《水死》期间，突然发现原想借重的关键资料早已被母亲在去世前销毁，使得创作计划无法贯彻。与此同时，日本保守势力越发猖獗，试图修改和平宪法第九条，而民间和平组织九条会的发起人之一加藤周一先生却于二〇〇八年去世，大江的爱子大江光也因摔伤而导致脊椎骨折。在这多重打击之下，《水死》的创作陷于停顿状态，大江先生便于二〇〇九年一月初前来北京的鲁迅博物馆寻找创作力量，在参观过程中数度流下热泪，表示已经从鲁迅这里汲取了将《水死》小说继续写下去的力量。

及至当年十月初，我们与大江健三郎、莫言、陈众议、陆建德、李永平等作家和学人一同在台北出席有关大江文学的学术会议时，大江先生已完成写作并进入修改校样阶段，在会议上听了莫言先生等两岸作家和学者的相关发言后，又彻夜修改校样，最终完成了《水死》的创作。

翻译过程：

几个月后我收到了《水死》样书，在通读样书时便很自然地结合这曲折的创作过程，同时参考大江先生在台北会议上的讲演辞及其对各位发言者的点评，解读出作者大江先生对于潜隐于诸多日本人内心底里的绝对天皇制社会伦理的警惕，他担心这种非常危险的伦理观将再度把日本引往非正义的战争，便借助英国文化人类学家詹·弗雷泽的巨著《金枝》，呼吁人们意识到绝对天皇制社会伦理所象征的保守势力的巨大危害性，提出以民主主义这个新王取而代之。记得是在二〇一〇年十二月初，应邀前往东京拜访大江夫妇的铁凝女士约我同行，在与大江的一次工作会谈中，在大江宅邸叙谈间，我就对大江先生谈起了自己的理解以上解读，有幸得到大江先生的认可——“你的深刻解读，让我极为高兴”。在这种情况下，我撰写出第一篇论文《杀王：与绝对天皇制社会伦理的对决》并发表于《日本学刊》。至此，我就算完成了翻译前的预研，开始转入正式翻译的阶段。

大家都知道，大江除了对创作主题极为重视之外，对小说的文体也是非常挑剔，这就使得我们在翻译之初必须意识到这个问题，必须反反复复地试译，再与原文本进行对比，看看是否能够贴近原文本的文体，大致有了文体方面的感觉后，就循着这个感觉翻译下去。同时，尤其要注意在翻译过程中新发现的一些课题，根据这些课题的学术价值以及自己的学力和精力列出顺序，待条件成熟时形成论文。

在其后翻译《水死》的过程中，我偶尔发现作者非常奇怪地在全书共九十处“穴居人”这个单词旁加注了由英语转译为日语的片假名，便由日语经由英语陆续追查到法语、阿拉伯语和古拉丁语，一直追溯到公元四五世纪的古罗马帝国时期以弗所的一个基督教故事，再将“穴居人”所承载的这个故事作为母题，梳理了经由穆罕默德的《古兰经》和孟德斯鸠的《波斯人信札》直至大江健三郎的《水死》这将近一千多年间的流变和意义。在完成《水死》全书的翻译工作后，再度深化了自己的认识——作者大江健三郎是在借助《水死》发出“含着大希望的恐怖的悲声”，以使我们和我们的后代永记历史教训，不让孟德斯鸠笔下野蛮的阿拉伯穴居人之毁灭重现于文明社会。至此，有关《水死》的第二篇论文《穴居人母题的流变及其文化意义》形成并发表于《外国文学评论》。

四、文学翻译的其他媒介功能

文学翻译原本是源语言和目标语言之间的媒介。不过，文学翻译的媒介功能绝不仅止于此。由于翻译者本人所处的特殊位置，使得他处于一个特殊节点之上。比如在我所任职的外国文学研究所，绝大多数学者都是译者，他们和她们在翻译文学作品的同时，经常利用译者的特殊身份，在外国作家和中国作家之间架起一座座交流的桥梁，为中国文学走向世界并成为世界文学重要组成部分发挥了特殊作用。

比如在二〇〇〇年至二〇一〇年这十来年间，外文所共邀请了大江健三郎、奥尔罕·帕慕克、勒·克莱齐奥、巴尔加斯·略萨、沃雷·索因卡这五位诺贝尔文学奖获得者访问中国。其中，大江健三郎更是在外文所的安排下多次访华，与莫言、铁凝和阎连科等中国诸多作家结为关系亲密的好友，在包括诺贝尔文学奖百年纪念活动等各种场合中，向各国诺贝尔文学奖获得者以及各国文学家和读者介绍莫言等中国同僚及其文学作品。当然，在外文所与大江健三郎的每一次工作会谈中，莫言、铁凝等中国作家及其文学活动也始终是会谈的一个重要内容。

至于各国其他作家和学者，外文所则邀请得更多，仅日本一国就有百余人之多，比如曾于二○○一年邀请了小川洋子等十位日本女作家访问中国，与张抗抗、迟子建、方方、池莉等十位中国女作家同台交流，同时翻译出版了系列丛书“中日女作家方阵”（全二十卷）；二○○六年和二○一○年则陆续邀请中村文则、绵矢梨沙、青山七惠、山崎奈奥可乐等二十位日本青年作家访问中国，与李浩、李修文、徐则臣、张悦然等数十位中国青年作家进行面对面的交流，并相继两次翻译中日青年作家作品集（全三十余卷）。

二○一三年九月，我们还邀请了十位德国著名作家前来北京，与莫言、铁凝、贾平凹、阎连科、刘震云、方方和徐则臣等十位中国作家通过对话、讨论等形式进行交流，同时翻译出版了十多卷的中德作家文选。无疑，由外文所相关语种的学者 / 译者策划、发起和主持的诸如此类的大型文学交流活动，必将在相当程度上促进中国文学与世界文学的交流乃至交融。

杨武能（1938—　　），重庆人。1962年毕业于南京大学德语专业。四川大学外国语学院兼文学与新闻学院教授、博士生导师。中国外国文学学会、中国比较文学学会理事；中国翻译协会名誉理事。主要译作有：《浮士德》、《少年维特的烦恼》、《格林童话全集》、《海涅诗选》、《茵梦湖》、《纳尔齐斯与哥尔德蒙》等20余部。译著《歌德精品集》获"四川省文学奖"，编著《歌德文集》2000年获第12届"中国图书奖"，2001年获成都市"金芙蓉文学奖"，散文创作曾获得省内奖励。2000年获联邦德国总统约翰尼斯·劳颁授的"国家功勋奖章"。2001年获得德国洪堡学术奖金。2004年受聘担任欧洲翻译家协会常设机构欧洲译者工作中心"驻会翻译家"。

我译《魔山》二十年

二十世纪五十年代末，我在南京大学外文系学德语，受叶逢植等老师影响，才上二年级就尝试给报刊做点儿翻译。拿到几笔小稿费后一发不可收拾，竟动真格开始翻译起正儿八经的德语文学来啦，四年级时即在《世界文学》以笔名和本名接连发表了莱辛的《寓言八则》等习作。从一九六一年于这份当时全国惟一能发表译品的刊物露脸算起，至今我做文学翻译已经整整四十五个年头；而翻译托马斯·曼的著名长篇小说《魔山》，则是我用工最勤、收获最丰的后二十年的一件大事。

《魔山》是托马斯·曼继《布登勃洛克一家》之后又一杰作。

一九一二年，为了探望患病的妻子卡佳，托马斯·曼确曾上达沃斯的这家肺结核疗养院住过几个星期，其间的难忘经历和特异见闻，还有妻子寄回家的书信，便成了作家于次年动笔创作《魔山》的契机和素材。起初他仅只打算以生战胜死为主题。用幽默的笔调写一个中篇小说。一九一四年第一次世界大战爆发，托马斯·曼中断了创作，直等到一九一九年大战结束才重新提起了笔。战时的痛苦经历和战后的深刻反思，使原本计划的中篇膨胀为一部上下两卷的大长篇，思想内容更得到了急剧的深化和扩展。

如此写成的德语现代文学经典《魔山》，是大文豪托马斯·曼对自己在大战前后的经历和思想的总结，只不过故事情节并不复杂。

出身富有资产者家庭的青年汉斯·卡斯托普，大学毕业后离开故乡，前往瑞士阿尔卑斯山中的“山庄”肺结核疗养院，探望在那里养病的表兄齐姆逊。他原本打算三周后便返回汉堡当造船工程师，却不料在山上一住七年。原来他闯进了一座“魔山”。

“魔山”中住着来自欧洲乃至世界各国的病人。他们代表着不同的民族种族、文化传统、宗教信仰和政治态度，却有一个共同之处，即都属于不必为生计担忧的有产有闲阶级。与世隔绝而又舒适优越的环境，使“山庄”的居民们自有一套独特的生活方式和人生哲学，一个个都饱食终日，无所用心；都沉溺声色，饕餮成性；都精神空虚，却在尽情地享受着疾病，同时又暗暗地等待着死神的来临。因此，整个“山庄”及其所在的整个地区，就跟中了魔魇一样，始终笼罩着病态和死亡的气氛。

“魔山”的统领是“山庄”疗养院的院长“宫廷顾问”贝伦斯大夫。他和他的助理克洛可夫斯基博士，一个绰号叫“拉达曼提斯”，一个绰号叫“弥诺斯”，意思都是地狱中的鬼王。然而“魔山”的真正主宰，却并非鬼王贝伦斯大夫，而是死神。就这样，在死神的统领指挥下，经由贝伦斯这些鬼王精心安排和组织，“山庄”的疗养院客人们便像《浮士德》中于瓦普吉斯之夜聚会在布洛肯山的男女妖精，夜以继日地纵情狂欢，跳着死的舞蹈。

主人公卡斯托普是个涉世不深，性格和体质都很柔弱的资产阶级少爷，他刚进“山庄”还有点儿不习惯，但马上被“鬼王”逮住，不久便习惯了不习惯，跟着参加了死的舞蹈。这是因为“山庄”的独特生活方式自有其魅力。这魅力的表现之一就是使人忘记时间，忘记过去和将来，同时也忘记人生的职责和使命。

“魔山”成了一个介乎于生死之间的无时间境界。

不过，卡斯托普在“魔山”的七年也非完全虚度。他年轻、好奇，日日目睹着疾病和死亡，倾听着以他的导师自居的塞特姆布里尼与纳夫塔的激烈争论，还对爱情的苦乐和生离死别有了切身体验，思想便异常活跃。加之“山庄”无所事事的生活又给了他的充裕时间，使他对疾病与健康、欢乐与痛苦、生存与死亡、时间与空间以及音乐与时间的关系等等问题，去进行反复思考，沉思默想，直至七年后“魔山”的梦魇终于为第一次世界大战的“晴天霹雳”所震醒……

一九八三年，我应约接受了《魔山》的翻译。

端的是一部大师杰作，其深邃、宽广的意蕴和机智、隽永的语言，令读者有如登临险峰，品尝酽茶，艰难是艰难，苦涩是苦涩，却从中能感受到非同一般的浓烈兴味。在社科院新职工那工棚似的简易单身宿舍里，我全身心投入《魔山》的翻译，初步体会到了《魔山》这部杰作之所以为杰作，也尝到了啃硬骨头的苦辣酸甜。

由春入夏，一笔笔地书写，一步步地攀登，好不容易译完了引言和第一、二章，谁知这时却不得不放下刚刚变得自如的笔。我获得了有着世界声誉的洪堡研究奖学金，终于可以去德国深造。我不得不离开学习和工作了五年的北京中国社会科学院。《魔山》的翻译只好终止了，怎么办？

几经思索，终于想到一位救星，想到我的一位任职于北师大的师兄，他念硕士时不仅正好专攻托马斯·曼，而且富有翻译经验，译笔上佳。我赶紧登门拜访，说明原委，他欣然接受了原本也应该对他很有吸引力的《魔山》的翻译，令我如释重负。

在风光旖旎的德国浪漫之都海德堡，我一住一年零三个月，每天面对的都是歌德、席勒等古典作家，托马斯·曼及其杰作完全置之度外。归国后再到北京已是一九八五年初夏，心想《魔山》的翻译进行了快两年，该已经完成，便又去北师大拜望我的师兄。不想结果令我大吃一惊，理由是这么厚一本书，没有合同怎么进行？我哭笑不得，却有苦难言。

铤而走险，再闯《魔山》。尽管当时我正任着四川外语学院的副院长，尽管除了繁杂的行政事务还要教书，我仍然硬着头皮，于一九八五年底重新开始翻译工作。不过能用于翻译的时间实在有限而又零碎，加之“山”中的路越来越曲折、崎岖，越来越幽秘、险峻，我吃力地跋涉了快一年，才差不多完成全书的四分之一，能把稿子交给出版社的日子遥遥无期。

时间转瞬到了一九八六年春天，不得已只好考虑请人合译。

真是十分感激母校南京大学的学长洪天寓教授和郑寿康教授。两位慨然应允与我结伴完成《魔山》苦旅，并很快商定了分工：由他俩各译全书四分之一即小说的第五章和第七章，我在妻子王荫祺的参与和协助下再译四分之一即第六章。

一九八六年的盛夏——山城的又一个难熬的季节。在重庆这座有名的大火炉中，为了抓紧暑假的宝贵时间赶译我们承担的近二十万字，一大早就把当书案的活动饭桌搬到靠着歌乐山麓的阳台上，到了午后又搬进屋里，直接摆在旋转的大吊扇底下；如此这般，才好歹避免了赤裸的身体沁出的汗水打湿面前的稿笺纸。那年头儿，连我这勉强够上高干资格的副院长家也没装空调，更别提去避暑地、度假村什么的了。至于我那两位身处另一大火炉的合译者，居住和工作的条件想必还不如我，攀登险峰时的艰辛更是可想而知……

攀登《魔山》的辛苦更在于，它虽无曲折跌宕的情节，也无惊心动魄的场面，却不乏思想精神范畴的激烈碰撞，乃至你死我活的争斗，因而自始至终充满着离奇、紧张和神秘的气氛，是所谓“智性小说”（intellektueller Roman）或曰形而上的哲理小说（metaphysischer Roman）的典型。这就是说，《魔山》继承了德语文学的一个带本质意义的重要特质，即富于哲理性和思辨性的传统。在小说中，除生与死这个核心问题，举例说吧，也对时间这个构成生命的重要因素，特别做了精到、深入、全面、精彩的分析和论说。只不过，不同的思想、哲理、精神及其相互斗争，并非都以抽象、乏味的思辨或者说教表现出来，而更多地和主要的是通过一个个活生生的人物，一桩桩奇特有趣的事件以及人物间唇枪舌剑的争论，生动地加以体现，并以此赋予了小说引人入胜、摄人心魄的艺术魅力。

说到《魔山》的哲理性和思辨性不能不指出，“魔山”中除了上面讲的那些行尸走肉的活人，还游荡着一些幽灵，过去时代的幽灵以及叔本华、尼采等等的幽灵。这些幽灵附着在奥地利耶稣会士纳夫塔和意大利作家塞特姆布里尼等人身上；他们都是那些活死人中的思想者。他俩为了争当年轻主人公的精神导师，便一直不知疲倦地在进行论战。

但是，《魔山》之所以能跻身德语乃至整个西方文学的现代经典之列，主要原因不在它很好地继承了德语文学的传统，更在于艺术风格和手法方面的成功创新。《魔山》使用得最多也最有趣的手法是象征。可以认为，小说的题名《魔山》本身便是个象征。还有明显的“数字象征”：一个七字贯穿整个故事反反复复地出现，便使贝伦斯大夫经营的肺病疗养院变成了整个世界的象征，因为上帝用于创世的时间据说也是七天……

要读懂《魔山》，翻译《魔山》，除去认清它富有哲理性和思辨性这个内在本质，还须对其独特的表现手法和艺术风格心中有数。再次踏上《魔山》的艰苦旅程，我进一步体会到要追随、再现大师所表达的丰富深刻的思想、精神，感受、再创杰作所散发的巨大强烈的艺术魅力，深入它的幽秘峡谷，登上它的险峻峰顶，真是谈何容易。

一九九〇年，四人合译、由我统稿的《魔山》，终于面世了。书出版后引起各方面相当的重视，例如第二年，在德国洪堡基金会举行的文学与社科翻译研讨会上，《魔山》的中译本成了德语文学成功译介到世界各国的重要佐证，国内著译界的好评就不说了，台湾也很快从漓江社买去了出繁体字本的版权。

但与此同时，也有不少朋友和同行表示遗憾：这样一部为数不多的名家杰作我竟只译了一半而不一气呵成，致使前后风格明显地欠和谐统一，露出了不少破绽。朋友们说得有理，然而我有苦难言：不只是《魔山》部头大，交稿时间紧迫，还有不同译家的风格差异，凡长期从事文学翻译的人都知道，岂是单靠统稿就能消除得了的！更何况《魔山》又是怎样一部意蕴丰富、深邃，内容庞杂、繁难，风格独特、多变的巨著啊！

因此对《魔山》的出版，我的心情很快便由喜转忧，像面对自己养育的一个有天生缺陷的孩子。我后悔当初不够狠心；没有要么咬咬牙将他孕育到足月再生下来，要么忍痛让他流产掉。亡羊补牢，我很快下定决心，什么时候一定要治好这个孩子身上的毛病。

可是种种的考虑，种种的原因，让我一等等了十五年。直到进入新世纪，我研究译介歌德的主业有了勉强交代得过去的建树，我在大学里基本上不再授课了，而且刚好在二〇〇四年我又受聘担任欧洲翻译家协会的驻会翻译家(Translator in Residence)，有了在其常设机构欧洲译者工作中心整整半年不受任何干扰的干活儿的机会，于是才抛开一切，去了结我十多年来的宿愿，去继续我在《魔山》中的攀登、寻幽、搜奇、览胜！须知，我初探《魔山》时四十五岁，年富力强，而今却已年近古稀，此时不去还待何时？须知，二〇〇五年恰是托马斯·曼（1875—1955）诞生一百三十周年和逝世五十周年，此时不出版《魔山》的新译，哪里还有更好的时机？

创立于一九七八年的欧洲译者工作中心（Europäisches Übersetzer—kollegiüm），坐落在联邦德国北莱茵——威斯特法伦州的施特拉伦，拥有联成一气的四幢小楼，三十套客房，近四十台性能卓越的个人计算机，以及一座藏有二百七十五个语种的十五万册图书、二万五千部涉及百业千行的各类词典和工具书的图书馆。一踏进中心洁白、明亮的小楼和庭院，在宁静的氛围中举目四顾，但见凡能摆书的地方都摆着书，人好似置身于书林、书海，一股对知识、对文明的神圣敬仰之情顿时涌上心头；一个文学翻译工作者，一个以传播知识、文明为使命，一个一辈子以书为伴、靠书吃饭的人，心中更会像游子回到家中似的感到安稳、宁帖，进而萌生好好干活儿的欲望。

就在这样的环境和氛围里，由妻子陪伴和照料饮食起居，我从早到晚坐在独自使用的微机前，日复一日地在托马斯·曼的《魔山》中攀缘、徜徉、悠游、流连，随着手指不住地轻轻敲击键盘，待译的书页便一点点地减少下去。在这个过程中，我深感知识面狭窄、浅薄，对生理学、心理学、解剖学以及音乐、摄影、赌博和接灵术等等，懂得实在太少，如果不是手边有那么多资料和工具书，真会"旬月踟蹰"，举步艰难哩。只不过啊，眼下所要克服的困难和障碍，和当年腿夹煤炉，头顶风扇，握着笔一个字一个字地爬格子，以致闹得腰肌劳损、颈椎供血不足、手指痉挛时的艰辛劳苦，完全不可同日而语！

就是在施特拉伦欧洲译者工作中心，我不仅登上了《魔山》最高峻峭挺拔的险峰，还深入了它那最隐秘阴森的幽谷，知道了小说主要人物几乎个个都有生活中的原型，例如让人怎么也想不到，奥地利耶稣会士纳夫塔这个思想偏激、言语刁钻、行事残忍的怪物，竟然是以著名的匈牙利马克思主义哲学家和文艺理论家卢卡奇（Georg Lukács，1885—1971）作为原型塑造的。还有《魔山》大量运用了成书前后盛行于欧洲的精神分析手法，事实依据却多出自作家自己的经历。还有以"语言魔术师"著称的托马斯·曼善于运用幽默、揶揄、嘲讽以及其他种种的幽微之处，我都是在施特拉伦才有了进一步的领会。可以认为，我是在作者本人的身旁，在浓郁的德意志精神文化氛围里边，最终深入到了《魔山》独特而奇异的世界，完成了德语文学这部现代经典的翻译。

不经意误入"山庄"国际肺结核疗养院这座魔山的小说主人公，用七年的时间完成了他一生的"修养"，在终于走出来时不仅自己变了，世界也变了。我翻译《魔山》前后经历二十载，二十年来通过翻译《魔山》《浮士德》一类作品进入了一个又一个陌生、奇特而精彩的世界，每译完一部作品眼界和见识得到极大的开阔和丰富；而在进出《魔山》之间，我和周围的世界同样发生了急剧的变化。有了"魔山"之旅的历练和积累，我便能以不同的眼光观察和认识变化了的自己和世界——这，大概就是文学翻译工作的最大魅力；另一方面，增加了生活、工作的阅历和积累，又会促进我认识、把握其他作品里的新的世界，这便形成一种良性互动、良性循环——只要我不搁下译笔。正是这样的魅力和这样的良性循环，促使真正的翻译家甘于忍受辛劳、寂寞，一生孜孜不倦地从事自己的创造、劳作。

我半个世纪前就立下做文学翻译家的志愿，并给自己定了条非经典名著不译的原则，但是在我出版的众多译著中，也仅有号称"奇书"和"天书"的《浮士德》，可以同时在文学价值和翻译难度方面，足以和《魔山》媲美。具体讲，《魔山》原著问世于一九二四年，书中描写的死神统治的"山庄"，实际上也是

十九、二十世纪之交精神空虚、道德沦丧、危机四伏的资本主义欧洲的缩影；奠定托马斯·曼文坛地位的《布登勃洛克一家》副标题叫“一个家族的没落”，后续之作《魔山》方方面面都前进了一大步，不妨也加上个副标题“一个阶级的没落”。尽管如此，《魔山》的历史意义和文学价值，或许尚离《浮士德》有一些距离，但是其翻译的难度，根据我前后翻译两部杰作的亲身经验，则可能犹有过之。

拙译《魔山》成书的艰难曲折，不只反映译者个人二十年的生命历程，还折射着社会的变迁，时代的前进。一个翻译家能有机会翻译《魔山》这样一部巨著并且顺利出版，哪怕为此折腾二十年甚至耗去更多的时间精力，我看仍然是十分的幸运。为了这份幸运，我深深感谢自己各个时期和各个领域的众多师友，感谢我的家人特别是我的妻子，感谢我的国家中国和德国，感谢我的生活和我的时代——苦难与欢乐一样多一样大的时代。

叶廷芳（1936—　　），浙江衢州人。1961 年毕业于北京大学西方语言文学系德语专业。1964 中国科学院哲学社会科学部从事德语文学研究至今。先后任文艺理论研究室副主任、中北欧文学研究室主任、外文所学术委员、博士生导师；中国作协、剧协会员，中国外国文学学会理事，全国德语文学研究会会长，中国环境艺术学会理事，全国政协委员。主要著作有《现代艺术的探险者》、《卡夫卡——现代文学之父》、《现代审美意识的觉醒》、《美的流动》（随笔集）、《遍寻缪斯》（散文集）以及学术论文近百篇；有译著、编著二十余部。此外有相当数量的散文、随笔和有关戏剧、建筑与艺术方面的评论文字。

翻译：甘苦得失寸心知

翻译，顾名思义是传达一种陌生语言的原意的工作。但要做得圆满，却并非易事。它不仅需要两种语言的过硬功夫，甚至需要多种语言的参照；不仅需要广博的知识，更需要敏锐的领悟能力。因此，一篇难度较大的翻译，考验到最后的不是你的语言，而是你的悟性。这方面各人有各人的体会，本文谨以笔者自己的翻译实践谈点心得。

奥地利作家弗兰茨·卡夫卡（1883—1924）是我的研究对象之一。尽管我翻译他的作品并不多，但写作中须常引用他的作品，即便有别人的现成译文，也须重新斟酌和推敲。此外在编辑《卡夫卡全集》和他的各类文集时，校对过别人的许多译文，遇到疑问时，也颇费过一番心力。

最初翻译卡夫卡的作品是他的短篇小说《饥饿艺术家》（Ein Hungerkünstler）。“Ein”在德文里是不定冠词“一个”的意思，在这里译或不译出来都可以的。“饥饿艺术家”在汉语里是个带有定语的词组，但在德语里却是一个字“Hungerkünstler”，可是由两个德文名词Hunger（饥饿）和Künstler（艺术家；艺人）合成的。此前已经有人从英文译为《绝食艺人》。从字面上看，不能说是错的，因为主人公确实是一个以饥饿或断绝饮食为表演手段的艺人。然而，“绝食”一词在汉语里包含“抗议”的意思，是一种斗争的手段。我国《现代汉语词典》对“绝食”一词的解释是：“断绝饮食（表示抗议或自杀）”。因此德文中“绝食”（Hungerstreik）这个词的构成也是来自两个不同含义的名词：Hunger和Streik（罢工；拒绝）。于是我对上述现成的译法表示怀疑。但这个译法的译者已经具有一定翻译经验了，而且台湾也有人作如是译。更主要的是，在细究之下，小说末尾主人公确实有拒绝进食的举动，原来，这位艺人自以为是一个有着“无限表演能力”的艺术家，他对雇用他的杂技团经理在他接近生命极限时让他停止表演，重新进食，总是不满意。最后在他奄奄一息之时人们在一堆乱草中发现了他，并问他为什么不吃东西？他回答说：“因为我找不到适合我胃口的食物。”那么，他是在对这个不适合他生存的环境，不，对整个存在进行抗议了！这可以从不同层面来理解。首先，卡夫卡作为一个存在哲学的感受者和艺术表达者，他对现存世界的一切都感到陌生和厌恶（或曰“恶心”），以致找不到一件他能够接受或令他感兴趣的东西；其次，他一生都想对这个可疑的世界用他的笔“重新审察一遍”，但由于病魔过早地缠住了他，并且正当盛年就夺走了他的生命，使他在晚年深沉地慨叹：这个“将世界重新审察”的愿望已经“来不及”实现了；第三，他作为一位作家，虽然自信有无限的表现能力，却对自己的写作又“总是不满意”（与小说主人公一样），也就是始终没有找到一种适合于他的表现方法，以致认为自己创作上根本不成功，直到晚年甚至还动了毁稿之念。你看，他带着陌生的神情来到这个世界，以极大的紧张和心力想弄清它是怎么一回事情，却始终没有得到满足，他在精神上永远处于“饥饿”之中——饥饿是他的表演手段，也是他的生存境况；既是他的宿命，也就成了他的追求！

这个理解过程不是一次完成的，前后达好几年之久。起初觉得自己是初译者，不敢贸然推翻别人的译法，就在同行的前辈和同辈中频频向人请教，包括学哲学的，心理学的，社会学的等等。可是，大家莫衷一是！后来我注意到，这篇完成于作者生命之末的小说还是作者的自况，因而是他自己最喜爱的少数几个短篇之一。主人公那种一心要在表演上达到至美的境界，生命极限却阻止着他的这种努力，这与作者那种创作上的无限追求，却遇到健康对他的有限限定有什么二致？这种不可克服的“灵”与“肉”的矛盾不是一种永恒的“饥饿”

吗？同时我考虑到这篇小说的叙事风格是调侃性的，黑色幽默式的，译作“饥饿艺术家”更有幽默感，因而更具文学性。

翻译文学作品，题目或书名的准确性是至关重要的，是首先应该花力气的地方。卡夫卡的第二部长篇小说最初也是从英文译过来的，叫“审判”。初看也没有错，因为德文原文 Prozeβ 除了诉讼、过程等解释外，确实有“审判”的意思。它写一位银行襄理在三十岁生日那天突然被两名警察宣布逮捕。他不知道为什么，于是在邻里间、社会上乃至法院内外展开了旷日持久的查询，却始终毫无结果。最后在一天夜里被两名刽子手拉出去处决了！跟上篇讲的不无相似之处，译作“审判”不能说错。但随着对卡夫卡研究的深入，越来越觉得这个译法过于表面，是不够精确的，对这个书名的精确理解，不仅需要结合卡夫卡哲学思想的总体精神，而且需要参考存在主义哲学的基本内容。正如无神论存在主义代表萨特所表述的，人的现实生活是很“粘糍”的，卡夫卡也认为，人的实际生活是障碍重重的，这从他的另一部长篇小说《城堡》可以清楚地看出来。在 Der Prozeβ 这部小说中，主人公面对的并不是审判，而是作为没来由的被告所打的一场旷日持久的官司，一场没完没了的诉讼！诉讼是过程，而审判是结果。现代主义者强调的是过程，而不是结果。卡夫卡这部小说所暗示的人的生存处境就是这样一种无穷的诉讼。当时人民文学出版社的一位德文编辑（是我的大学同窗）也提出了译为诉讼的看法。经与别的同行们再三切磋，最后确定把这部小说的书名译为《诉讼》。

卡夫卡的第一部长篇小说《失踪者》(Der Verschollene)，写的是一位少年因犯家规被父母放逐到美国，在流浪中最后不知去向了。由于书没有写完，作者只留下一些零散的篇页，没有冠以书名。卡夫卡的朋友勃罗德在编纂这部小说时，根据作者生前常提到他的“美国小说”这一点，给它起名《美国》。但卡夫卡只是对美国的民主制度比较感兴趣，因而把美国作为小说的地理背景，并非特指美国，而是泛指实行民主制的西方世界。何况小说这门艺术一般是虚构的，其地理空间有更大的想象余地，你把它限定在某一个地方，势必限制了其思想内涵的普遍意义，也会束缚读者的想象力。况且卡夫卡本人从未到过美国，要写他也写不出一个真实的美国。但卡夫卡在他的日记中倒提到过《失踪者》这个书名。显然这个书名比《美国》更切合书中内容，更具文学色彩，也更符合现代主义文学的特点。所以我采用了这个译法。无独有偶，费歇尔出版社于一九九四年出版《卡夫卡全集》校勘本时，也采用了这个书名。国内有人译作《生死不明的人》当然也是可以的。

卡夫卡的短篇小说《勃鲁姆费尔德，一个上了年岁的单身汉》(Blumfeld,

ein alterer Junggeselle)，最初被译作《老光棍勃鲁姆费尔德》，从内容看也不能算错，但不雅。当然，如果作者的一贯风格或这篇作品的总体风格本来是不雅的，则这样的译法无疑是可以的。问题是，卡夫卡的语言风格整体上是文雅的，他的作品几乎看不到什么粗话。何况这篇作品的主人公是作者同情的对象(且不要忘了，他自己就是一个上了年岁的单身汉)，他不会用贬义词的，尽管这是一篇幽默小说。除了《一个小女人》这篇小说以外，卡夫卡对待他作品中的主人公一般都是友善的。明了这个特点以后，对 Junggeselle 这个字该译“老光棍”，还是“单身汉”就容易判断了。

把握一个作家的整体思想风格和美学风格的特点对于某些具体难题的解决是很有帮助的，尤其在翻译现代作家的时候。我国德语翻译界多年来对德国戏剧家布莱希特的 das epische Theater 这个术语的译法大相径庭：一部分人译作“史诗剧”，另一部分人译作“叙述剧”。德语形容词 epische 的相应名词是 das Epos，相当于英语里的 Epik，其原意是叙事文学或叙事作品，由于欧洲古代的这类作品题材上多采用重大的历史事件或历史故事，体裁多用诗体，所以在我国最初被译作“史诗”，一直沿用至今。但史诗一词在我们汉语的概念里总跟庄严、宏伟、伟大有关。而布莱希特创立 episches Theater 恰恰要解构这些概念（整个现代主义美学都有这个倾向）。他要在戏剧中加入小说或叙事文学的成分，通过叙述一个故事来说明或暗示、譬喻一个道理或新的理念。因此我认为，把布莱希特的 episches Theater 译作“史诗剧”会导致对布莱希特整个戏剧美学特征的误解。

过去有人提倡“信、达、雅”，认为这是翻译的追求目标。其实这三种境界是很难兼得的：如果原文不雅，你却非要译得很雅，岂不与“信”冲突了？因此我认为，“信、达”是翻译家的职守，传神才是翻译工作的追求目标。不妨仍以布莱希特的翻译为例。布氏的早期戏剧代表作 Die Dreigroschenoper 是由三个德文字构成的：drei+Groschen+Oper，现行译本中有人译作《三分钱歌剧》《三角钱歌剧》《三毛钱歌剧》等。作者想通过整个剧名透露这样的信息：这个剧是写给穷人们看的，因此只需一点点钱就能买得起票。其中的 Groschen 是德、奥最小的硬币单位，它在德国已经过时，相当于我国昔日的铜板或铜钱。因此这个剧名如译作《三个铜子儿的歌剧》是最能传神的：一来“铜子儿”符合穷人的用词习惯和语气；二来都是两国最小的古币名。

类似的例子还可以从朱生豪的译作中去引用。朱氏的莎译之所以至今仍为人称道，就因为他在这方面取得了许多成功的范例。比如，《温莎的风流娘儿们》，在他之前曾有人译作《温莎的浪漫妇女们》、《温莎的风流女子们》……

味儿都没有出来，只有将“风流”与“娘儿们”拼接在一起，那“味儿”才出来，这味儿就是诙谐。

对于一个熟练的译者来说，翻译在一般情况下是不难的，难就难在常会遇到少数“疙瘩”，你要解开它，并做到传神达意，往往让你扎实出一身汗，而且耗去你几倍的时间。因此总体上说，翻译也是一件艰辛的事情，而且某种意义上说，这种艰辛比起创作有过之而无不及，因为创作是主动的，而翻译则是被动的。这种甘苦只有译者自己清楚。

叶渭渠（1929—2010），广东东莞人。1956年北京大学东方语言文学系毕业。曾任中国社会科学院研究员。主要著作有《日本文学思潮史》《日本文化史》《冷艳文士川端康成传》，散文集《樱园拾叶》《扶桑掇琐》、《雪国的诱惑》，与唐月梅合著有《日本文学史》（全四卷六册）《物哀与幽玄——日本人的美意识》，多人合著《日本文明》、《世界文明图库——樱花之国》等。译有加藤周一《日本文学史序说》、川端康成《雪国》《千只鹤》《名人》《睡美人》《掌小说全集》《散文选》《谈创作》等。

译介《雪国》的甘苦

我萌生翻译川端康成的《雪国》是结束闭关自守、开始改革开放的时候。因为只有这时候，我才有机会接触到姓“资”的东西，也才有能力独立思考着如何摆脱在长期极“左”思潮影响下译介日本文学的偏差，选择翻译属于“资产阶级”的文学。

记得当时我读了《伊豆的舞女》《雪国》以后，我深深地被作家笔下人物的悲哀与心灵之美所打动，更被那种自然与人契合的自觉达到“忘我之境”的艺术魅力所吸引，而且在这些作品里，我还抚摸到作家对传统的日本美、东方美执着的心。我很快将《伊豆的舞女》翻译出来。但动笔翻译《雪国》前，要把握作为艺妓的女主人公驹子的双重性格，并将这个人物的心灵世界完美地传达出来，则需要对日本的艺妓制度有个基本的了解。所以作为翻译的准备工作之一，我一方面翻阅有关艺妓制度的书，一方面趁访日之机，专程到《雪国》

的舞台新潟县越后汤泽了解艺妓包括驹子的原型的实际情况。正如在《日本文化中的性角色》一书中谈到的："日本的艺妓被人相当误解了。艺妓肯定不是妓女。艺妓有很高的美学造诣，象征着日本的美感。艺妓所做的每一件事都按照严格的审美规则风格化。艺妓是为艺术的艺术，她们可以戏作，但不能发生性关系。"

回过头来看《雪国》，它写出了一个出身贫寒的女子在屈辱的环境下成长，承受着生活的不幸与压力，但她仍然经年如一地一丝不苟地苦练艺道，目的是为了更好地献艺，而不是卖身。她认识男主人公岛村之前，已有一疾病缠身的未婚夫，她当艺妓赚钱为他治病，尽了义理人情。但她与未婚夫并没有爱情，她渴望得到一个普通女子应该得到的真正的爱情，爱自己之所爱。所以她认识岛村之后，一见钟情，悟到作为一个女子只要环境许可，还是想过正正经经的生活。于是她把全部的爱都倾注在岛村身上。她对岛村爱得越深，就越为岛村着想，而不顾自己的得失，甚至把自己的爱与性都依托在对方身上。这不是出卖肉体，而是爱的奉献，是不掺有任何杂念的。驹子这种对爱情的态度是坦荡的，也是纯真的。她对岛村的爱恋，实际上是对朴素生活的依恋。

如果对日本艺妓制度不了解，就会连驹子勤学苦练艺道，错认为是"为了更好地出卖色相和肉体"，这样怎么能正确理解作家在《雪国》中所追求的性因素的爱情，又怎么能正确把握和翻译出爱与性中的美来呢？同时作家笔下的驹子的不幸遭遇，又弄得她身心交瘁，扭曲了灵魂，形成了矛盾的双重性格。小说正是通过这个女主人公驹子这种矛盾变态的心理特征，紧紧地捕捉住人性最深层的东西，并且以浓郁的日本色彩和清淡而纯真的传统艺术美，来增强人物的形象内涵的深度和艺术的感染力，从而博得了我对这个人物的悲哀的深切同情和对这部作品的喜爱。

当一家国家级文学出版社编辑部制定一套"日本文学丛书"时，我自然地将包括《雪国》在内的《川端康成小说选》作为一卷列入计划中。当时计划审批者唯担心这卷会引起非议，有一定风险。我觉得介绍日本现当代文学而无川端康成，则是甚为不完整的。因此自愿承担一定的风险，选择自译这一卷。我从此与川端康成的《雪国》及其文学结下了不解之缘，并成为我研究日本文学的重要切入点之一。

果然，我自译介川端康成的《雪国》及其文学作品以来，一直走着风风雨雨的路。二十世纪七十年代末，我着手翻译《川端康成小说选》之时，一地方出版社约我和月梅分别翻译川端的《雪国》和《古都》，我们欣然应允，并按时将译稿交给编辑，编辑和总编都非常满意，惟某中层干部却认为《雪国》有

"黄色描写"，坚持反对出版《雪国》。我们交稿后，足足拖了年余，最后告诉我们撤出《雪国》，只出《古都》。我们坚持两篇合集出版，否则将译稿退回。出版社不愿放弃这个选题，于是请示了该地方出版局，该局负责人很有慧眼，批准出版并表示如果出问题，愿承担领导责任。接着又发生这两篇小说书名排列顺序的问题，无论是从小说发表的时间还是从小说在川端康成的创作史或当代日本文学史上的重要地位来看，这个集子的名字应是《雪国·古都》，可是该出版社那位持反对意见者为了矮化《雪国》，将书名定为《古都·雪国》，本来最简单的事理就这样弄得读者也不明不白了。

但与《雪国》邂逅的命运并没有终结，当我译罢《川端康成小说选》，交出版付梓时，正逢展开"反精神污染"运动，管理者心有余悸，坚持要将《雪国》撤下来。我们日本文学界就有人"跟风"，在日本文学方面首先大批川端康成文学及其论者，批《雪国》描写"出卖色相和肉体"。我也首当其冲，被指责为"嗜痂成癖"。川端文学爱好者也受连累被非难为"被蒙蔽了眼睛的并非少数"；可是，自己在某日本学研究中心讲《雪国》的时候，却在放大镜下用"纵欲眼"来看川端为了故事情节和人物塑造而对人体的某些含蓄、朦胧的描写——这些地方，我翻译的时候尽量保持其含蓄美、朦胧美的风格——对学生津津乐道。更有甚者跑到日本去大谈"川端写女体美非常精彩"，鼓动中国青年作家"去模仿和学习，以弥补自己的不足"，莫明其妙地走进了批评的怪圈。

从翻译和研究川端康成文学开始，我就经受了种种风雨。自我反省，也有正面和负面的实际体验。举例来说，八十年代初出版川端译作所写的译本序，对《睡美人》一类作品的批评，就曾陷入过误区。当然，这里有历史的客观原因，但主要是个人的主观因素，未能正确把握文艺的批评精神和方法。在一九八四年开始撰写《川端康成评传》的过程中，不断学习与探求，才获得文学上的初步自觉。对有关《睡美人》一章的《生的变奏曲》反复琢磨、推敲，做了多次修改，尚未尽人意。不过，自我感觉在观念上是有所更新的。论著发表后，一位学者在著文作出肯定评价的同时，还指出"试图更新观念，恰是最难突破更新的"。

近二十年来，我翻译和研究川端康成文学，是从旧文学观念中走出来，同时也是在这种怪异的非学术的批评声中挺过来的。我既然选择了我的翻译的对象，我就会执着于我的选择，义无反顾。迄今我或翻译或主编了两套各十卷本的川端康成文集、作品集和多套两或三卷本的小说选集、少男少女小说选集和散文选集，已将川端康成全集十之七八介绍过来；撰著了《东方美的现代探索者——川端康成评传》、增订本《冷艳文士川端康成传》、插图珍藏本《川端康成传》和普及本《川端康成传》。我只是做出了一个学者应做的事，却赢得了许多读者的鼓励，读着从名家到不通邮的山区青年读者的一封封来信，一篇篇文章，他们对我筚路蓝缕艰辛的体察，让我深受感动。特别是已故曹禺先生生前读了拙译《雪国》，惠函云“昨始读川端康成的《雪国》，虽未尽毕，然已不能释手。”刘白羽先生更是多次惠函鼓励，赞“川端心灵中蕴藏的日本古文化之美有多么深，多么厚”。它们暖融融地温暖着我的心。如今全国收入拙译《雪国》已有十余种版本。去年民调本世纪百年百种世界经典名著的排行榜，川端的《雪国》排名第十七位。清华大学将《雪国》列入大学生必读指定书目之一。有一回，清华大学举办外国名作讲座，我主讲《川端康成与〈雪国〉》，听众许多是理工科学生，从他们的提问中，我发现他们对《雪国》的理解非常深刻，让我十分感佩。

日本著名学者千叶宣一先生著文写道：“叶渭渠教授通过他的专著《东方美的现代探索者——川端康成评传》、《川端康成小说选》、《川端康成掌小说全集》、《川端康成散文选》等成果，就足以证明他居于外国、包括欧美在内的川端文学研究的第一人。”这显然是溢美之词。但这些成果如果不是有了今天的新政，如果不是有了前辈名家到同行好友以及广大读者的热情激励和支持，也许我个人会一事无成地倒在风雨中。

如今，苦尽甘来。我作为访问学者访日期间，再次受到《雪国》的诱惑，满怀轻松和喜悦的心情，与友人再次驱车前往越后汤泽，沿途车窗外烟雨纷飞，整个车窗就像镶嵌上一幅幅不断变幻着景物的山水画，其美无比。此刻，我的感受比上次更深刻，译《雪国》时最用心力翻译的那段车窗玻璃上女人的实影与窗外自然景物的虚影之重叠变幻的美文，不由得浮现在我的脑际。这段美文我是这样翻译过来的：

黄昏的景色在镜后移动着。也就是说，镜面映现的虚像与镜后的实物好像电影里的叠影一样在晃动。出场人物和背影没有任何联系。而且人物是一种透明的幻象，景物则是在夜霭中朦胧暗流，两者消融在一起，描绘出一个超越人世的象征世界。特别是当山野里的灯火映照在姑娘的脸上时，那种无法形容的美，使岛村的心都几乎为之颤动。

在遥远的山巅上空，还淡淡地残留着晚霞的余晖。透过车窗玻璃看见的景物的轮廓，退到远方，却没有消逝，但已经黯然失色了。尽管火车继续往前奔驰，在他看来，山野那平凡的姿态越是显得更加平凡了。由于什么东西都不十分惹他注目，他内心反而好像隐隐地存在着一股巨大的感情激流。这自然是由于镜中浮现出姑娘的脸的缘故。只有身影映在窗玻璃上的部分，遮住了窗外的暮景，然而，景色却在姑娘的轮廓周围不断地移动，使人觉得姑娘的脸也是透明的。是不是真的透明呢？这是一种错觉。因为从姑娘面影后面不停地掠过的暮景，仿佛是从她脸的前面流过，定睛一看；却又扑朔迷离。车厢里也不太明亮。窗玻璃上的映像不像真的镜子那样清晰了。反光没有了。这使岛村看入了神，他渐渐地忘却了镜子的存在，只觉得姑娘好像漂浮在流逝的暮景之中。

我回味着这段美文，来到了川端康成创作《雪国》的世界。当我来到高半旅馆川端会见《雪国》驹子原型的荣松，抚触到川端与荣松在这里邂逅时的心，当我站在汤泽高原上放眼远望小说开头那名句“穿过长长的隧道，便是雪国”所描写的北国隧道口，仿佛看到了那个“超人世的象征的世界”，我再也按捺不住自己的思绪。此时，自译《雪国》以来，那种种纠缠着我的人间纷扰，都被抛诸脑后，头脑顿觉清爽。不觉间，我似乎又进入了二十年前对《雪国》艺术再创造的意境，在与读者共享川端文学之美的快乐。

易丽君（1934—　　），湖北黄冈人。1954 年从武汉大学中文系选送到波兰华沙大学学习波兰经管文学。1960 年波兰华沙大学硕士毕业。北京外国语大学教授，博士生导师。中国作家协会会员，中国翻译协会资深翻译家。代表性译作《先人祭》、《塔杜施先生》、《波兰二十世纪诗选》、《十字军骑士》、《火与剑》、《洪流》和《伏沃迪约夫斯基骑士》等。1984 及 1997 年先后两次获"波兰文化功勋奖章"；2000 年获波兰总统授予的"波兰共和国十字骑士勋章"；2004 年获"波兰共和国国民教育委员会勋章"。

《先人祭》翻译的前前后后

一九六八年一月，华沙民族剧院重新上演世界文化名人、波兰十九世纪伟大爱国诗人亚当·密茨凯维奇揭露沙俄残酷镇压波兰爱国青年的诗剧《先人祭》。该剧的上演轰动了华沙，场场座无虚席。当演员朗诵着激昂的反沙俄台词时，台下观众也跟着朗诵，台上台下连成一气，群情激动振奋。《先人祭》演出，成了一次反苏情绪的总表露。当局旋即下令禁演。当时以华沙大学学生为首的学生发起了保卫《先人祭》演出的示威游行，结果遭到军警镇压。一些学生被开除学籍或被扣押讯问，一些同情学生的教授、副教授也被开除公职，从而引起全国的抗议，引发出一场震动波兰、深受世界关注的政治事件。一部一百多年前出版的浪漫主义文学名作，怎会有如此强大的生命力和感召力呢？人们不禁要问。我国有关部门在事后举行的一次有各驻外使节参加的外事工作会议上，周恩来总理就问在场的外交官们：有谁读过《先人祭》？结果全座寂然，无人应答。总理就说，像这样的优秀文学作品，应把它翻译成中文。过了一段时间，人民文学出版社主管外国文学出版工作的副总编孙绳武先生就让家住北外的该社编辑叶明珍同志来找我，问我能不能翻译《先人祭》？我一听，既高兴又担心。高兴的是，我在华沙大学波兰语言文学系学习的时候，就深为密茨凯维奇的诗歌所吸引，特别是那代表诗人最高成就的史诗《塔杜施先生》和充满爱国激情的诗剧《先人祭》。心想要是将来能够把这两部文学杰作翻译成中文，大概也可说是不枉来波兰学习之行了。现在终于来了机会，又是我们大家都深深敬爱的周恩来总理亲自点译的，放弃了实为终生憾事。担心的是，怕自己能力有限，译不好这部名作，误了事。因为我在波兰学习时就知这是两部很难翻译的诗作，当时对其中的一些诗句只是似懂非懂，现在能否将其准确、传神地译出来也实在没有把握。作为老朋友的叶明珍见我有些犹豫，就说："翻译这部作品确是很有意义，但是没有稿费，还有一定风险（当时是"四人帮"气焰嚣张的时期），你要考虑清楚！"我当时就与刚好周末回家的自家先生袁汉镕商量，他最了解我的心思。他说："有机会翻译出版这部作品是最主要的，你不译，能找谁来译呢？你没有把握译好的，恐怕别人也不会有把握，何况你在北外教书，要找机会向波兰行家请教也相对容易些。至于有没有稿费，那是无关紧要的。风险嘛，将来可以起个谁也猜想不到的假名字，不致让人一眼就盯住你。可先原则上答应下来，困难再慢慢想办法克服。"就这样，翻译的事就算确定下来了。

《先人祭》的分量不算轻，能否全部译出来心中无底。诗剧分三部。第二部展示的是立陶宛古老的民族祭祖仪式以及一切亡灵的痛苦，揭示了当时社会的矛盾和地主阶级对贫苦农民的欺压。第四部是诗人通过主人公古斯塔之之口在先人祭之夜向昔日老师袒露心中的悲苦，倾诉自己对昔日情人的深情眷恋，也倾吐了自己对社会的满腔悲愤。他的诉说是那样悲凉凄婉，又不时迸发出对封建等级社会的血泪控诉和反抗的呼号，使整部作品成了一条最纯洁的感情长河，一首撕肝裂肺的忧愤抒情诗。很美，很感人，但它追求的是"个性自由"和"个人解放"，不涉及国家和民族的命运。这两部《先人祭》发表于一八二三年。到了一八三二年诗人才在巴黎出版《先人祭》第三部。在这九年中，诗人经历了被流放俄国内地、流亡西欧和十一月起义等事件，丧失了许多朋友，历尽艰辛苦楚，思想也得到进一步的升华。《先人祭》第三部较诸第二、第四部有一个思想上的飞跃。这是一部爱国诗剧，民族矛盾被提到了首位。这部燃烧着炽热的复仇和解放烈焰的诗剧，以诗人一八二三年在维尔诺（今维尔纽斯）亲身经历的沙俄当局侦讯波兰爱国青年的真人真事为素材，反映了华沙起义失败后沙俄当局的暴戾恣睢和波兰民族的苦难。全剧揭示出崇高的爱国情感，集中表达了诗人对民族敌人的深仇大恨和对民族叛徒的极端蔑视。主人公在狱中长达三百多行的即兴吟诵，更是慷慨悲歌，气冲霄汉。考虑到这三部《先人祭》从主题思想到故事情节都没有太大联系，基本上都可独立成篇；二、四两部的格调都比较低沉，还表现出有比较浓厚的宿命论和因果报应的色彩，容易给“文革”中嗜于挥舞革命大棒的人以整人的口实；而第三部则是整部《先人祭》的核心和灵魂，是它的力量之所在，也是篇幅最大、内容最丰富、思想境界也最高、最能体现诗人的爱国主义思想情感的一部，因此我便与出版社商定，先从《先人祭》第三部入手进行翻译，其他两部的翻译可暂时往后放一放，视情况再定。

就在着手开始翻译的时候，意外发生了，突然接到上级指示，学校要搬迁到沙洋办学！一九七〇年我随学校到了湖北沙洋。开始时都忙于“创业”，大家除参加斗批改这门“主课”外，就是种菜、养猪、种稻子，动手建宿舍、教室，改善教学、生活环境……一九七一年开始招收第一批工农兵学员，就再加上一项教学工作。白天的时间总是安排得满满的，就只剩下晚上了。在没有别的事情时，我便抓紧时间搞点儿翻译。因为这不是学校下达的任务，属私活，得保密，我就找了一间夜间经常无人的小棚屋，躲在那儿翻。夏天蚊子太多，就只好回宿舍窝在蚊帐里翻，别人还以为我是在写信呢！就这样，在乡下两年，终于断断续续译出了个初稿。回到北京后就利用业余时间查资料，继续补充，完善初稿。适逢一九七三年有个贸易代表团要到波兰参加波兹南博览会，要我去当翻译，我便把剩下的疑难问题整理好，带到波兰去寻求解决。借博览会后在华沙停留几天的机会，我找了昔日导师 J. K. 萨隆妮教授等人。萨隆妮教授见我在翻译《先人祭》，非常高兴和支持，她悉心帮我解决了一些尚未解决的疑难问题，特别是康拉德在狱中的那一大段即兴吟诵中的问题。在即兴吟诵中，现实与梦幻的场景交替出现，历史事件和想象融为一体，天上人间连成一片，神话与真人真事相互交错，并随着主人公的思绪不断转换、驰骋，不断跳跃着、变幻着。若对作品没有透彻的理解，实在难以准确掌握。这使我深感要翻译好一部作品，除了要对当时的历史背景有深入了解外，还应当了解作家在写这部作品时的思想脉络：不十分懂的一定要想办法弄清楚，切不能想当然，更不能凭猜想。稍有差池，就会出错，留下抹不掉的遗憾。从波兰回北京后，我又对译稿做了进一步的修改，最后又让袁汉镕根据原书再校阅一遍才算完稿。

最后，怎样署名好呢？实名是决定不用了。考虑到袁汉镕对译稿出过不少力，我就想用个能隐括两人工作的笔名。简单的方法是在两人姓名之中各取一字的谐音合成。想来想去就凑了两个与具体个人都搭不上边儿的“译员”和“汉译”。自己虽对这样的名字不满意，但也想不出更合适的，就只好请出版社的同志帮忙出主意。还是出版社有高人，建议我可用：“韩逸”。我们觉得很好。日后我也就采用韩逸这个笔名。

译稿交给出版社以后，记不清过了多少日子。到了一九七六年初冬，叶明珍拿着刚印刷完毕的《先人祭》给我们，使我们感到异常兴奋。当时首先想到的是：要不是有一向关心文艺事业的总理的指示，要不是有像人民文学出版社这样认真、敬业、执着、有胆识的出版社，这本书是绝不可能在“文革”时期进行翻译，并使它成为“文革”后发行的第一部外国文学名著的。过了不久，又从出版社传来消息，说文学界对新出版的《先人祭》反应很好，何其芳（时任中国社科院文学研究所所长）读后发出感慨地说：这是一只报春的燕子，一枝报春花！是一部写得好、译得好、出得好的作品。何其芳先生的这番话，对我们真是一种莫大的鼓舞。接着，北京人民广播电台又将《先人祭》作为文艺欣赏节目请中国青年艺术剧院在电台做了演播。这些都进一步增强我们日后兼做外文翻译工作的信心。

一九八五年，我在华沙大学任教时，才得空把喜爱的《先人祭》第四部翻译出来。后来它同这一次已出版的第三部与林洪亮翻译的第二部一起，被收入《世界经典戏剧全集·东欧卷》于二〇〇〇年由浙江文艺出版社出版。至此诗人完成并交付出版的含有第二、第四、第三部的《先人祭》终于同时呈现在中国读者面前。

于慈江（1962—　），山东平度人。1984 年毕业于北京大学中文系，1987 年北京大学中文系硕士毕业，2012 年北师大文学院文学博士毕业。其间还获得美国雷鸟国际管理学院（Thunderbird School of Global Management）MBA，中国社科院财贸经济研究所经济学博士等学位。现为独立撰稿人。曾于美国求学和工作十余年，拥有多年国际贸易和全球营销经验。粗通中文和英文之余，程度不同地修读过德、俄、日、韩、西班牙以及拉丁语、古希腊语、古希伯来语等课程。曾任中国社科院外文所《外国文学评论》编辑，主编《亚利桑那华报》；出版《绿爪子》、《锐不可当》和《超越人力资源管理》等译作；自选诗集《漂移的岸》及经济学专著《接包方视角下的全球 IT 和 ITES 离岸外包》。

中国现代翻译理念流变：从“信、达、雅”[1]到传“神”入“化”

一、从严复的“译事三难”[2]说开来

早在 1896 年发表的《天演论 · 译例言》里，开中国近代翻译理论先河的严复（1854[3] ~ 1921）便将“信、达、雅”称为“译事三难”。与之对应的英

[1] 所谓“信、达、雅”，也即下文所指称的“译事三难”。

[2] 对所谓“译事三难”，严复的具体表述是：“一、译事三难：信、达、雅。求其信已大难矣！顾信矣，不达，虽译，犹不译也，则达尚焉。”详见严复：《天演论 · 译例言》，《翻译通讯》编辑部编《翻译研究论文集（1894—1948）》，北京：外语教学与研究出版社 1984 年版，第 6 ～ 7 页（本注中引文引自第 6 页）。

[3] 一说 1853 年。

文词则一般被译为 faithfulness、expressiveness 和 elegance。笔者以为，将 elegance 置换为 gracefulness 似更贴切——不仅更优美雅驯，也更合宜得体；同时，也在构词形式乃至词的物理长度上，与其他两个英文词更相匹配。

这“三难”无疑意味着翻译工作者需要努力企及的标杆，因而也就在很大程度上，约定俗成地构成了翻译工作事实上的普泛标准。

对“信、达、雅”这三个字含义的认识一直都比较庞杂多歧、难求统一，但大致可按照其基本的字面意思，得出为各方所认可的一般性理解：信，是“信史”、“信而有征”里的“信”，是起笔翻译时对原文的诚敬、尊重和严格依循——堪称翻译的诚信与精准度标准；达，是“辞，达而已矣”[1]“词不达意”乃至“传达沟通”里的“达”，是史家所谓“清通”，包括基本意思、口吻以及言外之意——堪称翻译的文字功力与传达能力标准；雅，是“雅驯”、“雅正”里的“雅”，是文笔的规范、合宜、得体和高妙，是孔子（前 551 ~ 前 479）所谓“辞欲巧”[2]——堪称翻译的艺术风格（语言、语体和行文）与美感标准。

纵观中国近现代纷杂的翻译理念与理论，与严复所概括的“信、达、雅”翻译理念最为接近的，当是林语堂(1895 ~ 1976)所提倡的“忠实、通顺、美”三条标准。[3] 乍看上去，林语堂的这三条标准恰似严复的三条标准的注释版（林语堂自己也说过：“这翻译的三重标准，与严氏的‘译事三难’大体上是正相比符的。”[4]）。然而，林语堂的标准其实有着自己特定的指向：“忠实”是对原著者的责任，涉及的是对原文的态度；“通顺”是对译文（中文）读者的责任，涉及的是对译文（中文）的态度，“美”则是对艺术的责任，涉及的是对艺术文（所谓诗文戏曲）的态度。[5]

虽然“信”、“达”和“雅”三者都很重要，但**“达”的作用明显最为关键。它起的是承前启后的桥梁作用：没有“达”，就谈不上“信”；没有“达”，“雅”也无从落到实处。因而，“信”与“达”、“达”与“雅”都应该作为一个整体的或贯穿的过程来看**。孔子一句看似轻描淡写的“辞，达而已矣”的经典论说所反映的，正是“达”的关键和难为。“达”无疑是为文(包括翻译)的最低标准，很大程度上，也被相当一部分人认为是为文的最高标准。

---

[1] 孔子语。原文为：“子曰：‘辞，达而已矣。’”（《论语・卫灵公》）

[2]《礼记・表记》中载有孔子语“情欲信，辞欲巧”。

[3] 详见林语堂：《论翻译》，罗新璋编《翻译论集》，北京：商务印书馆 1984 年版，第 418 页。

[4] 林语堂：《论翻译》，第 418 页。

[5] 详见林语堂：《论翻译》，罗新璋编《翻译论集》，第 418 页。

不过，若从所获争议的多与寡来看，则"雅"又首当其冲。对"雅"的理解也一直存在着很大的分歧：有人认为是指译文在语言选择和体式安排上的恰切、巧妙，有人认为是指译文在整体行文风格上的得体、统一，有人认为是指译文文笔的流畅、典雅和优美，有人认为是指译文有相当高的文学或艺术价值（如郭沫若就曾于一九五五年说过："所谓'雅'，不是高深或讲修饰，而是文学价值或艺术价值比较高。"[1]）……不一而足。

譬如，老作家杨绛在其《失败的经验（试谈翻译）》一文的末了儿，也特意谈到了"雅"："末了我要谈谈'信、达、雅'的'雅'字。我曾以为翻译只求亦信亦达，'雅'是外加的文饰。最近我为《堂吉诃德》第四版校订译文，发现毛病很多，有的文句欠妥，有的辞意欠醒。我每找到更恰当的文字或更恰当的表达方式，就觉得译文更信更达、也更好些。'好'是否就是所谓'雅'呢？（不用'雅'字也可，但'雅'字却也现成）福楼拜追求'最恰当的字'（le mot juste）。用上最恰当的字，文章就雅。翻译确也追求这么一个标准：不仅能信能达，还要'信'得贴切，'达'得恰当——称为'雅'也可。我远远不能达到这个目标，但是我相信，一切从事文学翻译的人都意识到这么一个目标。"[2]

在这里，杨绛有如绝大多数也曾试图界定"雅"的过来人一样，花了不少力气说明自己对于"雅"的理解，但谈来谈去还是有如雾里看花，一片模糊，还是只能费劲地在远处绕来绕去，苦于不得其门而入。足见"雅"之难以蠡测或定规。而**杨绛总的意思无非是要强调，"'信'得贴切，'达'得恰当"既是"雅"的前提条件，也是"雅"的终极可能。或者说，"雅"是"信"和"达"做到了极处——由使用最适宜的字或词所达至的恰切得无以复加的行文状态——的结果。既是羚羊挂角、无迹可求，也是福至心灵，水到渠成。**

然而，不管"雅"得如何难以界定，有一点至少是可以肯定的：**就文学作品而言，无论你翻译得或自以为翻译得多么"信"，只要行文佶屈聱牙，让人读起来别别扭扭，味同嚼蜡，如咽苦药，那么你就无从谈"达"，更无从谈"雅"**。大多数人都会同意，朱生豪（1912—1944）的莎士比亚（William Shakespeare，1564—1616）戏剧译本和傅雷的巴尔扎克、罗曼·罗兰小说译本均堪称"达"和"雅"的典范——按照翻译家施康强的说法，这两位经典译作家的这些经典译本不仅早"已经是中国文学的一个组成部分，甚至影响了

[1] 郭沫若：《关于翻译标准问题》，罗新璋编《翻译论集》，第500页。

[2] 杨绛：《失败的经验（试谈翻译）》，《中国翻译》1986年第5期，第29页。

一些作家的写作风格"[1]。而作家巴金译笔的流畅有致也曾被学人黄裳等称道不已——"字句好像流水一样从他的笔下倾泻出来……有自己的韵律、风致"[2]，也算得上是以"达"和"雅"见长。

问题在于，就像杨绛曾一度以为"雅"仅是外加的文饰而不以为意一样，"雅"乃至"达"也并不为鲁迅为代表的以"信"为鹄的或旨归的译作家所重视。鲁迅曾这样说过："至于供给甲类的读者[3]的译本，无论什么，我是至今主张'宁信而不顺'的。"[4]"译得'信而不顺'的至多不过看不懂，想一想也许能懂；译得'顺而不信'的却令人迷误，怎么想也不会懂——如果好像已经懂得，那么你正是入了迷途了。"[5]"我要求中国有许多好的翻译家，倘不能，就支持着'硬译'。"[6]"自然，世间总会有较好的翻译者，能够译成既不曲，也不'硬'或'死'的文章的。那时我的译本当然就被淘汰，我就只要来填这从'无有'到'较好'的空间罢了。[7]"

在最后这段文字里，鲁迅把自己的译作定位于从"无有"到"较好"之间，起过渡性的或桥梁的作用，显然不是单纯的、一般意义上的谦虚，而是诚心诚意地期待着未来那些"较好"的译本出现。而鲁迅所说的"宁信而不顺"的"硬译"——曾被梁实秋（1903—1987）等人贬为"死译"，其实也就是与所谓"意译"（或乃至颇具贬义色彩的"曲译"、"歪译"）相对的"……按板规逐句，甚而至于逐字译[8]"的所谓"直译"。无独有偶，鲁迅的胞弟、作家周作人（1885—1967）也曾有过类似的主张："最好是逐字译，不得已也应逐句译……"[9]当然，世界上的事情历来仁者见仁、智者见智。令前文曾提及的以译文流畅有致或"达"和"雅"为人所称道的巴金最为心仪的，却恰恰是为梁实秋和赵景深（1902—1985）等人所诟病的鲁迅的"硬译"："好多年前我问过他[10]，中国最好的文学翻译作品是哪一部。他回答说是鲁迅先生译的《死魂

---

[1] 刘晋锋：《施康强：请把我当作散文作者》，《新京报》2005 年 3 月 31 日，第 C12 版（"个人史"）。

[2] 黄裳：《请巴金写字》，《珠还记幸》（修订本），第 294 页。黄裳此文写于 1984 年。

[3] 这里的"甲类的读者"，乃是鲁迅所谓"很受了教育的"的大众，有别于那些略能识字的和识字无几的。

[4] 鲁迅：《二心集·关于翻译的通信》，《鲁迅全集》第 4 卷，北京：人民文学出版社 2005 年版，第 391 页。

[5] 鲁迅：《二心集·几条"顺"的翻译》，《鲁迅全集》第 4 卷，第 352 页。笔者对原文的标点做了优化处理。

[6] 鲁迅：《南腔北调集·关于翻译》，《鲁迅全集》第 4 卷，第 569 页。

[7] 鲁迅：《二心集·"硬译"与"文学的阶级性"》，《鲁迅全集》第 4 卷，第 215 页。

[8] 鲁迅：《二心集·"硬译"与"文学的阶级性"》，《鲁迅全集》第 4 卷，第 204 页。

[9] 周作人：《文学改良与孔教》。可参见陈子善、张铁荣编《周作人集外文》（上），海口：海南国际新闻出版中心 1995 年版，第 284 页。1918 年 11 月 8 日，周作人在答某君信中，这样概括他与鲁迅的直译主张："我以为此后译本……当竭力保存原作的风气习惯语言条理，最好是逐字译，不得已也应逐句译，宁可'中不像中，西不像西'，不必改头换面。"（原载于《新青年》5 卷 6 号）

[10] 这里的"他"指作家巴金。

灵》。"[1] 就事论事，**巴金对鲁迅译笔的这份推崇着实耐人寻味——可能不仅仅是出于对鲁迅的尊重，也不仅仅是基于人我不同的一种互补心理。**

倘若从当前中国译坛的现状说起，那么，与整个社会与日俱增的浮躁风气有关的批量翻译（由一人"大包大揽"包工，众人"参差不齐"合作）乃至片面追求速度和经济效益等造成的粗制滥造、偷工减料和质量低下，则一定涉及"信"的问题了——也难怪法国文学学者罗新璋会从"译品"和"人品"的高度这样有感而发："名著复译，改头换面，鼠窃狗偷，不算本领。能译得比'江声浩荡'（Le grondement du fleuve）更加浩荡，后来而确乎居其上，读者自会佩服，潇洒地扔弃傅雷的译品与人品！"[2] 而目前市面上流行的某些所谓"全译本"说到底，不过是用以招徕的耀眼幌子而已。它们从一个侧面，反映了当下中国翻译界与"信"相关的问题的严重性。

二、朱生豪、傅雷的传"神"与钱锺书的入"化"

"信、达、雅"作为所谓"译事三难"，虽然触及了译学或翻译理论的一些本质问题，但严格说来，不可能穷尽翻译特别是文学翻译作为学问的所有烦难和秘奥。所谓翻译，**实际上是把用外语写作的作品"传入"本土语言的文本环境里；而翻译的最高境界，也正在于在力避死板、僵硬、照猫画虎的同时，如何达致"传入"的神化之境——所谓传"神"入"化"。**

另一方面，"信、达、雅"作为各有侧重和相互关联的追求，说到底只是状态，只是水准或程度，而非境界——在整体上比较完美地做到了"信、达、雅"，正也意味着迈入了传神入化的理想境界。

中国现代翻译史上"传神入化"理念与理论的代表，是翻译家朱生豪、傅雷和学者兼作家钱锺书。

在一九五一年写成的《〈高老头〉重译本序》一文中，傅雷曾开门见山地指出："以效果而论，翻译应当像临画一样，所求的不在形似而在神似。"[3] 一如本书第一章曾约略提及过的，在译作《约翰·克利斯朵夫》的一开篇，傅雷便以一句因所谓逻辑性和准确度备受争议而又堪称不世绝唱的译文"江声浩荡，

[1] 黄裳：《请巴金写字》，《珠还记幸》（修订本），第 294 页。

[2] 见罗新璋《傅译罗曼·罗兰之我见》一文附言。此文载于傅译《约翰·克利斯朵夫》等多处，亦见于傅敏编《傅雷谈翻译》，北京：当代世界出版社 2006 年版。

[3] 傅雷：《〈高老头〉重译本序》，《翻译通讯》编辑部编《翻译研究论文集（1949—1983）》，第 80 页。

自屋后上升”[1]先声夺人，不仅奠定了整部译作悠远、雄浑的基调和气势，也为自己的“神似”说提供了最完美、最简洁的注脚。

傅雷这句汉译的法文原文是 Le grondement du fleuve monte derrière la maison。这句话直译过来是“河的轰鸣自屋后上升”，或是“大河轰鸣，自屋后上升”。这一翻译好在自然押韵，琅琅上口，文从字顺，紧扣原文，但无论如何，都缺乏傅雷原译的那种铿锵、空灵、悠扬的音乐质感和庄严、肃穆、壮观的庞大气势。翻译家施康强在将这句法文的几个中文译本一一比对之后，显然也还是更为认可傅雷的译笔：“读过傅译《约翰·克利斯朵夫》的人，必定记得开头那句话：‘江声浩荡，自屋后升起。’[2]就这句话而言，好比在崔颢之后登黄鹤楼赋诗，要超过前人是很难的。许渊冲先生译作：‘江流滚滚，震动了房屋的后墙。’韩沪麟先生的版本为：‘屋后江河咆哮，向上涌动。’天津版本的译者大概苦于‘眼前有景道不得，崔颢题诗在上头’，索性不译这一句。哪一种译文更具浩荡的气势，不言自明了。”[3]《约翰·克里斯托夫》（Jean-Christophe）译本的译者是许渊冲。在二〇〇二年所写的《译序》中，他曾这样夫子自道：“《约翰·克里斯托夫》第一句，傅雷译成‘江声浩荡，自屋后上升’。有人说是译文胜过了原文，有人却说声音不能浩荡，我看如果说‘江流滚滚，声震屋后’，也就可以算是译笔生花了。”[4]还有人通过采访许渊冲，对傅雷译本和许渊冲译本的区别做出了这样的解说：“他[5]的感受是在前人翻译的基础上再进了一步。如文中有一句，傅雷翻译成‘江声浩荡’，而许老则翻译成‘江流滚滚’，因为‘滚滚’的发音与法语原文的发音相近。”[6]

凡此种种，的确能见出后译者如许渊冲的良苦用心，但从效果上看，这一名句的许渊冲中译文本（也包括施康强所提及的其他译者的汉译版本）还是气势不足，还是远远无法和傅雷的中译文本相提并论。同时，**若严格从词义本身来说，“浩荡”一词主要形容水势浩大，似乎的确与声音无涉，“江声浩荡”的组词因而也似乎的确有所谓逻辑性问题，但若从诗或通感的角度来看，“江声”当然是可以“浩荡”的——无论是“浩”字还是“荡”字（尤其是后者），都饱含着声音的韵味和质感，完全能烘托或淋漓出江或河波涌浪滚时所发出的铿**

---

[1] ［法］罗曼·罗兰：《约翰·克利斯朵夫》，傅雷译，内蒙古文化出版社 1996 年版，正文第 2 页。

[2] “升起”系“上升”之误。

[3] 施康强：《文学翻译：后傅雷时代》，《文汇报》2006 年 10 月 16 日，第 11 版。

[4] 许渊冲：《译序》，载于［法］罗曼·罗兰：《约翰·克里斯托夫》，许渊冲译，北京：北京燕山出版社 2005 年版，第 6 页。

[5] 此处的“他”指被采访对象许渊冲。

[6] 罗淑萍、洪蔚：《有感于“诗译英法唯一人”许渊冲》，《科技英语学习》2004 年第 4 期，第 39 页。

锵水声。尤为重要的是，“江声浩荡，自屋后上升”所形成的沛然气场和综合美感迄今仍是其他译者的译文无可比拟的。

与傅雷的“神似”说堪称异曲而同工的，是中国莎士比亚戏剧翻译的“重镇”、英年（三十二岁）早逝的朱生豪信奉的“神韵”说——二者强调的其实都是传“神”。在一九四四年写成的《〈莎士比亚戏剧全集〉译者自序》一文中，朱生豪这样写道：“余译此书之宗旨，第一在求于最大可能之范围内，保持原作之神韵，必不得已而求其次，亦必以明白晓畅之字句，忠实传达原文之意趣；而于逐字逐句对照式之硬译，则未敢赞同。”[1]“拘泥字句之结果，不仅原作神味，荡焉无存，甚且艰深晦涩，有若天书，令人不能卒读，此则译者之过……”[2]根据如上两段话的具体语境来判断，再考虑到汉语里本就有“韵味”的说法，朱生豪后一段话里的“神味”一词与前一段话里的“神韵”一词其实是一回事。

追本溯源，作家茅盾（1896—1981）早在二十世纪二十年代时，便曾着力推崇过文学翻译的“神韵”说。一九二一年二月十日，向来主张直译的茅盾在《小说月报》上发表了《新文学研究者的责任与努力》一文，强调翻译作品的“艺术的要素”或“艺术色”，并认为：“文学作品最重要的艺术色就是该作品的神韵。”[3]他紧接着以具体作品为例指出，所谓“艺术色”或“神韵”，其实也就是各类作品特定的“色”调、“音”调、“神气”或“句调”：“如果能不失这些特别的艺术色，便转译亦是可贵；如果失了，便从原文直接译出也没有什么可贵。不朽的译本一定是具备这些条件的，也惟是这种样的译本有文学的价值。”[4]

在同年四月发表的《译文学书方法的讨论》一文中，茅盾又进一步指出：“翻译文学之应直译，在今日已没有讨论之必要；但直译的时候，常常因为中西文字不同的缘故，发生最大的困难，就是原作的‘形貌’与‘神韵’不能同时保留。”[5]“就我的私见下个判断，觉得与其失‘神韵’而留‘形貌’，还不如

[1] 朱生豪：《〈莎士比亚戏剧全集〉译者自序》，载于吴洁敏、朱宏达：《朱生豪传》，上海：上海外语教育出版社1990年版，第264页。

[2] 朱生豪：《〈莎士比亚戏剧全集〉译者自序》，载于吴洁敏、朱宏达：《朱生豪传》，第263页。

[3] 郎损（茅盾）：《新文学研究者的责任与努力》，开封师范学院语文系现代文学教研室编《中国现代文学论文选集》，郑州：河南人民出版社1957年版，第42页。此文原载《小说月报》第12卷，第2号（1921年2月10日）。

[4] 郎损（茅盾）：《新文学研究者的责任与努力》，开封师范学院语文系现代文学教研室编《中国现代文学论文选集》，第42页。

[5] 茅盾：《译文学书方法的讨论》，罗新璋编《翻译论集》，第337页。此文原载于《小说月报》第12卷，第4号（1921年4月10日）。

‘形貌’上有些差异而保留了‘神韵’。文学的功用在感人……而感人的力量恐怕还是寓于‘神韵’的多而寄在‘形貌’的少；译本如不能保留原本的‘神韵’，难免要失了许多感人的力量。”[1] 茅盾之后，有关翻译与“神韵”的关系的讨论不绝如缕。譬如，一九二九年，陈西滢 (1896—1970) 在《论翻译》[2]、曾虚白 (1895—1994) 在《翻译中的神韵与达》等文中，就都曾对“神似”和“神韵”等概念做过探讨。像曾虚白就认为：“所谓‘神韵’者，并不是怎样了不得的东西，只不过是作品给予读者的一种感应。”[3]“我以为翻译的标准……只有一端，那就是把原书给我的感应忠实地表现出来。”[4]“他的笔若能把他所认识的‘神韵’巧妙地表现出来，他就尽了翻译的能事。”[5] 再譬如，当代翻译家王以铸一九五一年也曾发表《论神韵》一文，将“神韵”同法文的 nuance[6] 一词以及王国维的“境界”说联系在一起。[7]

在“神似”“神韵”之外，直接将“传神”与翻译联系在一起的，是作家兼翻译家林语堂。他一九三三年写成《论翻译》一文，[8] 明确主张“忠实须求传神”：“忠实的第二义，就是译者不但须求达意，并且须以传神为目的。译成须忠实于原文之字神句气与言外之意……‘字神’是什么？就是一字之逻辑意义以外所夹带的情感上之色彩，即一字之暗示力。”[9] 不难看出，林语堂所要传的“神”无非是所谓“字神”、“句气”与“言外之意”。它们和茅盾所要传达的以所谓“色”调、“音”调、“神气”或“句调”等为内容的“艺术色”或“神韵”其实很接近。

要而言之，无论是专事文学翻译的傅雷和朱生豪，还是创作、译作并举的茅盾和林语堂，他们所秉持的翻译理念的共同特点是，轻“形”(茅盾所谓“形貌”，朱生豪所谓“拘泥字句”) 重“神”(茅盾所谓“神韵”“神气”，朱生豪所谓“神韵”“神味”)。而也正因为对“神似”或“传神”的强调，他们一般

---

[1] 茅盾：《译文学书方法的讨论》，罗新璋编《翻译论集》，第 337 页。

[2] 陈西滢：《论翻译》，罗新璋编《翻译论集》，第 400 ～ 408 页。原载于《新月》第 2 卷，第 4 期 (1929 年 8 月)。

[3] 曾虚白：《翻译中的神韵与达——西滢先生〈论翻译〉的补充》，罗新璋编《翻译论集》，第 410 页。原载于《真美善》第 5 卷，第 1 期 (1929 年 11 月)。

[4] 曾虚白：《翻译中的神韵与达——西滢先生〈论翻译〉的补充》，罗新璋编《翻译论集》，第 412 页。

[5] 曾虚白：《翻译中的神韵与达——西滢先生〈论翻译〉的补充》，罗新璋编《翻译论集》，第 413 页。

[6] nuance 是细微差别的意思，英文里也有这个词。

[7] 王以铸：《论神韵》，罗新璋编《翻译论集》，第 567 ～ 571 页。原载于《翻译通报》1951 年第 3 卷第 5 期。

[8] 《论翻译》一文系林语堂为吴曙天编著的《翻译论》(上海：光华书局 1937 年版) 一书所作的序，后被收入其《语言学论丛》一书。

[9] 林语堂：《论翻译》，罗新璋编《翻译论集》，第 425 页

也比较看低直译的效果，一如前引茅盾所论："……直译的时候，常常因为中西文字不同的缘故，发生最大的困难，就是原作的'形貌'与'神韵'不能同时保留。"

当然，认为"形似"亦不可或缺或"神似"以"形似"为前提的也一直大有人在——譬如，当代翻译家江枫在其一九八二年成文的《〈雪莱诗选〉译后追记》中，便特别看重"形似"，认为，"译诗，应该力求形神皆似"[1]，"因为无可辩驳的事实是，神以形存，失其形者也势必亡其神"[2]。"卞之琳的译论……似乎可以概括为：'亦步亦趋，刻意求似，以似致信。'求似，处于核心位置。这个似，理想的标准自然是形神兼备，而在方法上，由于诗歌艺术的规律性特点，如果一定要分先后，首先是力求形似。形似，而后神似；得形，方可传神"。[3]

值得特别指出的是，在大多数场合里，有关"形""神"包括"神韵"的谈论往往也都与诗歌的翻译相关。

一九六四年，通过在《文学研究集刊》上发表《林纾的翻译》一文，钱锺书提出了"文学翻译的最高标准是'化'"[4]的主张。即"把作品从一国文字转变成为另一国文字，既能不因语文习惯的差歧而露出勉强造作的痕迹，又能完全保存原有的风味，那就算得入于'化境'。十七世纪有人比这种境界为'转世还魂'(transmigration of souls)，躯壳换了一个，而精神姿致依然故我"[5]。

钱锺书本人虽然并没有什么完整的、大部头的译作，但他不仅参与过毛泽东(1893—1976)的文章和诗词选集的英译与定稿工作，在其《谈艺录》和《管锥编》等著作里，也到处可见他的汉译或西译文字。钱锺书最为人称道的生花妙"译"之一是，将汉语成语"吃一堑，长一智"译成英文 a fall into the pit, a gain in your wit（这句英文可直译为"跌入陷阱一回，智慧见长一截"），算得上是其"化境"说不可多得的一个最佳诠释和例证："一九五〇年八月，钱锺书奉调进城，到中共中央毛泽东选集英译委员会参加翻译毛选。委员会主任是清华一九二四年毕业的徐永煐……徐永煐很器重老学长、哲学家金岳霖，《实

[1] 江枫：《译诗，应该力求形神皆似——〈雪莱诗选〉译后追记》，《外国文学研究》1982 年第 2 期，第 13 页。此文亦曾被收入《江枫论文学翻译自选集》，武汉：武汉大学出版社 2009 年版，第 1 ～ 12 页。

[2] 江枫：《译诗，应该力求形神皆似——〈雪莱诗选〉译后追记》，《外国文学研究》1982 年第 2 期，第 14 页。

[3] 江枫：《以"似"致"信"的译诗道路——卞之琳译诗艺术浅识》，《江枫论文学翻译及汉语汉字》，北京：华文出版社 2009 年版，第 43 页

[4] 钱锺书：《林纾的翻译》，《文学研究集刊》编辑委员会编《文学研究集刊》第 1 册，北京：人民文学出版社 1964 年第 1 版，第 1 页。此文 1985 年被作者收入《七缀集》后，不断被修订和改动。

[5] 钱锺书：《林纾的翻译》，《文学研究集刊》编辑委员会编《文学研究集刊》第 1 册，第 1 ～ 2 页。

践论》、《矛盾论》翻译中遇到重大疑难，往往请他定夺。金岳霖有次碰到一句成语‘吃一堑，长一智’，不知怎么翻译是好，便请教钱锺书。锺书几乎不假思索地脱口而出道：/a fall into pit，/a gain in your wit.[1] 对仗工整，押韵也很巧妙；形音义具备，令人叫绝。”[2]

无论是以朱生豪和傅雷等为代表的“传神”说（举凡“神韵”、“神味”或“神似”等概念，无非是传神入神、尽得神髓），还是钱锺书的“化境”论，强调的都是翻译的动态美感和传神入化境界。虽然有人把“化境”论视为“传神”说的推进，笔者更愿意把两者看成是一体的。道理很明显，无论是上举钱锺书引文里所推崇的“风味”，还是“精神姿致”，都与“传神”说里的“神”、“神韵”或“神味”等气质相类、一脉相承。

譬如，翻译家施康强就认为傅雷不仅提倡和追求翻译的“化境”，其法国小说译作也确实达到了“化境”：“我们这一代的法国文学翻译家（年龄约从五十岁到七十岁）或多或少都是傅雷的私淑弟子。我们最早接触的法国文学作品是傅译巴尔扎克。后来学了法文，对翻译有兴趣，对照原文精读的往往是一部傅译。我们折服于译者理解的准确和表达的精当，有时我们觉得自己不是在读一部翻译小说，而是一位中国作家在为我们讲述一个法国故事。傅雷不仅提倡，也确实达到了‘化境’。他的译文完全可以看作汉语文学遗产的一个组成部分。”[3]

必须特别提请注意的是，钱锺书所说的“化”绝非欧化（西化），亦非汉化（中化），而是指化境，也即商务印书馆《现代汉语词典》第5版所定义的“极其高超的境界”。此外，一如钱锺书所曾指出，“化”与“讹”之间虽仅只一个偏旁的不同，却导致了两种截然相反的效果，但也正说明了“化”作为境界的高难：“‘译’、‘诱’、‘媒’、‘讹’、‘化’：这些一脉通连、彼此呼应的意义组成了研究诗歌语言的人所谓‘虚涵数意’（plurisignation），把翻译能起的作用、难于避免的毛病、所向往的最高境界，仿佛一一透示出来了。”[4] 事实上，“化”与“讹”的纠结既直指“化”的歧途或陷阱，也让人思考误读乃至误译可能隐含的正面意义：“而‘讹’里最具特色的成分[5] 正出于林纾本人的明知故犯。也恰恰是这部分的‘讹’能起一些抗腐作用，林译因此而可以免于全

[1] pit 前落了冠词 a 或 the。qain 字应是 gain 字之误。

[2] 吴学昭：《听杨绛谈往事》，第 252 ～ 253 页。

[3] 施康强：《文学翻译：后傅雷时代》，《文汇报》2006 年 10 月 16 日，第 11 版。

[4] 钱锺书：《林纾的翻译》，《文学研究集刊》编辑委员会编《文学研究集刊》第 1 册，第 1 页。

[5] 即钱锺书本人所谓“增改的‘讹’”。

被淘汰。”[1] 持平而论，无论是傅雷和钱锺书等为代表的“传神入化”派，还是卞之琳和江枫等为代表的“形似”派，他们双方的翻译理念实际上存在着重合之处，即都以“形”“神”兼备为最高境界——按茅盾的理想，就是能同时保留原作的“形貌”与“神韵”；按前引江枫所论，就是“理想的标准自然是形神兼备”。而他们双方翻译理念的差异之处则主要在于，前者更侧重“神似”，后者则以“形似”为坚守的核心。“传神入化”派坚持认为，以拘泥字句的直译或硬译来追求“形似”的结果是，“不仅原作神味，荡焉无存，甚且艰深晦涩，有若天书，令人不能卒读”（前引朱生豪语）。“形似”派则坚持认为，“神以形存”，“形似，而后神似；得形，方可传神”（前引江枫语）。在无法做到形神兼备的情况下，前者可以容忍“……‘形貌’上有些差异而保留了‘神韵’”（前引茅盾语），后者则毫不犹豫地认定“首先是力求形似”（前引江枫语）。

以体裁或所关注范围的宽窄而言，“形似”派主要讨论的是诗歌的翻译，在乎的是“诗歌艺术的规律性特点”，讲究的是诗应该首先是诗、像诗——也正是基于同样的原因，作家成仿吾（1897—1984）才会将所谓“理想的译诗”的四项条件的其中两个，特意规定为“应当自己也是诗”和“应取原诗的形式”；[2] “传神入化”派关注的则主要是一般性的文学翻译，并有向以叙事为重的文类倾斜的倾向。

以对读者和原作者的关系而论，“形似”派似乎更愿意向原作者负责，愿意对其“亦步亦趋，刻意求似，以似致信”（前引江枫所总结的卞之琳的诗歌翻译理念）；“传神入化”派则在力争“完全保存（原作）原有的风味”（前引钱锺书语）的前提下，似乎更在意译本读者的阅读感受或接受度，在乎译本的可读性，在乎译本“不因语文习惯的差歧而露出勉强造作的痕迹”（前引钱锺书语）。

[1] 钱锺书：《林纾的翻译》，《七缀集》（修订本），上海：上海古籍出版社1994年版，第89页。

[2] 详见成仿吾：《论译诗》，罗新璋编《翻译论集》，第384页。原载《创造周报》第十八号（1923年9月9日出刊）。

张鸿年（1931—2015），河北省永清县人。1956年毕业于北京大学俄罗斯语文文学系。北京大学外国语学院西亚系教授。1992年获德黑兰大学国际波斯语研究中心文学奖，1998年获伊朗阿夫沙尔基金会历史文学奖，2000年伊朗总统哈塔米授予中伊文化交流杰出学者奖。2004年被中国翻译协会授予“资深翻译家”荣誉称号。著有：《波斯语汉语词典》（主编之一）、《波斯文学史》、《波斯文学》、《伊朗现代文学》、《东方文学史》（波斯文学部分）。译作有《波斯文学故事集》、《蕾莉与马杰农》、《果园》、《列王纪——勇士鲁斯塔姆》、《鲁拜集》、《列王纪全集》（合作）、《蔷薇园》和《四类英才》等。

《鲁拜集》翻译漫谈

波斯诗人欧玛尔·海亚姆（1048—1122）的《鲁拜集》是享誉世界的名著。在一本海亚姆诗集的序言里有这样的文字：你可能不太了解伊朗，但是你不大可能没听说过海亚姆。还有一个说法：海亚姆的鲁拜诗集是仅次于《圣经》，世界上以各种文字印行最多的书。

海亚姆是数学家、天文学家、哲学家和医学家，生前并不以诗闻名。他写些四行诗可能只是学术工作之余的消遣。他的诗是科学家对社会人生的清醒认识、哲学家的深邃思考和诗人敏感心灵的结合，是政治和宗教高压下痛苦的心灵的呻吟和抗争。

今天，世人并没有忘掉这位波斯诗人。据不完全统计，一九二四年郭沫若发表他译的《鲁拜集》之后，他的鲁拜至今已有近二十种汉文译本印行。而“海亚姆热”的起点就是英国诗人费兹吉拉德（Edward Fitzgerald,

1809—1883）的英译鲁拜。

费兹吉拉德从50岁直到逝世的20余年间一直在翻译海亚姆的鲁拜。他以诗人的心灵和笔触着重传达海亚姆的精神和韵味。他的翻译被很多人认为是译事的典范，不少诗句已经进入英国文学作品。英国诗人罗赛蒂（Rossetti, Christina Georgina）和丁尼生（Alfred Tennyson）对他的译诗热情赞扬。丁尼生在一首诗中称他译的鲁拜尽善尽美。

但是从翻译的准确度来看，费兹吉拉德的翻译与原文有较大的差距。有人统计，费译的101首鲁拜中，有四十九首接近原文，四十四首是糅合了一首以上的鲁拜改写的，有几首是其他诗人的作品，三首是译者本人之作。

费兹吉拉德的成功之处在于自由的译文，但是要说他的译文有什么遗憾之处，也在于他译得太自由，从他的笔端滑落了某些不应滑落的东西。我们拿费兹吉拉德的英译参照诸家的汉译，与海亚姆鲁拜波斯文原文对比时，发现能够对上的远不到四十九首。

比如费译第九十九首是这样的（以下以费译为底本的胡适、郭沫若、闻一多、徐志摩、柏丽及黄杲炘等人的译文均引自《文汇读书周报》二〇〇〇年九月三十日黄杲炘《译诗的进化》）：

Ah, Love! could you and I with Him conspile,
To grasp that sorry Scheme Of Things entire,
Would not we shatter it to bits—and then,
Re-mould in nearer to the Heart’s Desire!

一九一九年，胡适从英文把这首诗译为汉语。他的译文是：

要是天公换了卿和我，
该把这糊涂世界一齐都打破，
要再磨再炼再调和，
好依着你我的安排，把世界重新造过。

一九二四年，郭沫若译的《鲁拜集》中，这首诗的译文是这样的：

啊，爱哟！我与你如能串通“他”时，
把这不幸的“物汇规模”和盘攫取，

怕你我不会把它捣成粉碎——
我们重新又照着心愿抟拟。

闻一多认为郭译不理想，他改译为：

爱哟，你我若能和“他”串通好了，
将这全体不幸的世界攫到，
我们怕不要捣得他碎片纷纷，
也依着你我的心情再抟再造。

无独有偶，徐志摩也对胡译提出批评，他也译了这首诗：

爱哟，假如你我能勾着运神谋反，
一把抓住这整个儿“寒尘”的世界，
我们还不趁机会把他完全捣烂——
再来按我们的心愿，改造他一个痛快？

海亚姆的波斯文原诗明白晓畅，没有任何费解处。

但是费兹吉拉德在翻译时作了处理。他不是把两首诗糅合到一起，就是把文字作了取舍。不论哪种情况，他的译文已经与原诗拉开了距离。现在让我把这首诗从波斯文译在下面：

如若能向天神一样主宰苍天，
我就把这老天一举掀翻，
再创造另一重天宇，
让不愿为奴隶的人称心如意。

这首诗的第一行中有一个重要的带有波斯琐罗亚斯德教色彩的词 yazdan（波斯文的拼音），义为“创世主、天神、天使”。它的意思不同于一般波斯语中指上帝的 khoda，更不同于阿拉伯语中指主的 allah。海亚姆使用这个词显然是想说：在伊斯兰教传入伊朗三百余年后，他仍然固守着古代伊朗人的传统观念，认为主宰世界的是琐罗亚斯德教的天神，而不是伊斯兰教宣称的安拉。第四句中有一个重要的词是 azade。它的意思是“高尚的人、正直的人、不愿为奴的人或纯粹的伊朗人（与阿拉伯人相对而言）”。使用这个词的用意更明显，他是在表示要让不愿为奴隶的伊朗人称心如愿。言外之意就是公元六百五十一年阿拉伯人侵入伊朗后，伊朗人过的是奴隶般的日子。诗中除了表示对一般的对人世不满之外，还隐含着诗人对入侵的统治者阿拉伯人的憎恶。

诗人的这种憎恶代表了当时伊朗文人反阿拉伯的普遍心理。而费译恰恰舍弃了 yazdan 和 azade 这两个词。于是有深刻涵义的诗变为对人世泛泛不满的诗了。实际上，费译抽去了这首诗的灵魂。这样，以费译为本的所有汉译，不管译者费尽多少心血，都不可能传达海亚姆所赋予的深意。比较起来，还是胡适的译文更为明白晓畅，也更接近海亚姆的本意。

此外，还有一点值得注意，即郭沫若译文中的“物汇规模”，这个译文颇为费解。当然胡适译为“糊涂世界”，意思就清楚多了。其他译者的意思也是清楚的。其实这个词在原文中就是一个词：天（falak），但这个词不同于泛指上天的 aseman，也不同于指苍穹的 gardun 和指天空的 sepehr。它除去有天的义项之外，还有天命的意思。很清楚，海亚姆用这个词是取它兼有的两个义项的。英译者把这个词引申为“sorry Scheme of things”，汉译者只能跟着他走。于是就出现了：“打破可悲的世界”等诸多类似的汉译。试想，掀掉老天与打破世界哪一个能反映诗人的叛逆精神？

这首诗费译的开头语气也值得注意，他加了原文根本不存在的 Oh love，这样一来，所有的汉译中都出现了“爱哟”、“啊，我爱”、“爱人啊”、“啊，爱哟”等等，原文是根本没有的。费兹古拉德把原本清楚明白的波斯文复杂化了。

再举一个例子，即费译第六十八首：

We are no other than a moving row,
Of Magic Shadow-shapes that come and go;
Round with the Sun-illumined Lantern held,
In Midnight by the Master of the Show.

把这首诗波斯文原文译成中文，似应为：

面对这令人茫然不解的苍穹，
越看越像是光怪陆离的走马灯，
太阳是光源，宇宙是灯体，
我们是灯上人物，惶惶然来去匆匆。

可以看出，这首诗的首句是诗人面对宇宙人生，发自内心的遐想和感慨。但是费译作了处理。他把第四句提前了，因而就没有了诗人把宇宙想像成走马灯的这种感慨。其次，可能是为了对应灯这个形象，费译中出现了 midnight 这一词汇，而这在原诗中是没有的。因而在以费译为本的汉译中就都出现了“午夜”、“夜半更深”、“夤夜”等译法，还出现了“当子夜有太阳把它照亮”这样令人费解的句子。但是费译的这首诗最让人感到遗憾之处在于他忽略了海亚姆在这首诗里的一个重要的修辞手段。在第一行和第四行里都有一个词：heiran（义为 1、茫然不解，2、凄凄惶惶奔波）。在波斯诗歌中，如果在一联诗或两联诗里出现同一个词，那么这个词的意思一般是不一样的。以海亚姆这样的诗人而论，如果在这么短的四句诗中使用了同一个词，而这个词又是同样的意思，那是不可想像的败笔。所以这里的 heiran 在第一行里用的是第一义，即面对苍穹宇宙，诗人感到茫然不解，在第四行里用的是第二义。在诗人眼里，世人凄凄惶惶来去匆匆，恰似走马灯上的人物。正是在这里显示了诗人运用语言的高度技巧。可惜，费兹吉拉德没有体会诗人的良苦用心，这个字的两个意思在他的译文中竟完全没有反映。汉译者们也就体会不到诗人的这层用意了。

我手头还有一些费译和原文鲁拜可以对比，限于篇幅不再引证。通过比较，我有这样的体会：要想忠实地翻译外国诗歌，除了掌握两种相关的语言之外，必须对作者的社会环境和时代特点有较深入的了解，对作者的个人身世和思想倾向有所认识，对具体作品的实质内容和语言词汇有所把握。海亚姆把鲁拜发展到了极致。他的鲁拜语言极其朴素，又极其精巧。应该说，他在鲁拜里的每个词都仔细斟酌过。译他的鲁拜，每个词都不能含糊。

这里我联想到一个问题：某些英国人认为费译鲁拜甚至超过海亚姆的原文，笔者不敢苟同。关于译者费兹吉拉德和诗人海亚姆的定位，我还是很欣赏英国诗人丁尼生的看法。就在丁尼生赞扬费兹吉拉德译文尽善尽美的同一诗中，他说：

我不知有何英译，
比这更尽善尽美。
一颗行星抵得上，
照射着它的太阳，
那位伟大叛道者奥玛。

当代文学的英俊也都在，
为你的奥玛拍双手叫好。

在丁尼生的眼里，费兹吉拉德是月亮，海亚姆是太阳。月亮的光再亮，也不可能超过太阳，何况月光还是太阳的反光呢。

张黎（1933— ），河北沧县人。1959年毕业于德国莱比锡卡尔马克思大学哲学院日耳曼语言文学系。中国社会科学院外国文学研究所研究员。德国文学翻译。曾经担任该所中北欧古希腊罗马文学研究室主任，担任过一届中国德国文学研究会会长。出版《德国文学随笔》、《歌剧之王瓦格纳》，发表《布莱希特与中国文化传统》、《布莱希特与〈易经〉》等论文。出版译著莱辛《汉堡剧评》、里尔克散文《艺术家画像》、汉斯·哈贝纪实小说《纵有千人倒下》、德国革命家回忆录《谍海忆旧》、《恋爱中的布莱希特》、布莱希特剧本《三毛钱歌剧》、《高加索灰阑记》等。编选出版《布莱希特研究》、《表现主义论争》等。

我与《汉堡剧评》的情缘

——华夏版《汉堡剧评》后记

“文革”以后，一九七九年冬季，我曾有机会去德国图宾根大学进行学术考察，接待我的是现代语言系系主任施罗德教授。我们在接触中，他了解到我五十年代在莱比锡大学读过书，便告诉我：“你的老师汉斯·马耶尔教授就住在这里。”听说马耶尔老师住在图宾根，我非常兴奋。我一九五九年毕业回国以后，由于国际形势的变化，我们很快失掉联系，尤其是“文革”十年，根本接触不到德文报刊，连老师的去向都一无所知。

马耶尔教授是个德籍犹太人，青年时期学习法律，颇有音乐天才，在一家乐团任小提琴手。希特勒上台后流亡去了瑞士，在那里写了文学史博士论文《毕希纳和他的时代》，参加了秘密的反法西斯斗争组织。二战以后返回德国，在法兰克福一家电台任编辑，冷战爆发后，因与美国占领军当局意见不合，移居德国东部，任莱比锡卡尔马克思大学日耳曼语言文学系教授兼系主任。由于在卡夫卡和德国浪漫派文学的评价方面，与东德官方学者产生分歧，一再遭到批判，于六十年代初期复又移居西德，退休后定居图宾根。老人家精力充沛，著述颇丰，有“德国文坛教皇”之称。

施罗德教授帮助我约好时间，我们去看望当年的老师。他家位于内卡河对岸的山坡，依山傍水的一座小楼里，我揿响门铃，老师亲自出来接我。我把准备好的一束鲜花递到他怀里，老师高兴得不得了，他并未说谢谢，而是以他习惯的方式一再重复说：这可太好了，这可太好了！这是一语双关的表达方式，既可理解为对鲜花的赞赏，也可理解为对二十年后师生重逢的感叹。他把我让进客厅，给我倒了一杯葡萄酒，彼此寒暄了几句，他径直问我：“张先生，你当年答应我的事情做了吗？”老师称呼学生为“先生”，我已经不习惯了，在德国这只是个平常的称呼，可他提的问题，却让我一时摸不着头脑，我还真不记得我何时何地向他许诺过什么。我当时的样子，一定像学生在课堂上回答不出老师的提问一样尴尬。

他见我无从回答，再一次提醒我说：“你还记得吗，当年你的论文答辩结束以后，跟我说过什么？”

经他这一提醒，我才想起，一九五九年我在莱比锡大学毕业论文答辩完毕以后，曾经与他简单地说了几句题外话，我一直认为他这样做，是为了让学生放松一下，免得我头脑紧张，跌跌撞撞地走出门去，发生什么不测。我还记得马耶尔老师问我：“你回国以后做什么？”现在想起来，他大概是问我毕业以后选择什么职业。可我刚刚答辩完毕，脑筋的弦绷得紧紧的，尚未转过弯来，跟老师说几句告别话，顺口回答了一句：“我回国第一件要做的事情，是翻译《汉堡剧评》。”不知是我的答非所问，让他摸不着头脑呢，还是我的回答令他惊讶，他瞪大眼睛追问了一句：“你说什么？”我把原话又重复一遍。

他以既意外又狐疑的目光盯着我，停顿了一会儿，犹犹豫豫地说：“这可是个不轻松的活儿呀！”

事后我理解，他的意思大概是说，翻译这样一本书谈何容易，不要说它的理论问题，单是其中涉及的各方面知识，就不是一个刚刚大学毕业的人能够驾驭得了的。他当时说的话，还有他那盯视我的眼神，给我留下了深刻印象。后来，即二十世纪八十年代初，他第一次应邀来我工作的单位做客时，他问我你在做什么课题，我说我在写关于布莱希特的论文。我用了一个德文词“Abhandlung”，他立即说：“你在中国写不了 Abhandlung，第一手资料都在德国，你最多可以写个 Arbeit。”原来德国学术界所说的“论文”，指的是发现新资料，提出新问题，解决新问题的原创性学术著作，它可以是成本的书，也可以是单篇文章；而重复性的著作，不管是单篇文章或者成本的书，只能算是“Arbeit”。他在说这话的时候，我发现他还像当年一样，用疑惑的眼光盯视着我。

令我惊讶的是，我当年无意中说的一句话，他居然未忘，20 年后他对我提出的第一个问题，居然是《汉堡剧评》你翻译过了吗？可见，翻译《汉堡剧评》这件事情，在他心目中分量是多么沉重。是啊，这本书在德国乃至欧洲文化史上，毕竟是一本举足轻重的大书，后世关于文学理论，特别是关于戏剧文学的不少经典性观点和精彩论述，都可以在这本书里找到源头，例如马克思的现实主义理论。而我能否驾驭这本书，说不定他一直担心着呢，不然怎么会一见面就提出这个问题呢？幸好，我在出国前就翻译完了全书，而且在《世界文学》1978 年复刊的试刊号上，登载了其中的几个章节，还引起了界内同行的重视。我把这些情况向老师做了介绍，告诉他这本书尚未出版，我们国家的出版事业，经过一场“文化大革命”的浩劫，正处于百废待兴的关头。我的回答引来了我与马耶尔老师，还有施罗德教授，关于莱辛和《汉堡剧评》的一番热烈谈话。巧了，施罗德教授是研究莱辛的专家。

当年，我在毕业论文答辩完毕以后，怎么会突然冒出一句要翻译《汉堡剧评》的话呢？这是因为莱辛这本书给我的印象太深刻了，包括莱辛其人，他那明白晓畅，从来不搞“弯弯绕”的文风。我忘记是哪个学期了，舒伯特老师开德国启蒙运动讨论课，为我们几个外国同学（来自芬兰、朝鲜和中国）请了一位名叫艾迪特的女辅导员，课外开小灶。艾迪特是我上一年级的同学，有一段时间，她专门给我们辅导莱辛，也就是给我们讲述她知道的关于莱辛的知识。显然，她是个莱辛崇拜者，往往讲得眉飞色舞。有一次，她讲到莱辛与高特舍特的争论：德国戏剧究竟应该向法国学习，还是向英国学习？她引用莱辛《关于当代文学的通讯》第十七篇里的话说：当时有人说“没有人否认，德国舞台的改善，大部分功劳应该归功于高特舍特教授”。你们知道莱辛怎么说？他说：我就是这个“没有人！”艾迪特一边复述莱辛的话，一边抬高了嗓门，“砰”地拍了一下桌子。仿佛她就是莱辛，正在与人争论。还有一次讲到莱辛与法国新古典主义的论争，她引用了《汉堡剧评》第十四篇的一段话说：“王公贵族和英雄人物的名字可以为戏剧带来华丽和威严，却不能令人感动。我们周围人的不幸自然会深深打动我们的心灵；如果我们对国王产生同情，那是因为我们把他们当成人，并非当作国王……”，“如果有人相信爵位能够感动我们，那是对人类本性的误解。”不知为什么，今天重复莱辛这些话的时候，我总会想到恩格斯评价但丁的话：说他是“中世纪最后一位诗人，同时又是新时代最初一位诗人”。莱辛就是一个执意要唱衰封建势力的诗人，一个市民阶级的思想先驱。艾迪特在引用莱辛这几句话的时候，语调是那样的抑扬顿挫，斩钉截铁，伴之以蔑视一切的手势。她把莱辛作为启蒙思想家的那种摧枯拉朽、横扫千军的气势，表达得令我心潮澎湃。艾迪特的辅导课给我留下了深刻印象，对我日后下决心翻译《汉堡剧评》起了“煽风点火”的作用。当时我在课堂上用的是新出版的三卷本《莱辛文集》，唯独《汉堡剧评》这一卷，我用红笔作了许多批注，划了许多杠杠，今天看来，它们不仅是课堂上随手做的笔记，还有课后自学留下的感悟，这表明我当时就萌生了翻译这本书的念头。这些笔记在我日后的翻译过程中，对我正确理解原文发挥了十分宝贵的启迪作用。

其实，我毕业回国后一直想着《汉堡剧评》的翻译，但没有机会。一九五九年秋天，我一回国就遇上了“反右倾”，然后就是“天天讲，月月讲”、整社、四清、社教、“滚泥巴”。刚刚从国外回来，这一连串的“运动”，弄得我晕头转向，无所适从。我还记得，有一年全所批判所长何其芳，大字报在三楼会议室挂得琳琅满目，我满心的狐疑、恐惧，怎么也看不出名堂，不知他错在哪里。身旁一位从延安来的老同志问我：“你怎么不参加战斗呀？看人家从苏联回来的同学，全都写了大字报。”我支支吾吾地回答了些什么，至今一点都不记得了，我只记得当年为了躲避在研究所里搞“运动”，一有机会就主动要求下乡。我是农村出身，虽然在国外吃了五年洋面包，但一到农村，不管是干农活，还是与老乡接触，我还是有“如鱼得水”的感觉。这样折腾了十来年，待到“文革”后期，我在国外学的那点德文都快忘光了，还谈什么读洋文，翻译洋书！一九七二年，从干校回来，我自己也折腾得疲惫不堪了，在“批林批孔”中，看那苗头不对，干脆当起了“逍遥派”。没逍遥几天，当年的夙愿便浮上心头，在书架上找到那本灰头土脸的《汉堡剧评》，由于多年不动，已经粘在书架上，取下来的时候，发出“刺啦刺啦”的响声。我翻动那些已经泛黄发脆的纸张，看着当年那些用红笔写的批注，心脏不仅怦怦跳动起来，心想与其这样浪费生命，不如做点实实在在的事情，把当年的梦想变成现实。于是我在单位走廊的乱纸堆上，办公室的犄角旮旯，办公桌抽屉里，拣了些写大字报用过的废稿纸，有的只剩一半或者三分之一空白，也有只写了个开头便扔掉的，当然也有些虽然揉搓得不像样子，但却一字未写的。拿回家来，关上门做起了翻译《汉堡剧评》的梦。

那年头，除了写大字报有地方“发表”，做学问，搞翻译是没有出版机会的。当时我已经习惯了日复一日地在大喇叭的喧闹声中，无所事事地打发日子。其实自己心里也着急，要么眼看着群众之间斗来斗去；要么被工军宣队赶着出去“拉练”，“找苦吃”；要么下工厂劳动锻炼，接受工人阶级再教育；要么不顾老弱病残，一律下干校，走“五七道路”。记得一九七〇年冬天，在河南息县五七干校期间，我与本所一位同志走在乡村土路上，他忧心匆匆地问我：“你估计这样下去还得多长时间？”显然，他像我一样，对当时的形势既不满意，又无可奈何，心里总惦记着自己的本职工作，用当年的话说：“要为文化建设作贡献”。可现实生活距离“文化建设”越来越远。知识分子就是本民族文化的活的载体，让大批知识分子长年累月“滚泥巴”，这与“文化建设”有什么关系？不过我还是坚信，当前的状况是不正常的，共产主义理想绝不等同于愚昧和无知，我们不会长期在农村呆下去。我把自己的想法告诉那位同志，他说：“你倒满乐观。”其实这不是“乐观”或者“悲观”问题，他和我都知道，我们这些普通知识分子，徒有一腔爱国热情，为共产主义奋斗的理想，就是没有施展抱负的机会，谁都无力左右当前的形势。因为“运动”的时间太久了，眼看着自己的青春年华白白地荒废掉，生命的紧迫感越来越强烈，实实在在做点事情的欲望越来越不可遏制 ，一旦有个适当的机会，这种紧迫感就会变成工作动力，甚至毫不计较条件。

一九七二年夏天，从干校回到北京，一方面对“批林批孔”背后的用意产生怀疑，一方面又不甘心做逍遥派荒废时光，在憋得足足的工作欲望驱使下，开始翻译《汉堡剧评》。由于学生时代对这本书下过功夫，对于它的难度心理上是有准备的；一边翻译，一边找些相关书籍来阅读，解决翻译过程中遇见的知识性难题，找不到书的，便请教有相关知识的同事。关于古希腊罗马历史和文学的问题，我主要是靠着请教王焕生、陈洪文两位同志解决的，他们不但回答了我的许多疑问，还告诉我应该阅读哪类参考书。他们是我在古希腊罗马历史文学知识方面的启蒙老师，至今我遇见这个领域的问题，仍然习惯于请教王焕生同志。翻译的过程就是读书的过程，研究的过程，请教别人也是读书研究，翻译《汉堡剧评》必然伴随着大量读书，光凭熟练掌握中德两种语言，是不足以应对这部著作的。这部书不仅是启发了后世的思想宝藏，而且蕴藏着丰富的人生智慧和书本知识，翻译这本书让我大开眼界，增长了欧洲文化知识，为我后来的德国文学研究做了很好的知识铺垫。

当初翻译的时候，根本未想出版问题。说完全不想出版也不对，只是那时你根本看不到出版机会，何必去花费这种脑筋？那时的出版家们大都在走“五七道路”，“接受再教育”，连他们自己也未必知道何时才有重返岗位的机会。正是因为未想出版问题，翻译的过程就十分从容。今天想起来，当年翻译的时候，颇有点古人为藏之名山而写作的意思。从头到尾，工作得兴味盎然，丝毫没有干“苦差事”的感觉。这绝不是说没有遇见困难，相反，今天重读译文，仍然记得哪些地方进行过反复推敲和修改，甚至为了寻找一个合适的表达方式，一停顿就是好几天；停下来去读书，读中文书，外文书，史书，散文书……或者干脆放在那里，过几天回头再找补，直到满意为止。那时我的日程，只要没有“运动”干扰，便安排得十分饱满，上下午都是搞翻译，晚饭后与邻居老侯去日坛公园散步聊天，常常能从他那里了解一些“运动”的动向，使我与当时的“社会主流”保持联系。今天说起这些来，简直令人不可思议，一整天摆弄外文，满脑袋都是外国古时候的事情，傍晚与老侯散步时，一谈起“运动”来，仍然像身临其境一样，要么慷慨激昂，要么唉声叹气。其实，也只是听听而已，议论完了也就完事，很少放在心上，天黑以后，我又会沉浸在《汉堡剧评》的天地里，直到深夜十二点。

就这样日复一日而又断断续续，伏案一年多，到一九七四年底，完成全书的初稿翻译。说起来也真奇怪，在这一年多的翻译工作中，从来没有过“累”的感觉。除了当时正年富力强之外，一定与多年不跟书打交道有关系，一旦有机会干自己感兴趣的事情，那种精神抖擞的状态，表现为不可遏止的亢奋，工作起来只觉得痛快淋漓，自然也就没有疲乏之感。再加当时既不必向谁汇报工作，又没有出版社催稿，工作起来颇有些信马由缰的逍遥感，不像后来正式开展研究工作之后，有那么多有形或无形的压力。翻译心态是放松的，有时近乎一种玩赏状态，笔下的文字不到满意程度决不罢休。正是因为有这样松弛的心情，译文在一些细节上、难点上用足了功夫，尽了自己的所能，尽量减少了似是而非、磕磕绊绊的文句。今天重读此书，对绝大部分译文还是满意的，对这位启蒙思想家明快晓畅、尖锐犀利的文风，包括行文的语气，表达得令自己相当满意。这部著作出版后，我曾经盼望有人对译文发表评论，指出其中的错误和不足，可出版二十多年来，先后出版了三个版本，印行了五次，其中有些章节多次重印、转载，只有中国人民大学一位老师在他主编的选本里，就一处译文在脚注里提出建议。我非常感谢这位老师，它能如此认真细致地读这部著作，我已经在第二个版本里采纳了他的建议。这次华夏出版注疏本，我又从头到尾对照原文核对了一遍，除对译文做了一些修改之外，还弥补了几处疏漏。

关于这本书的翻译和出版，我要感谢一些同志的帮助和关怀，除了前面提到的王焕生、陈洪文之外，我还要感谢原《世界文学》编辑部办公室主任，诗人邹荻帆先生。一九七八年中国社会科学院外国文学研究所准备复刊《世界文学》杂志，刊物停办了十来年，与原来的译者大都失掉了联系，对社会需求也不清楚，需要尝试出几期试刊。有一天我在走廊里遇见邹荻帆先生，他正在张罗《世界文学》的复刊，便拉住我说：把你翻译的《汉堡剧评》选几个章节，在咱们的“试刊”上用。所里的同志都知道，我在“文革”期间翻译了这本书。但那是初稿，尚未来得及整理，由于多年未工作，我自己对译文也没有把握。荻帆先生见我犹豫，便鼓励我说：“不急不急，时间还多着呢，你慢慢整理，两万字就可以了”，还说了许多勉励的话。荻帆先生那热情诚恳的话语，令我第一次感觉到，我翻译这本书的意义，可能超出了“自我还愿”，说不定还有社会价值呢。事后我整理了几篇《汉堡剧评》中关于现实主义的论述，交给荻帆先生，在一九七八年底《世界文学》的试刊号上登载出来。荻帆先生给我这个机会，对我是个很大的鼓舞，让我中断了十来年工作之后，又逐渐找回了信心。

译文发表后陆续听到一些鼓励的反应，尤其是在一九八〇年举办的“文革”后第一届外国文学年会上，南京大学赵瑞蕻教授当面讲了许多热情勉励的话，让我信心倍增。他说：我读了你的译文，挺通顺，你的前言写得也好，《汉堡剧评》太值得翻译了。五十年代我在德国莱比锡读书的时候，他正在那里教授汉语和文学，我常去他那里叨扰，我们成了忘年交。回国之后，多年未曾谋面。六十年代初期，他曾经关注过我翻译的《高加索灰阑记》，现在又对我翻译《汉堡剧评》给以鼓励，我十分感谢这位忘年交朋友。从老一辈学者那里得到鼓励，对于刚刚步入学术大门的年轻人来说，其作用往往是不可估量的，它能帮助年轻人树立信心，坚定信念，在学术上取得进步。

第一届外国文学年会结束以后，从广州回到北京不久，当时的上海译文出版社社长包文棣先生突然来到我家。包文棣先生屈尊下访，令我一时手足无措，不知该怎样招待他。包文棣先生在我心目中是文化界的大人物，他的译著若说“等身”那是夸张，可他的翻译成就不论数量，还是质量都是令人敬佩的，他是翻译车尔尼雪夫斯基的大家，他翻译的车氏《莱辛评传》在国内知识界很有影响，许多人对莱辛的了解，就是从这本书开始的。包文棣先生性格内向，一口吴越普通话，说起来温文尔雅。他举止谦和，待人平等，没有名人架子，看样子也不善辞令，不会客套，坐下来便单刀直入，与我谈《汉堡剧评》的出版问题。这本书的个别章节虽然在《世界文学》试刊号上登载过，可谈到出版，我还是有点诚惶诚恐。除心理上对自己的译文没有把握之外，最直接的原因是书稿尚未经过整理，我当初用的稿纸上有不少还保留着当年大字报底稿的字迹，稿纸也不统一，有红格的，蓝格的，绿格的，有薄纸的，厚纸的，有三百字的，五百字的等等。芜芜杂杂地摞在一起足有一尺高。包文棣先生以他惯常的谦和体贴的声调鼓励我：不必着急，这么大工程，一个人整理花时间太多，让你爱人帮帮忙，整理完寄给我。说是“不必着急”，从他的口气，听得出来，他希望越快越好。这是可以理解的，一方面，当时出版界正在百废待兴，希望早出书，多出书，出好书，解决延续了多年的书荒；另一方面，他翻译过《莱辛评传》，知道《汉堡剧评》在欧洲文化史上的地位和价值。像这样的著作，他当然愿意早些奉献给读者。谈完出书问题，他悠闲地环视我家的居住条件。包文棣先生高度近视，视物有些不方便，难为他亲自登门，大概费了不少周折才找到我家，真让我受宠若惊。他见我家一间十五平方米的卧室，除了一张大床，一张小床，一个衣柜，四壁光光，西窗下放着一张小二屉桌。他似乎觉得有点不可理解，一个知识分子家庭，怎么这样简陋。他疑惑地问我：你们晚上怎样工作。我告诉他：我和爱人挤着用一张桌子，我坐正面，她照顾我，自己打横，孩子在凳子上写作业。他轻轻地拍了拍眼前又窄又短的小二屉桌，口里喃喃地说：“在这么小的桌子上，也可以翻译这么伟大的著作！”他没有再多说什么，一切都流露在他的眼神里……《汉堡剧评》能够有出版的机会，最终要感谢包文棣先生这位伯乐，是他给了我“见公婆”的勇气。

他走后，我开始整理译稿。遵照他的建议，我一边整理，我爱人一边帮助誊写。她在誊写过程中，发现有不顺的句子，别扭的表达方式，我们一起讨论修改，尽量使译文既符合原意，又适合中文的特点，最好能读起来琅琅上口。我爱人虽然是搞工程的，但她语文底子好，读中学时我就知道她喜欢读文学书籍，而且记忆力很好，有些名诗名句她能过目不忘。这次整理译稿，她不但承担了三十多万字的誊写，在文字润色方面也出了许多好主意，使译文增色不少。自那以后，凡是我翻译作品或者写了文章，大都征求她的意见，她既是我的第一位读者，又是我的文字把关人。至今我们还保持着这个习惯。《汉堡剧评》整理完后，适逢她去上海出差，亲自把译稿送到译文出版社，还在那里受到韩世钟、钱鸿嘉、江建中等同行的热情接待。一九八一年《汉堡剧评》出版以后，我的同行韩世钟同志又给了我许多鼓励，尤其是他说：“你为中国社会主义文化建设又积累了一笔财富！”这话令我终生难忘。后来，有一次我在人民大会堂偶然遇见赵瑞蕻教授，他正准备去德国参加莱比锡大学东方系的庆祝活动。我们一见面他就对我翻译《汉堡剧评》说了许多鼓励的话，他根据自己多年的翻译和教学活动，总结了一条经验，他说：“一个外国文学工作者，一生能留下一本有长远价值的东西，这成绩就很可观了。”老韩和赵教授的话，一直以来我不仅把它们视为对我的鼓励，实际上它们大大提升了我的精神境界，提升了我对翻译工作的认识和责任感。至今我对他们的鼓励依旧心怀感激，他们既是我的知音益友，也是我的良师。做学问的人能遇见这样的益友良师，是幸福的，幸运的。

借华夏出版社扩版重印《汉堡剧评》之机，我向为翻译出版这本书，给予我帮助和鼓励的师友表示衷心感谢，其中包括我的老师汉斯·马耶尔教授，各版本的责任编辑钱鸿嘉、裴胜利、陈希米和孙颖同志！

2009 年 1 月 24 日（鼠年除夕）

张琳（1931— ），山东定陶人。山东大学中文系肄业，北京大学东语系毕业。人民文学出版社原编审。中国作家协会会员。译作有朝鲜作品《朴八阳诗选》、《白头山》、《火炬》、《红色宣传员》、《世界反法西斯文学书系·朝鲜卷》（含他人部分译品）；韩国长篇小说《圣火》等十数种。为朝鲜重译《卖花姑娘》等多部歌剧。1988年获朝鲜政府颁发的二级友谊勋章。2004年获中国翻译协会表彰的有突出贡献的翻译家，并被授予“资深翻译家”荣誉称号。

我的译事

二〇〇四年，中国翻译工作者协会召开表彰会，给一些年高有成的译者颁发“资深翻译家”荣誉证书，我译品不多，也没译过什么世界名著，竟也忝列其间，心里常不自安。

坦诚地说，我自幼厌学外文。那时日本侵略者的铁蹄正蹂躏着我们家乡，占领者有令，学生从初小升入高小必须学习日文。按我小孩子的见识，外文即日文，不知道还有何等种类的外国文字，而眼见的学习日文只有一种用途，那就是给屠杀中国人的日本鬼子充当翻译。这是个为虎作伥、助纣为虐的角色，最招人恨，老百姓背后骂之为“龇牙狗”。我不想做“龇牙狗”，所以在日文课上全不用心。不想有一天日语教员叫我站起来回答问题，他指着自己的鼻子、眼睛、嘴巴，让我一一说出日语词，我一概摇头不知，一顿藤条教鞭随之落在我的身上：打了又罚，令我在讲台边一直站到下课。日语教员这一次的恶惩，使我此后对学习任何外文都产生了心理障碍，以致进入中学（逃出沦陷区，进入后方的流亡中学）英文成绩全班倒数第一名的位置非我莫属，惹得英文老师很不待见。

世事难料，我最终还是靠了也是外文的朝鲜文为国家效力，养家糊口了一辈子。此无他，只因是组织的决定，个人无条件服从也。

新中国成立后不久的一九五一年秋，中央决定从全国各大学文科中抽调学生到北京大学东方语言文学系学习亚洲各国的语言文字。我是从山东大学中文系二年级调来北大的学生。山大中文系主任吕荧先生也许是担心我对转学专业想不通吧，在离开山大前夕曾对我说过学好外文亦可从事文学翻译工作的鼓励话。吕先生是美学家、文艺评论家，也是翻译家，在大一时我就读过他译的普希金的《奥涅金》。几天后从青岛到北京，会同几位同学去拜见刚从国外访问归来的北大东语系主任季羡林先生，谈话中他动员我们选择朝鲜语专业，我们当即表示了服从。时值抗美援朝战争时期，以为学会朝鲜文首选的用武之地就是炮火连天的战场，我们也都有这样的思想准备。可是，到我们毕业时，战争早已结束。没进武场进文场，我被调入人民文学出版社，从此混迹于外国文学的译介队伍。

经过抗美援朝战争，中朝两国的友好关系非同一般，与之相适应的文化交流也格外密切，不少文学作品被译介过来。我来出版社前已出版过数种，但译文质量不高，都须做文字加工，我一坐到办公桌前，已有几部数十万字的作品译稿在等待着我，苦干近两载才使这几部书稿付梓面世。这时候我才有心思动手译了自己喜欢的二十世纪二十年代朝鲜著名诗人朴八阳的几首诗作，投寄给《译文》（《世界文学》前身）发表了。随之我又选择了同一诗人的几十首其他作品，结集为《朴八阳诗选》由本社出版。不想惹恼了一位“路见不平的好汉”，在黑板报上撰文，大意谓一个新毕业的学生一到出版社似乎立马长了能耐，就能出书了。我知道，这是不点名地说我。此后的两三年，除下放劳动外，我只是埋头校改他人译稿，再不作译书想。

可是，事情却找我来了。一九六二年，北京人民艺术剧院一位导演柏森来出版社，拿一部朝鲜剧作《红色宣传员》请我翻译，说剧本是彭真同志访问朝鲜带回来的，要求北京人民艺术剧院当年排练出来，搬上中国舞台。这像是政治任务，我欣然接收，但只能在晚上的时间进行翻译。这个戏早已轰动朝鲜，被评为“时代纪念碑式的作品”，获朝鲜的最高奖——人民奖和全国会演的特等奖。在我看来，此剧是以情胜，写爱心，是爱心和人对人的亲人般的关怀化解生活中的矛盾和人际间的种种纠葛，颇有动人处。作品反映的是农村生活，我有中国农村生活的经历，也接触过朝鲜族农家，体察到中朝两国的人同受儒家文化薰陶，即使两国没受过太多教育的普通劳动人民，在日常的思维方式和生活、语言习惯方面都有不少相似之处；何况彼时两个国家同处农业集体化时期，在政治用语上也多有共通的地方，所以翻译起来并不费力。我每天晚上八时左右开译，一般都超过十二时才休息，有时一直工作到晨曦透进窗口。一天夜晚我去院中舒展筋骨，回头看见书桌上冒起火光，待我奔回室内将火扑灭，三千多字的译稿已化作灰烬。原来是在我点燃香烟时，随手将未熄灭的火柴丢在了稿纸上。半个多月后我交出译稿，完成使命。

中国高层领导对这部剧的重视程度，大大超出我的想像。《剧本》杂志首先刊载，戏剧出版社接着出书；重点自然是北京人民艺术剧院的演出，大导演欧阳山尊执导，主要演员有著名艺术家于是之、狄辛、周正等等，用时下的话说可谓“豪华阵容”。人艺演出了一百余场，不只在剧场演，还到农村去演；报纸上的赞扬文章一篇又一篇，座谈会开了一次又一次；而且排演此剧的不只北京人民艺术剧院，还有上海人民艺术剧院、辽宁人民艺术剧院。辽宁人民艺术剧院的演出是我收到他们寄来的演出费才知道的。上海人艺（或许尚有其他地方剧团）则没有搭理我这个译者，我自然也不会伸手去向人家讨钱，这太跌面子。有些戏曲团体也把此剧改编成地方戏，我看过北京某评剧团在中心公园露天剧场的演出。

后来知道，周恩来同志一直关注着两国的这次文化交流，很欣赏这个戏的主人公形象，他在一九六三年文化艺术工作者春节联欢会上的讲话中说：“为什么我赞赏《红色宣传员》中的李善子？她是平凡的人中的先进人物，她有先进的思想行为。《第二个春天》也很好，但艺术上还不如《红色宣传员》。”（见《周恩来论文艺》145 页）周恩来同志还曾指示将话剧改编为电影由中国拍摄，演员也已选定，去朝鲜体验过生活，后来由于朝鲜已摄制成电影我们才作罢。这期间影协袁文殊又交来朝鲜的同名电影文学剧本请我译出，发表在一九六三年第三期《电影剧作》上，并排在首篇，在郭沫若的电影文学剧本《郑成功》之前。同在这个时期，人民文学出版社出版一套丛书形式的“外国革命文学作品”，其中有苏联的《母亲》《铁流》《毁灭》《钢铁是怎样炼成的》等等，也选入了《红色宣传员》，封面画是中国著名木刻家彦涵的作品。中国对一部外国剧本如此重视，还是少见。

我将原文剧本变成中文剧本后，也就无人再予理会，成了俗语说的“大年三十逮住的兔子，有也过年没有也过年”。剧院没有同我讨论过剧本，各类座谈会从不邀我出席，作者来我国访问，一切活动场合无一次让我参加，译者连作者的面也未见到，有点不正常。我本是一个最不爱出头露面的人，但这次却不能没有想法。据我的猜想，缘由有二：我的译稿交出后立即送到朝鲜请其专家审阅。他们改动了两处，而我认为两处的改动都不恰当，例如原译“让人人都有饭吃难道不重要吗？”朝鲜校者改为“叫天下人都能吃饭生活是一件不要紧的事情吗？”我在书稿发排时又改回原译。从始至终抓此剧的翻译、演出、出版、宣传的一位影协（或剧协）的领导人，看了校样上我的改动，很是生气，把我和我的上司找去非常严肃地加以批评，说不尊重朝鲜同志的意见是大错误，必须重新改回，还要从思想上好好检查。偏巧这一年我们单位发了奖金，每人二十元。在我的印象中这是“文化大革命”前十七年唯一的一次发奖金，然而却独我一人无份，原因是“犯了不尊重朝鲜同志的大错误”。再一个缘由似与政治有关了。一九六二年开始抓紧了阶级斗争，传闻对一些有历史问题和阶级出身不好的人控制其参与涉外活动，我出身成分不好，不参加外国作者的接待、会面和座谈，倒也在当时的情理之中。此外，也许还有一个缘由，那就是不重视译者。我人还年轻，同那些参与此事的名流比起来，能算个老几？时代使然，我能理解，今天写出来，并非为这点事耿耿于怀，只不过当作自己从事翻译工作的一段经历罢了。

抗日战争时期，我开始懂得世事。那是一个民族大灾难、大悲愤、大奋起的时代，我对文学的欣赏，是喜欢有战斗性、有反抗精神的作品，不喜欢描写缠绵悱恻、花前月下的篇什，借用古时的比喻，我不喜欢柳永的“杨柳岸晓风残月”式的，而喜欢苏东坡“大江东去”式的，更确切地说是喜欢岳飞的《满江红》式的（抗日流亡学生每天早操时都唱《满江红》）。所以，在我译的作品中，最下工夫翻译的是朝鲜著名诗人赵基天的长篇叙事诗《白头山》。二十世纪五十年代初始，我国就出版了《白头山》的两个中文译本，一为北大教授余振从俄文转译，一为老作家楼适夷从日文转译，到了一九七八年才有我从原文直接翻译的中文本出版。朝鲜《劳动新闻》很快进行了报道，加花边刊登了我为译本写的《前言》。在赵基天出生的前三年（1910 年），朝鲜被日本吞并，侵略者强迫朝鲜人一律改为日本人的姓氏，说日本话，做日本的“皇国臣民”。这是要灭绝一个民族，是最为凶残、最为野蛮的殖民统治。赵基天自幼随同全家逃亡前苏联，在那里成长，接受教育，成为深受马雅可夫斯基诗歌影响的一名诗人。一九四五年日本战败投降，这位激情诗人面对沦亡了三十六年后而光复的祖国河山，不难想象，其心潮的涌动，足以胜过汹涌澎湃的海洋。他这个时期创作的长诗《白头山》和许多短诗，笔力雄健，气势宏大，蕴含其中的爱国深情、昂扬不屈的民族精神，读来令人感动、振奋。

翻译这部诗作，在遣词用字、构建句式方面，我总要苦苦思索，想尽力体现出原诗的豪放而又细腻的风格以及更具诗人个性的浓烈的抒情色彩。是否做到了呢？自认为还算差强人意。

张玉书（1934— ），上海人。1957年毕业于北京大学西语系德语专业。现为北京大学德语系教授、博士生导师。全国德语教学研究会（德语学会）副会长，欧华学会理事，德国图宾根大学德国东亚科学论坛理事，国际日耳曼学会理事，国际茨威格学会理事，图宾根大学名誉博士。著有论文集《海涅、席勒、茨威格》、《海涅名作欣赏》（合著）；主要译著有海涅的《诗歌集》、《思想·勒格朗集》及《论浪漫派》，席勒的戏剧《玛丽亚·斯图亚特》，斯·茨威格的长篇小说《爱与同情》、《里昂的婚礼》等；主编《海涅文集》（四卷本）、《外国抒情诗赏析词典》、《斯·茨威格小说选》、《德语国家中短篇小说选》、《海涅研究》、《20世纪欧美文学史》（一、二卷）、《海涅也属于我们》和《文学之路》等。

我译茨威格

我在论文集《海涅席勒茨威格》的序言《匆忙的回顾》中写道："研究德国文学的人心情都很矛盾：想评论一些作家，可是这些作家还介绍不多，或者根本没有介绍过来。这样，写评论就不可能在广大读者中得到反响。于是就想翻译这些作家的作品，然后再来评论。可是翻译是另外一门学问，会写文章未必就能翻译。再说，翻译一部巨著，旷日持久，就不可能有很多时间来写评论。于是，痛感分身无术，左右为难，也痛恨年华流逝，岁月蹉跎。"

这些年来，我就是怀着这种矛盾的心情，从事教学科研和进行翻译工作的。对海涅是如此，对茨威格也是如此。

海涅是我上大学后第一个吸引我的德国诗人，才上一年级就读他的诗，背他的诗，也译他的诗。和茨威格的接触则纯属偶然。我生也晚，一九四九年前茨威格在中国翻译介绍的情况，我一无所知。在以日丹诺夫、卢卡奇为代表的国际极“左”路线的影响下，里尔克、卡夫卡都成为颓废作家，茨威格也不清不楚地受到冷遇，在以冯至先生主编，我也参加编写的（德国文学简史）中便只字不提茨威格，似乎从来就不曾存在过这样一位作家。因此，五十年代末，看到《世界文学》上发表的纪琨先生翻译的茨威格的著名中篇《一个女人一生中的二十四小时》，真是惊喜交加。这是我读到的第一篇茨威格的小说。它使人耳目一新，给了我极大的艺术享受，我立刻跑到外文书店去买了莫斯科版的《茨威格小说集》，这是当时能够买到的绝无仅有的一本原文的茨威格的著作。我如饥似渴地读了这些名篇，还没敢闪过翻译它们的念头，神州大地便已沉入史无前例的中国式的冬天的童话之中。《二十四小时》的译者，南开大学的历史学家纪琨先生为此受到牵连，理由是散布毒草，竟和纳粹分子当年在柏林焚烧茨威格的作品时为这位作家罗织的是同样的罪名。

十年噩梦终于过去，中国文坛又现春色。茨威格就乘着春风飘然而至。先是《象棋的故事》拨动了读者的心弦，小说的这位受法西斯迫害神经错乱的主人公的命运，使我们联想起自己不久前身受的思想迫害。这位奥地利杰出作家竟不得不浪迹天涯在异国他乡愤而自尽，使人想起在噩梦中丧生的中国作家。这位优秀的作家，有着出色的写作才能，给我们留下了这么多动人的作品，却不幸早逝，尤其使人无限欷歔。于是对茨威格的兴趣迅速高涨。接着是《一个陌生女人的来信》以它独特的魅力使众多读者为之风靡。人民文学出版社出版的《斯·茨威格小说选》成为风行一时的畅销书。于是出现了茨威格热。八十年代初为了纪念茨威格一百周年诞辰，国内四家出版社几乎同时出版了茨威格唯一的一部长篇小说。单单浙江文艺出版社刊印的我的译本，书名是《爱与同情》，初版时便是 7 万册。这个译本以后又分别以《心灵的焦灼》和《爱与同情》再版多次。

中国的这股强劲的茨威格热潮竟与当时国际茨威格热潮合流。由于纳粹的禁令，从三十年代起几十年内，茨威格的作品几乎绝迹。大学里没有讲授茨威格的教授，报刊上不见研究茨威格的文章，整整一代人不知道茨威格为何人。一九八一年，德国 S. 菲歇尔出版社为纪念茨威格的百岁寿辰，重新陆续再版茨威格的全部作品。慕尼黑大学的弗律瓦尔德教授在八十年代初便指导学生研究茨威格的历史人物传记。尽管茨威格的研究者由于历史原因人数不多，但是新版的茨威格的作品是德国书店的畅销书，销售额历年居高不下。至于在国外，在美国、奥地利、日本和韩国，则茨威格始终是深受读者喜爱的作家。

中国的茨威格热不知通过什么渠道传到了德国，引起出版界的重视。

一九八四年秋至一九八六年夏，我通过德国洪堡基金会在波恩大学从事科研。回国前夕，忽然接到德国《图书交易报》副主编的电话。他对“文革”后的中国出现茨威格热这一现象，表示极大的兴趣。我向他做了简单的解释和介绍。他便请我回国后务必为他的杂志撰文，介绍茨威格在中国深受读者欢迎的情况和原因。回国后我用德文写了《内心生活 -terra incognita（陌生世界）——谈茨威格在“文革后”中国的接受》，谈到这些年我在研究翻译茨威格作品时的一些体会，谈到中国读者首先折服于茨威格的心理分析，折服于他对人们灵魂的发掘与刻画。在他的小说里，没有传统小说中那个必不可少的全知全能的叙述者，把人物的内心世界、感情起伏和事件背景都告诉读者，而是由主人公现身说法，或以内心独白的方式向读者敞开心扉，“让读者瞥见人物灵魂深处最幽微，最隐秘的角落，感觉到灵魂最精微的震颤”。茨威格的小说“不用众多的人物，广阔的历史背景，绚丽多彩的风俗画面，错综复杂的故事情节来收到引人入胜的效果，而是以狂暴激烈的内心斗争，变幻莫测的感情起伏，也就是以内心世界波澜壮阔的变化和深刻尖锐的矛盾来动人心弦”。我们“文革”时期的作品脸谱化、概念化比较严重。好人恒好，坏人恒坏。而茨威格的作品则让我们看到，“写小说并不是非要捏出一个天使，一个恶魔不可。那种非黑即白的状况在生活中并不存在，在小说中也大可不必。”主人公悲剧命运的产生并不是由于“宵小作祟，恶人暗算，厄运使然”，往往是“外界的影响如何激起主人公心里汹涌的波涛，内心的潮涨潮落如何左右主人公感情的起伏，行动的进退”，主要是由于心灵的危机。最后我也谈到，茨威格小说中浓郁的抒情性也是使中国读者为之倾倒的重要因素。

这只是一篇短文，并没有详细说明茨威格在中国受到广大读者欢迎的时代背景。经历过十年动乱的读者，想必记忆犹新，劫后的中国文坛荒芜，反映出思想紊乱、精神萎顿、感情枯竭的状况。茨威格的作品给我们带来了人性的美奂，丰富，多样，深邃乃至矛盾冲突。满足了大家的希望，填补了我们文学的空白，吸引和激动了一代作家，风靡一时。而他抒情的笔触，对女性的充满敬意和柔情的描述，完全符合中国读者的审美趣味。于是这位在德语区里由于十二年纳粹统治被注入另册的杰出作家，为一代德国读者所忽视和忘怀，在中国却拥有越来越多的热情读者，成为许多著名现代作家的良师益友。一九八七年我把我译的《斯·茨威格小说集》送给老作家刘白羽先生。刘老读后，赞不绝口，在《文艺报》上撰文，称赞茨威格精湛的写作艺术，是个当之无愧的世界文坛的大师。

一九九一年至一九九三年，我在德国拜罗埃特大学讲学。我的一位研究跨文化日耳曼学的德国同行建议和我合开一门课，分别从德国或西方文化和中国文化两个方面来研究和介绍同一个作家，算是跨文化日耳曼学的具体例证。我们决定在一个学期内联袂开课，同讲茨威格的中篇名篇和长篇小说《爱与同情》。这个别开生面的课吸引了不少学生，除了德国学生和中国留学生外还有来自亚洲和欧美国家的留学生。我的德国同行一开始便把茨威格说成通俗小说家，他的作品之所以雅俗共赏，由于文字浅显，缺乏深度。这种观点我当然不能苟同，我于是对文本进行分析，让茨威格自己为自己辩护。我指出茨威格如何吸取众家之长，形成和发展自己的写作特点，他如何满怀同情地关注和描述这些人物的命运，无论是他在艺术上的成就，还是他对同时代人或后世的影响，他在全世界受到的尊敬和爱戴，都说明他是二十世纪出类拔萃的伟大作家。

一学期下来，我们各自阐述自己的观点，交锋在所难免。课上我们彬彬有礼，不失学者风度，但各抒己见，决不相让。因此这堂课上得非常紧张激烈，颇有火药味。可是下课以后我们便一同去喝啤酒，松弛一下。学期末我们和学生一同总结。我的同行说了一句使我深受感动的话：“张先生，您的论述至少说服了一个人，这就是我。我承认茨威格的确是个伟大的作家。”

第二学期，我继续开设茨威格研究专题课，和学生们一起分析茨威格的作品和他笔下的人物。在分析《一个陌生女人的来信》的女主人公时，课堂上发生激烈的争论，有几个信奉女权主义的女生，对这位“陌生女人”颇为不满，当然也免不了猛烈批评茨威格。另外一派女生则竭力捍卫茨威格，这样激烈的课堂讨论对我也是个难忘的经历。我高兴的是，我这个来自中国的教授把茨威格介绍给了德国学生，使她们为他而激愤，为他而喜悦，为他而感动，没有人对他无动于衷。

没有一个读者读一部作品会像译者那样仔细。每字每句，每种情感的流露，每段对话的分寸，都建立在仔细阅读、再三阅读的基础之上。译完之后体会也必然深切。我之所以能在拜城讲授茨威格，恐怕首先得益于我的译述，翻译过程是个再创造的过程。这不是字句的搬动，而是意象和情感的转移。这就使译者最接近作者，最能体会作者的意图和用心。由于研究茨威格的文献甚少，主要是听主讲教授的分析评述。我在翻译过程中积累的心得体会，便成为我讲课时的主要依据，而我翻译时感受到的激情也包含了中国读者在阅读时心灵的强烈反应，使我讲课时多一些感情色彩，少一些理论说教。也许我在讲授时的这份激情感染了学生，也许他们想知道，茨威格的什么魅力竟使这位中国教授这样激情满怀地翻译和介绍他的作品，使为数众多的中国读者为他着迷。我总觉得人性是相通的：使中国读者欣喜若狂的作品也必然会使德国乃至其他文化区的读者也发出强烈共鸣。德国学生和其他学生对这堂课，对茨威格的作品表现出来的热情证明了这点。

我的这一论点更为台湾的一封来信所证实。来势强劲，风靡大陆的茨威格热也越过海峡传到彼岸。台北的志文出版社来信，希望出版我的茨威格译著。海峡两岸的中国人，审美标准也许会有差异，毕竟感情相同，趣味相近，大家都喜欢茨威格。台湾志文出版社已经连续出了三卷我译的《褚威格（即茨威格）小说集》，我翻译的茨威格的长篇小说《心灵的焦灼》也以《爱与同情》的书名在台湾出版。台湾光复书局把我为人民文学出版社编选的《斯·茨威格小说选》收进该社发行的“珍本世界名著”丛书之中。

支撑茨威格作品宏伟大厦的另一柱石乃是人物传记。“文革”开始后，变色龙林彪平步青云，升迁之快，令人瞠目结舌。我的一位启蒙老师谭玛丽先生偷偷地把茨威格写的历史人物传记《约瑟夫·富谢》借给我读，这位法国大革命时期见风使舵，投机革命，不断变节，出卖战友，背叛信仰，历经动乱，始终位居要津的权术家、风派人物的事迹竟有这样大的现实性，令人震惊。我当时就萌生翻译此书，以警世人的强烈冲动。可是这个愿望一直未能付诸实现。一九九三年我从德国讲学回来，发现读者对茨威格的热情有增无减，而且不仅对他的小说感兴趣，也对他的传记作品发生兴趣。我于是翻译了茨威格的历史人物传记《约瑟夫·富谢——一个政治人物的肖像》。让广大读者看看八十年前茨威格如何以法国大革命时期的这个著名变色龙的故事为其政坛上的徒子徒孙勾画脸谱。为了满足广大读者尽可能多地了解茨威格的强烈愿望，我决定主编华夏出版社出版的《茨威格集》。

我欣喜地发现，这些年来，茨威格也越来越为德国学术界所重视。在我和两位德国同行共同主编的德文版中国日耳曼学年刊《文学之路》的第二卷（2001卷）里，同时发表两篇论文，其中之一出自中国学者之手，另一篇则是德国学者、斯图加特大学教授托美的文章。奥地利萨尔茨堡的国际茨威格学会近年来积极开展活动。二〇〇〇年该学会举行第二次国际茨威格学术研讨会，并在会上选举新的理事会，本人作为茨威格的中国译者和研究者也当选为该学会的理事。

我相信，茨威格的读者将随着时间的推移而不断增加，为此我深感欣慰。

张振辉（1934—　　），湖南长沙人。1960 年毕业于波兰华沙大学语言文学系。中国社会科学院外国文学研究所研究员，中国作家协会会员，波兰文学研究家和资深翻译家。著有《显克维奇评传》、《莱蒙特——农民生活的杰出画师》、《20 世纪波兰文学史》(获中国社会科学院优秀科研成果奖)、《密茨凯维奇传》和《东欧文学史》(合著)等。译有波兰长篇小说、诗歌、剧本、散文集、报告文学、文艺理论和汉学名著等五百多万字。因在研究、翻译和介绍波兰文学及促进中波两国文化交流上的突出贡献，于 1997 年获波兰文化艺术部授予的“波兰文化功勋奖章”，2000 年获波兰总统颁发的“波兰共和国骑士十字功勋奖章”，2006 年获波兰文化和民族遗产部授予的“文化功勋和艺术荣誉金质奖章”。

我译塔杜施·鲁热维奇的诗

塔杜施·鲁热维奇（Tadeuszv Rózewicz，1921—2014）是波兰当今最著名的诗人和作家之一，也是波兰二十世纪荒诞派戏剧无可争议的代表人物，他的作品曾被翻译成多种文字出版，也曾多次获得诺贝尔文学奖提名，他是一位在世界文坛享有崇高声誉的大诗人。鲁热维奇一九二一年十月九日生于波兰罗兹省腊多姆斯科县，年轻时就开始写诗，至今出版的诗集有《一小勺水，讽刺作品》(1946)、《不安》(1947)、《一只红手套》(1948)、《五首长诗》(1950)、《正在来临的时代》(1951)、《诗和画》(1952)、《平原》(1954)、《银穗》(1955)、《微笑》(1955)、《一首公开的长诗》(1956)、《形式》(1958)、《和王子谈话》(1960)、《绿玫瑰》(1961)、《普洛斯彼罗的大衣里什么也没有》(1962)、《第三张脸》(1968)、《皇城》(1969)、《心灵》(1977)、《受了外伤的短篇小说》

(1979)、《浅浮雕》(1991)、《永远的片段》(1996)、《灰色地带》(2003)和《附录》(2003)等，鲁热维奇的诗歌不仅数量很大，他在二十世纪五十和六十年代几乎每年都有新的诗集问世，他的这些作品都以最质朴的贴近生活的语言，真实反映了人的心灵中的一切喜怒和哀乐，表现了对人、对生活、对大自然挚热的爱，他曾经说：一个诗人“要接触心灵和事物，写直言诗”，“诗歌没有爱就没有生命”，这种对自然和生活的爱不仅在诗歌创作中，而且也是整个大自然和人的生命中最宝贵的东西。他的诗歌还有许多独特新颖和非常美好的表现方式，我醉心于他作品中的这种形式的美，每读到它们，便觉得是一种艺术享受，令人不能释卷。因此几年前，当河北教育出版社约我将他的作品翻成中文出版的时候，我很高兴地就接受了这个美差。后来我在阅读和着手翻译他的诗歌精品的过程中，我的兴趣越来越大了，也越来越深切地感到，要把他那独具特色的创作风格和形式美，用中文这种和波兰文原文迥异的文字忠实而又充分地表现出来，可是一件不易做到的事，但这也正是我最乐意并且决心要为此付出努力的，我以为，只有通过我作为一个翻译工作者的不懈努力，才能赢得中国读者对这位诗人的喜爱和尊敬。而今，我翻译的《塔杜施·鲁热维奇诗选》也于二〇〇六年早已出版，我想借此机会，来谈谈我对这些诗歌的认识和我翻译它们的体会，也就是说，我是怎么曾长时期地为此付出努力的。这种认识对我来说是多方面的，有的涉及对这些诗歌的内容的理解，有的和它们所采取的艺术形式有关，举例说《假果》(选自诗集《不安》)、《月光下》(选白诗集《·只红手套》)、《父亲》、《成功》、《小兔子》(这三首均选自诗集《银穗》)，这些诗我读之后深感有的写得凄婉动人，有的生动活泼，富于幽默情趣，表现了作者丰富的才情。如《假果》中，一个可怜的母亲看着自己在战场上死去的儿子的照片，便潸潸落泪，儿子死了，但他生前住过的房间里的桌子上仍留下了这张照片和一个假果。人亡物在，睹物思亲，这位母亲看见儿子的照片就像看见了她的儿子一样，当她想起他生前的身影时，便引起了无尽的哀思，作者的构思是深沉的，在哀婉中表现了人世间最真挚的母爱。在《月光下》中，诗人写道：

月光下
空寂的大街
月光下，
人已匆匆离去。

月光下，
生命灭绝，
万物消亡
月光下。

月光下
空寂的大街，
只留下死者的颜面，
泥塘的污水。

这是诗人对战争时代的回忆，用劫后的惨景反映战争的残酷。一个生命灭绝、万物消亡的世界，除了阴冷的月光、死者的颜面和泥塘的污水之外，就没有别的，这里到处都是一片死寂，令人不寒而栗，它使我想起了我国唐代著名文学家柳宗元（773—819）的一首古诗《江雪》：

千山鸟飞绝
万径人踪灭。
孤舟蓑笠翁，
独钓寒江雪。

这首诗与前面一首诗反映的是不同的主题。柳诗借歌咏隐居山水之间的渔翁，来寄托自己清高而孤傲的情感：天地之间是如此空寂和寒冷；一叶孤舟上的渔翁“独钓寒江雪”，他是那么清高和孤傲。两诗似乎不可比拟！但诗中空寂的意境和鲁热维奇的《月光下》有某种相似之处，只是它不像《月光下》写得那么悲戚和可怕，我想只要把握好了这个相似的意境，严格遵循波兰文原作的格律，就一定能把它翻译好。鲁热维奇这首诗中每个句子大都只有四个或五个音节，那么我在把它们翻成中文时，在每一句诗中，也只能用四个或五个，也就是要尽量少的中文字（中文字都是单音节的），就能做到忠实于波兰文原作了。

在《父亲》中，诗人写道：

老爸的身影
永远在我的心中，

他一生不知道节约
死后没留下分文。
他不曾一点一滴地积攒，
既没有买下一处房产，
也没有买过一块金表。

他像鸟一样地快活，
从早到晚地唱歌，
一天又一天。
可是
请你说说，
一个低级职员
许多年来，
怎能这样地生活？

我记得他常常戴着
一顶破旧的帽子，
口哨吹得很好听，
吹的是一首欢乐的歌，
他坚信他一定会
进入天堂的大门。

诗人在这里用了几句很普通的话，就描绘出了一个生动活泼的形象，诗中主人公虽然年老，但仍保持了一颗童心，他并没有很高的职位，也没有去谋取这种职位，但他知足常乐，无忧无虑，一种乐观向上的人生态度，令人喜爱。在《成功》中，作者更是充分地发挥了诗的想象，他开玩笑地把诗中的主人公扬内克比作几十万年前的猿人：

扬内克曾经四肢着地
爬滚了一年。
有一天，
我看见
他

两条腿站起来了。

我很高兴地想：
“我们古老人类的这个把戏
终于获得了成功。”

这个扬内克也可能是诗人的亲友，腿受过伤，通过自己的锻炼，治愈了，本是一件很普通的事，可是诗人用这个比喻，却使作品展现出了深远的背景，具有很深的寓意。另外在措辞上，诗中只用了简单的几句，便把整个场景都写得妙趣横生，令人百读不厌，是一篇内容和形式俱佳的作品。《小兔子》这一首中又是另外一番景象：

大雪长着红宝石眼睛，
藏在一个笼子的
黑咕隆咚的角落里，
温暖的雪，
受惊的雪。

大雪一声不响地
翕动着它的嘴唇，
在沙沙响着的
蓝色的树叶上。

这里写的是一只小兔，但是诗中却没有用“小兔子”这个词，诗人很巧妙地用白雪来比喻它，小白兔长着红宝石眼睛，藏在一个笼子的黑咕隆咚的角落里，在阴暗的背景的映衬下，显得它是多么白净和美丽。它有体温，有感觉，它在蓝色的树叶上翕动着它的小嘴。蓝色的树叶有沙沙声响，小白兔却始终没有响声，这也符合它的本性。诗人给白雪给予了装点，赋予了生命，把这个由白雪变的小白兔写得活灵活现了。

鲁热维奇以上这些深情和美妙的构思和手法在诗中的运用使我在翻译中对它们产生的极大的兴趣，也觉得只有严格地按照他的每个作品的节奏和韵律，用一种富于抒情诗意和幽默感的中文表达出来，才能使中国的读者感受到其中的艺术魅力。还有一些诗中，鲁热维奇也采用了一种颇为新颖和独特的形式，如在诗中运用某种形式的叠句，能使他的作品的深刻寓意对读者产生强烈的冲击力，给他们留下深刻的印象，如《琥珀鸟》（选自诗集《不安》）就是一例，诗中写道：

秋天，
一只透明的琥珀鸟，
含着一粒金珠，
从一个枝头，
跳到另一个枝头。

秋天，
一只闪闪发光的
红宝石鸟，
带着一滴血，
从一个枝头
跳到另一个枝头。

秋天，
一只就要死去的
蓝宝石鸟，
带着一滴雨水，
从一个枝头
落到另一个枝头。

诗的第一段写像宝石一样美丽的小鸟在枝头快乐地跳来跳去，第二段的"一滴血"，表现了一种哀伤的情调，第三段写小鸟已经死去，它再也不能在枝头跳跃，而是和雨水一起，落到了枝头上。在不同情况下这个"从一个枝头，跳到另一个枝头"的语句的重复出现加重了语气，就像台湾著名诗人余光中在他的《乡愁》中写的那样：

小时候，
乡愁是一枚小小的邮票
我在这头

母亲在那头

长大后
乡愁是一张窄窄的船票
我在这头
新娘在那头

后来啊
乡愁是一方矮矮的坟墓
我在外头
母亲在里头

而现在
乡愁是一湾浅浅的海峡
我在这头
大陆在那头

不同的是这里的“乡愁”表现在不同时期的不同情况下，因此诗中重复出现的语句有一些小小的变化，而鲁热维奇笔下的“琥珀鸟”生命短促，它的跳耀只在一个“秋天”，但两首诗在形式上的运用却是不谋而合的。又如《多余的人的话》（选自诗集《平原》）中，也有这样不断重复着的问句，这些问句的内容虽不一样，但形式是一样的：

对那个把红色的橡树叶
夹在自己灰色的笔记本上的
少年怎么办？
对那个手里拿着一个苹果的
少年怎么办？
对那个从草地上跑过的
少年怎乡办？
对那个从雪的星星上飞过的
少年怎么办？
对我的父亲和母亲怎么办？

对这十亿多余的人怎么办?

诗人表示了他对人间事物的关心，从一个小孩到十亿人的大大小小的各种事务，似乎和他都密切相关，因此他向读者们提出了上面的问题，希望引起读者的重视。《眼睛和问题的颜色》(选自诗集《微笑》)中的句子形式也是一样：

我亲爱的她的眼睛
是不是蓝的，
上面长了银白色的针刺?
不是。

我亲爱的她的眼睛
是不是棕色的，
闪着金色的光芒?
不是。

我亲爱的她的眼睛
就像秋天灰白的树叶，
落在了我的身上。

诗中前两个“不是”是作者设下的一个悬念，直到最后一段，才很形象地点明了“就像秋天灰白的树叶，落在了我的身上。”此外，诗人在他的作品中，也经常用一些不断重复着的一种形式但蕴涵意思却正好相反，这样的表现手法也是用来加强语气，如在《多么好》(选自诗集《一只红手套》)中，诗人写道：

我真可以在林子里
采摘野果以饱口福了，
我原以为，既没有野果也没有树林。

多么好，
我真可以在树阴下乘凉了，
我原以为，
树木不会投下阴影。

多么好，
我真可以和你在一起了，
我的心也跳得更快了，
我原以为，人是没有心的。

诗中“我原以为，树木不会投下阴影”，“我原以为，人是没有心的”这样的语句令读者震撼，这里包含着诗人多么丰富而又悲凉的人生感受！我在翻译这些诗的过程中，无论在内容和形式上，都是严格按照作者的要求去做的，为的是更好和更真实地反映作者的创作意图，忠实于原作。一般来说，这些诗中的语句都比较简洁，音律对仗，因此把它们翻译成中文后，读起来朗朗上口，便于朗诵，很容易在读者中传开。

在诗中采用一些对比的语句，也能获得很好的艺术效果，如在《得救》(选自诗集《不安》）这一首中，有这样的对比：

我二十四岁那年，
被押送到刑场上，
可是我得救了。

一些毫无意义的称呼，
其实只有一个意思：
人和兽，爱和恨，
敌人和朋友，
黑暗和光明。

人和人就像野兽一样，
自相残杀。我见过
那一车又一车
没有得到拯救的
被砍杀的人们。
德行和罪恶
真理和欺骗，
美和丑，勇敢和怯懦，

实际上是一个概念。

在希特勒法西斯占领波兰期间和波兰的反法西斯战争中，这些对比无论在什么地方和在什么情况下，都表现得非常强烈，诗人以高度的概括和十分精练的诗的语言真实地反映了当时波兰的社会现实，我在翻译这些诗的时候，也很认真地采取这些表现手法，只有这样，才能表现作品的原意。

此外我感兴趣的还有一种我称之为阶梯形的诗，例如《旋转木马》（选自诗集《银穗》）这一首：

欢乐
在旋转中，
在自己的身边。
欢乐中产生欢乐，
欢乐在地和天之间，
在灰色的一天中旋转，
于是放开了笑的银色的弹簧。

由于掌握了波兰文原作的这种形式，我把它翻译成中文后，我的译文甚至比原作更像阶梯，像一个诗的阶梯。我在这里举了这么多的例子，是为了说明我在上面已经提到的我阅读和翻译塔杜施·鲁热维奇的诗歌的一些心得体会，而这也只是我的一部分体会，令我欣慰的是，我翻译的这本《塔杜施·鲁热维奇诗选》出版后，在我国的读者中受到了普遍的欢迎，他们盛赞鲁热维奇的诗歌优美动人，字字珠玑，不愧为享誉世界的大诗人。鲁热维奇的诗歌是一个极其丰富多彩的思想和艺术宝库，是波兰当代文学创作发展的高峰，我今后还要对它进行更加深入地研究，希望能够译出他更多的新的好诗。

赵刚（1972—　　），北京人。2003 年北京外国语大学博士毕业。1996 年开始在北京外国语大学任教至今，其间曾于 2000 至 2002 年在波兰华沙大学进修。现任北京外国语大学欧洲语言文化学院院长、波兰语教研室主任、波兰研究中心主任、中波友好协会副会长。主要学术成果有专著:《波兰文学中的自然与自然观》、《20 世纪中欧、东南欧文学史》（波兰部分）；译著:《通向太阳的跑道》、《赫贝特诗选》、《索拉力星》、《肖邦故乡——波兰》等。此外，还在国内外学术刊物上发表论文 20 余篇。2010 年获得波兰文化部颁发的波兰文化功勋奖章。多次获得波兰罗兹大学、格但斯克大学等高校的表彰。

译者“三心”

套用一句话:“如果你爱一个人，就让他去做翻译；如果你恨一个人，就让他去做翻译”——我这里指的是文学翻译。真正把文学翻译当做自己的志业的人，应该是认同这句话的。对，是“志业”，不是“职业”。如今，把翻译当成职业的人很多，也很好理解。那么，什么叫把翻译当作“志业”呢？按照我的理解，把翻译当做“志业”就是把翻译当做自己一生的志向去追求。这件事就不得了了。我想，把翻译当作志业的人，一定是有大胸怀的人，有大眼界的人，有大责任的人。为什么这么说呢？因为以翻译为志业的人，应当是既深谙本民族文化，又熟悉其他民族文化的人；是既深爱本民族文化，又欣赏其他民族文化的人；是既希望传播、弘扬本民族文化，又希望以其他民族文化补充、滋养、提升自己民族的文化的人。能够做到这些的人，岂不是有大胸怀、大眼界、大责任的人？

以文学翻译为志业的人，应该是在不同种族、不同文化、不同文明之间架桥的人。古往今来，人类总有架桥的欲望。这种欲望源自人类对未知世界的好奇，对克服一切障碍的冲动，对与同类沟通交往的渴望。现代科技，使架桥成为一件与古代相比容易得多的事。古人需要一砖一石去垒砌跨越江河的桥梁。而在滔滔黄河、天堑长江上架桥，对于古人来说则力有不逮，难以完成。今人架桥，可以预制框架部件，凭借大型机械，集中组装即成，省时省力多矣。

跨越文明的鸿沟，与在江河上架桥相比，却要繁难得多。人类在劳动中创造了语言。语言方便了人类传递信息、交流情感，促进了文明的进步。但与此同时，不同地域、不同种族的人们创造的不同语言，也在不同人群之间，设置了难以逾越的鸿沟。文明的进步，仍未完全达成人类梦寐以求的通过机器将语言自动转换的功能——特别是在文学翻译领域更是如此。文学作品的翻译，仍需译者一字一句，斟酌推敲，反复揣摩。那每一字、每一句，便是沟通文明之桥上的一块砖石、或者一颗砂砾。越多的人在这座桥上添砖加瓦，挥洒汗水，则这座桥便越坚实，越宏伟，越宽阔。而两个文明、两个民族也越容易通过这座桥相互交往，相互理解，相互欣赏，相互镜鉴。这就是翻译工作者的使命与责任。

既然从事翻译工作是一件如此神圣而重要的事业，那么篇首那句话又从何而来呢？是什么让文学翻译这件事变得如此让人纠结呢？我想，这大概是因为，翻译事业实在是一条艰辛、漫长而又孤独的路。从事文学翻译的人都知道，一位好的译者，不仅要有坚实的外语基本功，要有扎实的中文功底，还要有深厚的人文素养，广博的知识结构。这些无疑是从事文学翻译的基本要求。离了这些，不但文学翻译做不好，哪怕是普通文本的翻译大概也会出问题。但对于文学翻译来说，仅具备这些素质就足够了吗？我以为还远远不是。一位好的文学译者，我以为还应该具有“三心”，即一颗感悟之心、一颗虔敬之心和一颗坚韧之心。

一颗感悟之心，是指文学译者必须具有很好的感受力和领悟力，必须努力用自己的思想去感悟、去触摸原作者的思想，跟着他悲、跟着他喜，跟着作者达到他的思想高度，跟着作者进入他的内心世界，跟着他“坐地日行八万里”，跟着他“上穷碧落下黄泉”，进入他的大脑，进入他的心脏。惟其如此，我们的译作才能摆脱逐字逐句翻译的水平，达到无限接近原作的境界。如今我们看到一些翻译作品，语言也还准确流畅，甚至可以说得上优美，但仔细体味，似乎还缺乏了一点内在的张力。也就是说少了作品的魂魄，让我们一时难以触摸原作者的情感和内心。这样的作品很难称得上翻译的精品。

一颗虔敬之心，是指对翻译工作本身应该具有敬畏之心。一个民族的读者将通过译者的笔端去了解另一个民族的生活习惯、人文历史、思想感情，这绝对是一件神圣的事，不可马虎儿戏。译者的每一个字、每一句话，都将留给读者，留给后人去审视、评说。没有十分的把握就随意胡译、乱译，既是对读者的不负责任，也是对自己、对历史的不负责任。翻译工作是一项极其个性化的工作。过去，人们只要一本书、一张纸、一支笔加上一部词典，就可以做翻译。如今时代变了，有一台电脑，几乎所有工作都可以完成。然而也正是由于这种非常个性化的特点，使得翻译工作需要特别高的自律性。这些年我们看到的劣质翻译实在是数不胜数。究其原因，一些译者没有对文字、文本的虔敬之心，而是粗制滥造、敷衍了事。劣质作品层出不穷，也就不足为怪了。

一颗坚韧之心，是说文学翻译工作的苦楚，要有坚定信念，持之以恒的人，才能稍许做出些成绩。从事文学翻译的人，都一定有过寒夜枯灯、搜索枯肠、绞尽脑汁却不得要领的经历，但一定又有过灵光乍现、迎刃而解，获得神来之笔时的快感。这就是翻译工作的挑战和乐趣所在，也是它的价值所在。每一部优秀的翻译作品，都应是译者呕心沥血的结晶。然而毋庸否认，如今确有不少人认为，翻译只是转述他人的思想和观点，不具有创造性价值。随着外语教育的普及，进入翻译行业的门槛迅速降低，从事翻译工作的人数不断增加，随之而来的翻译质量下降也是翻译工作得不到充分认可的原因之一。其实，当代中国与世界的交往，仍然面临着两大任务，一是将世界各民族的优秀思想和文化介绍给国人，一是将中国的优秀思想和文化传播给世界。忽视翻译工作，对于这两项任务的完成是十分有害的。作为普通的译者，在这样的大环境下，是坚守还是放弃，只在一念之间。但我相信，最终能在文学翻译这片天地里有所作为的，一定是怀着一颗坚韧之心的人。

翻译是一件让人痛并快乐着的事业，如果有人想把翻译作为自己的志业而不仅仅是养家糊口的职业，那么培育自己的感悟之心、虔敬之心和坚韧之心，大概是获得成功必不可少的。

郑恩波（1939—　　），辽宁盖县人。1964年毕业于北京大学，后留学阿尔巴尼亚和南斯拉夫。中国艺术研究院中、外文学研究员。中国作协、中国译协会员、阿尔巴尼亚作家与艺术家协会唯一外籍荣誉会员以及刘绍棠乡土文学研究会会长等。曾任《人民日报》翻译、记者，并曾在中国社科院从事中、外文学研究。共有各类作品750余万字。主要学术研究著作有：《阿尔巴尼亚文学史》《阿尔巴尼亚当代文学史》《南斯拉夫戏剧史》《南斯拉夫当代文学》《大运河之子刘绍棠》《新时期文艺主潮论》等。主要译著有：《阿果里诗选》、阿果里诗选《母亲阿尔巴尼亚》、《吉卜赛母亲》；长篇小说《重新站起来》、《亡军的将领》和电影《亡军还乡》和《口号》等以及文学创作《来自南斯拉夫的报告》、《刘绍棠全传》和《春华秋实》（郑恩波50年诗文珍藏本）等。

译诗感悟

——从翻译阿果里诗选《母亲阿尔巴尼亚》谈起

七年前就已经译好、定稿的德里特洛·阿果里诗选《母亲阿尔巴尼亚》，近日问世了。这本译诗集是我四十六年用血汗凝成的结晶，在近半个世纪的辛勤劳作中，我深深地体会到，翻译阿尔巴尼亚诗歌，的确是一件十分艰难、需要付出全部精力、只有愚人才肯干并有可能获得成功的事情。

阿果里是阿尔巴尼亚文坛上成就最为卓著、影响最为深广的大诗人、大作家，阿尔巴尼亚文学评论界权威人士称他的文学成果至少能代表阿尔巴尼亚当代文学成就的一半。为了精选、翻译一本足以反映这位诗坛大家半个多世纪诗歌成就的诗集，我反复认真地赏读了他多年来赠送给我的15本诗集，从他的几千首短诗和几十部长诗中仔细筛选出从内容到形式都很有代表性的精品，以求反映阿果里诗歌创作的全貌。

阿尔巴尼亚诗歌具有以叙事抒情的特色，尤其是阿果里那部3000余行的《母亲阿尔巴尼亚》，更是一部风光独具的叙事—抒情长诗。阿尔巴尼亚这个历史悠久的古老国家千百年来的许多重大事件和著名人物的光辉业绩，在这部令人着迷的杰作里，几乎都有绘声绘色的描绘，为了译好阿果里的诗歌，我又重温了阿尔巴尼亚历史、阿尔巴尼亚劳动党历史、英雄人物小传、全部游击队歌曲和各个突击旅的进行曲，因此，在翻译过程中，没有因为不懂历史、传说、典故而闹出笑话，相反，顺畅无阻的笔端，总是自然地迸发出不可遏止的激情。写到此处，我情不自禁地想起几年前读过的一部从英文转译的当代阿尔巴尼亚小说，译者因为不懂阿文，居然把Kanun（法典之意）一词音译成“卡农”。还有，Kulle一词意为“石楼”，译者不懂这个意思，更没见过这种极具民族特色的阿尔巴尼亚民间的农民住宅，便照英文音译成“库勒”，造成又一大笑话，让读者仿佛坠入云里雾里。总之，文学与历史是一对孪生兄弟，要译好一个国家的文学作品，非了解该国的历史以及与此相关的世俗典故、风土人情不可。

在各种形式的文学作品中，诗最难译。我觉得译诗的人理应也是诗人，若不是，至少也应当懂得写诗作歌的要领和章法，正如高莽先生在为《母亲阿尔巴尼亚》所写的序言中说：“文学翻译不易，诗歌翻译尤其难。它要求译者要具备较高的汉语与被译语种的语言文学修养，最好自己是个诗人。如果不是诗人，但起码也要懂得写诗作歌的常识，其中诗歌的音乐感尤为重要。诗歌，诗歌，凡是诗皆能歌。我国的古典诗词是这样，各种地方戏的唱词更是如此，无韵无律的唱词是难以吟咏的，难以引起听者共鸣的。”我国古典诗词，无论是纪元前的诗经，南北朝乐府，还是诗艺鼎盛的唐诗、宋词，都能够吟咏歌唱，至于后来千姿百态、争妍媲美的元杂剧和各种戏曲的唱词，更是无一不能吟唱。要能吟唱，就必须合辙押韵，否则是唱不出口的。诗词、戏曲吟唱的特质，决定了它们具有一种琅琅上口、悦耳动听的音乐性。我自少年时代就喜欢说快板、表演双簧，后来又对诗词产生了浓厚的兴趣。四十六年前在阿尔巴尼亚读书时，带到那里的文学书籍甚少，但床头柜里始终有郭小川的《昆仑行》、贺敬之的《雷锋之歌》、严阵的《竹矛》陪伴着我，慢慢的诗歌的十三道辙韵便钻进我的脑海中。阿尔巴尼亚古典诗歌和绝大多数现代诗歌，也很讲究押韵，读起来铿将悦耳、起伏流畅，犹如唱歌一样。出色地继承并发扬阿尔巴尼亚诗歌优秀传统的阿果里诗作无一首不押韵，于是我便根据他每首诗的内容选择不同的“宽韵”和“窄韵”进行翻译，短诗每首一韵到底，长诗每一节或几节一韵，诗人的成名作，也是代表作之一长诗《德沃利，德沃利》充满圣洁、奔放的恋土爱围的情感，因此，找选用了“人辰”宽韵，而且一韵到底，使全诗从头到尾音调高亢，情绪激昂，具有雄壮豪迈的气势。其他几首长诗，我也都是运用了“江阳”、“中东”、“发花”等宽韵，与这些诗健康向上、积极奋进的基调相吻合。“灰堆”、“一七”、“姑苏”等闭口窄韵有利于表现深沉悲愤的感情，在本诗集中我也力争稳妥、得体地加以运用。例如，为了准确表现诗人在《小马驹》一诗中流露出的哀恸、惋婉的感情，我选用了收音不响亮的“一七韵”，比较恰当地体现了诗人宽厚、善良的人性。

阿尔巴尼亚语是只有七八百万人讲的小语种，尽管它很优美，很形象，讲起来也很好听，但同汉、俄、英等大语种相比，词汇量相对少一些，一词多义的现象相当普遍。例如，最常用的动词“Bej”，在阿语词典上共有三十九个意思，另外还有与它组成的上百个固定词组。再如形容词“(i，e) bardh e”，初学阿语的人，只知道它的一个意思“白色的”，其实它还有十个意思，其中一个是“温和的，幸福的”。二十世纪七十年代中期，北京外文书店里只出售阿尔巴尼亚文学书籍，其中有著名小说家雅科夫佐泽的长篇小说《juga e bardh e》，正确的译法应该是《幸福之风》或《温和的风》。外文书店系统无一个阿语翻译，有位自学了一点阿文的人不知道“(i，e) bardh e”还有“温和的，幸福的”一讲，另外还把“juga”(温和的风，从南方刮来的湿润的风)误认为“jug”(南方)，于是便将这木在阿尔巴尼亚家喻户晓的名著错译成《白色的南方》，不能不说是一大憾事。

阿语中多义词很多，译者必须对此下大功夫。把一个词的多种意思全背下来，很难做到。但是，不想当然地信手定稿，遇到困难之处多翻翻词典，总是可以做到的。青年时代在阿尔巴尼亚读书时，连阿语词典都没有，只能是老师教给你多少，自己记下多少，学得的语言知识局限性很大。近二十年来，情况大为改观，上、下两册比砖头还要厚得多的阿语词典总共约四万一千个词，对我的文学翻译着实帮了大忙，再加上一本稀有词汇词典，更是让我在翻译过程中遇难不惑，喜上眉梢。

一个好的文学翻译，必须时时注意提高对母语和本国文学的修养。我虽然自中学时代起就酷爱文学并常有习作见诸报刊，但毕竟不是中文系毕业，若干年过后，自己的文字表达能力比中学时代的一些文友落后了很多。为了译好外国文学作品，提高语言表达能力，几十年来，我一直关注和跟踪中国文学。前面提到的那些大诗人的精品佳作，孙犁、赵树理、刘绍棠、刘白羽、魏巍、袁鹰等名家的小说和散文，都是我从事写作与翻译的必读书。这些文学大家的经典之作，不仅丰富了我的词汇量，也开导我如何遣词造句。在他们朴素、准确、生动、活泼、形象并富有音乐感的语言影响熏陶下，我对词汇的驾驭、诗韵和声调的把握，有了明显的长进。

“信、达、雅”一直是我从事文学翻译的最高准则，其中“信”这一点是必须做到的。我在翻译中努力做到不漏一个词，也不随意增加一个词，有时因为内容的表达非增加一或两个词不可，但总的内容不许改变。根据韵辙的需要，有的诗行可以上下有所变动；一行诗中的词序，也可以前后有所更改，但整个内容不能有半点儿变异，这是铁的原则。我觉得文学翻译如同体操运动员在平衡木上表演，运动员体态再轻盈、再秀美，表演的动作再干净、再敏捷，但必须是在窄窄的长度有严格限制的平衡木上进行，一不小心掉下来，便会前功尽弃，即使美如天仙，也休想得到满分。文学翻译亦然，译者的文字再华丽、再精彩，但如果脱离了原著，自己不负责任地大段删节人家原有的诗行、段落，或随心所欲地添枝加叶，都只能是赝品，为译界所不取。

“达和雅”是对译文更高的要求，也是我几十年来在翻译工作中孜孜追求的目标。对自己的译文不要匆匆发表，要反复琢磨、推敲自己译出的每个词、每个句子、每一行诗，然后读给有足够文化修养的朋友听一听，得到他们的认可才算合格。学习、欣赏译坛大家曹靖华、戈宝权、草婴、高莽、卞之琳等人的译文，多年来一直是我的必修课。我用心地学习他们用词的雅气、风采和神韵，从而甩掉自己习惯了的僵滞呆板、毫无生气的陈词滥调的羁绊。

一个译者不是什么作品都能译好的，译者要对原著及其作者有较深入的了解和深刻的理解，选择的作品的风格、艺术特色，尽量要与自己的气质、修养相吻合，这样，翻译时，自己的心灵才能与原作的感情互动、共鸣，进而笔下生花，否则便会伸不开手脚，总有一种隔靴搔痒之感。

记得当年在北大俄语系读书时，老系主任曹靖华先生在一次学术讲座中曾很有感触地说，要译好一部书，译者到原著作者所在的国家生活、工作一段时间大有必要；如果亲自到作品所描写的地方翻译，那是再好也不过了。那样，原作中的人物形象、山水景物和风土人情，便会在译者的笔下显得格外真切、生动，给人一种亲临其境的真实感。当时对曹老的话体会不深，后来，在翻译《母亲阿尔巴尼亚》以及其他作品时，我才对曹老的教诲有了较深的体味。有的朋友读了《母亲阿尔巴尼亚》，大动感情地说我的译文字字句句总关情，我想这大概与我多年生活在阿尔巴尼亚，跑遍了她的四面八方，并与勤劳、诚朴的阿尔巴尼亚人民群众以及这个美好的国家的一山一水、一草一木建立了血肉相连的感情很有关系吧。

《母亲阿尔巴尼亚》与我国读者见面两个半月了，我究竟译得如何，望着满天快乐的繁星，我却怎么也睡不着，实在是诚惶诚恐，静候专家、朋友以及广大读者朋友的评判。

郅溥浩（1939— ），四川成都人。1946年毕业于曾就读于北京大学东语系阿拉伯语专业。曾在大马士革大学、开罗大学进修。中国社会科学院外国文学研究所研究员，原东方文学室主任。中国作家协会会员。曾任中国阿拉伯文学研究会副会长。主要专著《神话与现实——〈一千零一夜〉论》、论文集《解读天方文学》、《阿拉伯现当代文学》；合作的专著有：《阿拉伯民间文学》、《中国文学与阿拉伯文学比较研究》、《20世纪外国文学史》和《中国阿拉伯文学交流史》等。主要译著有《阿拉伯文学史》、《梅达格胡同》、《阳光下的人们》、《重返海法》、《不谐和音》、《一百零一夜》、《一对殉情的恋人》以及《小耗子》《十二点的列车》等短篇小说约20余篇。与人合译《努埃曼短篇小说选》、《一千零一夜》、《天方夜谭》多部。主编、参加翻译《一千零一夜》故事集五部以及选编、并参与翻译的《阿拉伯短篇小说选》等。2009年被中国译协授予“资深翻译家”称号。参加编选、翻译的《世界短篇小说精品文库》获国家优秀图书提名奖、中国社会科学院优秀成果奖。

我和阿拉伯文学翻译

阿拉伯民族是一个古老的民族。他同时也是一个具有悠久文明传统的民族。公元五世纪，阿拉伯半岛产生了一组称为“悬诗”的诗歌，被黑格尔称为“抒情而兼叙事的英雄歌集”。它高度成熟的写作技巧，说明在此之前很久，阿拉伯民族就具有高度发达的文明，只是由于沙漠记载手段的落后，没有流传下来。

伊斯兰教产生后，地跨亚非的阿拉伯大帝国建立。它继承古希腊文化和吸收外来文化，经融汇、创新、发展，创造出中世纪辉煌的阿拉伯文明。其中包括文学。历代诗人、作家辈出，诗歌、散文创作取得很高成就。

近现代以来，阿拉伯各国相继独立，建立了大小不同的十余个国家。但对外界来说，它仍是一个同文、同种，具有共同文化传统和宗教信仰的统一体——阿拉伯世界。现当代阿拉伯文学同样丰富多彩，蓬勃发展。尤其是埃及、黎巴嫩、伊拉克、叙利亚等国，更是走在前列。阿拉伯马格里布（阿拉伯西部）诸国如阿尔及利亚、摩洛哥等，其现当代文学也早已崛起。海湾诸国其发展起点也很高，当代文学也取得令人瞩目的成绩。阿拉伯现当代文学，不仅流派纷呈，作家、诗人辈出，而且产生了像具有世界声誉的纪伯伦、诺贝尔文学奖获得者马哈福兹这样的诗人、作家。

阿拉伯国家的近现代史，经历了摆脱奥斯曼帝国的统治，西方殖民统治，数次中东战争，内部和外部政局的动荡。一次世界大战、二次世界大战、埃及七月革命……以及近年的所谓阿拉伯之春，都对阿拉伯文学产生了深刻的影响。诸如反殖反帝内容、农民和土地问题、封建礼教对妇女的束缚和压制、个人、家庭的命运，以及对人生、人类、社会的哲理探索……无不在文学上有所反映。这是阿拉伯文学产生的大背景，也是中国翻译阿拉伯文学应有的前提。

我所从事的工作，使我与阿拉伯文学研究和翻译结下了不解之缘。

作为外国文学研究所，其主要科研任务无疑是文学研究。我一九六九年从外借单位回到社科院时，正值“文革”期间。一九七〇至一九七二年，整个社科院下放到河南息县“五七”干校。从干校回京后，还在陆陆续续搞运动。加之两地分居，闲来无事。当时要搞研究工作是不可能的。于是我萌生了搞翻译的念头。首先想到的就是翻译《阿拉伯文学史》。这事的缘由还要从头说起。一九六二年，我在北大东语系阿拉伯语专业二年级学习时，著名穆斯林学者马坚教授给我们上阿拉伯文学课。用的教材是黎巴嫩著名学者汉纳·法胡里先生的《阿拉伯文学史》。本书译成中文有五十多万字。马坚先生不可能全部讲授，他只是讲授其中的提要。他这样做是对的。阿拉伯文学十分丰富，尤其古代文学，特别是诗歌，绚丽多彩，且深奥难懂，如果把它灌输给二年级的学生，岂非食而不化。马坚先生也说现在先讲浅的，以后再讲深的。我们当时得到了关于阿拉伯文学的初步知识。我一九六四年到叙利亚大马士革大学进修，在书店首先购买的便是这部《阿拉伯文学史》。法胡里先生的这部《阿拉伯文学史》，资料丰富，脉络清晰，对各个时期的文学发展有详细介绍。尤其对古代文学的介绍更是详尽。对阿拉伯近代文学复兴也有充分介绍。二十世纪五十年代初出版后，在阿拉伯国家引起巨大反响，并被译成世界多种文字。我从一九七三年开始翻译，断断续续（因为有时还要参加运动）到一九七六年，基本翻译完成。

其中做了一些删节，译成中文共四十八万字。以后几经曲折，一九九〇年终于在人民文学出版社出版。当时，我国改革开放已迅速发展。一些著名高校的阿拉伯语专业教学已成规模。研究生、博士生的培养早已正常进行。还有一些非外语类高校也开设阿拉伯语。阿拉伯文学是他们必须学习的课程。所以，我译的这部《阿拉伯文学史》一直是授课的重要教材，是研究生、博士生必读的参考书。由于原译本在市场早已阙如，许多学校是用的复印本，二〇〇八年，这部《阿拉伯文学史》在宁夏人民出版社再版。加上了我撰写的阿拉伯现当代文学（八万字）。因为原书出版较早，对阿拉伯现当代文学不可能做充分介绍，我加上这部分，可以给读者提供一个关于阿拉伯现当代文学的概括了解。我深为自豪的是，这部《阿拉伯文学史》对我国的阿拉伯语教学事业、对学习阿拉伯文学的广大学子提供了应有的帮助，对我国外国文学的研究者提供了难得的资料。我还感到骄傲的是，在“文化大革命”中，我还没有完全虚度岁月，做了点有用的事。

纳吉布·马哈福兹是现当代埃及和阿拉伯的著名作家。他一生创作长篇小说、中篇小说、短篇小说集五十余部，被称为“阿拉伯小说之柱，一九八八年获诺贝尔文学奖，是阿拉伯国家唯一获得此奖的作家。我们喜欢阿拉伯文学和翻译的许多人，在马哈福兹获奖前就对他投以极大的关注。在他获奖前，我们就已翻译出版了他的约十部长篇小说及中篇小说。一九八三年，我开始翻译他的长篇小说《梅达格胡同》。这部小说是马哈福兹于一九四七年创作的。它讲二次世界大战期间开罗一条胡同中发生的事。“二战”期间，埃及沦为同盟国军的后方和战备物资供应地。埃及人民处于水深火热之中。梅达格胡同中生活着各式各样的不同人群：有富商、有咖啡店老板、媒婆、理发匠、乞丐、流浪汉、给人做假残者、失业青年、妓女……我读了这部小说后，觉得很有特色，不免把它与老舍先生的《龙须沟》联系起来。两部小说都塑造了形形色色的人物，并表现了他们的不同的甚至是悲惨的命运。梅达格胡同理发师阿巴斯爱上了媒婆之女哈米黛，决心参加英军，想存点钱回来娶她。哈米黛爱好虚荣，经不起诱惑当了妓女，供英美士兵消遣。一次阿巴斯回来，看见此种场景，便前去干涉，不想被英美士兵活活打死。在这条胡同中，各式各样的人，上演着形形色色的生活场景，充分表现了当时埃及人民的艰辛和不幸。诺贝尔文学奖授奖词中还特别提到了《梅达格胡同》这部小说。我译出后，一九八五年在译文出版社出版。当时出版业还未走入低谷，本书印行了三万六千册。

二十世纪三十年代初，冰心翻译了纪伯伦的《先知》后，纪伯伦便为中国读者所熟悉和喜爱。改革开放初期，阿拉伯语界不约而同地把目光投向了纪伯伦，翻译了他的许多作品。后来更出版了他的四个全译本。我翻译纪伯伦的东西不多，只在人民文学出版社的《纪伯伦全集》中，译过他的十几篇书信。这里要说的是，在关注纪伯伦的同时，大家也关注纪伯伦等人创建的阿拉伯海外侨民文学团体“笔社”，及另一位“笔社”的重要创建者和成员、纪伯伦的挚友米哈依尔·努埃曼。他一生创作甚丰，从数量上超过了纪伯伦。不仅有短篇小说、中篇小说，还有诗歌、戏剧，以及各种题材的作品，如记叙文、文学批评、传记等等。国内已出版过他的《纪伯伦评传》、中篇小说《相会》及长篇记叙著作《七十述怀》等。一九七八年，北京大学仲跻昆老师、上海外国语学院朱威烈老师二人要去埃及开罗大学进修。在北京相聚时，我们三人商量应联合搞点翻译什么的。可能当时仲老师对努埃曼的短篇小说已经有了兴趣和了解，便提出翻译努埃曼的短篇小说。我们表示同意。朱威烈是我北大同班同学，仲跻昆是北大阿拉伯语系老师，教授过我们。三人约定，各译各的。由于他们二人要出国，收集稿子、联系出版社由我负责。后来大家都译好了，他们二人托人交给了我。我已联系好由人民文学出版社所属的外国文学出版社出版。《努埃曼短篇小说选》于一九八一年出版。总共只有十一万多字，薄薄的一本。由于沟通上的问题，其中的《不育者》、《又一年》两篇我和朱威烈都译了，由我综合了一下，署上了二人的名字。这事在朱威烈最近出版的《我的译事》中曾经提及。这部小说选虽然规模不大，但让读者了解了阿拉伯侨民文学的更多的情况。二十世纪二十、三十年代，阿拉伯文学有两个流派，一是埃及的所谓“现代派”，也就是浪漫主义加上现实主义的新成分，陶·哈基姆、马·台木尔等在一段时期中也属于这个派别；二就是阿拉伯海外侨民文学。当时，短篇小说在阿拉伯国家还被认为是舶来品，不受欢迎。把短篇小说变成地道的阿拉伯产品，有赖于早期的有才能的阿拉伯小说创作者，即所谓阿拉伯小说奠基人。在埃及有穆·台木尔（马·台木尔的兄长），在黎巴嫩就是努埃曼。纪伯伦早期也写了不少小说，但其小说抒情性较强，情节和描写略输一筹。从小说的诸要素看，他不及努埃曼。像努埃曼的《不育者》这样的作品，至今还拥有读者。

在我翻译的作品中，有三个中篇小说值得一提。它们是：巴勒斯坦作家格桑·卡纳法尼的《阳光下的人们》、《重返海法》，埃及作家苏莱曼·法亚德的《不谐和音》。每篇约四万字。卡纳法尼是巴勒斯坦抵抗运动的领导人之一，曾到中国学习过，受到陈毅副总理的接见。一九六二年创作的《阳光下的人们》，通过不同年纪的三个巴勒斯坦人，为了谋求生活，不得不偷越国境到所谓“黄金之国”科威特去寻求出路。他们藏在一辆空的运水车闷罐内，顶着烈日一路前行。有时可以出来透透气。在经过伊—科边境检查站时，由于延误时间过长，三人都闷死在罐内。司机晚上将他们埋葬。作者借司机之口喊道：“你们为什么不敲打铁罐壁？为什么不喊？为什么！？为什么！？”评论家们一致认为，这是对冲破死闷现实的呐喊，是对革命的某种呼唤！小说发表后震动了阿拉伯文学界！一九六五年，巴勒斯坦终于打响了武装斗争的第一枪。我在读这篇小说时，深受感动。不久就将它翻译出来。当时，我所俄国文学专家钱善行正帮助《春风》杂志社组稿。我就将《阳光下的人们》交给他。一九八一年《春风译丛》第二期连同其他外国文学作品一起刊登出来，并配有插图。《重返海法》译稿发表在一九八三年二月安徽人民出版社出版的《外国中篇小说集》第六期《挤奶女的罗曼史》中。当时也是我所法国文学专家郑克鲁帮他们组稿，我就交给了他。小说描写一九四八年以巴战争时，一对逃亡的巴勒斯坦夫妇来不及带走出生不久的婴儿。他们的房子被一对犹太夫妇占有，婴儿也被这对不育的夫妇收养。二十年后，以色列开放边界，允许巴勒斯坦人回去观光访问。这对巴勒斯坦夫妇回到海法他们的故居，发现自己的亲生儿子已经被培养成一个典型的犹太复国主义者，并对巴勒斯坦人十分蔑视，尽管他知道了这对巴勒斯坦人不是他的亲生父母，立场也没有丝毫变化。这对巴勒斯坦夫妇失望之余，明白了什么是真正的祖国，它不是数十年来魂牵梦绕的记忆中的那个巴勒斯坦，而是要用武装斗争夺回的那个巴勒斯坦。卡纳法尼还写有许多小说，还写过一本《巴勒斯坦抵抗文学》。一九七二年，他在贝鲁特街头乘车时被犹太极端分子暗杀身亡。

要提一下的是，当时这两篇巴勒斯坦小说交上去的时候，无论是《春风译丛》杂志，还是安徽人民出版社，都曾不愿出，要把其撤下来。编辑们重视的是西方欧美日文学，对东方文学总的比较轻视，尤其像巴勒斯坦文学，他们可能从未听说过。但钱善行、郑克鲁都坚持要出。最后终于刊登。但后来《挤奶女的罗曼史》再版时撤去了《重返海法》。不管怎么说，我还是要感谢他们，感谢钱善行、郑克鲁，没有他们，这两篇作品还不知何时可以与中国读者见面。卡纳法尼的作品，不仅当时苏联、东欧国家译过，法国、日本、越南也都译过。《阳光下的人们》在中国网上也有一些读者关注过。

埃及作家法亚德·苏莱曼的《不谐和音》是一部反映东西方文明冲突的优秀作品。它描写埃及一个偏僻落后村庄中发生的事。多年前从这个村庄出走的少年、如今已是法国富翁的哈米德要带着他的法国妻子西蒙回来探亲。哈米德夫妇回来后，给亲戚朋友金钱援助，反而引起了怀疑、嫉妒。西蒙帮助村民治疗红眼病，她暴露的衣着引起村中老妇人们的不满。西方文明和东方保守传统冲突日益尖锐。一次，老妇人们趁哈米德去罗之机，强行给西蒙施以割礼。由于卫生条件差，西蒙失血过多死去。小说以震撼人心的悲剧，表现了东西方的文明冲突。在东西方交往中，如果西方一味给予所谓赐予、施舍是行不通的，但如果东方始终坚持传统、守旧，那也会造成不应有的冲突。一九八八年我在开罗大学进修时，在著名的作家们经常聚会的“羽毛咖啡馆”见过作者法亚德，是他将《不谐和音》赠给我。法亚德是马哈福兹之后，埃及“六十年代”作家群之前的埃及承先启后的作家之一。他还写有其他许多作品。我译出这篇作品后，发表在我编选的《阿拉伯短篇小说选》中。

我还译有一部阿拉伯马格里布民间神话故事集《一百零一夜》（大众文艺出版社，2001年）。这部故事集类似《一千零一夜》，但比其规模小，约二十万字。其中有的故事与《一千零一夜》故事大体相同。专家们认为，它比《一千零一夜》产生的时间还要早些。除了爱情故事、冒险故事、历史故事外，还有一些与沙漠环境有关的骑士故事，说明它是马格里布地区的产物，而在《一千零一夜》中游牧阿拉伯人早已退出历史舞台，没有什么骑士的故事。《一百零一夜》的艺术特色与《夜》也类似，现实主义与浪漫主义结合，故事套故事，诗文并茂等。有的故事非常精彩，如表现海上冒险的《樟脑岛的故事》，有佛教色彩的《商人和异乡人的故事》（其中有口中吐瓶，瓶中出女郎等情节）。有的故事与中国有联系。这部作品十分值得研究。

社科院外国文学研究所是个多语种的研究单位。在英、美、法、俄、日及东方文学研究、翻译方面有着一定的优势。由于工作单位的方便，前来向我约稿的出版社比较多。记得“文革”刚结束，一九七八年，上海文艺出版社就来约稿，组织一部短篇小说选（三卷），我将译好的埃及作家台木尔的短篇小说《小耗子》给他们。他们看了当时就说很感人。它描写一个七岁的孤女在所谓舅妈家干活，遭受凌辱，被人称为“小耗子”。她在门后栖息地与一只真正的小耗子交上了朋友，经常在一起絮谈，窃窃私语，还拿东西喂它。这是小姑娘最快乐的时刻。不想小耗子被老太婆捉住了，身上点着汽油。小姑娘心里也像着火一样。她打开房门让小耗子进去，老太婆跟了进去想捉住小耗子，以免引起火灾。这时小姑娘也进去，不想门被撞锁住了。一会儿房子燃起大火，啪啪声响彻天宇！后来小说出版刊登了。由于“文革”后曾是一片荒芜的外国文学园地还刚刚开始复苏耕耘，人们对外国文学作品的阅读甚是渴求。《外国短篇小说选》出版后，还是产生了很大影响。没想到我的这篇《小耗子》也迅速传播开来。许多外国短篇小说选之类的集子，都收有它。有的外国小说名篇赏析也将其列入。先是黑龙江人民广播电台播送了它，并在《中国广播电视报》上刊出节目预告，后来北京人民广播电台也播送。它还被画成连环画在《连环画报》、《儿童画报》上刊登。

还有一篇《十二点的列车》，也产生了意想不到的结果。二十世纪八十年代，我所袁可嘉、董衡巽、吕同六他们组织翻译外国现代派小说。我把我译的埃及作家舒尔巴吉的小说《十二点的列车》、叙利亚作家泰米尔的《饥饿》交给他们。后来在《外国现代派小说选》（三卷）上刊出。我的两篇列在“荒诞派小说”名下。《饥饿》后来被四川文艺出版社的《美文》一书转载。过了多年，我在网上看到，二〇一一年清华等五校联合全国自主高考试题中，关于现代文阅读试题，是用的我这篇《十二点的列车》。这篇小说是用荒诞手法写的。它描写两个逃避现实的青年男女，在火车上相遇，由不相识到产生好感到产生感情。二人相约到一个遥远的地方去共同耕作，自食其力，避开城市的喧嚣和污秽。列车在行驰。每到一站，检票员都要叫一两个人下车，尽管他们的票还没有到站。如不下车，就让警察将他扔下去。每到一站，人们都感到惊恐。又到站了。这次检票员来到姑娘面前，让她下车。虽然她的票还没有到站，虽经二人苦苦要求，检票员还是让她下车，不然就叫警察。姑娘只好下车。青年继续前行。刹那间，他的头发全白了，满脸全是皱纹。他喃喃自语：我的票是到终点站的，我还要继续往前走！这就像一趟人的命运之车。人在行进途中随时都可能被甩下去。检票员和他身后的警察，代表着国家机器，他们掌握着人的命运，要你怎样就怎样，稍作反抗，就会被无情抛出生命之局。这篇小说曾被转载过多次，如一九九三年北京师范大学出版的《当代外国新潮小说分类精选书系》、二〇〇六年北京燕山出版社的《外国现代派作品选》，它还被“称为最适合高中生阅读的二十篇小说”。一九九四年的一个夜晚，由叶沙主持的“上海心语·零点阅读”播送了这篇小说。网友们也有评议，有的还列出最佳答案。

我还在《世界文学》先后发表过短篇小说，如巴勒斯坦小说《他还是孩子的时候》《禁止吸烟》，阿联酋作协主席哈米德·艾哈迈德的《打场工》《在白天的边上》等。我所《世界文学》编辑出版东方小说集，如《埃及短篇小说选》《亚非拉短篇小说选》《血谷》（阿拉伯马格里布小说选），我都为其译过一些短篇，如《忧伤的土地》《沐浴女》等。在《外国文学》上发表过《第三个孩子》。一九九六年，柳鸣九主编《世界短篇小说精品文库》，其中《阿拉伯卷》由我选编。其中选了十六个阿拉伯国家八十二篇小说，有旧译的，但新译的也占相当比例。这其中也有我新译的《夜妓》、《信》、《不谐和音》等。我还为重庆出版社出版的《世界反法西斯文学书系》译过小说《一位德国太太》和伊拉克著名诗人贾瓦希里的长诗《斯大林格勒》。

也是由于单位工作之便，我牵头翻译的《一千零一夜》、《天方夜谭》译本也不少，可以说相当多。《一千零一夜》从二十世纪初就开始翻译到中国。当时主要是从英文、日文等译出，后来又由俄文译出。我国回族译者纳训先生新中国成立前就开始从阿拉伯语翻译《一千零一夜》。二十世纪五十年代，纳训译的《一千零一夜》三卷本是我国最流行的译本，后来又是他的六卷译本（基本上是全译本）。改革开放后，出版业蓬勃发展，许多懂得阿拉伯语的学者，纷纷从阿拉伯语翻译《一千零一夜》。仅全译本就有好几个。但全译本规模太大，很难普及，倒是选译本的需求量更大。先是漓江出版社前来约稿。我当时因还要忙着写论文，不能独自一人承担数十万字的译文，便找了几位同仁一起译，由我选编和校审。一九九八年出版，这部《天方夜谭》，共八十万字，并附有数十幅插图（主要选自英、法、德译本的，十分精美）。这部书规模较大，后来漓江又减至六十万字左右，重新出版过一次。后来以郅溥浩等译字样的《一千零一夜》，或《天方夜谭》选译本，陆续出版，至少有十余种。比较重要的出版社有：译林出版社、北京燕山出版社、中国书籍出版社、光明日报出版社、三秦出版社、辽宁少儿出版社、中国画报出版社、河南文艺出版社（2013年出版）等。燕山出版社还将译本转台湾远流出版社在台湾出版。我写的前言还被摘要刊登在台湾一家报纸的“文学副刊”上。我的专著《神话与现实——〈一千零一夜〉论》系在中国社科文献出版社出版。我还为他们做了一套《一千零一夜》故事系列（译本），共五卷。我译的是《一对殉情的恋人》（爱情故事）。其他四人译的分别是《辛巴德航海记》（冒险故事）、《渔夫和魔鬼》（神魔故事）、《睡着的人和醒着的人》（机智故事）、《狐狸与乌鸦》（寓言故事）。要提一下的是，《一千零一夜》深受读者喜爱，我们的译本出版后，盗版层出不穷，至少有十余种，有的还是正规的出版社。为此我们还请了律师为我们讨回公道。

这些年来，阿拉伯国家懂得汉语的人越来越多。因此，中国文学（现当代和古代）被译成阿拉伯语的也不在少数。对中国文学的研究也有开展，但与中国对阿拉伯文学的翻译和研究相比还不可同日而语。中国是一个社会主义大国，它与阿拉伯都具有悠久文明传统，彼此间各方面的交往根深叶茂，源远流长。我们有责任，也有必要更多更好地介绍阿拉伯古代和现当代文化、文学，加深加强双方的交往。吸取不同国度、不同民族的优秀文化遗产，也是我国社会主义精神文明建设的需要。

自己多年从事阿拉伯文学翻译工作，也有一个从不熟练到相对熟练，从不成熟到相对成熟的过程。我的阿拉伯文学翻译只是我国阿拉伯文学翻译中很小的一部分，全国从事这方面工作的人数量并不算少。尽管如此，我对阿拉伯文学，乃至东方文学的翻译也有一些体会和看法。新中国成立以后，特别是改革开放后，东方文学，包括阿拉伯文学的翻译——各类小说、诗歌、戏剧、民间文学、散文、评论……数量相当之多。对东方（包括阿拉伯）古代和现当代文学作品的翻译，我认为至少应有三个主要目的：1. 这些东方民族文学作品（以其是古代东方民族的文学作品）是人类优秀的文化遗产，我们把它翻译介绍过来，是为了了解和认识它的真正价值，如印度的《摩珂婆罗多》、阿拉伯的《一千零一夜》、日本的《源氏物语》、波斯的《列王记》等，2. 通过这些作品的翻译，我们能把握其产生的社会背景和环境，从而为开展对这些作品的研究（包括比较文学的研究）提供第一手材料；3. 使读者在阅读这些作品时得到美的欣赏和享受。这就要求做到：1. 尽量从原文直接翻译，2. 尽量达到"信、达、雅"的标准。很明显，上述目的的前二者要求做到"信"和"达"，后者则要求尽量做到"雅"。关于"信""达"，亦即翻译的忠实度问题，这里可举郭沫若翻译的波斯诗人俄默·赫雅姆的《鲁拜集》。这是一个从英文转译的极不忠实的译本。当时就有人指出。试想，如果以此译本去研究作者、作品，会出现什么样的结果呢？纳训先生毕生从事《一千零一夜》翻译，功不可没。但其译文在"信""达"方面尚好，在"雅"方面则稍嫌不足，这影响了对《一千零一夜》这部作品的欣赏性。另，对这部民间作品中的有关色情描写删除得干干净净。实际上是可以作某些文字和技术上的处理，这涉及翻译作品中的删节问题。又如某出版社在出版苏丹著名作家塔依布·萨利哈的小说《移居北方的时期》（出版社改名《风流赛义德》），将其中表现苏丹留英学生赛义德与英国女人的关系，及苏丹农村女性问题的描写大段删除，很不得要领，削弱了作品对社会弊端和东西方文明冲突的揭示作用。我认为，在翻译中，除了一些非常不适合的地方和繁琐之处外，一般是不能随意删除的。

阿拉伯是个诗歌的民族，无论古代还是现当代，都产生了许多优秀的诗歌。阿语界人士也翻译了一些阿拉伯诗歌，但水平良莠不齐。阿拉伯古代诗歌有严格的节律和韵律，每行诗分上下句，下句结尾字母为韵韵，一韵到底（一些特殊诗体、自由诗体除外）。如果一首长诗（有的诗歌长数百行）译成中文一韵到底，则读起来较呆板，不够生动，显然是不行的。我认为基本可采用两种方式翻译：一，以二行或四行或更多为一单位，造成中国四行诗或八行诗体式，如更多行则不受此限制，隔行押韵，以后再重组、变韵。二，译成自由体，韵尾可随意变化，或者还有其他形式。有些人在译阿拉伯古诗时太局限于译成中国的五言诗格式，未免呆板。

我们都面临一个从整体提高翻译水平的问题，这就要求加强艺术修养。就像一些老专家所说，这些修养或曰“学”、“思”、“得”，或曰“杂学”，或曰“鉴赏力”，或曰“训练”（即技巧），或曰“实践”……目的是造就出真正的翻译人才。

这里还要说一下中世纪的阿拉伯翻译运动。人类文明史上有两大翻译运动，一是佛经翻译运动，二是中世纪阿拉伯翻译运动。中世纪阿拉伯翻译运动始于公元八世纪中叶，一百年间是其鼎盛时期，以后断断续续又延续了约一百年。近东、西亚地区曾被希腊、罗马征服。希腊、罗马文化曾在这些地区广为传播。阿拉伯人统治这些地区后，出于帝国的各方面需要，组织大批翻译家(帝国境内不同民族的懂阿拉伯语的人)，主要将遗留下来的希腊文化，最大限度地译成阿拉伯文。先后翻译各种希腊书籍有数百种之多。苏格拉底、柏拉图、欧几里得、亚里士多德、托勒密、希波克拉底的书籍都囊括无遗。不仅医学、物理、化学、天文，而且哲学、逻辑、数学、历史、地理、音乐等学科应有尽有。这场由哈里发（君王）们发起的翻译运动，其产生的累累硕果，经阿拉伯人吸收、融合、创新，在各个学科领域都取得巨大成就。它不仅创造了中世纪阿拉伯辉煌的文明，而且对世界文明，尤其是欧洲文艺复兴做出了巨大贡献。它在世界文明的传播中起到了承先启后的作用。今天，我们从这场翻译运动中，能得到什么样的启示呢？一、它的选择性。阿拉伯伊斯兰帝国建立后，继续向外扩张。行省的建立、经济的发展、税务的收缴、每日的祈祷、开斋封斋、航海贸易、农业耕种、统治者和民众的健康、各种疾病的医治，加上后来教义学、诠注学、各教派之间的论辩，以及伊斯兰哲学本身的发展……这些，都离不开上面的各类科学。这样的选择是必需的，虽然选择的面相当广；二、它的排他性。虽然翻译介绍了许多希腊作品，但却没有翻译、介绍希腊神话，荷马史诗《伊利亚特》、《奥德赛》，没有翻译、介绍希腊戏剧，以及《伊索寓言》。原因有二：一是宗教方面的。伊斯兰信仰真主一神，这与希腊文学作品中的多神是相抵触的。不仅翻译家不会去翻，而且民众也不会接受；二、是文学本身方面的。伊斯兰教产生前，阿拉伯诗歌即很繁荣，且取得很高成就。伊斯兰教产生后至中世纪，由于社会生活变化、哲学和理性精神加强，阿拉伯诗歌领域扩大，各类诗歌更是林林总总，其成就更加辉煌。这样，阿拉伯人对自己的文学传统很是自豪。他们从波斯、印度吸取了一些故事类文学，这主要是在民间，或波斯族的阿拉伯人，如《一千零一夜》、伊本·穆格法之《卡里莱和笛木乃》。但他们对希腊文学总的是排斥的，这种排斥使他们缺少了借鉴。古代阿拉伯文学中没有史诗式作品，压根没有戏剧。如果他们像介绍希腊自然科学和其他人文科学那样也介绍希腊文学，那么古代阿拉伯文学是否会发展得更好，取得更大的成绩呢！我们在翻译时，应该有选择性，但又不能有狭隘的排他性。首先是“拿来主义”，然后去粗取精，去伪存真。这也许就是中世纪阿拉伯翻译运动给我们的一点启示。

回顾起来，我在从事阿拉伯文学研究的同时，翻译了一些阿拉伯文学作品。不论是出于个人爱好，还是应约而为，总体上还是为阿拉伯文学在中国的传播做出了一点努力。庆幸的是，当时我的一大批阿拉伯语界同仁，也为阿拉伯文学的翻译作出了很多贡献。他们翻译了数以百计的阿拉伯文学作品——小说、诗歌、戏剧、民间文学、评论集、散文集、故事集……还有数部《一千零一夜》全集、《纪伯伦全集》、《马哈福兹三部曲》以及《安塔拉传奇》(全集)。这不仅为我国的外国文学翻译园地增添了亮丽的色彩，而且使我国读者更多地了解了作为世界文学重要组成部分的阿拉伯文学。阿拉伯文学在中国的影响，已为越来越多的事实所证明。我深为自己所从事的阿拉伯文学翻译、研究工作而感到光荣。

当前由于种种原因，如队伍的形成、巩固，关注和重视程度，出版方面等等，无论翻译、研究，都面临一些困难。但阿拉伯文学翻译、研究这个阵地必须坚持下来，而且应该做得更好。

仲跻昆（1938— ），辽宁大连人。1961年毕业于北京大学东语系。1978—1980年于开罗大学文学院进修。北京大学外国语学院教授、博士生导师。中国外国文学学会理事、阿拉伯文学研究会名誉会长；中国作协会员；阿拉伯作协名誉会员。曾任中阿（拉伯）友协文化委员会副主任；中国译协文艺委员会副主任。2005年获埃及高教部表彰奖；2011年获阿联酋“谢赫·扎伊德国际图书奖之年度文化人物奖”；沙特阿拉伯“阿卜杜拉国王国际翻译奖之荣誉奖”；北京大学卡布斯苏丹阿拉伯研究讲席项目学术贡献奖；中阿（拉伯）友协的中阿友谊贡献奖；2012年获北京大学老有所为奖。著有《阿拉伯现代文学史》、《阿拉伯文学通史》（分别于2006年、2013年获第四、五届中国高校人文社会科学研究优秀成果奖一、二等奖）等。译有《阿拉伯古代诗选》《一千零一夜》《泪与笑》《米拉玛尔公寓》《纪伯伦散文诗选》等。

译路坎坷通天方

自一九五六年上大学起，我便与阿拉伯语言、文学从“一见钟情”，继而“以身相许”，至今仍“卿卿我我”“难舍难分”，算起来已有半个多世纪了。若论“译史”，从一九六一年毕业那年在《世界文学》上发表我的处女译作——叙利亚女作家乌勒法·伊德丽碧的短篇小说《最亲爱的人死了》算起，至今也有半个多世纪了。其间，虽零零星星、鸡零狗碎地翻译过一些阿拉伯古今的诗歌、散文、小说，还被封了个“资深翻译家”，但我还是有自知之明的，其实也不过是刚入门，远不到“家”。不过，“愚者千虑，必有一得”。我这个人大概正因为愚，学东西，译东西，总要虑来虑去，其虑远不止千，故而一得之见还是有的。

我常常为阿拉伯文学在中国的境况、地位感到不安、不平：长期以来，受“西方—欧洲中心论”的影响，人们提起世界文学、外国文学，似乎指的就是西方文学；许多冠以“世界”“外国”的文学工具书、文学史或作品集中，东方文学不是只字不提，就是只是点缀；书店里琳琅满目的也大都是欧美、西方文学作品。东方文学在我们这个东方大国没有得到应有的重视，对东方文学的译介远不及对西方文学的译介。而在东方文学中，对阿拉伯文学的译介又远不及对日本、印度文学的译介。

其实，读过阿拉伯历史或是阿拉伯文学史的人都知道，当年，中古时期，特别是地跨亚非欧三大洲的阿拉伯大帝国阿拔斯王朝初期的文化、文学是何等风光，何等辉煌！它可与我国当年盛唐时期的文化、文学媲美。阿拉伯文化、文学源远流长。它承前启后：上承古埃及文明、两河流域文明、迦南—腓尼基文明，下启欧洲文艺复兴。它融贯东西：融印度文化、波斯文化、希腊—罗马文化及其本身的阿拉伯—伊斯兰文化于一炉，通过丝绸之路、香料之路，东接中国；通过西西里岛、安达卢西亚，西达欧洲。那时的阿拉伯语颇似今日的英语，是国际交流的通用语；求贤问业的学子也往往负笈云集于巴格达等地。中古时期的阿拉伯文化、文学曾让西方的东方学者们为之倾倒、赞叹不已。近现代的阿拉伯文学在传承经典、借鉴西方的基础上，渐与世界文学潮流同步发展。一些诗坛巨匠、文坛巨擘，在我看来，并不比西方的一些著名诗人、作家逊色。但长期以来，阿拉伯文学在我国的翻译、介绍，无论在数量上，还是在质量上，却都远不够理想。

从阿拉伯文直接译成中文的工作虽早在十九世纪就已开始，但那时只是有些回民学者出自宗教的目的翻译了《古兰经》部分章节和蒲绥里的《天方诗经》等。一九四九年中华人民共和国建国前，绝大多数的中国读者对阿拉伯文学的了解仅限于《一千零一夜》(《天方夜谭》) 的片段故事，那还多是部分学者自二十世纪初从英文或日文译本转译过来的。茅盾先生于一九二三年从英文译的纪伯伦的几篇散文诗，冰心先生于一九三二年译的纪伯伦的《先知》(原著为英文)，是我国对阿拉伯现代文学最早的译介。郑振铎（西谛）先生多半是据英国学者约翰·德林克沃特（John Drinkwater，1882—1937）的《文学纲要》编译而成的《文学大纲》(商务印书馆，1927 年)，全书上下两册，共约二千二百页，对阿拉伯文学的介绍只占二十五页，算是当时我国对阿拉伯文学最全面、系统地介绍了。

新中国成立后，特别是二十世纪五十年代末、六十年代初，阿拉伯各国人民的反帝国主义、反殖民主义的民族解放运动风起云涌，如火如荼。为了配合当时中东政治形势的发展，为了表示对兄弟的阿拉伯人民正义斗争的支持，当时在我国出现了介绍阿拉伯文学的第一次高潮，翻译出版了诸如《埃及短篇小说集》《黎巴嫩短篇小说集》《阿拉伯人民的呼声》《约旦和平战士诗歌选》《流亡诗集》等阿拉伯文学作品。但这些译作多半是从俄文转译的，直接从阿拉伯文译成中文的则是凤毛麟角。

还有一点要说的是，当年做教师的搞翻译似乎被认为是“不务正业”，是“追名逐利，搞个人名山事业，妄图走‘白专道路’成名成家的个人主义行为”。每逢政治运动一来，必定要受敲打，要深刻检讨，把自己臭骂一番才行。所以，我自一九六一年毕业留校任教后，直至“文革”，没怎么敢去自找麻烦，自讨苦吃。

一九六六年至一九七六年历时十年的“文化大革命”，实际上是“大革文化命”的浩劫。整个外国文学的译介都处于停滞状态，阿拉伯文学焉能例外。

“文革”后，长时间的文化封锁、禁锢使读者对文化、文学的需求如饥似渴，对外国（当然包括阿拉伯世界）文学的译著尤甚。因而，二十世纪八十年代初开始的改革开放带来了阿拉伯文学译介在我国的新兴。

为了打破“西方—欧洲中心论”，自二十世纪八十年代初开始，在我国的高等院校，特别是师范院校的中文系开设了“东方文学史”课，一九八三年还成立了“东方文学研究会”。众所周知，阿拉伯文学是东方文学的重要组成部分，“东方文学史”课的开设，引起教的人和学的人对阿拉伯文学的浓厚兴趣，无疑，这在一定程度上也促进了我国对阿拉伯文学的译介。

为了扩大学生的知识面，培养学生对阿拉伯文学的审美情趣，提高毕业生的质量，自二十世纪八十年代开始，我们北京大学及一些设有阿拉伯语专业的兄弟院校都相继开设了“阿拉伯文学史”和各种有关阿拉伯文学的课程，随后又肩负起培养阿拉伯文学专业研究生的任务。我正是在二十世纪八十年代初，从开罗大学进修回国后，开始由教阿拉伯语言课转为教阿拉伯文学的。一九八七年中国外国文学学会阿拉伯文学研究会成立后，我被推选为主要负责人之一，并任阿拉伯文学研究生的导师。

据我所知，相对而言，西方和苏俄对阿拉伯古今文学作品的翻译、出版都相当重视与关注。而如前所述，由于种种原因，阿拉伯文学在我国的翻译、介绍，无论在数量上，还是在质量上，都远不够理想。这大概也是一个应当承认的事实。

面对这一事实，处于我这样一个地位，作为我这样一个角色，我和我的搞阿拉伯语言、文学、翻译的同行们不能不有一种责任感：保质保量地把阿拉伯文学、文化介绍给广大的中国读者，应是我们义不容辞、责无旁贷的事。为此，我们应当有点儿“衣带渐宽终不悔，为伊消得人憔悴”的精神，有点儿苦行僧的精神。这件事做不好，我们将愧对中国人民，也愧对阿拉伯人民。因为我们是媒介，负有为中阿文化、文学牵线搭桥的责任。

我常想起古代楚国那个为献玉璞被人讥笑，又被砍去双脚的卞和。他的悲剧主要在于所献的是璞，未经雕琢，难免被人误认为是石头。后经雕琢，成了璧，不就价值连城，为那个蔺相如成为英雄创造了条件吗？在我看来，阿拉伯文学也不啻是世界文学宝库中的一块瑰宝，我们要想方设法把这块璞雕琢成璧，献给中国人民。我认为，这种雕琢过程就是翻译。

歌德说过：“翻译家好比是热心热肠的媒婆，他们极口称赞那个半遮半掩的美人，赞赏她的姿色，以便引起人们对原著的不可抑止的思慕。”

这句话说得太对了。其实我早就想做一个热心热肠的媒人，将自己眼中最美心中最爱的两种文学竭力撮合，联姻成亲；竭尽全力，把璞雕琢成璧。

我最初是或独自或与同仁合作，译了一些小说，如黎巴嫩的《努埃曼短篇小说选》、沙特阿拉伯赛义德·萨拉赫的《沙漠——我的天堂》、埃及库杜斯的《难中英杰》、《库杜斯短篇小说选》、纳吉布·马哈福兹的《米拉玛尔公寓》、《埃及现代短篇小说选》等；还译了纪伯伦的《泪与笑》、《大地的神祇》等散文和《一千零一夜》的一些故事。

但阿拉伯是一个诗歌的民族。诗歌被认为是阿拉伯人的史册与文献。它像一面镜子，真实而生动地反映了阿拉伯民族的历史与社会现实。诗歌始终是阿拉伯文学的骄子：佳作珠联，美不胜收；诗人辈出，灿若星汉。在中世纪的世界，如同只有中华民族的文化可与阿拉伯—伊斯兰文化相媲美一样，也只有中国的诗歌可与阿拉伯诗歌相媲美：两个民族的文学都以诗歌为主体；诗歌又基本上是抒情诗，都讲究严谨的格律、韵脚；诗歌的内容、题旨也很近似。当年阿拉伯诗歌在阿拉伯文学史上的地位及其对周边国家、地区以及对西欧的影响，与唐诗、宋词在中国文学史上的地位及其对周边国家、地区（如日本、朝鲜、越南等）的影响极为相似。

我先是参与季羡林先生主编的《东方文学史》工作，负责撰写阿拉伯文学史部分，后又先后独自编撰《阿拉伯现代文学史》与《阿拉伯文学通史》。这就免不了要介绍阿拉伯的诗人、诗歌，如同写中国文学史免不了要介绍诗经、楚辞、汉乐府、唐诗、宋词、元曲……直至现当代的自由体的新诗；要介绍屈原、李白、杜甫、白居易、苏轼、陆游、辛弃疾……直至徐志摩、郭沫若、闻一多、艾青……一样。可是设想一下，如果只是笼统地、抽象地说那些诗人、那些诗歌是如何如何好，却毫不引述人家的作品作例证，或是将引述人家的原诗译得一塌糊涂，那岂不成了忽悠读者而难以自圆其说。

译事难，译诗尤难，犹如戴着枷锁跳舞。阿拉伯语与汉语是世人公认的两种最难学的语言，故而，如果我说翻译阿拉伯诗是难上加难，这大概不能算是危言耸听，过甚其词。诗究竟是可译还是不可译，是译界历来有争议的问题。无疑，我认为大部分诗还是可译的，只是觉得不好译，译不好。但如前所述，对于我来说，这却是推脱不了的事。我只能硬着头皮去译，且要本着自己在翻译时的一贯主张——“既要对得起作者，也要对得起读者”，即译出的诗句既要基本忠实原意，中国读者读起来还要像诗，有诗的味道。

诗歌讲究三美：意美、音美、形美，古体诗尤甚，中阿诗歌皆然。译出的诗歌既然想要让中国读者读起来也像诗，那就得也按这个标准去努力，去衡量。据此，我译出了《阿拉伯古代诗选》，选译了阿拉伯古代一百三十多位诗人的四百余首诗。此外，还在上述的《东方文学史》《阿拉伯现代文学史》《阿拉伯文学通史》中译出不少引述的诗。自信，我在翻译过程中还是下了一番功夫的，因此结果也颇令我感到安慰。

如译艾布·努瓦斯（762—813）玩世不恭的咏酒诗：“酒袋摆一边，/经书共一起。/美酒饮三杯，/经文读几句。/读经是善举，/饮酒是劣迹。/真主若宽恕，/好坏两相抵。”“玻璃薄薄酒清湛，/两者相似难分辨。/好似有酒没有杯，/又似无酒在杯盏”；译艾布·阿塔希叶（748—825）的劝世诗：“安在角落里，/乐把大饼啃；/一罐清凉水，/权当琼浆饮。/陋室虽狭窄，/幽然独栖身；/世外小寺院，/正好避世人。/依柱坐下来，/潜心做学问；/往事须反思，/亦可引为训。/胜似宫院中，/奢靡度光阴；/死后受惩罚，/身遭烈火焚。/此为我叮嘱，/谆谆且殷殷；/谁若遵奉此，/幸福享不尽。/劝君听良言，/悯世乃我心。”“人生在世皆会亡，/不分市井与君王。/纵然富有亦无益，/即使贫穷又何妨？”又如译伊本·鲁米（836—896）描述一个清晨炸馓子老人的诗：“他坐那里颇疲惫，/不忍看他太劳累。/他炸馓子晨光里，/皮薄中空像芦苇，/锅中滚油何相似？/恰如传说炼金水。/面团如银手中出，/变成金网何其美！”译诗力求与我们传统的“五言诗”或“七言诗”相似。

但我在译诗时，绝不想削足适履，为了追求“五言”“七言”而以词害意。因为有时诗句过短，意思表达不清楚，不如诗句长一些。如我译穆斯林·本·瓦立德（757—823）的怨世诗：“他们既不清廉又不高尚，/纵然居于我上又有何妨？/烈火上面总是冒有黑烟，/尘土也常落在骑士盔上。”穆太奈比（915—

965）的矜夸诗："活，不能碌碌无为苟活在世；/ 死，不能窝窝囊囊不为人知。/ 纵然在地狱也要去追求荣誉，/ 即使在天堂也不能忍辱受屈！"艾布·泰马姆（788—846）的哲理诗："真主若想宣扬不为人知的美德，/ 就为它安排好了忌妒者的口舌。/ 若不是火能焚烧它近旁的东西，/ 沉香木的芬芳岂能为人们晓得？！"

当然，也不必每首译诗都要每句字数一样，长短一齐。如我译乌姆鲁勒·盖斯（500—540）和祖海尔（约520—609）的《悬诗》，每首都长达一百多联句，译成一韵到底已属不易，实在未能做到每句长短一致。

现当代的自由体新诗，外表看起来似乎长短不一，也不太押韵，但实际上还是很讲究音步、节奏，且有宽松的韵脚。好的新诗诗人往往都有深厚的传统古诗的功底，中阿诗人皆然。因此，译起来也要倍加斟酌，马虎不得，让人读起来也要像首诗才行。如译尼扎尔·格巴尼（1923—1998）的情诗："你数吧！用你两手的十指：/ 第一，我爱的是你，/ 第二，我爱的是你，/ 第三，我爱的是你，/ 第四，第五，/ 第六，第七，/ 第八，第九，/ 第十，我爱的还是你。"阿多尼斯（1930—　　）的咏志诗："先生，我知道断头台 / 在等待着我，/ 但我是诗人，我喜欢髑髅地，/ 我崇拜火……"

虽是硬着头皮，我还是喜欢译诗的。译后总要反复读几遍，尽力让它能朗朗上口。纪伯伦的散文诗集《泪与笑》，原文是无韵的散文。我尽力把每篇译成有宽松韵律的散文诗，读起来更上口，更美一些。如《花之歌》：

我是大自然的话语，大自然说出来，又收回去，把它藏在心间，然后又说一遍……

我是星星，从苍穹坠落在绿茵中。

我是诸元素之女：冬将我孕育；春使我开放；夏让我成长；秋令我昏昏睡去。

我是亲友之间交往的礼品；我是婚礼的冠冕；我是生者赠予死者最后的祭献。

清早，我同晨风一道将光明欢迎；傍晚，我又与群鸟一起为它送行。

我在原野上摇曳，使原野风光更加旖旎；我在清风中呼吸，使清风芬芳馥郁。我微睡时，黑夜星空的千万颗亮晶晶的眼睛对我察看；我醒来时，白昼的那只硕大无朋的独眼向我凝视。

我饮着朝露酿成的琼浆；听着小鸟的鸣转，歌唱；我婆娑起舞，芳草为我鼓掌。我总是仰望高空，对光明心驰神往；我从不顾影自怜，也不孤芳自赏。

而这些哲理，人类并未完全领会。

我的译诗，多能得到同行认可；我也聊以自慰。这大概与我自己自幼就喜欢诗，并在中学喜好朗诵诗有关。

2014年7月7日于大连